うしろから歩いてくる微笑

樋　口　有　介

文庫

THE LAST SMILE

by

Yusuke Higuchi

2019

うしろから歩いてくる微笑

1

マンボウという魚はいつ見ても奇妙だ。なにがヘンかといって、その体形に生きる意志を感じない。フグだって多少はずんぐりしているが尾鰭《おひれ》をふってちゃんと泳ぐし、体内に毒をためて捕食者から身を守る。水槽前の説明ではマンボウもフグの仲間だそうで、顔はなるほどフグに似ている。しかし体形ときたら胴体部分をすっぱり切り離し、残った頭に少しだけ鰭をつけてただぼんやり浮いているように見える。別名を浮木《うきぎ》というのはそのせいだろう。体内に毒ももたず、よくもまあこうも無防備に生きられるものだと思うが、その一回の産卵数は約三億個だという。三億個といえば人間の男が射精したときの精子数と同じぐらいだから卵の三億個は驚異的。案の定ほとんどは成長前に捕食されるそうで、今浮いているような成魚は奇跡的に生き残った個体なのだ。生命力の弱い生物は数で勝負する。アフリカの飢餓地帯などで子供が多く生まれる現象と同じ理屈だろう。

うしろから腰を叩かれて、われに返る。

「どうした、もういいのか」

「うん、さすがにね、ちょっと疲れたよ」

それはそうだ。いくら空飛ぶペンギンが珍しいからといって、一時間も観察する小学生がどこにいる。俺のほうは館内をぶらついたり屋上のベンチで休んだりしていたが、加奈子《かなこ》はもうペンギンの水槽に釘付け。「空を飛ぶ」といっても透明水槽を下から見あげるだけだから、そんな水族館はどこにでもある。要は飼育されているのがペンギンというだけのことで、物事を理屈でしか考えられない俺なんか二、三分で飽きてしまう。それよりも俺には三億個の卵から生き残ってただぼんやり海に浮かんでいるだけのマンボウのほうが、ずっと興味深い。生き方がたぶん、刑事事件専門のフリーライターとかいう肩書で東京を漂っているだけの、俺自身に似ているせいかも知れない。

自分のことは棚にあげて、来年は中学生になる娘の行く末を考える。どうも加奈子には動植物オタクっぽい部分があって、常識人の父親としては少し気になる。それが犬や猫ならまだしも、つい二、三カ月前には地面の下でしか咲かないリザンテラとかいう花を見たいと言い出した。地面の下でしか咲かない花なんて、この世にあるものなのか。その方面に詳しい担当編集者に聞いてみたら、本当にあるそうで、これまではオーストラリアでしか生育していないと思われていたその花が奄美大島《あまみおおしま》でも発見されたという。ただこのリザンテラに関してはボーイフレンドとの経緯《いきさつ》があったらしく、なぜか突然うやむや。俺も正月の奄美大島行きをキャンセルされてひと息ついたので、火中の栗は拾わない。

それよりも加奈子の執着はカモノハシという生き物で、こちらのほうは正真正銘、今でもオーストラリアにしか生息していない。ちょっと調べてみたらカモノハシというのはカワウソのような躰《からだ》にアヒルみたいな嘴《くちばし》がついていて、哺乳類のくせになんと、卵を産むという。そんなグロテスクな生き物を加奈子は「可愛い」といい、父娘《おやこ》でのカモノハシ見物ツアーはもう長年の懸案になっている。加奈子が将来動植物関係の学者にでもなるのか、フィールドワークとやらでアフリカか東南アジアか南米のジャングルあたりに住み着いてしまうのか。そんな人生もありとは思うけれど、できれば俺の手が届く範囲で暮らしてもらいたい。

すでに五時を過ぎているがそれほどの混雑ではなく、加奈子もペンギン見物に満足したようで、出口へ向かう。

一度水族館を出てからサンシャイン60へ向かい、エレベータで五十九階まであがる。このフロアが飲食店街で中華も和食もイタリアンもそろっているが、加奈子は一番値段の安そうな鮨屋を選んでくれる。父親の懐《ふところ》具合まで配慮してくれる心遣いは嬉しいけれど、小学六年生の娘にまで収入を心配させる俺自身は、情けない。

時間的にまだ客は少なく、夜景を見渡せるテーブル席につく。メニューは二人ともディナーセットにして俺は焼酎の湯割り、加奈子は梅昆布茶を注文する。これから冬至《とうじ》までが一番夜の長い季節だから、窓の外には東京の夜景がプラネタリウムのように広がっている。

まず湯割りと梅昆布茶が来て、父親と娘、一応グラスと湯呑《ゆのみ》を合わせる。

「とにかく、中学の件が決まってよかった。お母さんも最終的には常識的な判断をしてくれた」

加奈子の唇が意見でもありそうに動いたが、言葉は出さず、眉をひそめただけで湯呑を口へ運ぶ。この進学問題はもう別居直後からの火種で、母親の知子《ともこ》は私立の中・高一貫校、加奈子本人は家から近い公立の中学校を希望していて、それがやっと公立で決着したという。その過程で頑固な母親と頑固な娘にどれほど熾烈《しれつ》な攻防があったのか、想像するだけで背筋が寒くなる。もちろん別居して三年にもなる身勝手な父親に、口をはさむ資格はないのだが。

「それよりね、パパ、あのこと、ちゃんとママに話してくれた?」

「うん? ああ、この前電話が来たとき、明確に俺の意見を表明しておいた」

あのこと、というのは知子の衆議院選挙出馬問題で、どこやらの政党から次期総選挙に出馬要請が来ているという。もともと知子は大手新聞社の社会部記者で、俺が刑事時代に「ナンパした」ということになっている。別居後はこわもて美人評論家としてテレビにまで進出し、政財界のオヤジ連中をばっさり切り捨てる辛口評論で人気が出てしまった。もし選挙に出れば当選の可能性もあるから、加奈子としては「どうしてもやめてほしい」のだという。俺だって別居中とはいえ立場上は亭主なわけで、知子には選挙などという恥さらしな真似は、なんとかやめてもらいたい。

加奈子がしゅっと梅昆布茶をすすり、湯呑の縁から俺の顔を睨《にら》むように、ふんと鼻で息をつく。

「どうせパパ、なにも言えなかったんでしょう」

やはり見抜かれるか。

「いや、だからな、加奈子の立場もあるし、あまり目立つような行動は控えたほうがいいと、はっきり言ってやった」

今でも加奈子は友達から「親が有名だと思って生意気」とか陰口をきかれるというし、逆に教師たちからは気を遣われて、肩身が狭いのだという。それなら有名人子弟も通う私立の中学へ進めばいいと思うのだが、ここにもボーイフレンドとの関係があるらしく、俺は意見を控える。

「とにかくなあ、選挙なんてまだ先のことだし、お母さんも政治家になるほど無神経じゃない。それにいざとなればお祖母《ばあ》ちゃんだって反対してくれる」

「お祖母ちゃんは賛成みたい」

「あの人には分別《ふんべつ》があるだろう」

「でもね、お祖母ちゃんは〈日本橋《にほんばし》の上から高速道路を撤去させる会〉の副会長でしょう。だからママを政治家にして早く高速道路を撤去させたいの」

「それは逆だぞ。俺もたしかにあの高速道路は犯罪だと思うが、政治家になってしまうと利権や駆け引きや党内情勢に縛られる。それより評論家としてギャアギャア喚《わめ》いていたほうが、大衆にアピールできる」

「そうかなあ」

「お祖母ちゃんにも加奈子から助言したほうがいい」

「ギャアギャア喚かれても加奈子は悲しいよ」

「ギャアギャアというのは言葉のあやで、要するにその問題は、俺に任せておけということだ」

言ってはみたものの、本当に責任がとれるのかと問われると、自信はない。知子は正義感と辛辣《しんらつ》さに区別のつかない性格だし、上昇志向が強くて執拗《しつよう》で弁も立つ。なぜそんな女と結婚してしまったのか。理由は単純で、美人だったから。俺も若かったのだ。

しかし進学問題は加奈子が自分で解決してくれたわけで、選挙云々に関しては、いつか俺も躰を張って知子と対決してやろう。

二つの盆にディナーセットが運ばれてきて、それまで不機嫌そうだった加奈子の表情が瞬間に和《なご》む。このあたりはまだ子供で、俺の気分も瞬間に和んでしまう。出された料理は鮨下駄に六貫の握り、刺身の盛り合わせに白身の焼き魚にマツタケの茶わん蒸し、それに汁と香《こう》の物。小学生には贅沢《ぜいたく》すぎる気もするが、加奈子の顔を見られるのも月に一度だから仕方ない。

加奈子が両手を合わせて「いただきます」とつぶやき、ほっと息をつく。その仕草《しぐさ》は祖母の影響らしく、別居後の加奈子と知子は代々木上原《よよぎうえはら》にある知子の実家で暮らしている。

「加奈子なあ、自分は将来なにになりたいとか、おまえ、話したことがあったっけな」

「ないよ、パパは聞かなかったでしょう」

「そうだったかな」

「聞かれたって答えられないけどね」

「来年は中学生だし、漠然とでも『こんなふうに』みたいな」

「加奈子はね、まだ十二年しか生きていないんだよ。大学を卒業る《で》のだって十年も先だよ」

「それはそうだが、理系とか、文系とか」

「そういう通俗的な分類はイヤなの。人間は両親からいろんな要素を受けついで、そこに家庭環境や経済状況が複雑に絡み合うものなの」

「まあ、正しい」

「でもね、要するに加奈子は静かに暮らせればそれでいいの。パパやママを見ているとね、人生は普通で平凡が一番だと思うの」

「おまえの歳《とし》で、それは、ちょっと」

「ママなんかさ、毎日毎日政治家や芸能人の悪口を言って、それで疲れてヒステリーを起こして、見ていると辛くなるの」

「彼女は静かに生きられない性格だからな」

「パパにヒトのことは言えないよ」

ヤブヘビだったか。

加奈子が視線だけ外の夜景に向け、軽くポニーテールをふってため息をつく。たしかに生まれてからまだ十二年の人生しか経験していないわけで、その間に両親の別居やら転校やら進学校バトルやら、それにたぶん、ちょっとした恋愛やら、抱えている問題が多すぎるか。

「そうだ、パパ、忘れないうちに……」

加奈子が席の横からピンク色のビニールポーチをひき寄せ、ちょっとなかをのぞいてから一枚の葉書をとり出す。片面がカラー印刷されているからダイレクトメールかなにかだろう。

「宛名が加奈子なの。パパ、心当たりがある？」

わたされた葉書は「クリスマス感謝セール」の案内で、宛名はたしかに〈柚木《ゆずき》加奈子様〉。最近はクリスマスも正月も前倒しでスーパーでは松飾りまで売っている。そんなことはどうでもいいのだが、差出人は渋谷《しぶや》にある〈サウス・イースト〉という輸入雑貨店。そして店名の横に小さい文字で「お父さまにはいつもお世話になっています。山代美早《やましろみさき》」と書かれている。

俺は一瞬息が詰まって、飲んでいた湯割りが咽《のど》を逆流しそうになる。

「パパね、わたし、このお店には行ったこともないの。ネットで調べたら東急百貨店の近くで、ちょっと高級なお店みたい。でも宛先がママやお祖母ちゃんではなくて加奈子なの。どうせなにか、理由があるんでしょう？」

理由はたしかにあるのだが、加奈子には言えない。

「おまえ、その葉書、お母さんやお祖母ちゃんに見せたのか」

「見せてないよ。この美早という人にパパがどういう『お世話』をしているのか、それを確かめてからにしようと思ったの」

さすがは俺の娘、たった一枚の葉書でそこまで推理するとは偉いもの、と感心してもいられない。

「お世話というのは一般的な社交辞令だろう。電話やメールで、大人はよくその言葉を使う」

「でも宛名をわざわざ加奈子にした理由は？　向こうは加奈子のことを知っているわけ？」

「小学生の娘がいると言っただけだ。そのとき、どうだったかな、もしかしたら名前を言ったかも知れないが」

この山代美早というのは仕事で知り合った女子高生で、それだけなら弁解の必要はない。肉体関係をもったとか交際を始めたとかの事実はなく、その部分も潔白。問題は美早がなぜか、自分の母親と俺の「相性がぴったり」と勘違いし、どこまで本気なのかは知らないが、俺に母親との再婚を迫ってくることなのだ。

加奈子がイクラの軍艦巻きを口に入れ、満足そうにウムとうなずいてから、梅昆布茶の湯呑をとりあげる。顔は子供でも仕草は大人っぽくて、母娘《おやこ》だから当然ではあるけれど、会うたびに知子に似てくる。

「それでパパ、この美早という人とはどういう関係なの？」

「関係もなにも、その、九月ごろ世田谷《せたがや》で殺人事件があったろう。若い女性が殺されて、犯人がＮＰＯの関係者だったという」

「あった気はするけど、わたし、殺したとか殺されたとかいう話は好きじゃないの」

「当然だ。俺だって、まあ、それはともかく、その事件を調べているときにいろんな人と知り合った。美早くんもそのなかの一人という、それだけのことだ」

それは完璧な事実で、うろたえる必要はないはずなのに、なぜか加奈子の追及が怖い。たぶん加奈子の顔に知子の視線が重なるせいだろう。

「パパがお世話してるぐらいだから、美早さんは美人なんだろうね」

「あのなあ、だから」

「若い人？」

「まだ高校生だ」

「パパ、捕まっちゃうよ」

「もう十八歳になっていて、いや、そういう問題ではなくてな、要するに、おまえが考えているようなことは、断じてしていない」

「加奈子が考えているようなこと？」

「言いたくはないけど、おまえ、お母さんに似てきたぞ」

「わたしも言いたくはないけどね、パパを見ていると男性不信におちいるんだよ」

眉をひそめながらも加奈子の食欲は旺盛で、茶わん蒸しも刺身も順調に消えていく。俺のほうはなんだか胸焼けがしてきて、自分の茶わん蒸しを加奈子の盆に移してやる。

それにしても美早からのダイレクトメールは、ちょっと、いや、かなりヤバいか。母親の千《ち》絵《え》という女性は渋谷にある山代ビルや雑貨店のオーナーで、ほかにマンションを二棟も所有している資産家の未亡人。大学生のときに結婚したから歳はまだ四十歳をすぎたばかり、その美貌自体は素晴らしいのだが性格がエキセントリックすぎて、俺なんか相手をするだけで疲れてしまう。美早のほうも「世の中にこんな美少女がいるのか」と思うほどの美少女なのだが、美しすぎてナンパもされないという。外見は清楚《せいそ》で性格も一見はノーマル、しかし俺と千絵の「相性がぴったり」と思い込むぐらいだから、どこかに母親の遺伝子を受けついでいる。俺が「小学生の娘が反対するので離婚はできない」と言っても、そこは顧問弁護士に処理させるし、自分が直接加奈子と会って問題を解決するという。顧問弁護士がいれば別居中の住所を調べるのはかんたん、わざわざ加奈子宛にダイレクトメールを送ったからには、どうせまた、なにか企《たくら》んでいる。

「パパ、どうしたの。今日はお酒が少ないね」

「おまえの顔が見られて胸がいっぱいなんだ」

「加奈子もね、パパに会えて胸がいっぱいだよ」

「お世辞を言うな」

「このサウス・イーストというお店、わたし、行ってみようかな」

俺の箸から、つまんでいたサーモンの刺身が、ぽとりと落ちる。

「えーと、あのなあ加奈子、あの店はふつうの輸入雑貨店とは違って、値段が高い。ちょっとした黒檀《こくたん》のキャビネットが四十万円もするし、アンティークの布切れだって十万円もする。おまえの小遣いで買えるのは貝殻のブレスレットぐらいだぞ」

「でもさ、美早さんがわざわざ葉書をくれたんだから、加奈子にも顔を出す義理があるんじゃない？」

「顔を出すなんて、小学生が、気を遣わなくていい」

「美早さんに会って『こちらこそパパがいつもお世話になります』とご挨拶しなくていいかしら」

「いい、そんな必要は、断じてない」

「パパ、やっぱりなにか隠しているね。ぜんぶ話したほうが気持ちも楽になるよ」

うーむ、こういう取り調べの巧みさは、元刑事だった俺からの遺伝か。

いっそのこと事情を説明して気持ちを楽にしてしまおうかとも思ったが、ここで自棄《やけ》をおこすとあとが地獄になる。

「どうだ加奈子、鮨が足りなかったら、好きなものを追加していいぞ」

「もうお腹《なか》いっぱいだよ。パパのほうこそお酒はいいの？」

「今日は体調が悪くてな」

「都合の悪い話になると、パパ、いつも体調が悪くなるね」

「人間が繊細すぎるんだ。それより加奈子、江戸時代の鮨は握り飯ぐらい大きかったことを知っているか」

「知らない」

「今のようにお洒落《しゃれ》な料理になったのは、せいぜい戦後からなんだ」

「戦後も江戸時代も加奈子には昔だよ」

「それはそうだ」

「パパ、ごまかそうとしているね」

「あのなあ、ごまかすとかどうとか、そういう意味ではなくて、つまり、そうだ、春休みのことだけどな、来年こそは必ずカモノハシ見物を実現させてやる。俺も仕事を頑張るし、ちゃんと貯金もしておく。おまえの中学校も決まったし、来年はいい年になりそうだな」

加奈子が鮨下駄に残っていた根ショウガをこりっと嚙み、遠くから俺の顔を見おろすような目つきで、にんまりと笑う。

「大丈夫だよ。この問題はペンディングにしてあげる。でもパパ、冗談ではなくて、インコー条例違反には気をつけてね。パパってそういうところに甘いでしょう。加奈子はそれが心配なの。ママのギャアギャアには今でも迷惑してるし、これでパパが警察に捕まったら加奈子は学校へも行けなくなる。一応は父親なんだからさ、娘のためにも身を慎んでほしいの」

なんとできた娘であることよ。これでまだ小学生なのだから先が思いやられる。そうはいっても加奈子の指摘には一理あり、反論の余地がないのだから辛い。

酒は控えようと思っていたのに、なんだか人生が虚《むな》しくなって、つい俺は追加の湯割りを注文する。

＊

ＪＲ新宿《しんじゅく》駅の構内で小田急《おだきゅう》線に乗り換える加奈子を見送り、思わず疲れが出て地下通路の壁に寄りかかる。世の中の女はみんな俺を疲れさせるが、最大の難敵はやはり加奈子。それなら月に一度のデートなんかパスすればいいものを、そこがまた義理というか、父娘《おやこ》の因縁というか、よくは分からないが俺にも父性愛のようなものがあるのだろう。

新宿なら日曜日でもやっているバーはあるし、二丁目へ足を向けかけて思いとどまる。美早の「相性がぴったり」とかいう発言もこれまで受け流していたが、代々木上原の住所を調べてダイレクトメールまで送りつけてきたとなると、無視はできないか。本気で加奈子を巻き込むつもりなら釘を刺さなくてはならず、かといって千絵の顔を見るのも気が重い。いつだったかうっかり「エッセイが書けたら出版社を紹介する」と言ってしまい、千絵にその原稿をわたされたのが一カ月半ほど前。俺だって一応プロのジャーナリストだから紹介自体に問題はないのだが、問題は、その文章なのだ。主語と述語がどうつながるのかがまったく理解できず、そこに形容詞や副詞がランダムにまぎれ込み、加えて「おお！」だの「やあ！」だのという感嘆詞が多用される。最初に読んだときは「なにかの暗号か」と思ったほどで五、六回読み返してやっと「地球の温暖化は環境マフィアの陰謀」と主張しているらしいと判断できたものの、さすがに出版社へはわたせない。山代家に顔を出せば千絵に社会の現実を告げなくてはならず、要するに俺はこのところ、ずっと千絵と美早から逃げまわっていたのだ。

しかし人間には逃げてばかりもいられない状況がある。知子の選挙問題にもいつかは対応しなくてはならず、愚痴《ぐち》を言っても仕方ないが、金はないのに、難題は多い。

まだ八時。久しぶりに山代家を訪ねてみようかと、ケータイをとり出して電源を入れる。留守電アプリが機能していて着信が一件、あろうことかそれが山代千絵からなのだから、一瞬息が詰まる。まさかとは思うが、もしかしたら本当に俺たちは「相性がぴったり」なのか。伝言自体は「電話をくれ」というだけで、イヤな予感はするものの、意を決して千絵のケータイに折り返す。

「あーら草平《そうへい》ちゃん、お久しぶり。今どちら？」
「新宿ですが」
「それならすぐいらっしゃい。今夜は美早がキリタンポ鍋をつくったの。ワインも用意してあるし、それにね、ちょうど草平ちゃんに会わせたいお客が来ているのよ。わたくしのお友達で結社のメンバーなの。面白いお話があるから、とにかくすぐいらっしゃい」

すぐいらっしゃいと言われても山代家までは新宿から渋谷まで山手《やまのて》線に乗り、そこから松濤《しょうとう》まで道玄坂《どうげんざか》をのぼるから三十分はかかる。渋谷の繁華街はもうすっかりクリスマス気分でイルミネーションを点《とも》したビルやクリスマスセールの飾りつけをしたブティックがひしめき、そこに若い連中が陽気にあふれかえる。この連中も表情は陽気で気楽そうでも、内面にはどうせDVや失業や貧困などの葛藤を抱えている。

道玄坂から文化村通りへ入り、東急本店の裏側の路地を右に折れる。そこから山代ビルまではせいぜい五十メートル。一階がサウス・イーストという東南アジアからの輸入雑貨店で二階がNPO法人ピース《P》フル・サウス《S》・イースト《E》の集会室、三階がその事務局と事務局長の居室、そして四階がオーナーである山代家の自宅になっている。雑貨店の営業は八時までのはずだが、日曜日のせいかクリスマスセールのせいか、まだふんだんに照明がこぼれている。

階段の手前には四階直通のエレベータがあり、インターホンに名前を告げるとすぐ美早が応答し、エレベータがおりてきて扉がひらく。このエレベータは指紋認証を受けるか住人が部屋から操作しないかぎり動かない。資産家で、しかも女の二人暮らしだから当然のセキュリティーではある。

エレベータをおりるとそこがちょっとした踊り場、正面がドアで左手側には宴会ができるほどの広いバルコニーがあり、鋳造《ちゅうぞう》の椅子やテーブルが置かれている。初めてこの家に来たときはバルコニーにブーゲンビリアが咲いていたが、冬越しのためか、今はビニールの簡易温室に被《おお》われている。いくら地球が温暖化したとはいえ、東京の露地でブーゲンビリアに冬を越させるのは無理なのだろう。

そのバルコニーに面したフランス窓から美早が顔を出し、会釈《えしやく》をして、すぐ顔をひっ込める。俺が足を運んだ理由は美早が加奈子にダイレクトメールを送った真意を質《ただ》すこと、そしてなんだか知らないが、その企みに釘を刺すこと。しかし千絵一人ならともかく、お友達で「結社のメンバー」までいるとなると、目的を達せられるかどうか。この結社というのはもちろんフリーメイソンやイルミナティなどの秘密結社ではなくて、俳句の結社。千絵はその句会で「古女房　たれた乳房《ちち》振る　除夜の鐘」という俳句《うた》を思いつき、首席をとったことがあるという。

玄関のドアはあけず、バルコニーを歩いて窓の前に出る。内は三十畳ほどもありそうなリビングで玄関寄りに大型の丸テーブルが据えてあり、千絵が椅子に掛けたままひらっと手をふってくる。茶髪《チャパツ》のアフロヘアにバンダナ巻き、どこかの少数民族が着るような筒袖の上着を羽織って、今日はレギンスの腰にもこもこした布を巻きつけている。

美早はキッチンにいるが、テーブルにはもう一人、薄い綿入れ半纏《はんてん》のようなものを着た髪の短い女が座っている。千絵の友達で結社のメンバーというから中年の女性を想像していたけれど、歳はせいぜい二十七、八。首に草木染《くさきぞめ》らしい布を巻いて下は唐草模様のモンペに毛糸のレッグウォーマー。顔は千絵や美早と勝負になるほど美しいが、雰囲気はやはり、怪しい。

どうにも挨拶の仕様がなく、それでも肚《はら》を決めてリビングへあがり、「やあやあ」とか「しばらく」とか言いながらあいている椅子に腰をおろす。テーブルにはカセットコンロの上に土鍋がのせられ、会食もなかば以上はすすんでいるのか、とり皿や箸が散らばってワインのボトルも一本が空《から》になっている。

すぐに美早がグラスやとり皿を運んできて、唇だけを意味不明に笑わせながら俺のとなりに腰をおろす。顔は完璧に整っているが瞳の色が少し薄く、その目で見つめられると催眠術にでもかけられたような気分になる。

「マヤさんね、こちらが話していた柚木草平氏。もとは刑事さんで今は探偵さんで、それから雑誌に記事もお書きになるの。よくは知らないけれど、女性とお金には相当なご苦労があるらしいわ」

余計なことを。それに「探偵さん」は千絵が勝手に思い込んでいるだけで、今の俺は正しいジャーナリストなのだ。

美早がカセットコンロにのっている土鍋からとり皿に肉やキリタンポを移してくれ、白ワインもついでくれる。ラクダ色のVネックセーターにデニムのロングスカート、正体を知らなければ清楚でまともな美少女に見える。

「ねえねえ草平ちゃん、こちらはお友達のマヤさん。薬膳《やくぜん》料理の研究家でお住まいは鎌倉《かまくら》。もともとはマヤさんのお母様が結社のメンバーだったのだけれど、ハワイへ移住されてしまったの」

マヤという女が肩を少しだけ俺のほうへ向け、切れ長の目を見開いて、片頰をぴくっと笑わせる。鼻梁《びりょう》が薄くて顎が細く、広い額は左側だけ前髪に被われ、眉は自然な弓形。千絵と美早は西洋的な美貌だがマヤのほうはどちらかといえば和風美人。しかし着ている綿入れ半纏や唐草模様のモンペからして尋常な相手ではないだろう。

そのマヤが内懐から直接名刺を抜き出し、俺の顔に視線を据えながらわたして寄こす。名刺は〈薬膳料理研究家　藤野《ふじの》真彩〉となっていて、俺も名刺入れから名刺を抜いてマヤにわたす。マヤの名刺を名刺入れにしまいかけ、もう一度目の前に戻して、住所やメールアドレスを読み返してからまた薬膳料理研究家という肩書を眺める。この「薬膳料理」という熟語には、俺も文章商売だから違和感がある。

「言っては失礼かとも思うし、大きなお世話かも知れないが、薬膳の『膳』にはもともと『料理』の意味がある。この肩書では薬料理料理研究家になってしまう」

マヤと千絵と美早が同時に息をとめ、それぞれ二、三秒ずつ顔を見合わせてから、美早がくすっと笑い、マヤがにんまりと口の端を笑わせ、千絵なんか手を叩いて笑いだす。なにがそれほど可笑《おか》しいのか、初対面の相手に対して、笑いたくなるほどの無礼なのか。

「草平ちゃんね、マヤさんのその名刺はバカ発見器なの。これまで『薬膳料理』の矛盾に気づいた人は一人もいないというから、賭けをしたのよ。わたくしは草平ちゃんなら気づく、マヤさんは気づかない、美早は高校生ですから賭けはなし。これでマヤさんから草木染のスカーフをいただけるわ」

また賭けか。いつだったかペルーのチチャというトウモロコシの口嚙み酒で賭けをされたことがあって、千絵、美早、それにもう一人の美女がつくった口嚙み酒を、俺にテイスティングしろという。いくら美女でもくちゃくちゃ嚙んで吐き出した酒の試飲には閉口したが、なぜか俺はそれぞれの製作者を的中。山代母娘で俺の評価が上昇したのは、たぶんそのときからだろう。

マヤが首に巻いていたスカーフをゆっくりと外し、相変わらず口元だけを笑わせながら、ぽいと千絵に放る。千絵は早速そのスカーフを首に巻き、アフロヘアにバンダナにスカーフにどこかの民族衣装にと、なんとも表現仕様のないファッションが出来上がる。千絵本人はその衣装が輸入雑貨店の宣伝になると思い込んでいるらしいが、美早は「一緒に外出するときは着替えさせる」という。

マヤがちらっと俺の顔に視線を送ってから、内懐に手を入れ、なかからなにかをとり出す。それは時代劇に出てくる煙草入れ《タバコ》のような代物で、まさか煙草入れではないだろうと思っていたら、なんと、本当に煙草入れ。マヤはその煙草入れから銀煙管《ギンギセル》を抜き出し、付属の革袋のなかでキザミらしいタバコを詰めてから、ライターで火をつける。スカーフを外した首は白くて華奢《きゃしゃ》でキセルをくわえた横顔も絵になるほどの絶品だが、どうにも俺は、コメントを思いつかない。

「えーと、そうだ千絵さん、あずかっていた原稿のことだけど」

俺はワインを飲みほし、自分でつぎ足してから、美早がとり分けてくれた肉の塊にも手をつける。牛でも豚でも鶏でもなく、しいて言えばラムのような味だが実態は分からない。これもいつだったかネズミの丸焼きというのを食べさせられて、幸いそれはウサギ肉を代用したものだったが、ペルーのクスコなどでは縁日にネズミの丸焼きを串刺しにした屋台がずらっと並ぶのだという。その光景を想像しただけで、いくらウサギと分かっていても、食欲はわかなかった。

「出版社も年末進行に入っていて返事がもらえない。年明けぐらいまで待ってもらえないかと」

「あら草平ちゃん、気にしていたの」

「もちろん、もちろん」

「あれはもういいのよ。あのあと読み返してみたんですけれどね、これがもう大笑い。自分で書いた文章なのに、なにが書いてあるのかまるで分からないの。世の中には不思議なことがあるものよねえ」

それならそうと、早く言え。

俺の肩からがっくりと力が抜け、ワインを飲みほして自分でつぎ足す。美早が空になったボトルを集めてキッチンへ歩き、また新しい白ワインを持ってくる。美早自身は豆乳のようなものを飲んでいるが、千絵のいないところでは酒も飲む。知り合った当初、酔っぱらって俺の部屋へ倒れ込んできたことがあり、「人間はなぜ生きるのか」とかクダを巻きながら寝てしまった。あのときはいくらか可愛げもあったのに、今のように澄ました顔で淡々と給仕されると、かえって不気味だ。

原稿の問題は千絵の好意でクリアできたとしても、さて本命のダイレクトメールは、どうする。

マヤがぷかりと煙を吹き、爪楊枝《つまようじ》で雁首《がんくび》の灰を掻き出してから、キセルを筒に戻して内懐にしまう。時代劇なら雁首をぽんと灰吹きに打ちつけるところだが、さすがに煙草盆までは持ち歩かないらしい。

ダイレクトメールの件をどう切り出すか。マヤの仕草や美しい横顔に見とれてしまって、なかなかタイミングがつかめない。

「草平ちゃんね、ほら、電話で言ったでしょう。マヤさんから面白いお話を聞いたの。草平ちゃんもきっと興味をもつと思ったから、それでお呼びしたのよ」

そういえばなにか、そんなようなことを言っていたか。

千絵が椅子の座面に左足のかかとをかけ、立てた膝に頬杖をついて、ゆっくりとグラスを口へ運ぶ。恰好はコンビニの前あたりにしゃがんでいるヤンキーのネエちゃんみたいだが、顔は美早同様に整っているし、それになんといっても雰囲気にセレブの品がある。

「鎌倉女子学院だったかしら、鎌倉女子学園だったかしら。マヤさん、あなたからお話しして」

マヤは箸にシイタケをつまんでいたが、それをとり皿に戻し、椅子の背凭《せもた》れに肩をひいて俺のほうに右の眉をもちあげる。化粧は口紅ぐらいでファンデーションはなく、頬骨に薄くそばかすが散って見える。

「柚木さん、十年前に鎌倉女子学園の高校生が失踪した事件を、覚えているかしら」

声は抑揚《よくよう》がなくてかすれ気味、顔と同様に、ちょっと冷淡な印象がある。

「十年前に、鎌倉で……」

女子高生が失踪したの誘拐されたの殺害されたの、あまりにも多すぎて、とっさに記憶は戻らない。

「どうだったかな、具体的にはどんな事件だったろう」

「当時は学園の二年生。時期は十月の中旬、学校からの帰りに鎌倉駅の近くで友達と別れてから行方不明になった。ご両親も友達も家出に心当たりはなく、事件に巻き込まれた可能性が大きいとして警察も捜査してくれたけれど、いまだに消息が分からないの」

マヤの説明で、記憶がぼんやりとよみがえる。真面目な優等生で家出など考えられない美少女ということもあって、マスコミもだいぶ騒いだ気がする。

「マヤさんも同じ高校に？」

「クラスは別でしたけれど」

「それで、その失踪事件の、どこが面白いのかな」

「わたしね、一週間前に、彼女を見かけた気がするの」

「気がする？」

「確信はないという意味よ。わたしは江ノ電《えのでん》に乗っていて、彼女は長谷《はせ》駅のホーム。ケータイで写真をとろうとしたときはもう遅かった」

「他人の空似《そらに》という例はいくらでもある」

「わたしもそう思っていたわ。でも高校時代のお友達も、鎌倉駅の近くで大橋明里《おおはしあかり》さんに似た人を見かけたと。ほかにも何人か、最近になって見かけた人がいるらしいわ」

マヤがそこで言葉を切り、「ちゃんと理解できているか」というような目で俺の顔をのぞく。少しは酔っているが文脈ぐらい把握できるし、大橋明里が十年前の失踪少女ということも理解できる。しかしだからって、それはやはり、他人の空似だろう。

「その明里さんらしい女性というのは十年前の姿で？　それとも歳相応に？」

「冗談はやめましょう」

「それもそうだ。しかし見かけた人は、誰も彼女に声をかけなかったのかな」

「それを調べるのが柚木さんのお仕事よ」

「どうして」

「探偵さんですもの」

「あのなあ、千絵さんからなにを聞いたのかは知らないが、俺はフリーの記者で収入は原稿料。今日だってやっと年末特集の記事を書き終えて、娘とも久しぶりに会えたぐらいだ」

加奈子と食事をしてきたことは事実。しかし年末特集云々は嘘。紬《つむぎ》らしい綿入れ半纏を着てキセルを吹かす生意気な美女に対して、つい見栄を張ってしまった。

「でもねえ草平ちゃん、もうマヤさんと賭けをしてしまったのよ」

よくもまあ、性懲《しょうこ》りもなく。

「わたくしは、草平ちゃんなら事件を解決できる。マヤさんはできない。負けたほうが百万円を払って、どちらが勝っても百万円は草平ちゃんに進呈する。そういう条件なの」

たぶん俺は唸《うな》ったのだろうが、自覚はない。その俺のグラスに美早が意味不明な微笑《ほほえ》みを浮かべながらワインをつぐ。どうもこの美早の微笑《びしょう》というのが曲者《くせもの》で、あるいは今夜の会食も賭けも、美早の企みか。いずれにしても百万円という単語は俺の心臓を直撃し、目の前に百枚の一万円札が、ずらっと並んでしまう。他人の不幸を賭けの対象にするのも不謹慎《ふきんしん》だが、俺の預金通帳なんかもっと不謹慎なのだ。

「週刊誌の短い記事を二、三本抱えているだけだから、時間的には、まあ、余裕もあるんだが」

「それなら草平ちゃん、決まりね」

「だけど千絵さん、解決といっても、どの時点がゴールなんだ。他人の空似だった場合はその女性を特定すればいいのか。明里さんの失踪だって家出か誘拐か事故か、あるいは記憶喪失になって病院かどこかの施設に収容されている可能性もある」

「記憶喪失はあり得ないわ」

マヤがまた内懐から煙草入れをとり出し、なぜかそっぽを向いて、キセルに火をつける。煙からは紙巻きタバコとは異なる香のような芳香がただよう。

「痴呆老人の徘徊《はいかい》失踪ならともかく、明里さんのようなケースでは医師会を通して全国の病院へ問い合わせがいく。テレビで報道もされたから、収容している施設があればそこからも通報されるわ」

なるほど、理屈は合っている。口調は紋切り型だが発言は論理的だし、見かけよりは頭も性格もまともらしい。

美早がテーブルの下で俺の足を軽く蹴り、頬杖をつきながら、こりっとタクアンを嚙む。

「マヤさんの本職はお医者さまなんですよ。勤務医でも開業医でもなくて、フリーの」

また唸りたくなったが、見栄で、どうにか自制する。薬膳ナントカのバカ発見器を持ち歩き、キセルを吹かして他人の失踪事件に百万円も賭けるこの女が、医師とは畏《おそ》れ入る。以前も環太平洋古代文明の研究者とかいう美女と遭遇したし、山代家は奇妙な美女が集まるホットスポットなのか。このサークルに加奈子まで加わったら、俺は鼻血を出してしまう。

「ママとマヤさんへの提言ですけどね。柚木さんが捜査をして出した結論に、結果はどうであれ二人が納得すれば、その時点を解決と判断すればいいと思うの」

本性を知らなければ、美早も本当に、素直で性格のいい美少女なのだ。

「しかしなあ美早くん、これは賭けなんだぞ。双方の同意点なんかかんたんには決まらない。負けたくないマヤさんは情報を隠したり、捜査を妨害することもできる」

「それは草平ちゃん、杞憂《きゆう》だわよ。マヤさんも服装は奇妙だけれど、人格は保証する。だってわたくしのお友達なんですもの」

千絵が人格を保証するのなら、たしかに完璧か。地べたを這《は》いまわっていつも陰惨な刑事事件を拾い集めている俺は、つい下品な発想をしてしまう。それにしても、千絵に「服装は奇妙」と言われてもまるで反応しないのだから、マヤも心が広い。

「わたくしは美早の言うとおりでいいと思うけれど、マヤさんはいかが?」

マヤがにやっと笑って、横目で同意の目くばせをし、吸い終わったキセルをまた内懐へしまう。キセルでの喫煙なんかせいぜい二、三服。いちいち煙草入れを出したり戻したりする理由は、なんだろう。

「家には当時の同窓会名簿もある。柚木さんが事情聴取したい相手も紹介できる。賭けはフェアでこそ美しいの。捜査には全面協力よ」

「うん、まあ、そういうことなら、で、期限は?」

「今年いっぱいでどうかしら」

「そうね。でも草平ちゃんならもっと早く解決できると思う、賭けてもいいわ」

美女軍団、いい加減にしろ。

マヤが呆《あき》れたように眉をひそめ、席を立って、ふらっとキッチン側へ歩く。キッチンの向こうには寝室やバスルームがあるからトイレだろう。背丈は百七十センチ弱、半纏やモンペは千絵に言われなくとも奇妙なファッションだが、スタイルはいい。

失踪事件は一時ペンディングにするとして、マヤのいないこの隙に、当然本命の、ダイレクトメール事件を切り出すべきだろう。

「えーと、美早くん、そういえば、あれのことなんだけどな」

「益実《ますみ》叔母さまはまだハワイです。これまでの疲れが一気に出たみたい」

「そうなのよ草平ちゃん。わたくしも一カ月ぐらいで帰ってくると思っていたのに、肝臓に病気が見つかったらしいの。あちらにもいい病院がありますし、両親も一緒ですから心配はないけれど」

「はあ、それは、よかった」

益実というのは千絵の妹で雑貨店の社長兼NPO法人PSEの専務理事。この九月に雑貨店やPSEが絡んだ殺人事件があり、益実本人は事件に関与していなかったものの、都庁からの天下り理事と不倫関係にあった。事件の後遺症と心労から姉妹の両親が暮らすハワイへ静養に向かい、千絵の説明では肝臓にも疾病《しっぺい》が見つかったという。

「あれだけの事件でしたからね。益実さんもゆっくり休んだほうがいい」

「わたくしもそう思うの。一階のサウス・イーストは店長の菅井《すがい》さんがしっかりしているし、PSEには臨時の職員を入れた。PSEは益実の生き甲斐ですもの、ハワイから戻るまでわたくしも美早も協力するつもりよ」

妹の益実は姉の千絵とは真逆な、地味で生まじめな実務家。東南アジア支援はたしかに益実の生き甲斐でもあるのだろうが、都庁としても毎年二名の天下りを受け入れてくれるNPOはつぶせない。

それはそれでいいのだが、問題は、ダイレクトメールだ。

「ここへ来る前に、娘と……」

マヤがキッチンの向こうから戻ってきて、元の椅子に腰をのせ、また懐から煙草入れをとり出す。酔いは顔に出ていないが仕草には微妙な揺れがあり、目も少し据わっている。俺が来る前にどれほど飲んでいるのかは知らないが、千絵と突飛な賭けをしたぐらいだから素面《しらふ》ではないだろう。

「柚木さん、明日の正午《ひる》以降ならいつでもいいわよ。とりあえずわたしの家へいらして。同窓会名簿や入学式の写真や、ほかにも提供できるものがあると思うから。賭けも捜査も、美しくフェアにやりましょうね」

「恐縮」

「江ノ電の極楽寺《ごくらくじ》駅から徒歩七、八分よ。場所が分からなかったら電話をして」

子供ではあるまいし、処番地《ところばんち》が分かっていれば住居ぐらいどうにでも見つけられる。それより、マヤのいる前で、ダイレクトメール事件を切り出していいものか。

しかし相手は人知を超えた美女軍団、こうなったらもう、なるようになれ。

「なあ美早くん、娘にサウス・イーストからのダイレクトメールが来て、そこに君からのコメントが入っていた。突然のことで娘も驚いていたんだが」

「加奈子ちゃんが来たら特別割引をするように、店長の菅井さんに頼んであります」

「そういう問題ではなくて、来年は中学の受験もあるし、いろいろ、つまり、あれだ」

「区立中学に受験はありませんよ」

「いや、加奈子は公立だと」

「国立も都立も区立もみんな公立です。入試があるのは国立や都立だけ。加奈子ちゃんが進学する中学も区立としては、レベルが高いほうです」

本当かよ。国立も都立も区立も、子育てを放棄した俺に区別はできないが、知子が必死に反対していた理由は、そういうことか。しかし進学は加奈子が選択したことだから、本人がよければそれでいい。問題は加奈子の進学先まで調べている、美早の魂胆《こんたん》だ。

「美早くんなあ、それはそれとして、君と加奈子が友達になってしまうのは、いろいろ都合が悪い」

「誰の都合です?」

「それは、俺のというか、全員のというか、千絵さんだって困るはずだし」

「あら草平ちゃん、わたくしがなにを困るのかしら」

「それは千絵さん、美早くんがあれやこれや、無茶なことを言い出して」

「わたくしと草平ちゃんの相性が、ぴったりというお話?」

おい、美少女、ルール違反だろう。

「マヤさんねえ、美早が言うにはわたくしと草平ちゃんは、理想のカップルなんですって。考えてもみなかったけれど、言われてみればそんな気もしなくはないのよねえ」

マヤが切れ長の流し目をちらっと俺の顔に送り、ぷかりとキセルを吹かして鼻の先を上向ける。その表情はいわゆる、鼻で笑うというやつだろう。

「千絵さんもマヤさんも美早くんの言うことを本気にしないでくれ。彼女には大人をからかって遊ぶ、悪い趣味がある」

「そうかしらねえ。親のわたくしから見て、美早にそんな趣味があるとも思えないけれど」

「子供は親に秘密をもちたがる」

「美早、あなた、草平ちゃんが言うような悪い趣味をもっているの」

美早が意味不明な微笑を浮かべながら俺たちの顔を見まわし、しかし返答はせず、肩をすくめただけで豆乳を口へ運ぶ。千絵とマヤがいてはこれ以上美早を問い詰めるわけにもいかず、ここは一時退却か。

「だけど草平ちゃん、お嬢さんがいるのなら、今度遊びに連れていらっしゃいよ」

「いやあ、なんというか、ちょっとその、気難しいところのある娘で」

「それは草平ちゃんが悪いのよ。別居して三年でしたっけ？　特にお母さまがああいう方では精神的にもつらいはず。お嬢さんのような環境で暮らす子供には父親の大きい無償の愛が必要なの」

余計なところで正論を吐くな。

「マヤさんね、草平ちゃんの奥様って、あの柚木知子さんなの」

マヤがグラスを口に運びながら、なぜか天井を見あげて、「お気の毒に」というようにため息をつく。たしかに気の毒ではあるけれど、大きなお世話だ。

「ねえママ、今度のお正月、みんなでハワイへ行くのはどうかしら。加奈子ちゃんも誘って」

「あらあら、そうねえ、益実の様子も見ておきたいし。草平ちゃんもどうせ暇でしょう」

「さあ、なんとも」

「マヤさんもお正月はあちらへ？」

「決めてはいないけど」

「決めなさいよ。事件も今年中には解決するし、団体旅行はきっと楽しいわ」

美早が俺のグラスにワインをつぎ足し、土鍋からもエビやハマグリをとり分けてくれる。今のメンバーに加奈子まで加わった「団体旅行」なんて、想像しただけで胃が痛くなる。

「ママ、柚木さんが一緒に行けたらお祖母《ばあ》さまに紹介できるわね」

「そうそう、ねえ草平ちゃん、わたくしの母はテレビの二時間ミステリーが大好きなの。今でも月に十本ぐらい録画を送っているのよ。本物の探偵さんに会えたらきっと大感激するわ」

これはダメだな。今夜山代家に出向いた目的はダイレクトメールに関して美早に釘を刺すこと。しかし実際にはヤブヘビどころか蟻地獄に嵌《は》まって、じわりじわりと奈落《ならく》へひき込まれる。たぶん前世で俺は、楊貴妃《ようきひ》かクレオパトラに悪いことでもしたのだろう。

抵抗する気力もなくなり、えいっとワインを飲みほして、グラスを美早にさし出す。

2

一杯目のコーヒーを飲み終えたとき洗濯機の終了音が鳴る。いくらか風はあるが今日も晴天で、洗面所へ歩いて洗濯物をプラスチックのカゴに移す。それから部屋へ戻ってベランダの窓をあけ、下着やシャツやタオル類を物干しハンガーに始末する。外濠《そとぼり》公園の上空を鴨のような鳥が飛び、新宿通りからかすかにクルマのエンジン音が聞こえてくる。二日酔いの朝でもちゃんとコーヒーを飲んで洗濯をしないと気が済まない俺の性格も、相当にしつこい。

キッチンで二杯目のコーヒーをいれ、マグカップをもって居室のソファに腰をおろす。昨夜はのりでうっかり千絵たちの賭けを受けてしまったが、一夜明けてみるとさすがに迂闊《うかつ》すぎた気がする。美早が提言した「千絵とマヤが合意すれば」という事件のゴールだって、要するに二人の気分次第だ。そんなバカな賭けなんかあり得ないし、俺にしても賭けの意味そのものが分からない。だいいち十年前に失踪した少女が戻ってきて、実家にも警察にも知らせず、ぼんやり鎌倉周辺を徘徊《はいかい》すること自体があり得ない。鎌倉市の人口は約十七万、しかし観光客数は年間に二千万人以上だという。三十歳前後の女性に限っても百万人ぐらいはいるはずだし、それだけの人数なら失踪した大橋明里に横顔や体形が似ている女性だって千人ぐらいはいる。この時点でもう「他人の空似《そらに》女性」を探し出すことは不可能、千絵には申し訳ないが、賭けは九分どおりマヤの勝ちと決まっている。

もっとも山代家の資産を考えれば百万円ぐらい、ほんの小遣い銭みたいなもの。加奈子とのカモノハシ見物ツアー資金も確保しなくてはならず、溜まっている飲み屋のつけも払わなくてはならず、税金もNHKの受信料もむしり取られる。苦手とか気がすすまないとかの贅沢《ぜいたく》が言える身分でもなし、ここはとりあえず、幾日か鎌倉を歩きまわるより仕方ないか。

それに本音を言うと、本職は医者なのに薬膳《やくぜん》ナントカを研究している藤野真彩という女が、どうにも気にかかる。

タバコを一本吸ってからコーヒーを飲みほし、パソコンで天気予報を調べる。午前十時段階では快晴だが午後からは雲が多くなり、夕方には雨になるという。さて、それでは洗濯物をどうするか。四谷《よつや》のこの部屋から鎌倉へ向かうには湘南《しょうなん》新宿《しんじゅく》ラインか東京駅経由の横須賀《よこすか》線だろう。江ノ電というのも昔一度乗った気もするが、極楽寺という駅は知らない。いずれにせよ乗車時間だけで一時間以上はかかるはずで、乗り換えや待ち時間を考慮すれば二時間ぐらいはかかる。行きが二時間なら帰りも二時間、雨が降る前に四谷まで戻れるかどうか。なんとも微妙なところではあるけれど、念のために洗濯物は部屋へ入れておこう。

＊

平日で、それに観光シーズンでもないだろうに、ＪＲの鎌倉駅には年寄りの団体や学生のグループがあふれている。お目当てはどうせ鶴岡八幡宮《つるがおかはちまんぐう》や高徳院《こうとくいん》の大仏、そういえば俺も知子との新婚当時、二人で八幡宮まで初詣《はつもうで》に来たことがある。あのころは自分が警察を辞めることになるとは思わず、別居など考えるはずもなく、たかだか十数年しかたっていないのに、当時の平和がずいぶん昔のことのように感じられる。

ＪＲの駅と地下通路で結ばれている江ノ電の鎌倉駅へ向かい、藤沢《ふじさわ》行の単線電車に乗る。十二月の初旬で時間も十二時過ぎだから大した混雑ではないが、この単線電車自体が名物になっているらしく、休日や観光シーズンには地元の利用者が迷惑するほどの賑わいだという。極楽寺は鎌倉から四つ目の駅で、この先には稲村ヶ《いなむらが》崎《さき》や七里《しちり》ヶ《が》浜《はま》の駅もあるから、なるほど夏の海水浴シーズンなどは身動きがとれないほどの混雑だろう。

　極楽寺の駅も改札も駅前広場もローカル色満開で、ここが鎌倉駅からたった四つ目の駅なのかと、タイムスリップでもしたような気分になる。商店街らしいものもなく、中年の婦人が三人、駅前の観光案内板を眺めている。今は冬枯れているが、季節になれば周囲はアジサイが満開になるらしい。そういえば鎌倉のどこかに紫陽花寺《あじさいでら》とかいう寺がなかったか。

　マヤに電話しようかとも思ったが、昨夜「正午《ひる》以降ならいつでも」と言われたことでもあるし、ケータイの地図アプリを見ながら桜橋方向へ歩く。橋の手前には丁字路があって、右へ曲がると極楽寺坂の切り通し。鎌倉は三方を山に囲まれた地形で平坦地が少なく、必然的にトンネルや切り通しが多くなる。知名度のわりに居住者人口が少ないのは宅地に適した土地が少ないこともあり、景観維持のために高層建築が制限されていることもある。

　丁字路付近には土産物屋や人家が点在していたが、五、六分歩くと道の両側はもう切り通しの崖ばかり。地図アプリではそろそろ藤野家につくはずなのに、人家そのものがなくなってしまう。マヤが昨夜「場所が分からなかったら電話を」と言ったのは、これが理由か。俺の方向感覚を疑ったからではなく、地形が分かりにくいことを懸念《けねん》してくれたのだろう。

　かといってここまで来て「やっぱり場所が分からない」と電話するのも癪《しゃく》だし、切り通しの崖を前後左右上下と検証する。少し前方に崖を削ったような狭い石段があり、どうやら丘の上までつづいているらしい。空を見あげても竹藪《たけやぶ》や針葉樹が森のように覆いかぶさって、そんなところに人家が、とは思ったものの、地図には処番地《ところばんち》が表示されている。時間を指定されているわけでもなし、とりあえずその石段をのぼることにする。高所恐怖症の俺にはそれだけでも試練なのだが。

石段をのぼり切るとなるほど視界がひらけて、人家や低層マンションが五、六棟。こんな場所にどうやって家を建てたのか。切り通しに沿った石段だけではなく、どこかにクルマの進入路でもあるのか。

住宅の表札を見ながら進んでいくと道はすぐ途切れ、笠木《かさぎ》をわたした木戸と椿《つばき》の生け垣につきあたる。木戸横の柱には〈藤野〉の木製表札、笠木の下には防犯カメラ、表札の下にはインターホンがある。たしかに分かりにくい場所ではあるけれど、俺だって元は刑事なのだ。

インターホンのボタンを押して何秒か待ったが、応答はなく、もう一度ボタンを押して、また何秒か待つ。

留守か。

昨夜どれほど飲んだのかは知らないが、俺は先に暇《いとま》をしたし、マヤのほうはあのまま山代家で酔いつぶれたのかも知れない。

やはり電話を、と思いかけたとき両開きの木戸に隙間が見えて、ちょっと押してみる。木戸に錠はおりてなく、来訪は約束してあるので不法侵入でもなし、そのまま内へ入る。古い木造の平屋で木戸から玄関までは三メートルほど、腰高ガラス格子のわきにはナンテンの植え込みがある。

木戸と玄関のあいだに前庭への枝折り戸《しおど》があり、なんとなく人の気配を感じる。ずいぶん広い屋敷のようで、家人でもいるのか。昨夜は勝手にマヤを独身と思い込んでしまったけれど、考えたら名刺に「独身」とは書いてなかった。母親はハワイへ移住したといっても、亭主や子供がいる可能性だってあったのだ。

迷っても仕方なく、枝折り戸を押して前庭へ向かう。広い敷地には両側から雑木林《ざつぼくりん》が迫り、意外なことに前方はぽっかり空に向かってひらけている。玄関側からは見えなかったが、たぶんこの家は崖っぷちに建てられている。

庭の南西角にはガラス張りの温室があって、建物側の外水道からホースがひき込まれ、思ったとおり人の影がある。俺が歩いていくと温室内でも影が動き、戸口からマヤが顔を出す。

「いらっしゃい。すぐ済ませるから待っていて」

返事をする間もなくマヤが顔をひっ込め、俺のほうは少し戸口へ寄って内を眺める。二十畳ほどもありそうな温室は四面に三段のスチール棚が巡らされ、大小さまざまなプランターが鎮座している。栽培されているのはランやバラではなく、なにか雑草のようなもの。たぶんハーブだろう。

その戸口から庭の端まで進むと、やはりそこは断崖で眼下に鎌倉の市街地が遠望され、海まで見渡せる。突端には一メートルほどの柵があるだけで手前にはレンガ積みの低い花壇、ずいぶん贅沢な眺望だが高所恐怖症の俺なんか、立っているだけで膝がふるえる。子供がいれば危険な構造だから、マヤの暮らしにも大よその見当はつく。

そこからふり返ると木造平屋建ての母屋があり、雨戸がひき払われた広縁《ひろえん》に黒猫がうずくまっている。屋根は瓦葺《かわらぶ》きだが梁《はり》や板壁は古色然としていて、観光案内書に出てくるような古民家風。元は好き者の別荘でもあったのか。明治の中期以降あぶく銭を儲《もう》けた商人や役人がこぞって鎌倉に別荘を構えたというから、その名残《なごり》なのかも知れない。

マヤが散水を終わらせ、ホースを巻きながら温室の戸を閉めて、俺に会釈《えしゃく》をしながら母屋へ向かう。セーターにダウンベストにワークパンツにゴム長靴、魚市場のネエちゃんみたいな服装だが昨夜の半纏《はんてん》よりはスタイルのよさが際立つ。

ホースを始末してマヤが家へ入り、俺も広縁まで歩いてあがり框《かまち》に腰をおろす。陽だまりの黒猫が一瞬だけ顔を向けたが、興味もなさそうにすぐ目を閉じてしまう。晴れていて風が冷たく、屋敷を囲む雑木林からたまにスズメが飛び立っていく。広縁の壁や天井からドライフラワーのようなものが無数に下がっているのは、収穫したハーブだろう。広縁側から見える部屋は八畳の和室で古民具風の茶簞笥《だんす》と書き物机が配され、その前には時代劇で見るような箱火鉢《はこひばち》。そして部屋と広縁の境には案の定、灰吹きとキセルがセットになった煙草《タバコ》盆が置かれている。

マヤが木製の丸盆に茶道具をのせてきて、立ったまま声をかける。

「寒いでしょう、なかへ入る？」

「いや、空気が気持ちいい。ここまでひらけた空を見るのは久しぶりだ。この庭なら洗濯物もよく乾く」

マヤがくすっと笑って盆を俺の横に置き、その盆をはさんだ向こう側に腰をおろす。艶《つや》のある深い臙脂《えんじ》色の丸盆はいわゆる鎌倉彫だろう。

「詮索するわけではないんだが、この家に一人で？」

「二年前に母がハワイへ行ってしまったから」

「屋敷の管理が大変だろう」

「わたし、こまかいことは気にしないの。メンテナンスは業者任せだし。ほかに詮索したいことは？」

「庭の柵を見れば子供がいないと分かる。亭主がいればその煙草盆も許さないだろうしな」

マヤが少し身をひねって土瓶《どびん》の液体を二つの筒茶碗にそそぎ、目で「どうぞ」とすすめる。色は番茶か麦茶のようだが、湯気の匂いが違う。

「ドクダミ茶よ。どうせ柚木さん、躰中《からだ》に毒が溜まっているんでしょう」

どういう意味だ。

「鎌倉も久しぶりだが、思っていたより時間がかかった」

「それなのに二十五パーセントの人が東京へ通勤するの。横浜《よこはま》や川崎《かわさき》や藤沢にもたくさんね。若い人たちは憧れるようだけれど、仕事はないし交通事情は悪いし、住みやすい町でもないわ」

「マヤさんは元から鎌倉に？」

「やっぱり詮索好きね」

「美人にだけの特別サービスさ。世界中の女性にサービスするほど、俺も暇ではない」

「顔だけならじゅうぶん暇なのに」

マヤが口元を皮肉っぽく笑わせ、煙草盆をひき寄せてタバコの用意をする。羅宇《ラオ》の部分が昨夜のものより長いから、家用と外用を使い分けているのだろう。

俺のほうはドクダミ茶に口をつけ、躰中に溜まっている毒の排出《はいしゅつ》をこころみる。苦いような青臭いような独特の味と臭気で、これでは青酸カリが入っていても分からない。

「詮索するつもりはないが、もうひとつ詮索してもいいか」

「探偵さんのお仕事ですものね」

「あのなあ、いや、それはともかく、フリーランスの医者という業務形態が分からない。なにか特殊な技術をもっているとか?」

「逆よ。たんにカルテを読めるだけ。耳鼻科と眼科と歯科と外科以外はなんでもこなす。外科も実習はしたけど、血を見ると貧血を起こすの」

「そう言われても、まだよく分からない」

「要するにアルバイト医。総合病院でも人手が足りないことはある。開業医だって長期休暇が必要なときがある。医師会に登録しておくと適当に仕事をまわしてくれるの」

「せっかく医者になったのに」

「医者だってスタンスはそれぞれよ。ほとんどはお金と名誉のためではあるけれど、なかには研究オタクや手術オタクもいる。国境なき医師団とか、自分が世界を変えられると思い込んでいるカルト医者もいるわ。わたしには医療と生命のバランスに答えを出せないし、『なにがなんでも人間は生きるべき』という前提にも違和感があるの」

ぷかりとキセルを吹かし、目の前にひらけた空に目を細めてマヤが短い前髪をかきあげる。医学部の費用は私立なら六年間で数千万円。医師の平均年収は勤務医でも二千万円前後というから、理屈では卒業後四、五年で元はとれる。開業医ならもっと高収入のはずで、それを「違和感がある」という理由で放棄するマヤの人生観も、理解はできないが、理解できそうな予感はある。

「どうせ詮索されるでしょうから、これも先に言っておくわ」

マヤが灰吹きにぽんとキセルを打ちつけ、ドクダミ茶の湯呑《ゆのみ》をとりあげながら、左の目尻をにやっと笑わせる。

「わたしね、昔でいう妾腹《めかけばら》なのよ。今風にいえば婚外子。母が銀座《ぎんざ》のクラブに出ていたときある人と知り合って、わたしが生まれたの。その人と結婚できなかった理由は分かるでしょう」

「ありがちな理由だろうな」

「そう、でも名前を聞けば誰でも知っているほどの資産家で、この家も提供してくれたし、わたしたちに生活の不自由もさせなかった。考え方はそれぞれだけれど、どうにもならない問題に愚痴《ぐち》や泣きごとを言ったら人生が汚れてしまう。諦《あきら》めることと逃避は別の次元ですものね」

昨夜会ったときから、年齢のわりにどこか達観した雰囲気があったのはその出自や環境が理由なのだろう。だからってもちろん、子供時代には相当の葛藤や怒りや親に対する怨嗟《えんさ》はあったろうが。

「美人で理性と知性と医師免許まであって、逆によけいな家族はいない。君は人間が自由に生きるすべての条件を備えている。俺の娘は羨《うらや》ましく思うだろう」

ドクダミ茶を半分ほど飲み、筒茶碗を盆に戻して、上着のポケットにタバコをさぐってしまう。もちろんポケットにはタバコもライターもなし。最近は飲み屋でも禁煙の店があるから、面倒くさいので外ではタバコを吸わないことにしている。

「まだ詮索したいことは山ほどあるが、とりあえず本題に入ろう」

マヤが肩をすくめて土瓶に手をのばし、俺の筒茶碗にドクダミ茶をついで、先をうながすように目を見開く。

「昨夜はうっかり君たちの賭けにのってしまったが、今回の案件は少し無茶が過ぎる気がする」

「解決させる自信がないと?」

「解決の着地点そのものが分からない」

「美早ちゃんの案で合意したでしょう」

「昨夜は……その、もしかしたら賭けがどうとかも、美早くんが言い出したのでは?」

マヤの口がひらきかけ、しかし言葉ではなく、目の表情で肯定の意思が示される。ダイレクトメールの件といい、どうも美早がなにか企《たくら》んでいる気はしていたが、まさか昨夜の会食まで美早の設定ではないだろう。

「だけどなあ、千絵さんが勝っても君が勝っても百万円が俺に提供されるというのは、賭けとしてインチキじゃないか」

「考え方の問題ね」

「俺だけ利益を得るのはアンフェアだろう」

「ボーナスですって」

「ボーナス？　だれが？」

「千絵さん」

「千絵さんがなぜ」

「昨夜たまたま大橋明里さんの話題になったとき、千絵さんが『柚木草平という人なら解決できる』と。そうしたら美早ちゃんが『柚木さんは貧乏だから無料《ただ》で働かせるのは可哀そう』と言って、それならボーナスをと」

「おいおい、たしかに俺は、まあ、弁解の余地はないんだが」

小学生の加奈子や高校生の美早にまで経済の逼迫《ひっぱく》を心配されて、「なんと自分は幸せな人間だろう」と思えればいいのだが、そうもいかない。

「なんだかなあ、どうも美早くんに弄《もてあそ》ばれている気がする」

「彼女は千絵さんよりずっと大人よ」

「それは分かっているが」

「賭けのことはともかく、十年前の失踪が事件であることは間違いないでしょう。美早ちゃんからはちゃんと、柚木さんの本職は刑事事件専門のフリーライターだと聞いているわ」

「そのうち美早くんには頭があがらなくなる」

今でも頭なんか、まるであがっていないが。

「調査をするのが柚木さんのお仕事。わたしやお友達が最近になって明里さんらしい人を見かけたのも事実。他人の空似という可能性はあるとしても、調べてみる価値はあるんじゃない?」

それも理屈か。美早に翻弄《ほんろう》されたとはいえ、昨夜は俺も『諾《だく》』と言ってしまったし、言葉に出した以上は誠意をもって対応する。半端な人生でも、いや、半端な人生だからこそ、自分の言葉には責任がある。

ここで一服したいところだが、マヤにキセルを使わせてくれとも言えない。

「百万円のことはあとで考えるとして、一応、君自身の着地点を聞かせてくれないか」

「考えていないわ」

「だから、一応の」

俺の喫煙願望なんかに頓着《とんちゃく》せず、マヤがまたキセルにタバコをつめ、うまそうにぷかりと煙を吹く。

「ずいぶんいい香りだな」

「パイプ用のダンヒルよ。キザミは手に入りにくいの」

「そうか。それで、その」

「事件の構図にしましょう。もしかしたら明里さんに双子の姉妹がいたのかも知れない」

「それはマンガだ」

「たとえばの話よ。最近の目撃例と十年前の失踪に関連があるのかどうか。なければない。もしあるのならどういう構図なのか、その解明を着地点にするわ」

いじましいとは思いながら、俺はマヤの吹くダンヒルの煙を、胸いっぱいに吸い込む。

「事件の構図か。まだ曖昧《あいまい》だけど、とりあえずそういうことにしておこう」

もともとこの賭けは千絵の俺に対する好意で、最初からマヤが勝つことに決まっている。明里の失踪にしても十年という時間を考えると、すでに死亡している確率が高いが、そこまでは言えない。

マヤの左眉があがって頰に力が入り、こちらの思いを察したように、その切れ長の目が正面から俺の顔をのぞく。ほっそりした顎のなかに鼻梁《びりょう》の薄い鼻が完璧なバランスに納まっていて、つい見とれてしまう。

「わたしにもね、ただの家出でないことは分かっているわ。常識の問題ですものね」

「誘拐も考えにくいしな。幼児なら誘拐されてそのまま何年も親子として暮らす例が、日本やアメリカにいくらでもある。ただ明里くんは高校の二年生で判断力はあったろう」

「監禁はどうかしら。東北のどこかで十年近く監禁されていた事件があったでしょう」

「あの事件での被害者も拉致《らち》されたときの年齢は九歳だった。ほかの監禁事件も被害者の判断力になんらかの問題がある。アメリカの犯罪ドラマではよく地下室に監禁されるが、日本とは住宅事情がちがう。それに明里くんが監禁されていて、自力で脱出したのだとしたらまず親や警察に連絡する」

「カルト集団のようなものに拉致されて、洗脳された可能性は?」

「可能性だけならあるだろうが」

ドクダミ茶がなんの毒を流してくれるのかは知らないが、ここはやはりビールだろう。

「医者の君からみて、洗脳やマインドコントロールはそれほど完璧なものなのか」

「被験者の性格や意志力や状況によるでしょうね。ストックホルム症候群の例もあるし」

「明里くんの性格や意志力は?」

「知らない。クラスが別だったし、話をしたこともあったかどうか」

マヤがぽんと灰吹きにキセルを打ち、玉露でも味わうようにドクダミ茶を飲みほす。

「柚木さん、昼食《おひる》はまだでしょう。奢《おご》ってあげる」

「美早くんが言うほど……」

「昨日話したお友達が小町通《こまちどお》りで食堂をやっているの。彼女は一年生のとき明里さんと同級だったし、社交的な人だから情報も多いはず。そのお店、鎌倉丼《どん》が名物なの」

鎌倉丼というのがなんだか知らないが、食堂をやっている「お友達」はやはり鎌倉駅の近くで明里を見かけたという同級生だろう。「社交的な人」とはたぶん、お節介とか出しゃばりとかいう意味。マヤもレトリックを心得ている。

「戸締りをするから少し待っていて」

言われて俺は腰をあげ、少し崖側へ歩いて海風に顔をさらす。マヤのほうはすぐ雨戸を閉めはじめ、陽だまりの黒猫も追い立てられて温室のほうへ歩いていく。外出時にいちいち雨戸を、とも思ったが座敷側は障子戸だから、家の構造からして雨戸は必然なのだろう。こんな広くて古い屋敷に防犯カメラは木戸の笠木下にひとつだけ、元刑事の俺から見るとセキュリティーはないも同然だが、鎌倉は治安がいいのか、マヤの度胸がいいのか。

庭をひと廻りしてから玄関側へ向かい、木戸の外でマヤを待つ。出てきたマヤはダウンベストを昨夜の綿入れ半纏にかえていて、毛糸の帽子に草木染《くさきぞめ》のスカーフ。千絵に提供したスカーフとは色がちがうから自作しているのだろう。

「なあ、その半纏は似合っているけど、昨夜のモンペはなにかのギャグだったのか」

マヤが拳をにぎって、こつんと俺の肩を打つ。

＊

若宮大路《わかみやおおじ》は由比ガ浜《ゆいがはま》から八幡宮へとのびる参道だが、その参道に平行する商店街を小町通りというらしい。飲食店や土産物屋が並んだ通り沿いの建物はみな三階以下。そのせいか狭い商店街でも圧迫感はなく、観光客の歩きものんびりして見える。

マヤに連れていかれた〈笹りんどう〉は駅から五分ほどのところにある角店《かどみせ》で、間口のわりに奥行きがあり、角テーブルが十卓ほど整然と並んでいる。椅子に背凭《せもた》れはなく、雰囲気は喫茶店兼洋食屋といった感じ。壁の品書きにも手作りケーキのほかにハンバーグやグラタンが表示されていて、マヤの言った鎌倉丼もわざわざ「鎌倉名物」と銘打ってある。この鎌倉丼はカツ丼の具を海老の天ぷらやフライにかえたものらしい。平日の午後一時を過ぎているのに卓は半分以上うまっているから、相当の繁盛店なのだろう。

　奥のカウンターから小柄で丸顔の女が手をふり、俺とマヤを空《あ》いている席にうながす。カウンターの向こうが厨房《ちゅうぼう》で人の動きがあり、店側にもお仕着せらしい作務衣《さむえ》にエプロン掛けの若い女が働いている。マヤの友達も同じ作務衣だが、エプロンはない。

　女がすぐ茶とおしぼりを運んできて、俺たちと同じ卓につき、身をのり出すように俺とマヤの顔を見くらべる。

「マヤさん、カレシと一緒なんて初めてだよね」

「ヒトに会わせたくなかったの」

「うわあ、不倫とか？」

「奥さんと子供がいるの。彼ね、東京では有名な私立探偵なのよ」

　勝手に言っていろ。

「柚木さん、彼女は高校で同級だった小野珠代《おのたまよ》さん。こちらは柚木草平さん。ふだんはセレブ関係の事件しか扱わないんだけどね、明里さんのことを話したら興味をもって、調べてくれるというの」

　表情も語調も変えず、この奇麗な顔で淡々とギャグを飛ばすのだから、マヤも冗談がきつい。

　小野珠代が愛嬌のある丸い目で俺の顔をのぞき、ぷくっと頬をふくらませて肩をすくめる。ちんまりした鼻に大きめの口、美人ではないがまずは可愛い部類だろう。

「わたしは昨夜飲みすぎて食欲がないの。グラタンとビールにしておく。柚木さんは鎌倉丼を？」

「いやあ、俺も飲みすぎで」

「昨夜二人で飲んだわけね。どこ？　東京？　横浜？」

「ヒトには言えない秘密のクラブさ。俺はビールだけにしておこう」

「裏メニューでクルマ海老の塩焼きなんかもできるけど？」

「それなら、それを」

珠代が席を離れていって厨房に声をかけ、自分用の湯呑を持って戻ってくる。小柄だが動作は敏捷《びんしょう》で表情も豊か。無表情で冷淡な印象のマヤとは対照な可笑《おか》しさがある。

「柚木さんがね、明里さんの性格や十年前の状況を詳しく知りたいというの。タマちゃんは一年生のとき明里さんと同級だったのよね」

「そう、彼女はクラス委員。勉強もできたし、いわゆるしっかりした性格だったよ。あのときは突然いなくなってさあ、私なんかもびっくりした」

店の女がビールと二つのコップとつき出しの野沢菜漬けを置いていく。客の入りも半分程度だし、珠代がこの席に腰を落ち着けても支障はないのだろう。

マヤがカノジョのようにビールをついでくれ、苦笑をこらえながら、とりあえず俺は咽《のど》をうるおす。ドクダミ茶よりはうまい。

「小野さんも最近、鎌倉駅で明里さんらしい人を見かけたんだよな」

「えーとね、あれは十日ぐらい前。私は横須賀から帰ってきたところで、駅の改札を出たとき明里さんに似た人が逆にホームのなかへ。思わず声をかけちゃった」

「それで?」

「それでって」

「君に声をかけられた、相手の女性は」

「知らん顔、あれ、そうでもないかな。ちょっとだけ足をとめたかな。でも夕方でさあ、駅も混んでいたし、私も店の支度があるしね。気になったけどそのまま帰ってきたの」

珠代に声をかけられて知らん顔だったのか、一瞬でも足をとめたのか。そのあたりは微妙なところだが、素人《しろうと》に具体的な観察は無理だろう。

「そのときの明里さんは十年分、年齢を重ねていたんだよな」

「そりゃそうよ。高校生のときと同じだったらホラーじゃない」

「しかし高校生からの十年というのは、女性が一番変わるときだろう。髪型も服装も化粧もまるで違っていたと思うが」

「でもね、ほら、私、毎日のように明里さんの写真を見ているから」

「毎日のように?」

「だって……」

珠代が俺とマヤの顔を見くらべ、なにか思い出したように、腰をあげて出入り口に近いレジへ向かう。戻ってきた珠代は手にA４判ほどの紙をもっている。

「これ、ほら、毎年十月になると駅の前で配るチラシ。私もね、最初の三年ぐらいはみんなに協力してたけど、うちは市内にケーキ店とパン屋も出しているし、最近は時間がとれないのよね」

わたされた紙はカラーコピーされたものらしく、まず制服を着た少女の顔写真が大きく表示され、その下に「大橋明里さんを探しています」という文字と、失踪年月日や時刻や背丈などの特徴、それに情報提供を受けつける鎌倉中央署の電話番号などが記されている。写真の明里は素直なセミロングの髪に化粧の様子はなく、きりっとした感じの目に軽く口を結んで、珠代の言うとおり、なるほど「しっかりした性格」に見える。事件から十年が過ぎた今でも、親や警察や友達が失踪当日の前後には駅前でこのチラシを配るのだろう。

「情報を受けつける警察の電話番号は分かるが、その下の〈明里さんを探す会〉というのは?」

「〈鎌倉散歩〉というタウン誌があってね、そこが探す会の事務局になっているの。うちなんかも鎌倉散歩に広告を出しているし、本当はチラシも店に貼ってやりたいんだけど、この商売だとねえ、それもなかなかね」

「チラシを預かっていいか」

「もちろん、必要なら何枚でもあるから」

俺がチラシをたたんでポケットにおさめたとき、グラタンとクルマ海老の塩焼きが運ばれる。ほかの卓では客が二組ほど入れかわり、厨房からは油や醬油の香《こう》ばしい匂いが漂ってくる。

俺の相手はもう珠代に任せるつもりなのか、マヤは口をはさまず、グラタンをつつきながらビールを飲みつづける。俺も塩焼きに箸をつけ、店の女にビールを追加する。

「ねえ、私立探偵って、昼間からビールを飲んでいいわけ？」

「警察じゃないからな。それにこれは、正式な仕事というわけでもない」

「マヤさんとはどこで知り合ったの？」

「病院のレントゲン室でナンパした」

「うわあ、お洒落《しゃれ》。でもさあ、不倫はヤバくない？　奥さんと別れるつもりはあるわけ？」

「いろいろ、その、事情があって」

「マヤさんはほら、一見クールでしょう。でも本質はシャイで人見知りなの。そのあたりは柚木さんがちゃんと考えてよね」

「肝に銘じる。それより明里さんのことなんだけどな、失踪前後の事情を覚えていないか」

「覚えているわよ、学校でも近所でもすごい話題だったし。私だって一カ月ぐらいは放課後、毎日駅前でチラシを配ったもの。五十人以上の子が鎌倉駅だけでなく、北鎌倉や江ノ電の駅までチラシを配りに行ったわ。マヤさんも参加したでしょう」

「わたしは勉強が忙しかったから」

「そうだっけ、そうだよね。私は調理師学校に決めていたから勉強なんかしなかったけど、マヤさんは東大の医学部だものね」

東大の医学部とは予想外。どうせ金で入れる私立の医大だと思っていたが、東大なら医療業界でもエリートだろうに。それを「たんにカルテを読めるだけ」と言い放ったのは、ギャグか謙遜《けんそん》か。

俺はビールを咽に流して、困惑と感嘆を頭の隅に隔離する。

「明里さんが失踪したとき、友達のあいだで噂はなかったかな。学校や家庭でのトラブルとか、ストーカーとか」

「まるでなかった。ああいうときってさ、みんながいろんなことを言うでしょう。でも明里さんは本当にまじめな子で、援交なんかも完璧にあり得ないって」

「ボーイフレンドぐらいはいたと思うが」

「たぶんね、江ノ島学院の三年生で、一人チラシ配りにも熱心な男子がいた。どこまでの関係かは聞かなかったけど、なんていうのかな、ほら、もう必死さがちがうみたいな」

「名前は分かるか」

「えーと、なんだっけな、たしか……」

珠代が手の甲で目蓋《まぶた》をこすり、何秒か考えてから、諦めたように首を横にふる。

「川か山がつくような名前だった気がするけど、思い出せない。探す会に聞けば分かると思うよ」

「鎌倉散歩というタウン誌の場所は？」

「参道の向こう側。古い雑居ビルでね、参道から小町通り側より家賃が安いの」

家賃云々は大きなお世話だろうが、マヤの言うとおり、たしかに珠代の情報量は多い。

「明里さんの家庭環境なんかは、どうかな」

「たとえば？」

「親の仕事とか、収入とか」

「そこまでは知らないわよ。でもお父さんは社長だかなにかの役員だかで、家も大きいし、お金持ちだと思うよ」

大橋明里の家庭環境も交遊関係も、もちろん警察が調べている。SNSで知り合った男に呼び出されたのなら二、三日で居所《いどころ》は知れるし、失踪後の手掛かりや情報が皆無ということには、やはりイヤな予感がある。

「明里さんは学校からの帰りに消息を絶ったんだよな」

「うん、金曜日の夕方だったね。一緒に学校から帰った友達は、えーと、友部《ともべ》実菜子《みなこ》さん。友部さんは江ノ電の駅へ向かって、明里さんは北鎌倉のピアノ教室へ。そのときから行方不明なの」

「ピアノ教室へは行かなかったのか」

「そうみたい。いつもは九時ぐらいに家へ帰るのに、あの日は十時になっても帰らなかったの。お母さんがケータイに電話したら通じなくて、ピアノ教室もお休み。もうそれからが大変でね、友達や学校やいろんなところへ電話しても、誰も知らなくて、それで警察へ連絡したの」

まるで見ていたような説明だが、もちろん当時の情報を総合したものだろう。しかしその夜家人が警察へ連絡して、警察がすぐ動いたのかどうか。通常の手続きでは家出人捜索願が提出され、それを生活安全課が通常の家出人と「特殊家出人」に分類する。特殊家出人とは失踪に

たかどうか。事件性ありと判断される場合で、十七歳になっている明里のケースが即事件性ありと判断され

「明里さんはピアノ教室を、連絡して休んだのかな。それとも無断で?」

「柚木さんねえ、私だって見ていたわけじゃないよ」

「それもそうだ」

「タマちゃん、わたしたちのほかにも明里さんに似た人を見かけたんじゃない?」

「そうそう、うちの店ね、けっこう高校時代の友達が寄ってくれるの。一人は菅谷《すがや》円花《まどか》さん。この春に結婚して苗字は金井《かない》に変わったけど、ほら、テニスで国体に出た子がいたでしょう。優勝だか準優勝だかで、市長から記念品をもらった人」

「知らない」

「大学のテニス部にもスカウトされて、だけど膝だったかな、肘だったかな、とにかくどこかを怪我してね」

「小野さん、そのテニス選手はどこで明里さんを見かけたんだ」

「八幡様の境内《けいだい》。子宝祈願だか交通安全祈願だか、旦那さんと二人で……」

世の中には喋りはじめると止まらない女がいるもので、マヤのほうは相槌《あいづち》を打つだけで済むから、二人の相性はいい。

「テニス選手は明里さんに声をかけたのか」

「通りすぎてしばらくしてから気づいたけど、ふり返ったらもうずっと離れていたとか。でも

明里さんに、ものすごく似ていたらしいよ」

「でもなあ、十年もたっているし」

「もう一人は合唱部だった根岸町子《ねぎしまちこ》さん。彼女はまだ独身だけど、横浜のホテルに勤めているの」

「そのホテルで明里さんらしい人を？」

「見かけたのは下馬《しもうま》交差点の近く」

「しかし正面から顔を合わせたわけでもなく、声もかけなかった」

「さすがは名探偵」

「それほどでもない」

「それでそのね……」

珠代が湯呑を口へ運んでひと息つき、目を細めて俺とマヤの顔を見くらべる。

「ねえねえ、マヤさんも根岸町子さんは覚えているでしょう」

「なんとなく」

「三人で大笑いしたじゃない」

「タマちゃんはいつも笑っていたわ」

「そうかも知れないけど、柚木さんね、うちの父親って洒落がきつくて、私が生まれたとき町子という名前をつけようとしたの。それを平塚《ひらつか》の叔父さんがやめさせてくれて、ほーんと、助かったわ」

なにを言っているのか分からないが、マヤの左頰が笑いをこらえるようにひきつっているから、たぶん可笑しい話なのだろう。

「町子さんという名前でも不都合はないと思うが」

「だって柚木さん、ここは小町通りだよ。小町通りの小野町子だったら友達にからかわれたよ」

そうか、ここは小町通りで、珠代の姓は小野だったか。たいして面白い話でもないが、高校生のころはマヤもそんなジョークで笑い転げたのだろう。しかしその町子さんもテニス選手も明里に関して珠代以上の情報をもっているとも思えず、住所や連絡先を聞いても意味はない。

「貴重な情報を得られて助かった。ほかにも思い出したことがあったら、マヤさんに連絡を」

二本目のビールはまだ残っているが、天気予報を考えればのんびりもしていられない。

「ゆっくりしていけばいいのに」

「仕事で来たわけではないが、遊びに来たわけでもない」

「うわあ、マヤさん、柚木さんっていつもこういう気障《きざ》な話し方をするの?」

「彼は言葉《くち》で仕事をする探偵なの」

そんな探偵がどこにいる。

「ねえ柚木さん、大きなお世話だけど、やっぱり不倫はまずいよ。女の二十七歳なんて、けっこうオバさんなんだから」

「俺も済まないとは思っている」

「ただ思っているだけ? ちゃんと誠意はみせている?」

「マヤさんに聞いてくれ」

「それならマヤさんはどうなのよ」

「たしかにね、草平さんには優柔不断なところがあって、わたしもそれは不満なの」

「ごらんなさい。けじめをつけるのは男の仕事でしょう。慰謝料とか子供の親権とか、どうせ問題はそのあたりでしょうけどさ」

三人でこのままコントをつづけるのも面白そうだが、マヤも「草平さん」とか言い出したし、いつまでも遊んでいると火だるまになる。

俺は腰をあげ、不倫相手のカノジョを気遣って、そっとその肩に手を置く。

「君はゆっくりしていくといい。今後の問題に関しては、またあらためて」

「明里さんの事件を調べてくれるのは嬉しいけど、危ないことはしないでね」

「心配するな。俺は口で仕事をする探偵だ」

「でもあなたって、見かけより無茶なんだから」

「君のために身を慎む」

「くれぐれも気をつけて。なにか分かったら連絡してね」

頭のなかでため息をつきながら、珠代に「ごちそうさま」と挨拶をし、その珠代からは見えない角度でマヤには舌を出してやる。

「柚木さん、鎌倉散歩は参道の向こう側の、花屋の裏の古いビルだよ」

出入り口に向かいながらマヤと珠代に手をふり、俺は意識的に顔をしかめて、自分の頬をぴしっと叩いてやる。たんにマヤの酔狂《すいきょう》に調子を合わせただけだが、一瞬本気で「不倫」を考えてしまったのだから、我ながら節操がなさすぎる。

しかしいつか食欲のあるときに、名物の鎌倉丼とやらを食べに来てみよう。

小町通りから参道へ出てその参道を横切り、珠代に教えられた花屋を探す。参道の両側にも商店や雑居ビルが並んでいるが、ここでも高さ制限があるらしく建物は四階まで。参道自体が広いから空も広く開放され、そして天気予報通り、南西方向からイヤな色の雲が迫っている。

花屋はすぐに見つかり、路地を入っていくと永井《ながい》工業という三階建てのビルがあって、その三階が鎌倉散歩の編集部になっている。珠代は「古いビル」を強調したが俺が住んでいる四谷のビルほどではなく、エントランスの内側には新しい玄関マットも敷かれている。

エレベータはないので階段をあがり、二階の踊り場にあるトイレで用を足してから、また階段をのぼって三階へつく。各階ワンフロアでドアはひとつしかなく、そのドアには鎌倉散歩のプラスチックプレートが貼られている。

一応ドアをノックし、そのドアをあけて内へ入る。意外に広い空間でフロアの中央にスチールデスクが並び、壁には雑誌や書籍が几帳面に並んだ書棚。一角には作業台のような角テーブルがあって、デスクからは二人の女が俺のほうへ顔を向けてくる。一人は四十歳前後、もう一人は二十五、六歳。年齢とデスクの大きさから中年女性のほうが責任者だろう。

「お仕事中に申し訳ない。近くの食堂でこちらが明里さんを探す会の事務局だと聞いたので」

中年女がデスクから腰を浮かせ、小首をかしげながら「はい」と返事をする。テーラード仕立てのジャケットに栗色の髪、ほっそりした体形だが華奢《きゃしゃ》な印象はない。

俺はフロアをすすんで女のデスクへ向かい、名乗って名刺をわたす。

「柚木草平さん、もしかしたら」

女が二度名刺と俺の顔を見くらべ、軽く息をとめて、その息をほっと吐く。

「月刊誌や週刊誌に署名記事をお書きになる、あの柚木さん?」

「極《ごく》たまーにですが」

「いえいえ、立派なお仕事だと、いつも感心しておりますのよ。そうですの、柚木さんがわざわざ探す会に」

女が抽斗《ひきだし》をあけて名刺をとり出し、俺にわたして、となりのあいている椅子をすすめる。名刺には〈鎌倉散歩　編集長　長峰今朝美《ながみねけさみ》〉と書かれている。俺の名前なんかインターネット検索をしてもせいぜい二十件、女房の知子なんか十万件以上もヒットするのだから、イヤな世の中だ。そんなイヤな世の中でもたまには長峰編集長のように、奇特な人間もいる。

若いほうの女が茶をいれてきて俺の前におき、すぐ自分のデスクへ戻る。こちらはメガネをかけて髪はポニーテール、ジーンズの尻が小さくて脚の形もいい。意味もなく女性の容姿を一瞬で見抜いてしまう自分の才能が、自分で悲しい。

「それで、わざわざお見えになったのは、やはりあの件で?」

「こちらにも大橋明里さんの目撃情報が」

「このところ多くなりましたのよ、一カ月で十件ほど。ですがそんなローカル情報をもうご存知だなんて、さすがにプロですわねえ」

長峰編集長は俺が本職の取材で来たと思ったのだろうが、マヤたちの賭けにのせられただけ、と自白するわけにもいかないし、その必要もない。俺の顔を遠慮もなく見つめるその目つきはどこか妖艶《ようえん》で、化粧もきれいに決めている。

俺は茶に口をつけ、編集長の色っぽい視線を耳のうしろにやり過ごす。

「最近になって目撃情報が増えたことに、理由はあるんでしょうかね」

「分かりませんのよ。調べてはおりますけれど、情報自体が曖昧なもので、横顔が似ていたとかうしろ姿が似ていたとか。鎌倉中央署の生活安全課に担当の刑事さんがいらして問い合わせてもみましたが、あちらも似たようなものだとか」

「誰も正面から明里さんに向き合っていないし、言葉も交わしていない」

編集長が表情で肯定を示し、ボールペンをもてあそびながら、小さくため息をつく。最近になって明里の目撃例が多くなったことは事実らしいが、それが偶然なのか、必然なのか。

「まさかとは思いますが、明里さんに双子の姉妹がいたようなことは？」

「それは柚木さん、いくらなんでも」

横のほうで若い女が咳払いをしたのは、笑いをごまかしたのだろう。みんなマヤが悪い。

「私も大橋さんのご家族事情に詳しいわけではありませんが、下のお嬢さんも、今年やっと中学生になったばかりですのよ」

「やはり他人の空似でしょうかね」

「と、思いますけれど」

「失礼ですが、こちらのタウン誌が探す会の事務局になっている理由は」

「もう最初から……」

編集長がボールペンの頭で自分の頬をつき、俺に流し目を送ってから、口元に少し力を入れる。

「いえね、十年前は鎌倉散歩もフリーペーパーでしたのよ。無料で駅やホテルにおいてある、あのタイプの情報誌」

「はあ」

「ちょうどあの年の春に私が経営を引き継いで、張り切ってもいたし、拡販にも力を入れていましたの。そうしたら十月になって明里さんの事件でしょう。なにか地元のお役に立てれば、協力できることがあればと、事務局を買って出たわけですの」

フリーペーパーの収入は企業やホテル、飲食店などからの広告費。編集長になったばかりの長峰今朝美がそれら広告主へ顔を売るために〈明里さんを探す会〉を利用した可能性もあるが、だからって、非難するほどのことでもない。

「そのフリーペーパーを苦労して苦労して、やっと有料のタウン誌にまで育てましたのよ。もちろん探す会の事務局は最初からのおつき合いですから、今でも協力しております」

「事件発生当時は長峰さんも街頭に立たれた」

「当然ですわ、もう何日も何日も」

「明里さんの身内や学園の生徒などとも交流があったと思いますが、評判というか、噂というか、失踪に関する心当たりのようなものを誰かから聞きませんでしたか」

「それなんですよねえ。普通の女子高生なら仲の悪い友達がいたとか、いじめたとかいじめられたとか、少しぐらい悪い噂はあるものなんでしょうけれど、明里さんに関してはまるでなし。成績も優秀で、もちろん援助交際も考えられないとか」

笹りんどうの小野珠代も同じような人物評だったが、優等生で性格がよくて真面目で美人だなんて、俺の下衆《げす》な価値観では、少しばかり出来すぎている。

「明里さんのご両親はどんな方です。職業とか、経済状況とか」

「それは個人情報の問題が……」

編集長がデスクの端に両肘をかけ、何秒か眉間《みけん》に皺をよせてから、ほっと唇を尖らせる。

「柚木さんならどうせお調べになるわねえ」

「どうせね」

「個人情報ではありますけれど、秘密というほどでもありませんわ。ご主人の大橋恒《わたる》さんは〈日本博愛会〉の専務理事をなされています」

「日本博愛会?」

「横浜に本部をおく公益財団法人ですよ。理事には政財界の大物も名前を連ねておりますから、立派な慈善団体ですわね」

政財界の大物が名前を連ねているから「立派」と思うか、胡散臭《うさんくさ》いと思うか。俺なんか「博愛」という単語を聞いただけで蕁麻疹《じんましん》が出てしまうが。

「奥様も環境保護団体の役員をされておられますけれど、こちらは名目だけでしょう」

「要するに経済的な問題はないと」

「経済的にも人格的にも、まったく問題はありません」

「それでも明里さんは失踪した」

「ええ、いえ、ですから」

「明里さんにはボーイフレンドがいたと聞きましたが、ご存知ですか」

「特定の？」

「当時は江ノ島学院の三年生だったとか」

「それなら粕川祐真《かすかわゆうま》さんでしょう。ただ特定の、いわゆるカレシかどうかとなると、私には分かりかねます」

「探す会の活動に熱心だったと」

「ほかのお友達にくらべれば、たしかにねえ。でも粕川さんと明里さんがどこまでのおつき合いだったのか、まさか粕川さんに『肉体関係は』とまでは聞けませんでしょう」

俺だったら聞いてやるが、一般的には編集長の意見が正しい。

「それに柚木さん、粕川さんは一年ほどで探す会から離れましたのよ」

「というと」

「聞いてはおりませんけれど、理由に察しはつきます」

「なるほど」

「新しい恋もせず、結婚もせず、失踪した交際相手を十年も二十年も探しつづける。陳腐《ちんぷ》なラブストーリーとしては面白くても、実際にそんな男がいたら不気味ですわ」

粕川という男が明里とどこまでの関係だったのか。一方的に憧れていただけなのか、いわゆる男女の関係だったのか。いずれにしても若い男に新しいカノジョができたところで不道徳でもなし、どっちみち俺にヒトのことは言えない。

「粕川さんの住所や連絡先は分かりますか」

編集長がパソコンに手をのばしかけ、一瞬頬をふくらませて、肩を椅子の背凭れにひく。

「昔のことですからデータは残っておりませんわ」

「個人情報保護法というのも面倒なものですね」

「お察しいただければ幸いです」

どうせパソコンにデータはあるのだろうが、当時江ノ島学院の三年という事実と名前が分かっていれば、住所ぐらい俺にでも調べられる。

「明里さんの親友などはどうです。失踪当日は友部実菜子さんと、学校から駅まで帰ってきたというが」

「そこまでお調べですの」

「情報網を張り巡らすのが仕事ですからね」

ついさっき珠代から聞いただけのことだが、この色っぽい編集長には有能と思わせておこう。

「たしかに友部さんは親友だったと思いますよ。彼女も気の毒に、ＰＴＳＤで寝込んでしまったぐらい。警察にも細かく事情聴取されたのでしょうけれど、失踪を自分の責任のように思い込んだのでしょうねえ。でも当日もそれ以前も、明里さんに普段と変わった様子はなかったと」

「友部さんは今でも探す会に？」

「もちろん、今年も十月には鎌倉駅前でチラシ配りを。大学は京都へ行かれたんですが、そのあいだも十月には必ず帰ってきました。今は北鎌倉の歴史図書館で学芸員をされています」

友部実菜子の住所や連絡先ぐらい、マヤか珠代が知っている。その珠代と長峰編集長の証言から得られた明里の人物像は真面目な優等生、学校でも家庭でもトラブルはなく、自らの意思で姿を消す理由も一切なし。警察はこの案件をどう扱ったのか。常識的には拉致か誘拐で、それなら今でも県警本部の刑事課が建前だけでも継続捜査をしている。

このタウン誌へ寄ったのは明里のボーイフレンドを確認するためで、それが分かればもう用はない。

俺は編集長に会釈をして腰をあげ、礼儀として一応、オフィスを見渡す。

「どこにも男性の気配がない。スタッフは全員女性のようですね」

編集長も腰をあげ、口の端を笑わせながら目を細める。

「若い子たちは流行に敏感ですからね。ほかにも四人いて、今は取材に出ていますわ」

「よだれの出そうな職場だ。私も自分のデスクを置かせてもらいたいが」

「こちらこそお願いしたいですわ。柚木さんのようなプロのお仕事を間近で見られれば、みんなの勉強になりますもの」

もちろん冗談に決まっているが、編集長の切り返しもなかなか洒落ている。

「お忙しいところをお邪魔しました。有力な目撃情報でも入りましたら、ぜひご連絡を」

編集長に礼を言い、若い女にも手をふってドアへ向かう。

「宮内《みやうち》さん、最新号を一部、柚木さんにお渡しして」

若い女がデスクを立って棚からA４判の冊子を抜き、俺の横へ歩いてきて手渡してくれる。雑誌はもちろん〈鎌倉散歩〉の十二月号、表紙には紅葉を背景にどこかの寺が写っていて、定価は五百円。タウン誌なんてフリーペーパーに毛の生えたようなものと思っていたが、印刷も紙質も上等でこれなら書店に並ぶ一般の雑誌と変わらない。今はタウン誌もここまで進化しているのか。

もう一度編集長と若い女に礼を言い、ドアをあけて外の踊り場へ出る。天気予報は心配だが雨の気配はないようで、路地へ戻ってからすぐ参道へ向かう。鎌倉中央署の最寄り駅は江ノ電の和田塚《わだづか》らしいが、地図アプリではここからも歩ける距離にある。降り出したらそれまで、ビニール傘ぐらいどこでも売っているし、濡れて困るほど高級な服も着ていない。

それにしても四谷の部屋から鎌倉まで往復四時間、通勤する人間もいるから文句は言えないけれど、この距離と時間は中途半端すぎる。観光シーズンでもなし、どこかの安ホテルに幾日か部屋をとるか。経済的な逼迫という問題はあるにしても、仕事には経費がつきまとう。

そうか、仕事かと、参道を八幡宮とは逆方向へ歩きながら考える。小高直海《おだかなおみ》を騙して、この調査を〈月刊ＥＹＥＳ〉からの正式なオファーにできないものか。そうなれば取材費は出るし、原稿料の前借りも可能になる。賭けからの百万円も入るから俺の経済は一気に好転し、加奈子とのカモノハシ見物ツアー費用も捻出《ねんしゅつ》できる。

しかしこの世の中、そんなうまい話がどこにある。

鎌倉中央署についたときもまだ雨は降り出さず、立哨《りっしょう》のいない玄関から内へ入る。所轄《しょかつ》署の構造なんて全国どこでも似たようなもので、会計課、交通課、生活安全課、地域課、警備課、刑事課などが各フロアに分散している。利用者が多いのは会計課と交通課で、次が地域課と生活安全課。刑事課へ直接足を運ぶ一般市民はまずいない。

鎌倉散歩の編集長から明里事件の担当が生活安全課にいると聞いたので、俺はそのカウンターへ歩き、初老の制服警官に名刺をさし出す。

「十年前に失踪した大橋明里さんの件を取材しています。担当の刑事さんがいらっしゃったら、お目にかかりたい」

初老警官が名刺と俺の顔を見くらべ、顎で隅のベンチを示しながら内線の電話をとりあげる。雑誌記者などという如何《いかが》わしい人種に嫌悪感をもつ警官もいれば、好意的な警官もいる。この初老警官が不愛想な理由は、たんにそういう人相なのだろう。

俺はベンチへ歩いて腰をおろし、鎌倉散歩でわたされたタウン誌をめくってみる。記事は半分ほどであとは飲食店等の広告。広告のなかにはたんにパン屋やケーキ屋の店名が掲載されているだけではなく、「記者の突撃レポート」という名目で写真が多用され、味に対する感想や店主へのインタビューがのせられているページもある。編集長以外はみんな契約社員かアルバイトだろうが、タウン誌としては規模の大きいほうだろう。

待つまでもなく、近くの階段からスーツ姿の女があらわれ、初老警官から俺の名刺を受けとってベンチへ向かってくる。スーツは紺で短い髪をきつく束ね、目つきもきつくて色気がない。失踪者担当なんて定年に近い窓際刑事が相場だろうに、この女性刑事は二十代の前半か。

俺は腰をあげて女を待つ。

「お待たせしました。生活安全課の立尾《たてお》です。どんなご用件でしょうか」

「取材です」

「それは分かっています。具体的にはどんな内容の？」

「鎌倉散歩の長峰編集長から連絡が来ていると思うが」

「はあ、えーと、はい」

「明里さんの失踪について概略は分かっています。聞きたいのは警察としての対応や捜査状況など。場合によっては記事を全国誌に掲載することもできる。どうせ捜査は行き詰まっているんでしょう」

立尾刑事が顎をあげて俺の顔を睨《にら》み、唇の端にぐっと力を入れる。ただ睨んだように見えたのはもともとの目つきらしく、くわえて髪をひっつめているから目尻が余計に吊りあがってしまう。誰かこの小娘に化粧を教える人間はいないのか。

長峰編集長から連絡が、というのはハッタリだったが、理屈からすれば当然で、立尾刑事も小脇にグレーのバインダーをはさんでいるから謁見の用意はできている。

肩で小さく息をつき、また俺の顔をひと睨みしてから、立尾刑事がフロアの先にある衝立《ついたて》ブースへ向かう。そこは腰高ガラスで仕切られただけの簡易面会場で、角テーブルと折りたたみの椅子が並んでいるだけ。定員はせいぜい四人だろう。東京警視庁管内ならまだいくらか俺の顔もきくだろうに、神奈川県警ではどうせ、茶も出ない。

テーブルに向かい合って腰をおろしてから、立尾刑事がバインダーを膝におき、肩に力を入れて背筋をのばす。ドアはないからフロアから丸見え、知らなければ俺が刑事で立尾のほうが重要参考人に見える。

「失礼だが、刑事さんはいつ本件の担当に？」

「この春からです。前任の担当者が病気退職しましたので、急遽《きゆうきよ》わたしが担当に。でもこれまでの捜査記録はすべて読み直していますし、経緯《いきさつ》や状況、目撃証言などもデータベース化していますので、事件については熟知しています」

「この春からということは、入庁二年目ぐらい？」

「はい」

「四年制の大学卒《で》ならすぐ巡査部長だな」

立尾が広い額に皺を寄せ、音が聞こえるほど鼻で息をついてから、俺の名刺をとり出して何秒か睨む。いくら睨んだところで名刺に「元警視庁捜査一課警部補」とは書かれていない。

「仕事柄警察の内部事情にもいくらか知識がありましてね」

「そうですか」

「最近、明里さんに似た人を見かけたという情報が、増えているんだとか」

「例年にくらべればいくらか、といったところです。これまでの記録を見ると毎年十月以降は情報提供が多くなります。たぶん駅前でのチラシ配布が理由でしょう」

「有力な手掛かりはないと」

「残念ですが、今のところ」

立尾が肩の力を抜くように息をつき、俺からは見えない角度で膝のバインダーをひらく。

「この十年間、氏名や連絡先が分かっている情報提供者には、その都度捜査員が聞き取りをしています。ですがなにしろ、その量が膨大なんです。北海道で見かけたとか京都で見かけたとか、あるいはロンドンで見かけたとか夢に見たとか、ほとんどはそんな情報ばかりで」

この一般からの情報提供に関しては、俺も刑事時代に辟易《へきえき》した覚えがある。世間が騒ぐ事件では一日に百件を超えるときもあり、いやがらせや面白半分のいたずらも多くある。そうかといってすべてを無視するわけにもいかず、取捨選択で膨大なエネルギーを消耗する。しかしそれらフェイク情報と、最近マヤたちが鎌倉周辺で明里に似た女を見かけたという事実とは、少し質がちがう気もする。

「失踪そのものに関しては、どうでしょう。当初は判明していなかった明里さんの周辺事情とか」

「周辺事情といいますと」

「私が聞いたかぎり、明里さんは絵にかいたような優等生で家庭や友人関係でのトラブルはなし。だが失踪当初は憚《はばか》りがあるから口にしなくても、時間がたつと、ぽつりぽつりと、誰かが本音をもらしたりもする」

立尾がまたバインダーをひらき、口のなかでぶつぶつ言いながらしばらくページをめくる。データベース化してあるとかいう情報を検討しているのだろうが、それぐらい頭に入っていないのか。入庁二年目で事件担当になったのもこの春から、こういう新米刑事を相手にしても時間の無駄だろう。ただうつむいてページをめくるうなじと指は、華奢で美しい。

「家庭も裕福ですしご両親も社会的な地位のある方です。鎌倉女子学園は私立のお嬢様学校ですから、問題のある生徒は入学もできませんしね」

「それでもなかには性格の悪い生徒もいる。親や友達に隠れて援助交際をする女子もいると思うが」

「親や友達に隠れての援助交際なら、もともと表面化はしないでしょう」

それも理屈か。

無駄とは思ったが、せっかく足を運んだことではあるし、警察の対応を質《ただ》すことにする。

「明里さんが失踪した当日やその直後、警察はどのような捜査を？」

またバインダーをめくりかけ、立尾がくっと咽を鳴らして、背筋をのばしながら俺の顔を睨む。

「こちらの捜査に落ち度はありません。手順通りの対応をして捜査員も大量に投入しました」

「家族から捜索願いが出たのは当日の夜中だろう。警察はすぐ動いたのかな」

「ですからそれは、手順通りに」

「すぐ事件性ありとは判断しなかった」

「女子高生ですからね、幼児の行方不明とは事情が異なります」

「ボーイフレンドとでも遊んでいるのだろうと？」

「当直の警官がどう判断したのかは、記録にありません」

「しかし翌日になって生活安全課《セイアン》の誰かが大橋恒氏の素姓に気づき、急遽事情を聞きに出掛けた。大橋さんは日本博愛会の要職にあるという」

「その間の事情も記録にありません」

「どうでもいいさ。警察を責めているわけではない。手順通りならある意味では上等だった」

これが渋谷あたりにたむろしている不良女子高生の失踪なら、警察は指も動かさなかったろう。不公平ではあるが、世の中は不公平にできている。

「失踪当日の足取りなんかは、どこまで分かっているんだろう。友人の友部実菜子さんは、明里さんが鎌倉駅の改札を通るところまで確認したのだろうか」

「いえ、でも」

当日や以降の捜査状況はもう頭に入っているらしく、立尾がぐっと顎をひいて、正面から俺の顔を見つめる。どうでもいいが、この睨むように吊りあがった目は、なんとかならないのか。

「改札をくぐるところは監視カメラがとらえています。明里さんが当日、横須賀線に乗ったことは間違いありません」

「降りたところは？」

「残念ながら、確認できていません」

「北鎌倉のピアノ教室へ行く予定だったらしいが」

「北鎌倉駅も、それから大船方向も横須賀方向も、各駅の監視カメラはすべて検証してあります」

「明里さんは無断で欠席を？　それとも連絡をして？」

「無断欠席でした」

「横浜や東京まで行った可能性は？　もし東京まで行ってしまえば監視カメラはとらえない」

「ですが、あの時点で、そこまでは」

「あるいは逆に途中で気が変わったとか、突然なにかの用事ができたとかで鎌倉駅へひき返したとか」

「記録には……」

「ないんだよな。明里さんはケータイを持っていたらしいが、通話記録は」

「通話の相手は家族や友人だけです。それは確認してあります。当日の夕刻以降ケータイは使われていませんし、付近の山中や海岸も捜索されましたが、ケータイその他遺留品は発見されていません」

「どうもなにか、釈然《しゃくぜん》としないよなあ」

立尾が返事をしかけて、口を結び、それでも意見のありそうな表情でぐっと俺の顔を睨む。

真夜中の人けのない場所なら強引な拉致も考えられるが、明里のケースでは無理だろう。少なくとも消息を絶つ直前までは、意識も判断力もあったことになる。

「県警本部でも一応継続捜査扱いにはなっているんだろう」

「当然です」

「だが担当は所轄の立尾さん一人」

「それは、全国では年間八万五千人以上もの失踪者がいるわけで」

それぐらいは俺だって知っているが、そのうちの八割以上は帰宅したり居所が判明したりする。家出人、行方不明者、失踪者という表現も法律的な区分があるわけではなく、状況によって使い分けるだけ。明里のケースは消息を絶った状況が曖昧で、そこに警察としてもジレンマがあるのだろう。

「誰も口には出さないが、刑事さんの感触はどうだろうな。明里さんはまだ生存していると？」

「わたしの口からは言えません」

「山中から遺体でも出てくれれば、正式に殺人事件として捜査できるのにな」

「不謹慎《ふきんしん》です」

「しかし、内心では？」

「柚木さん、いくら記者でも不埒《ふらち》な誘導尋問は許しませんよ。ご家族やご友人の身にもなってください。みんな一日でも早く、元気な姿で明里さんに戻ってきてほしいと願っているんです。それはわたしも同様です」

「興奮するとまた目が吊りあがるぞ」

「はあ?」

「その髪型にも理由があるのか」

「あなた、逮捕しますよ」

「なんの容疑で」

「ですから、えーと、それは、警察官侮辱罪です」

「そんな法律はない」

「それなら公務執行妨害罪にします」

「勝手に犯罪者を増やすな。要するに刑事さんも内心では、明里さんの失踪に釈然としない思いがある。初動捜査に手抜きがあったとは言わないが、方向性がちがっていた可能性はある」

「ですからわたしは捜査記録を何度も何度も読み直して、関係者のデータベースをつくっているんです。部外者に指図される覚えはありません。それに髪型は、たんに機能を重視しているだけです」

パソコンをいじくる前に足で聞き込みをしろ、と言いたかったけれど、説教をする柄でもないし、立場でもない。いずれにせよ明里の失踪当時、警察は手順通りの捜査をしていて、山中や海岸の捜索もしている。問題はこの十年間、それだけ調べても「明里の行方に手掛かりさえない」という部分なのだろうが、俺の仕事は取材で、事件の捜査ではない。

これ以上からかって泣き出されても困るので、俺はタウン誌を丸めて小脇にはさみ、腰をあげて立尾に礼を言う。

「柚木さん」

ブースから出ようとする俺を呼びとめ、立尾も腰をあげて、スーツのポケットから名刺を抜き出す。わたされた名刺は〈鎌倉中央署　生活安全課　立尾芹亜《せりあ》〉となっている。

「なにか重要な情報を得られましたら、ぜひご連絡を」

「そっちの情報はどうせ、提供してくれないんだろう」

「警察と記者さんでは立場がちがいます」

「承知している。一応聞いてみるが、粕川祐真の連絡先は教えてもらえるかな」

「粕川祐真？　誰です？」

「当時明里さんと交際していた男らしい」

「パソコンのデータベースにはあるかも知れませんが、当然ながらお教えはできません」

「そうか、当然か。そのデータベースとやらに、よろしく伝えてくれ」

ブースを出ながら立尾芹亜に手をふり、ついでにウィンクもサービスしてやる。粕川祐真の連絡先は小野珠代の情報網に任せるとして、この新米婦警から肩の力が抜けるのは、いつのことだろう。

ロビーから玄関へ出るとやはり降り出していて、海方向にひらけた空も暗い雨雲に被《おお》われている。それほどの降りではないから最寄り駅ぐらいまでならたいして濡れないだろうが、以降はどうする。傘を買って友部実菜子が勤めているという北鎌倉の歴史図書館を訪ねてみるか、それとも有名な私立探偵も疲れたから、早めに仕事を切り上げるか。

雨のなかを鎌倉見物で歩きまわる気分でもなく、今日は東京へ戻ることに決めて、小雨のなかを和田塚駅に向かう。鎌倉という土地への空間認識のために、帰りは江ノ電で藤沢駅へ出てみよう。

＊

雨の夜は意外に気分が落ち着く。飲みに出る気力はなくなるし、自分の怠惰を雨のせいにできる。

鎌倉から四谷へ戻ってきたのは七時過ぎ。予報通り本降りになって仕方なくキオスクでビニール傘を買い、スーパーマーケットへ寄ってから帰宅した。部屋干しの洗濯物は生乾きだったから布団《ふとん》乾燥機で強制乾燥させ、居室部分の床に電気カーペットも敷いた。札幌から上京した当初は「日本の冬はこんなに暖かいのか」と感動したものだが、今は躰も神経も鈍《なま》っている。それでも東京人よりは寒気《かんき》に耐性があるらしく、エアコンの暖房は正月以降の極寒期だけで済む。そういう俺の体質も知子と暮らしていたころは「ケチ」と非難された。男と女の相性は気温や湿度や体臭や呼吸の癖にまで左右されるのだから、面白い。

パソコンの画面から目を離し、タバコに火をつけて、首をまわして肩凝りをやわらげる。検索していたのは大橋明里関連の情報で、失踪当時の状況に目新しいものはなし。神奈川県警のホームページでは二十人ほどの失踪者と一緒に写真が並んでいるだけ。鎌倉中央署のホームページでは詳しい状況説明もされているが、捜査に進展の気配はない。

明里の父親が専務理事をしている〈日本博愛会〉という慈善団体もホームページを出していて、それによるとなるほど、理事には元大学学長だの元文科省大臣だの元経団連会長だの十五、六人の立派な方々が名を連ねている。活動の趣旨は恵まれない子供たちへの支援で、財政状況等や具体的な内容は分からない。ただ大橋恒という父親もこれだけの団体で専務理事を務めるからには理由があるはず。元は役人か財界関係者か。明里の失踪も身代金目的の誘拐を考えてみたが、それならマスコミが嗅ぎつけたろうし探す会もチラシは配らない。

インターネットで検索できたのはせいぜいそんなところ。ためしに〈藤野真彩〉を検索してみると、本人はSNSに参加していないものの、「藤野真彩先生が薬膳の講習」だの「ハーブ研究の第一人者」だのといった他人の書き込みが百件以上もヒットした。俺も「キセルをくわえる美人薬膳研究家」と投稿してやろうかと思ったけれど、ギャグも限度を超えると顰蹙《ひんしゅく》をかう。

いつの間にか十時を過ぎていて、俺はタバコを消してパソコンも消す。こんな夜は何品か肴《さかな》をつくり、録り溜めてある英国ミステリーでも観ながらウィスキーを飲む。中年男の侘《わび》しい寝酒ではあるけれど、この侘しさには「自由」という快感が同居する。

台所に立って冷蔵庫を点検し、シラス、タラコ、ワケギ、生ハム、それにキュウリとショウガをとり出す。昼間からずっと食欲がないから肴は軽めでいいだろう。

まずキュウリを三センチほどのぶつ切りにし、包丁の腹で押しつぶしたものにショウガの千切りをのせて、そこに醤油をたらり。生ハムにはワケギをトッピングし、タラコはまな板の上でほぐしてシラスと和《あ》える。こんな調理には十分とかからず、ウィスキーや氷も居室のローテーブルに用意する。電気カーペットも適度に暖かく、ソファの端に背中をあずけてテレビのスイッチを入れる。

外付けのハードディスクを操作し、録画してあるミステリーを選択しかけたとき、なぜかチャイムが鳴る。もう十時半、一瞬マヤの顔が頭に浮かんでしまったが、世の中はそれほど甘くない。

ドアをあけると思ったとおり月刊ＥＹＥＳの小高直海が立っていて、ダウンジャケットの肩を雨に濡らし、黒縁メガネの向こうから怒ったような目で俺の顔を見つめてくる。来るなら来るで電話ぐらいすればいいものを、直海は新宿や銀座のバーにさえステルス機のように出現する。

「えーと、この前のほのぼのローンは、清算したはずだが」

「荒木町《あらきちよう》で飲んだので寄ってみました」

「俺が部屋にいることがよく分かったな」

「そうか、愛か。とにかく、まあ、あがってくれ」

直海が入ってきて傘をドアの横に立てかけ、メガネを光らせながら沓脱《くつぬぎ》、居室、それから衝立で仕切ってある寝室部分まで首をのばす。いつだったか直海に急襲されたときたまたまベッドに酔った女が寝ていたことがあって、あのときは地獄を見た。直海もそれを期待したのだろうが、俺だっていつもいつも、地獄ばかり見てはいられない。

「寝酒の用意ですか。グッドタイミングですね」

直海がショルダーバッグを床におき、ダウンジャケットを脱いでソファに腰をおろす。ブラウスにカーディガンに茶系のタイトスカートで、脚だけならかなり美形《みら》れる。

「柚木さん、ワインがあったらお願いします。白でも赤でも、どちらでも」

ずいぶん図々しい要求だが、目つきや気配からすると、かなり酔っている。それに月刊ＥＹＥＳは今のところ俺の主戦場で、原稿料や取材費の前借りができないときも個人的に〈小高直海ほのぼのローン〉という無利息の融資をしてもらうから、もともと頭はあがらない。

俺は台所へ行って白ワインとグラス、それに箸とおしぼりを用意する。肴をもう一品ぐらい追加してやってもいいが、それは状況をみてからにしよう。

戻ってみると直海は電気カーペットの上に腰をおろしていて、テレビのスイッチを切り、ソファに片肘をかけて膝をくずしている。

「わたしも昨日コタツを出しました。新潟の実家はもう雪です」

「ふーん、それで荒木町は、どこで飲んだんだ」

「〈猫と薔薇の日々〉というお店です。通称はネコバラなんですけど、知っています？」

「どうだかな」

「お年寄りのマスターが一人でやっていて、看板のネオンがお洒落です」

四谷の荒木町ならタクシーでワンメーター範囲、俺にも馴染みの店はあるが、年寄りのマスターが一人でやっている店なんかに興味はない。

俺が直海のグラスにワインをついでやり、直海がおしぼりを使って、珍しく肩を落としながらため息をつく。

「柚木さん、〈事件の真相〉の野際《のぎわ》という編集長は知っていますか」

「どこかで会ったことはある」

「今夜は編集者の集まりで、野際さんも一緒に飲んだんですけど、その野際さんが……」

直海がそこで息をとめ、くっと咽を鳴らして、膝を直しながら肩を怒らせる。

なにか、気配が、怪しい。

「えーと、まずは、ワインを」

それでも直海は反応せず、揃えた膝の上でおしぼりを握りしめる。まさかとは思うが、メガネの向こうに光るのは、涙か。

「小高くん、俺は、なにもしていないぞ」

そのとたんに直海がワッと泣き出し、おしぼりで顔をおさえる。なにがあったのかは知らないが、メガネの上から涙をふくのだから器用な女だ。

「どうした、腹でも痛いか」

「みんな柚木さんのせいです」

「まあ、そういう考え方も」

「野際さんが」

「うん」

「わたしに」

「プロポーズでもしたか」

また直海が声をあげ、にじり寄ってきて、俺の膝をぺたぺたと叩く。直海とは何度も飲んでいるから泣き上戸でないことは知っているし、酔って他人に絡む癖もない。俺は仕方なく直海の背中をさすってやり、泣きやすいようにメガネを外してやる。

直海はそうやって一分ほど泣きつづけ、いくらか気が済んだのか、姿勢を戻しておしぼりで顔をおさえる。

「わたし、野際さんに、セクハラされたんです」

「まさか」

「どういう意味です?」

「いや、それで、具体的には」

「となりに座った野際さんが、スカートのなかに、手を」

「ほーう」

「知らん顔でほかの人と話をしていて、それなのに手が」

「演技派だな」

「わたしなんかもう、頭がまっ白。野際さんは有能で女性にも人気があるし、他社の先輩ではありますけど、ずっと尊敬していたんです。その野際さんが、あんなことをするなんて、悔しくて悲しくて、そうしたら急に柚木さんの顔を見たくなりました」

セクハラを受けて顔を見られたくなった俺は、喜ぶべきか、悲しむべきか。いずれにしても気の強い直海がここまで混乱するのだから、相当の衝撃ではあったのだろう。どうも男というのは、俺も含めて、このセクハラ問題には鈍感な部分がある。

俺はティシューの箱を直海にわたしてやり、胡坐《あぐら》を組み直してウィスキーのグラスを口へ運ぶ。

「でも、まあ、実害がなくてよかった」

「そういう問題ではないでしょう。わたしは野際さんに裏切られたんですよ」

「野際が君に、信頼してくれと頼んだわけでもないだろう」

「わたしの屈辱感と無念さは、どう解決すればいいんですか」

「俺の膝を叩いても気が晴れないのか。よかったらそのワインを顔にかけてもいいぞ」

直海がムッと唸《うな》ってワインのグラスをとりあげ、息をとめたまま、じっと俺の顔を睨む。いつもはメガネばかり目立つから顔の印象が薄くなるが、よく見れば美形なのだ。

ちょっと心配したが、ワインは俺の顔にかからず、直海の白くて華奢な咽に吸い込まれる。

「小高くんなあ、前から思っていたけど、なぜコンタクトを使わないんだ」

「もちろん試しましたよ。でも相性が悪いんです。ちょうどわたしと柚木さんのようです」

「俺たちの相性は、まあ、なんというか」

「今夜はジャガ芋のピザをつくらないんですか」

「なんというか、食欲が」

「柚木さんの顔を見たらあのピザを食べたくなりました」

「肴は出ている」

「わたしはジャガ芋のピザを食べたいんです。柚木さんも今夜はわたしに、誠意を見せるべきです」

ジャガ芋のピザと俺の誠意に、なんの関係がある。勝手に押しかけてきて勝手に泣きわめき、それにこんな時間になってピザまでつくれとは。

そうはいっても、直海にはほのぼのローンの義理がある。

俺は仕方なく腰をあげて台所へ向かい、冷蔵庫にスライスチーズとベーコンを確認する。玉ネギとジャガ芋は常備食品だから問題はなく、直海が部屋へ来たとき「もう一品肴を」と思ったことでもあるし、これぐらいのサービスは仕方ない。それに今の雨が明日もつづくようなら、どうせ名探偵商売は休業になる。

自分は食欲がないので直海のぶんだけに決め、まず大きめのジャガ芋を七、八ミリ厚の輪切りにする。ジャガ芋にはラップをかけて電子レンジにセットし、その間に玉ネギの薄切りとベーコンを用意する。それからフライパンにアルミ箔を敷いてバターを塗り、玉ネギ、ジャガ芋、ベーコン、チーズ、その上にまた玉ネギとチーズを重ねて塩と胡椒《こしょう》をぱらぱら。バジルでもあれば香味を加えたいが、あいにく切らしている。あとはフライパンにアルミ箔をかぶせて五分ほど加熱すればいい。このジャガ芋のピザは加奈子にも好評で、一緒に暮らしていたころは週に一度ほどもつくらされた。

出来上がったピザを皿に移し、フォークを添えて居室へ運ぶ。直海のほうはすっかりくつろいでいて、メガネも顔に戻し、自分のダウンジャケットを膝掛け代わりにして〈鎌倉散歩〉をひらいている。俺が台所にいるあいだにデスクの上を物色したのだろう。

「言っては失礼ですけど、本当に柚木さん、お料理だけは上手ですねえ」

ワインも半分近く空《から》になっているし、ジャガ芋のピザぐらいで直海のヒステリーが治まるのなら、安いものだ。俺のほうもやっと職務から解放され、胡坐をかいて寝酒のつづきを始める。

直海がさっそくピザに手をつけ、満足したような顔で、ウムとうなずく。この直海は大学院を修了しているから新米編集者でも二十七歳、ということは鎌倉のマヤと同い年で、なんとなく俺は感動する。なにがそれほど感動的なのかは、自分でも分からないが。

「柚木さん、今気づきましたけど、今夜は女性の匂いがしませんねえ。またお金がないんですか」

「あのなあ」

「この〈鎌倉散歩〉という雑誌はなんです？」

「見たとおりのタウン誌だ」

「鎌倉みたいなお洒落な町、柚木さんには似合わないでしょう」

「あそこには綿入れ半纏を着てキセルを吹かす女もいる」

「話が見えません」

「宅地は少ないし仕事も限られる。外部の人間が思うほど住みやすい町でもないらしい」

「怪しいですねえ。もしかしてまたわたしに隠れて、こそこそ探偵を？」

「こそこそなんて、そんな」

「話題を変えようとするのは心がやましい証拠です」

セクハラに関しては気も晴れたようだが、そうなるとまた俺への追及が鋭くなるのだから、いずれにしても面倒な女だ。

「べつにな、こそこそも、君に隠しているわけでもない。知り合いに頼まれて簡単な調査をしているだけだ」

直海がウンウンとうなずきながらピザを頬張り、ワインも飲みほして、自分でグラスにつぎ足す。「賭けにのせられて」とは言えないが、秘密にする案件でもない。

「それで、その簡単な調査というのは」

「小高くん、誰もとらないから、そうガツガツ食べなくてもいいだろう」

「お腹《なか》がすいているんです。ちゃんと話は聞いていますから、つづけてください」

「つまり、まあ、一種の人探しのような」

「家出人探し？」

「そこが微妙なところでな。十年前に鎌倉で女子高生が失踪した事件があったが、覚えているか」

直海がひと息つくように天井を見あげ、ダウンジャケットの下で膝の位置を直しながら、俺のほうへメガネを向ける。

「ありましたねえ。同い年の女子高生が行方不明になった事件ですから、よく覚えています。あの事件はその後、解決したんですか」

「いまだに行方は知れないそうだ。彼女の名前は大橋明里。その明里に似た女性が最近、鎌倉で何度か目撃されている」

「それだけ？」

「それだけだ」

「鎌倉は人気の観光スポットですよ。若い女性観光客も多いはずです」

「分かっている」

「そんな調査のために、柚木さんがわざわざ？」

「義理がある」

「その義理のあるお知り合いというのは誰です？」

「誰って、いろいろ、あれやこれや」

直海のメガネが光り、膝が投げ出されて、腰も少し前のほうへずれる。肩がゆれているから酔いもまわっているだろうに、俺を非難するときの直海はなぜか、気合いが入る。

「柚木さん、そのネタをなぜ月刊EYES《ウチ》に持ち込まないんです?」

「だから、軽く調べてみて、ものになりそうだったら君にも相談しようと」

「やっぱり怪しいですねえ。白状しなさい」

ソファに掛けていた直海の肘がはずれて、ずるっと腰がすべり、体勢がほとんど寝そべった形になる。それでもちゃんとワインのグラスを構えているのだから、偉いものだ。

俺はクッションを二つ重ねて直海の背中を支えてやり、少しだけ残っているキュウリのショウガ和えに箸をのばす。直海の酔いもいつもより早いようだし、適当に相手をしてやればそのうちに寝てしまうか。

「ねえねえ、柚木さん、本当のところ、感触はどうなんです?」

「俺は君のスカートに手を入れていないから、感触は分からない」

「バカ」

「どうでもいいけどな。ピザは足りたか」

「じゅうぶんです。それより仕事の話をしましょう」

「そうはいうが、これが仕事になるかどうか。関係者の何人かに話を聞いても、失踪の状況が曖昧すぎる」

「駆け落ちとか」

「そういう性格ではなかったらしい」

「ストーカー」

「確認されず」

「家庭内トラブル」

「なし」

「北朝鮮」

「日本海側ならともかく、鎌倉ではな」

「尊敬していた誰かにセクハラを受けて、発作的に海へ身を投げた」

「海岸も山も捜索されている」

「面倒な人ですねえ。結論を言ってくださいよ」

面倒なのはおまえだろう。

「結論としては明里の交友関係を調べて、失踪の理由を特定する。事件の構図が分かればそれでいいんだ」

待ってみたが、直海の返事はなく、目は閉じられて唇の端にはよだれまでにじんでいる。事件自体は構図さえ分かればそれで完了。明里の親友だった友部実菜子は北鎌倉の歴史図書館勤務だし、ボーイフレンドの粕川祐真に関してはマヤに所在確認を頼んだから、たぶん小野珠代が調べてくれる。明里の両親にも事情を聞きたいが、これはアポイントをせずに押しかけるわけにもいかない。素姓の分からない俺なんかが突然電話をして「お嬢さんの件で」と切り出したところで、対応してくれるとも思えない。事前に友部実菜子か粕川祐真から、両親への面会名目になる情報を得られればいいのだが。

また直海の腰がずれて、俺はその手からワインのグラスをとりあげ、自分のグラスにはウィスキーを足す。生ハムもタラコのシラス和えも直海に完食されてしまったので、酒の肴はなし。冷蔵庫になにが残っていたか。納豆と玉ネギのみじん切りを和えて、焼き海苔にトッピングでもするか。

腰をあげ、台所へ行って、追加の肴をつくる。燻《いぶ》し沢庵《たくあん》もあったのでそれも居室へ運び、テーブルにおく。直海のほうは案の定目を閉じていて、ずれたメガネが鼻の先にひっ掛かっている。これではセクハラどころか、強姦されたって抵抗できないだろうに。

直海に急襲されて寝酒の侘しさはまぎれたけれど、酔っぱらいの始末はどうする。放っておけばそのうち目覚めて、勝手に帰っていくか。それにしても横で寝ていられたのでは映画も見にくい。面倒なことではあるが、ベッドへ運んでおくか。以前にも酔った直海にベッドを提供したことがある。

直海の鼻先からメガネを外してやり、膝からダウンジャケットをどけて、その躰をすくい上げる。それから衝立の向こうへ運び、衣服には手をつけずにベッドへ寝かせる。ちょうど今夜は電気カーペットを出したことだし、俺のほうは毛布一枚でも風邪はひかないだろう。

直海のメガネをデスクに始末し、ダウンジャケットを壁にかける。どうでもいいが、まだ冬も序の口だというのに、真冬になったらなにを着るのだろう。

テレビをつけ、部屋の電気を消して、やっと平和な寝酒にとりかかる。窓の外では雨音がよみがえり、衝立の向こうからは直海の寝息が聞こえ、テレビでは深夜のニュースが始まっている。

デスクの上でケータイが振動し、マヤが粕川祐真の所在を知らせてきたかと思ったが、いつもながら世の中は甘くない。

「鎌倉中央署の立尾です」

あまりにも意外な相手に、一瞬息が詰まる。

「どうした、君も誰かにセクハラされたか」

「なんの話です？」

「いや、ただのサービス」

「柚木さんは婦警へのセクハラで、警視庁を懲戒《ちょうかい》免職になった方なんですね」

「なんだと？」

「父に聞きました。わたしの父は警視庁の総務部に勤務しています」

警視庁よ、フェイク情報の流布《るふ》で、訴えてやるぞ。

「あのなあ、セクハラとか懲戒免職とか、それはお父さんの誤解だ」

「どうでもいいです。この件もお知らせすべきかどうか迷いましたが、昼間の経緯《いきさつ》もあるので」

「要点を言ってくれ」

「つい三十分ほど前に〈鎌倉散歩〉の長峰編集長が、遺体で発見されました」

3

北鎌倉というのは横須賀線の駅名で、北鎌倉という町はないらしい。地図検索の表示でも一帯は山ノ内《やまのうち》という地区名になっている。駅前に高いビルはなく、喫茶店や食堂らしいものが二、三店舗見えるだけ。今日は一日中部屋で怠惰を決めこむつもりだったのに、雨があがったので仕方なく出かけてきた。改札を出ると南側に大きく空がひらけ、ハイキング姿のリタイア組が周辺を行き来する。近くに円覚寺《えんかくじ》や東慶寺《とうけいじ》という有名な寺があるから人気の散策エリアなのだろう。東慶寺は江戸時代まで駆け込み寺とか縁切寺とかいわれて、男と女がどうしたこうした、寺に駆け込むとか駆け込まないとか、ごちゃごちゃしたストーリーの映画を観《み》た覚えがある。

昨夜は鎌倉中央署の立尾芹亜から電話があって長峰今朝美の死を知らされたものの、概要は不明。分かっているのは「殺人事件かも知れない」ということと現場が鎌倉散歩のオフィスだということ。警察の発表があるまで口外は無用と念を押されたが、俺にだってそれぐらいの常識はある。

あのちょっと色っぽい長峰編集長の死とは、まして殺人の可能性があるとは、どういうことか。それ以上の情報はないのに目が冴えてしまって、つい寝酒を飲みすぎた。目が覚めたのは正午《ひる》に近かったから当然直海の姿はなく、テーブルも台所もきれいに片付いて俺の躰《からだ》には布団《ふとん》がかかっていた。あの黒縁メガネで俺の人生を非難してこなければ、けっこういい女なのに。

長峰編集長関係の情報はこれから集めるとして、とりあえず歴史図書館とやらに友部実菜子を訪ねてみようと、駅前から歩き出す。近くに鎌倉街道があってこの付近にも食堂や喫茶店が点在し、観光バスのとまった駐車場や銀行の支店もある。地形からして昔はこの道が江戸と鎌倉を結ぶ主要街道だったのだろう。

何分か鎌倉駅方向へ歩くと、すぐ標識があって歴史図書館の建物も見えてくる。二階建てのこぢんまりしたビルで歴史の風情《ふぜい》はなく、前庭には駐車場もない。ガラスの自動ドアを入ると左手に休憩スペースがあり、ジュース類の自動販売機と十脚ほどの椅子が並んでいる。正面はカウンターで向こう側に何人かの職員、ロビーにはソファとテーブルがあって読書する来館者の姿がある。今は閑散としているが、観光シーズンにはそれなりに賑わうのだろう。

歴史図書館と一般図書館のなにがちがうのか。たいして興味もないけれど、ついでなので奥の蔵書スペースへ進んでみる。広い通路の両側に二メートル丈の書架が並び、つきあたりの壁も全面が書架になっている。箱入りの古い蔵書は鎌倉の地史や郷土史家の研究書らしいが、数は少ない。もともと鎌倉には「古都」と呼ばれるほどの歴史はなく、頼朝《よりとも》が幕府をひらくまではただの寒村、幕府滅亡後はまたただの寒村に戻って、江戸時代には大仏見物の客もなかったという。だからこそ開発を免れて神社仏閣も放置され、その放置された神社仏閣が今は観光客をひきつけるのだから、歴史は皮肉だ。

書架の通路は二列あって、出版年代の古い順にロビー側へと新しくなっていく。その蔵書はほとんど明治以降のもの。知っている名前は川端康成《かわばたやすなり》や島崎藤村《しまざきとうそん》ぐらいだが、それぞれに写真や鎌倉との所縁《ゆかり》が説明されている。そのなかに夏目《なつめ》漱石《そうせき》というコーナーがあって、なんの所縁があるのかと思ったら、どこか近くの寺で漱石が座禅を組んだことがあるという。

くだらないので蔵書見学をきりあげ、カウンターへ歩いて職員に声をかける。

「学芸員の友部さんがいらっしゃったら、お目にかかりたいのですが」

四人の職員が一斉に顔をあげ、なかから小太りでがっちりした体形の女が席を立ってくる。まさかとは思ったが、胸には〈友部〉というネームプレートが見える。

友部実菜子が肉の厚い顔でうなずき、なんの意味があるのか、にやっと笑って声をひそめる。

「私立探偵の柚木草平さん？」

そうか、小野珠代から連絡がいったか。あまり先回りされても仕事がやりにくくなるから、マヤから釘を刺してもらおう。

「時間はとらせない、ちょっと話を聞ければ」

友部実菜子が口のなかで返事をし、カウンターの内からロビーへ出てくる。来館者もまばらで空《あ》いた席はいくつもあり、俺たちはほかの職員から離れたソファに腰をおろす。学芸員というのがどんな職種かは知らないが、司書とは別らしい。

そのときジャケットの内ポケットでケータイが振動し、出てみると相手はマヤ。

「済まない。今、口で仕事をしている最中でな。十分ほどでかけ直す」

マヤがくすっと笑い、笑ったまま電話を切る。粕川祐真の所在が知れたのか、あるいは長峰編集長の死を誰かから聞いたのか。発生時間からして新聞の朝刊には間に合わなかったはずだが、インターネットではニュースが流れたか。

「失礼した。笹りんどうの小野さんから聞いていると思うが、最近彼女が鎌倉駅で、大橋明里さんに似た女性を見かけたというので」

実菜子が肉の厚い目蓋《まぶた》を見開き、肩を怒らせるように、首を横にふる。

「それは柚木さん、完璧に人違いですよ。だって明里が鎌倉に帰っているのなら、まず私に連絡するはずだもの」

「親友だったとか」

「なんでも話し合えるいいお友達、と、私のほうは思っていました。でも、明里があんなふうにいなくなって、しばらくは、疑ったりして」

「今は疑っていない？」

「私ね、あのころノートをつくって、なにか見落としていないか、明里がＳＯＳを発したのに、気づかなかったのではないか。そんなことを書き出して記憶をたどってみましたけど、やっぱり、なにもないんです。今はもう完璧に、事故か事件だと思っています」

明里の失踪後にＰＴＳＤを患《わずら》ったというぐらいだから、責任感も強いし、見かけよりは繊細なのだろう。

「俺も警察や探す会の編集長に聞いてみたんだが、やはり人違いだろうと。それはそれとして、十年前の状況は検証してみたい」

探す会の編集長、という言葉には反応しなかったから、実菜子はその死を知らないらしい。

「不思議な事件なんですよねえ。あの当時も、それから十年たった今でも、明里が自分から姿を消す理由はなにもないんです。柚木さん、もしかして、北朝鮮では？」

「すぐそのイメージが浮かぶけどな。しかし十年前ではもう世間が注目していたし、太平洋側での拉致《らち》も難しい。明里さんの年齢や知能や性格からして、その辺《へん》の異常者に十年も監禁されつづける可能性も少ない」

「そうですね。誰も言いませんけど、実は私、覚悟をしているんです」

実菜子が膝の上で両手を握りしめ、細い目の内側を涙の色に光らせる。親きょうだいや関係者は口に出さないだろうが、内心ではそれぞれ、みんな明里の死は覚悟している。誰かに悪気があるとは思わないけれど、最近の目撃情報はそれぞれの覚悟に水をさす。

「明里さんのことだけどな。まじめで成績も優秀だったとは聞いているが、趣味とか将来の希望とか、人生観のようなものはどうだったろう」

「意志の強い人でしたよ。でも派手なことは嫌いで、私なんかいつも『もったいないなあ』って。明里ならいくらでも社会で活躍できるのにって。英語も得意だったから外交官とか大手の商社とか、あるいはマスコミだってね。それを明里は静かに暮らせればそれでいいと。英語の教師になって好きな人と結婚して、平凡に暮らせればいいって」

「家庭環境のせいかな」

「いいえ、たんに明里の、そういう性格なんだと思いますよ。おば様はちょっと派手好きですけど、常識の範囲だし」

「父親は」

「おじ様は几帳面で仕事一筋という感じ。お目にかかることは少なかったけど、日曜日なんか私たちにお料理をつくってくれたりも」

親友だった実菜子なら大橋家へも出入りしていたはずで、その実菜子がトラブルの気配を感じなかったのだから、明里の家は円満だったのだろう。

しかしふと、長峰編集長が言った「下のお嬢さんも今年やっと中学」という言葉を思い出す。

「明里さんには妹がいるんだよな」

「はい、沙都美《さとみ》ちゃん」

「今年中学生になったのなら十二、三歳、明里さんとはずいぶん歳《とし》が離れている」

「そうですねえ、十四、五歳は離れていますね」

「それだけ歳が離れていることに、理由はあるんだろうか」

実菜子が首をかしげ、フロアに視線を巡らせてから、その肉の厚い肩をすくめる。

「聞いていませんね。たまたまではないですか」

「たまたま、か」

「明里も可愛がっていてね、私もよく一緒に遊びましたよ」

「お母さんは何歳ぐらい？」

「あのころ五十歳にはなっていなかったから、十年で、ですから、今は六十歳前ぐらいかな」

とすると明里を産んだのが三十歳前後、妹の沙都美を産んだのが四十五歳前後。昔ならかなりの高齢出産だが、最近は四十歳をすぎて子供を産む例はいくらでもある。姉妹のこの年齢差になにかの問題があると考えるのは、邪推か。

「友部さんは当然、明里さんのボーイフレンドだった粕川祐真くんを知っているよな」

実菜子が視線をあげ、ちょっと口元をほころばせてから、ソファの奥へ尻をずらす。

「当時は江ノ島学院の三年生だったと」

「笹りんどうの小野さんからも粕川さんの連絡先を聞かれました」

探偵なんか、小野珠代に任せればいいか。

「で、粕川くんの連絡先は」

「分からなくなったの。粕川さんは大学でアメリカだったかイギリスだったかへ留学して、音《お》沙《さ》汰《た》がなくなったの。無理に見つけて連絡をとっても、かえって迷惑かも知れないし」

長峰編集長も同じ趣旨の発言をしたが、それが常識というものか。しかし実菜子すら知らない粕川の連絡先を、あの編集長が知っていたのか。編集長のパソコンには本当に、粕川の連絡先が入っていたのか。

「どうだろう、明里さんと粕川くんが当時、どこまでのつき合いだったか、知っているだろうか」

「それは……」

ずらしていた尻をまた前に戻して、実菜子がボリュームのある胸に息を吸い込む。

「明里と粕川さんは塾が同じだったの。〈湘南進学会〉というエリート塾で、授業料も年間百万円以上。私なんか通えなかったけど、三人でお茶したことはある。そのときはね、ふーん、いい雰囲気だなって。でも明里、具体的なことは教えてくれなかった。私がしつこく聞くと口をへの字に曲げて、首を横にふるの。だけどそれは怒った感じではなくて、なんていうか、ちょっと嬉しそうな感じで」

大人でも自分の性経験を吹聴《ふいちょう》する人間はいるし、隠したがる人間もいる。それは女子高生でも同じだろう。ただ性格も観察眼もしっかりしている実菜子からみて「いい雰囲気」だったのなら、明里と粕川は親密だったと判断できる。かりに性的な関係があったところで高校の二年生と三年生なら常識の範囲内、もちろんそれは、俺の常識ではあるけれど。

大橋明里の交友関係や生活態度はほぼ判明。最近目撃されている明里似の女も、まず別人だろう。けっきょく十年前となにも変わらず、新たな事実もない。実菜子に長峰編集長の死を知らせて反応を見たところで意味はなく、だいいち編集長の死そのものの意味が分からない。いくら俺が探偵を始めたからといって、それは昨日からのこと。俺との面会が編集長の死に関連ありと考えるのは、さすがに無理がある。

実菜子に大橋家への橋渡しを頼もうか、とも思ったが、編集長の件を優先させることに決めて腰をあげる。

「そうか、明里さんは北鎌倉のピアノ教室へ通っていたんだよな」

「金曜日だけね。勉強の気分転換にいいからって」

「場所はこの近くだろうか」

「駅のほうへ戻ると老舗《しにせ》の羊羹《ようかん》屋さんがあります。その横の道を入って五、六軒目のお宅」

実菜子に礼を言ってソファから離れ、玄関を出ながらフロアをふり返る。実菜子がソファの前に立ったままていねいに頭をさげてくる。学芸員というのがどんな仕事なのか聞いてやればよかったとも思ったが、また別の機会もあるだろう。

玄関を出たところでマヤに電話を入れる。

「さっきは済まなかった。友部実菜子を相手に口先の商売をしていたんでな」

マヤが一、二秒息を呑み、ため息をついてから「ばーか」とつぶやく。

「たんに仕事をしているだけさ」

「それはいいけど、さっきタマちゃんから電話があったの。鎌倉散歩の長峰という編集長が亡くなったらしい。草平さん、昨日その人に会わなかった？」

「会って刺し殺してきた」

「はいはい、でもどういうことなのかしら。わたしと面識はなかったけれど」

「俺も警察から死亡の事実を知らされただけでな。どういうことなのかはこれから調べる」

「今は鎌倉でしょう？」

「すぐに飛んでいってダンヒルの煙を吸い込みたい」

「よくあなた、素面《しらふ》でそういう台詞《せりふ》を吐けるわね」

「君に合わせている」

「タマちゃんが言ったでしょう。わたしはシャイで人見知りなの」

「そのタマちゃんだけどな。情報を収集してくれるのはありがたいが、いちいち俺の名前は出さないようにと君から釘を刺してくれないか。会った相手の反応が分かりにくくなる」

「言っておくわ。彼女ね、わたしたちの不倫を本気で信じたらしい」

「責任は君がとれ。それより、粕川祐真の連絡先は」

「それはまだみたい。江ノ島学院関係の知り合いを探してみるって」

「ほどほどにと伝えてくれ。彼女にかき回されると鳥がみんな飛び立ってしまう」

「草平さん」

「なんだ」

「口先のお仕事が終わったらわたしの家へ寄るでしょう?」

「えーと、その、うん」

「鎌倉の地ビールをサービスしてあげる」

サービスは君の美しさだけでじゅうぶん、と言おうとしたが、俺もシャイで人見知りなので、素面でそういう台詞は吐けない。

電話を切り、来た道を駅方向へ向かう。朝まで降った雨のせいか空気が澄んでいて、枯れ残っている道端のタンポポさえ瑞々しい。しかし俺の足を軽くしたのは天気ではなく、電話で聞いたマヤの声だろう。

しばらく戻るとすぐ羊羹屋の看板が目に入り、その横に住宅地へ向かう路地がある。実菜子にピアノ教室の名前を聞いてこなかったが、なんとかなる。路地を入っていくと人家の密集した一角があり、各戸は軒《のき》を接していて、道のつきあたりはすぐ丘陵地。神社仏閣が多くて山がちで道がせまくてその道もつきあたりばかり。マヤが「住みやすい町でもない」と言ったのはこの環境だろう。しかし再開発かなにかで近代化させたら俗悪な町になって、観光客は来なくなる。

ピアノ教室の名前は聞かなかったが、案ずることはなく、〈瀬戸《せと》〉という民家の横壁に〈瀬戸ピアノ教室〉という小さい看板が出ている。ただその看板はかなり古く、ジュニアコース、中・高生コース、シニアコースなどと書かれた文字は半分ほどが消えかかっている。家屋は簡素なスチール門扉《もんぴ》がついただけの二階家で、玄関周りはきれいに掃き清められ、ドアの横には黄と紫の鉢小菊がおかれている。午後の三時を過ぎているがピアノの音は聞こえない。

俺はインターホンを押し、氏名と職業と来訪の目的を告げる。老女の声が「玄関はあいていますと応答する。

玄関ドアをあけ、あけたまましばらく待つ。廊下の奥から床を打つような音が聞こえ、ステッキをついた老女が顔を出す。髪は白くてセーターの上に裏起毛のベストを羽織り、首から老眼鏡のメガネをさげている。八十歳を過ぎているように見えるが、あるいは九十歳に近いか。

老女が上り口の丸椅子に腰をおろし、俺は玄関内へ進んで名刺をわたす。その俺の名刺を、老女がメガネをかけて何秒か凝視する。

「あいにくねえ、嫁も孫も出掛けていて、お茶もさし上げられませんですよ」

「お構いなく。明里さんの件で二、三確認させていただきたいだけです。奥さんがこのピアノ教室を？」

「もう四十年以上もねえ。ただご覧のとおり、最近は足が弱くなりましてねえ。中・高生コースもシニアコースも無理になって、まあねえ、近所の子供を遊ばせているようなものですよ」

たしかに足腰は弱っているようだが、言葉は明瞭で表情にも耄碌《もうろく》の気配はない。

「さっそくで失礼ですが、明里さんの事件を風化させないためにも、お話を」

「ええ、ええ、なんでも聞いてくださいな。あのときは警察や新聞社の方も見えたのに、以降は音沙汰もなくてねえ。私も何年か前までは鎌倉の駅前でチラシ配りのお手伝いをしましたけれど、今はそれもできなくて」

何年か前まではチラシ配りをしていたのなら、当然〈鎌倉散歩〉の長峰編集長とも面識がある。その死を知っているのなら老女のほうから口にするはずで、情報屋のタマちゃんはともかく一般に編集長の死が知れるのは明日以降だろう。

「明里さんが失踪した当日のことですが、彼女は無断での欠席だったと」

「そうなんですよ。私もなんだか不審《おか》しい気がして、彼女のケータイに電話をしたんですがねえ。それが不通になっていて。ですがほかにも生徒さんがいたものですから、ついそのままに」

「明里さんが無断で教室を休むようなことは以前にも？」

「いいえ、それはもう几帳面な性格でしてねえ。真面目でいいお子さんでしたよ。私のところへはもう小学生のころから通ってくれて、ですから十年近いおつき合いでしたか」

「彼女の技量は、どの程度の？」

「それは性格どおりでしたよ。ピアノというのは不思議なものでしてねえ。几帳面なお子さんは几帳面に、ヤンチャなお子さんはヤンチャにねえ。明里ちゃんも自分の才能は分かっていて、プロの演奏家になろうとかの欲はまるでなし。ただ子供ができたとき一緒にピアノを弾けたら楽しいからと」

「当時警察にも聞かれたでしょうが、明里さんの様子や態度で、気づかれたことはありませんか」

「変わった様子はありませんでしたよ。ずっと楽しそうにピアノを弾くだけで……」

老女が一瞬口をつぐみ、外していた老眼鏡を顔に戻して、何度か名刺と俺の顔を見くらべる。

「どういったものか、お話しすると笑われるかも知れませんがねえ、音がねえ」

「音が？」

「気のせいだとは思うんですよ。女性には毎月のものもありますしねえ。体調や気分も、それは聞く私のほうにもあることですし」

話が少しまわりくどいのは、さすがに歳のせいだろう。

「音というのは、明里さんが弾いたピアノの音ですか」

「音符どおり正確に弾くのが明里ちゃんの性格でしてねえ、それが、なにかちょっと、乱れがあったような」

「ピアノの音に乱れが、ですか」

「いえいえ、ですからねえ、そんな気がしたというだけの話で。私の思い過ごしかも知れませんから、どなたにもお話しはしませんでしたけれど」

明里の弾くピアノの音に乱れがあった。俺なんかにはまるで理解できないが、十年近く明里にピアノを教えていた老女の感覚なら、あるいは、察知したか。しかしそれは専門家の微妙な部分の話で、証明はできないし、老女の言うとおり、たんに気のせいだった可能性はある。

「明里さんのピアノに音の乱れを感じたのは、いつごろのことでしょう」

「ですからね、これは気のせいかも知れないので」

「承知しています。ただあの事件には進展がないので、このままでは風化してしまいます。私の記事がなにかのお役に立つかも知れません」

この老女や歴史図書館の友部実菜子の気持ちを思うと、俺もけっこう本気で明里の失踪事件を扱いたくなる。もちろん現状では、情報も少なすぎるが。

「柚木さん、これは本当に気のせいかも知れませんので、そのおつもりでねえ」

「分かりました」

「思い出してみますとねえ、どうですか、あの年の夏休みを過ぎたぐらいから、たまにそんなようなことが。でもどうか、年寄りの気の迷いと、あまり本気にはなさらないように」

十年も前の話で、それに音の乱れなど証明できるはずもないが、チェック項目には入れておく。

「お休みのところを失礼しました。なにか思い出したことがありましたら、名刺の番号にお電話を」

老女がステッキをついて腰をあげ、ていねいに頭をさげる。俺も礼を言って玄関をあとにし、おもての路地へ戻る。入れ違いに玄関へ向かっていく五、六歳の女児は孫か、ピアノを習いにきた近所の子供だろう。

南側が丘陵で日は射さないが、空はまだ明るく、長峰編集長の件で鎌倉中央署に足を運ぶぐらいの時間はある。

北鎌倉の駅へ向かいながら、ケータイをとり出して立尾芹亜の番号に電話を入れる。

「やあ、懲戒《ちようかい》免職の件を弁解したくてな」

「今は困ります」

「となりにカレシでもいるのか」

「そういう発言はセクハラです」

「例の件で君に会いたいというのもセクハラか」

「ですからね、いえ、その……」

他者を憚《はばか》るように声をひそめ、わざとらしく咳払いをして、もっとわざとらしく、芹亜がため息をつく。

「六時になれば時間がとれます。今、どちらですか」

「北鎌倉」

「それなら六時に御成《おなり》通りで」

「御成通りというのは」

「調べてください」

「はい」

「通りの中間あたりに〈ジョバンニ〉というカフェがあります。そこでよろしいですか」

もちろん了承し、「君に会うのが今から楽しみだ」とセクハラ発言をして電話を切る。何もかもセクハラセクハラとうるさい世の中になったが、そんなことをいえば俺なんか存在自体がセクハラになってしまう。

それなのに加奈子にも知子にも直海にも美早にも千絵にもマヤにも、誰にも頭があがらないのはなぜだろう。

＊

笹りんどうへ寄って直接小野珠代に釘を刺そうかとも思ったが、やはりマヤに任せることにして参道を反対側へわたる。気温はそれほど低くなくてもやはり十二月で、空にも参道にもうっすらと暮色が迫ってくる。鎌倉散歩へ寄ったところでどうせ無人、しかし外側からでも一応、事件現場の状況を検証しておきたい。

花屋横の路地を入るとすぐ永井工業のビルで、もちろん立哨《りっしょう》警官の姿はなく、県警の立ち入り禁止テープもない。一般に事件解決まで現場は保存されると思われているらしいが、それは刑事ドラマの話。現場検証や鑑識作業が終了すれば民家でも営業所でも権利者に開放される。そうでなければ市民生活や企業活動が成り立たない。昨夜長峰編集長の遺体が発見されたのは十一時前後のはずだから、夜中過ぎには警察の初動捜査も終了している。昨日入り口に敷かれていた玄関マットが見えないのも押収されたからだろう。

狭いロビー、すべり止めのついた狭い階段、二階のトイレと、今日は慎重に検証しながら三階へあがる。踊り場にも階段にも防犯カメラはなく、天井にはすでに常夜灯がともっている。

ドアの前に立ってしばらくオフィスの様子を思い出す。フロア中央に並んだスチールデスク、雑誌や書籍が几帳面に並んだ書棚、作業台らしい角テーブル。髪を栗色に染めて色っぽく流し目を送ってくる長峰今朝美。たった一度面会しただけの人間が死んだところで感傷もないが、こちらの事件はリアルタイム。十年前の明里失踪事件よりも、場合によってはこのほうが俺に本業を提供してくれる。

編集長の死でタウン誌は休業。常識的にはそのはずだが、どうも内に人の気配を感じる。ためしにドアをノックし、ノブを手前にひく。指先に残った違和感は鑑識が指紋採集に使うアルミニウム粉だろう。内側からはやはり明かりがこぼれ、デスクについていた若い女が腰をあげる。ポニーテールに細い縁のメガネ、昨日俺に茶をいれてくれた宮内とかいう女か。

「まさか人がいるとは思わなかったが、寄ってみた」

女がフロアの中央あたりまで出てきて、俺も内へ入る。

「事件のことは警察が知らせてくれた。ご愁傷《しゅうしょう》さま」

女が何度かうなずき、ちょっとよろけて、デスクの端につかまる。

「気を遣わなくていい。とにかく椅子に掛けてくれ」

俺は女を座らせ、自分も近くのデスクから椅子をひき出して腰をおろす。女の顔に血の気はなく、唇もかすかにふるえている。

「宮内さんだったかな」

「はい、宮内和枝《かずえ》、アルバイトですけど、編集主任という肩書をもらっています」

「それで君が一人、オフィスに残っているのか」

「べつに、そういうわけでも、ただ、どうしていいか分からなくて、相談する人もいないし、躰の力が抜けてしまって」

昨夜は直海に泣かれて辟易《へきえき》したが、宮内和枝は見かけより気丈なようで、膝に両手をつっぱって背筋をのばす。書棚にも並んだデスクにも乱れた様子はなく、ただ昨日は編集長のデスクにあったパソコンが消えている。空気にはかすかに塩素系漂白剤の臭気がにおう。

「俺が聞いたのは『殺人らしい』ということだけで、ほかの情報はない。話せることがあったら聞かせてもらえないか」

和枝が両膝に手をついたまま深呼吸をし、うなずきながら口の端に力を入れる。

「私のところへ警察から電話が来たのは夜中の二時ぐらい、死亡した女性の顔を確認してくれないかと。それからすぐパトカーが迎えにきて、このビルへ。しばらく待っているとビルから担架が運ばれてきて、刑事さんが顔を確認するようにと」

「それが長峰さんだった」

「はい。シートが掛けてありましたけど、めくったときブラウスの襟に血がついていました」

「とすると、長峰さんは刺殺された」

「そうだと思います。床にもデスクの脚にも血が残っていて、それは今日、私が拭きとりました」

「君一人で?」

「ほかのスタッフは誰も来てくれません」

どうせみんな若い女子アルバイトだろうから、殺人現場に怖気《おじけ》づくのは仕方ない。しかし刺殺なら死因は明白で、芹亜が昨夜の電話でその事実を告げなかったのは警察官として自制したのだろう。

「遺体の発見者は君ではなかった。では、誰が」

「瀬沼喜美香《せぬまきみか》さんです。でも喜美香さんは怖がって、顔の確認ができないと」

「その彼女は夜遅くまで残業を?」

「いえ、来月号用の取材を始めたばかりなので、みんな六時には帰りました。最後は私でした」

「それなのに瀬沼くんはなぜまたオフィスへ?」

「忘れ物を思い出して取りに寄ったんだとか。警察からはそう聞きました」

「ふーん、忘れ物を、か」

なんとなく嘘くさいが、それはあとで立尾芹亜に確認しよう。

「オフィスの鍵は全員が持っているのかな」

「はい」

「昨日の長峰さんは俺が来たあと、どんな様子だったろう」

和枝が指先でメガネの位置を直し、編集長のデスクと壁の書棚を見比べながら肩をすくめる。

「変わった様子はなかったと思います。柚木さんはそれほど有名ではないけれど、業界では実力が認められている凄腕の記者だとかって」

一応は褒められたことにしておこう。

「昨日の帰りは君が最後だと言ったが、長峰さんは」

「五時ごろには先に」

「ということは、みんなが帰ったあとまたオフィスに戻ってきた」

「そうなりますね」

「戻ってきた理由に心当たりは」

「特別にはありません。でも編集長はよく夜中まで仕事をしていたようです。業態が個人商店ですので、広告料の管理や税金関係なんかも、みんな一人で処理していました」

「そうか、鎌倉散歩は個人商店か」

合資会社や株式会社にすると損金の繰り越しや必要経費など税制面で有利にはなるが、逆に経理の透明性は求められる。俺のような著述業ならいざ知らず、長峰今朝美が業態を個人商店にしていたのは、たぶん経理上の理由だろう。

「失礼だが、君たちの給料は何円《いくら》ぐらいだろう」

「安いですよ。十二、三万じゃないですか。半年ぐらいでやめていくアルバイトもたくさんいるし。私は五年勤めているので、十六万円ほどです」

「人気はあるがスタッフの出入りは激しい」

「見た目だけは、ちょっと、お洒落《しゃれ》な仕事ですから」

和枝が呆《あき》れたように首をふって、やっと口元をほころばせ、ジーンズの脚を少し投げ出す。

「ごめんなさい。お茶をさし上げたいんですけど、ポットや湯呑《ゆのみ》に白い粉がついていて」

鑑識が始末を怠《おこた》ったアルミニウム粉の残りだろうが、いくら夜中だったとはいえ、このあたりに手抜きをするから警察は嫌われる。そしてその不都合な事実を記事にするから、俺は警察から嫌われる。

「気にするな。それより宮内くん、近くでコーヒーでも飲まないか。君がオフィスにいてもすることはないし、気も滅入るだろう」

口をひらきかけ、しかし言葉は出さず、うなずきながら和枝が腰をあげる。腰が細くてスリムのジーンズが似合い、ピンク系のスニーカーにはなにかのマンガがプリントされている。

俺は椅子を立ってドアへ向かい、和枝もデスクから白いダウンジャケットとメッセンジャーバッグをとりあげる。昨夜の直海もダウンジャケットを着ていたが、この和枝も真冬になったらなにを着るのだろう。

和枝が俺を案内したのは鎌倉郵便局近くにあるケーキ店。店の奥が喫茶室になっていて、時間のせいか客はなく、俺たちは隅のテーブルに向かい合って腰をおろす。

「本当はワインでも飲みながら口説《くど》きたいんだけどな、あいにく今夜は野暮用がある」

立尾芹亜なら「セクハラです」とか言って目を吊りあげるだろうに、和枝は肩をすくめて唇を笑わせただけ。怒る気力がないほど疲れているのか、精神的に大人なのか。

和枝が注文したのはパンプキンケーキと紅茶、俺はブレンドコーヒー。いくら貧乏でもケーキぐらいは奢《おご》ってやれる。そういえば笹りんどうの珠代が「うちは市内にパン屋とケーキ店も出している」と言ったが、まさかここがそのケーキ店ではないだろう。

「柚木さん、元は刑事さんなんですね。編集長から聞きました」

雑誌の署名記事にはかんたんな略歴がのることもあるから、知っている人間は知っている。

「フリーのライターって、やっぱり難しいですか」

「俺の場合は大学の後輩が雑誌社の副編集長《デスク》をやっていて、運がよかった」

「私ね、本当は旅行関係のライターを目指していたんです。タウン誌もその勉強に。それが五年も、ずるずると」

和枝が自嘲気味に眉をひそめ、紅茶を口に含んでからケーキにフォークをのばす。

「長峰さんは気の毒だったが、君にとっては踏ん切りをつける機会になるかも知れない」

「そうなればいいんですけどね。でも当面は、なにをしたらいいのか。鎌倉散歩は解散でしょうか」

法人経営なら方法もあるだろうが、個人商店の経営者が死亡してしまっては、消滅も仕方ないか。

「長峰さんは十年前に、フリーペーパーだった鎌倉散歩を引き継いだと言った。少なくとも商標権だけは移動させたはずで、前の経営者が分かればなにか方策があるかも知れない」

「十年も前で、私も聞いてはいません」

情報屋のタマちゃんなら調べられるかも知れず、それとなく打診してやるか。

「その方面に詳しいわけではないんだがな、個人商店だと経営者の資産が負債の相殺《そうさい》にあてられる。印刷所への支払いとかオフィスの賃貸料とか、もちろん君たちへの未払い給料も。市役所で相談してみるといい」

「はい」

「ただ長峰さんに財産があればの話だ。なにか知っているか」

「クルマは持っています。たまには仕事でも乗っていました」

「家なんかは？」

「お住まいは逗子《ずし》です。たぶんマンションだと思います。賃貸か所有かまでは知りません。一度も行ったことはないし」

編集長関係の供述が現在形になっているのは、和枝のなかでまだその死が実感になっていないせいだろう。

「長峰さんは結婚を？」

「少なくとも今は独身だと思います。あまり私的な話はしない人でした。私が知っているのは出身が茨城県で、大学は東京だったことぐらい」

「鎌倉散歩を引き継ぐまではなにを？」

「横浜の新聞社に勤めていたと。新聞社の名前までは知りません」

そうか、長峰今朝美はフリーペーパーを引き継ぐまで、新聞社に勤務していたのか。地方紙ではあるのだろうが、俺が雑誌に書く記事にまで目を通していたぐらいだから、たぶん編集関係だろう。しかしそれでは「なぜわざわざフリーペーパーなんかを」という疑問が出てしまう。

タバコを吸いたくなったが、外では吸わないと決めたのだから、吸わない。

「宮内くん、これは一番大事なことなんだが、彼女は誰かとトラブルを抱えていなかっただろうか」

和枝が「分かっている」というようにうなずき、紅茶のカップを口に運ぶ。

「警察にも聞かれましたね。人間関係とか、仕事関係とか」

「で？」

「特には思いつきません。競合するタウン誌には『この広告はうちがもらうはずだった』とか、『記事も写真も素人《しろうと》並み』とか、それぐらいの悪口は言いました。でもヒステリックに罵《のの》るほどでは」

「個人的にはどうだろう。君ほどではないにしても、まあ、なかなか、美人ではあったし」

和枝のカップが受け皿に音を立て、メガネの向こうで目尻が細かくふるえる。小づくりな顔で目鼻立ちのすべてが平均的、逆にいうと癖のない素直な顔立ちだから、化粧や衣装や雰囲気を工夫すればそこそこの美人にはなる。

「編集長も独身ですからね、カレシぐらいはいたはずですよ。でも具体的に聞いたことはありません。私やほかのスタッフとは世代がちがいますから」

「飲み会なんかは」

「校了日はみんなにご馳走してくれました。もちろん広告を出してくれたお店で」

「金遣いに関しては気前がよかったと」

「編集長で経営者ですからね。営業や打ち合わせを兼ねて飲みにいくことは多かったようです。靴やバッグもブランド品でした」

鎌倉散歩程度のタウン誌にどれほどの利益があるのかは知らないが、今は女子高生だってヴィトンのバッグぐらいは持つ。

「長峰さんは広告料の管理も税金関係の処理も、一人でしていたんだよな」

「会計ソフトを使って。その方面は得意のようでした」

「それにしても帳簿はつけていたろう」

「デスクの抽斗《ひきだし》に。私も今日、お掃除をするときに探してみましたけど、ありませんでした」

「警察が押収したかな」

「たぶん、それにパソコンも。でも編集長はいつもタブレット端末を持ち歩いていましたから、大事な情報はそのなかだと思います」

それも警察が押収しているのだろうが、どこまで解析できるか。神奈川県警だってＩＴの専門家ぐらいは養成しているだろうから、昔ほどは手こずらないか。今朝美の経済状況がどうだったにせよ、タウン誌ぐらいでそれほど大きい金が動くとも思えず、それにあの色っぽい流し目を考えると、あんがい痴情のもつれとかいう単純な事件かも知れない。

しかしあまり単純だと、俺の本業が成り立たない。

和枝がケーキを平らげ、ペーパーナプキンで唇をぬぐって、ほっと息をつく。

「柚木さんとお話ができて、気分が落ち着きました。明日はスタッフを集めて今後の相談をします」

若いスタッフのなかでは和枝がお姉さん格なのだろうが、今後の相談といっても、なにを相談する。

「君が責任を感じる必要はないんだぞ。長峰さんに親兄弟がいれば警察から連絡がいく。資産も負債も親族が受け継ぐから、あと始末も親族の責任になる」

「でもクライアントへの説明ぐらいは、私たちがしなくては」

「あくまでも礼儀の範囲でな。くどいようだが、君に責任はないんだから」

俺の言葉を復唱するように、和枝が唇を動かし、ため息と一緒にうなずく。酒でも飲ませて気分転換をさせてやりたいが、今夜の俺には本当に野暮用がある。

「たいして役には立たないだろうが」

俺はコーヒーを飲みほし、名刺をとり出して和枝にわたす。

「金以外のことなら相談にのれるかも知れない」

笑いながら和枝もバッグから名刺をとり出し、裏にケータイの番号を書きつけてわたして寄こす。

「宮内くんは実家から?」

「いえ、大船のアパートです。この近くより部屋代が安いので」

「旅行関係のライターというのはよく分からないが、まだ若いし、頑張ってみるといい。生まれてしまった以上、人間には努力よりほかにすることもないしな」

なにを偉そうに。

しかし俺だって、励ましの言葉以外には思いつかないこともある。


ＪＲの鎌倉駅前で和枝と別れ、地下通路を通って江ノ電の鎌倉駅側へ出る。芹亜が言った御成通りというのはこの駅前から海岸方向へ向かう商店街で、笹りんどうのある小町通りとは逆方向になる。小町通りが観光客向けの商店街ならこちらは地元民向け。布団屋だの地銀だの洋品店だのがちらほらとあって、たまに小ぎれいな喫茶店なども点在する。城下町や宿場町ではないから歴史の風情はなく、通りは模造煉瓦《れんが》で舗装されているものの客足は少ない。こんな商店街にもクリスマスの飾りつけをしている店があり、学校帰りの女子高生が毛糸のマフラーをうしろ結びにして歩いていく。地方の商店街にはどこにでもある飲み屋横丁的な路地も、ここでは見当たらない。

指定されたジョバンニは漢方薬店の向かい側にあって、六時には十五分ほど早かったが、店に入る。小テーブルが五卓だけの狭い店で鉢植えのカポックや椰子が配置され、そして窓際の席にはもう芹亜が座っている。

芹亜が驚いたように顔をあげ、一瞬テーブルの丼鉢《どんぶりばち》を隠そうとする。

「あの、早くついたので、先に食事をと」

「つづけてくれ。美人の食事風景は殺伐《さつばつ》とした世界を平和にする」

俺は飲みたくもないコーヒーをまた注文し、向かいの席に腰をおろす。カフェだか喫茶店だか知らないが、芹亜が食べている丼鉢には海老フライを卵でとじたようなものがのっている。鎌倉ではカフェでも名物の「鎌倉丼《どん》」とやらを出すらしい。今日の芹亜はひっ詰めていた髪を顎の下までおろし、前髪も額にたらしているから就活中の女子大生のように見える。

芹亜は覚悟を決めたのか、俺の視線を無視して黙々と食事をつづけ、五分ほどで丼飯を平らげる。

店員が丼をさげていってから、芹亜が姿勢を正し、まっ直ぐに俺の顔を見つめてウムとうなずく。髪型のせいか昨日より目つきは穏やかで、よく見るとアイシャドーまで塗っている。

「お父さんから聞いたという俺の噂だけどな、まずその誤解を解いておきたい」

「瑣末《さまつ》なことです、忘れましょう」

「そうもいくか。お父さんは総務部で、なにを」

「装備課に勤務しています」

総務部の装備課なら技術屋で、警察官ではないだろう。経理課員や技術者など、警視庁には警官以外の職員も多くいる。ふだんは捜査員と接触することはないから、俺も芹亜の父親に記憶はない。

「お父さんは俺のことを知っていると？」

「いえ、でも柚木さんのセクハラ免職は庁内で有名だそうです」

「ばかばかしくて怒る気にもならないが、お父さんに『虚偽情報の流布《るふ》』は犯罪だと伝えてくれ」

「はい、伝えます」

素直なのか、単純なのか。

「父が言うには、柚木さんの問題は女性関係だけで、捜査員としては有能だったと」

「そちらの情報は流布していい」

「了解です。そこでわたしから柚木さんに提案があります」

芹亜のコーヒーが来て、店員がさがるまで待ってから、芹亜が少し身をのり出す。

「実はわたし、今回の事件で、捜査班に招集されました」

「ほーう、優秀なんだな」

長峰今朝美の事件で神奈川県警がどういう布陣を敷いたのかは知らないが、芹亜が招集されたのはたんに今朝美と面識があったから、というだけの理由だろう。

「本部からは何人の捜査員が？」

十二名です」

「特捜本部を設置したのか」

「そこまでは」

　幼児の誘拐殺人や社会的な大事件なら捜査員も百人、二百人の体制を敷くが、一般的には十二、三人の捜査一課員と所轄の刑事課員、場合によっては生活安全課や地域課からも招集される。

「で、提案というのは」

「わたしと柚木さんの個人的な捜査協力です」

　頭のなかではウームと唸《うな》ったが、言葉や表情には出さない。

「君、自分の言ったことの意味を理解しているのか」

「当然です。協定ですから、こちらからも情報をさし上げます」

「昨夜は刺殺と言わなかった」

「気持ちが決まっていませんでした」

「しかし俺との協定なんかが監察官室に知れたら、懲戒になるぞ」

「柚木さんが他言しなければ知られませんよ」

「そうはいうが」

「チャンスなんです。ここで実績を残せば本部へ異動できるかも。叶《かな》わなければせめて横浜の所轄に」

「鎌倉はお洒落で働きやすい町だろう」

「事件といえば空き巣ぐらい。あとは痴漢とか車上荒らしとか暴走族の喧嘩。わたしはもっと働き甲斐のある部署を希望しています」

気持ちは分かるし意欲も評価できるが、データベースとやらをいじくっているだけの新米婦警が殺人や強盗事件の現場で、なにができる。それに横浜港は武器や覚せい剤の密輸基地でもあるし、暴力団も多くいる。

「静かな町で市民の平和を守るのも、警察の仕事だと思うけどな」

「人間には向き不向きがあります。柚木さんは定年まで痴漢やストーカーを追いつづけたいですか」

「俺を引き合いに出すな」

「理屈はいいです。捜査協力をするかしないか、この場でご返事を。いやなら面会はこれまでです」

穏やかだった芹亜の目がまた昨日のように吊りあがり、小鼻までふくらんで、唇に気合いが入る。ずいぶん強引な女だが、考えてみれば俺だって若いころは仕事に対して、これぐらいの情熱はもっていたか。

「俺は昨夜君から長峰編集長の死を知らされたばかり。こちらから提供できる情報はなにもないぞ」

「けっこうです。柚木さんの実績に期待します。ただわたしの許可があるまで記事にはしないこと、それだけは約束してください」

俺の顔を何秒か睨《にら》み、それから芹亜がふっと肩の力を抜いて、頬をにんまりとゆがめる。こんな小娘に押し切られるのも癪《しゃく》だが、今のところこちらの持ち駒はなし、しばらくは芹亜に調子を合わせよう。

「今気がついた。君、髪型を変えたんだな」

「え、いえ、べつに」

「君の顔は鼻と口のバランスが完璧だ」

「うるさいわね、いえ、髪型はたんなる気分です」

「事件に関する記者発表はしたのか」

芹亜がクッと咽《のど》を鳴らし、薄い胸に大きく息を吸い込んでから、諦《あきら》めたようにため息をつく。

「もう午後の三時に。今ごろはテレビのニュースでも流れているはずです」

「内容は」

「被害者の住所氏名や犯行場所、それに殺人事件として捜査を始めたこと。それだけです」

具体的な殺害方法や現場の状況など、捜査上の都合から警察はマスコミに流さない。ただ俺と芹亜はたった今、個人的な捜査協力契約を結んでいる。

「司法解剖は明日からか」

「今夜からです。夜半には死因を特定できるでしょう。状況的には出血死で間違いないと思われますが、遺体を検分した捜査員の話では被害者の右側頭部に、鈍器でつけられた殴打痕も見られたと」

「つまり頭を殴ってから、刃物で刺した」

「凶器はオフィスにあった果物ナイフです。わたしは現場を見ていませんが、首のつけ根をひと突きだったそうです」

「現場の写真を見られるか」

「それはできません。ですがわたしがもう一度確認して、データを柚木さんにメールします」

現場は鎌倉散歩のオフィス。宮内和枝があと始末をしたから痕跡は残っていなかったが、俺は頭のなかで遺体発見時の状況を思い描く。右側頭部の殴打痕とはどんなものか、首のつけ根といっても前から刺したのか、うしろから刺したのか、右なのか左なのか。

「殴打に使われた鈍器の特定はできているのか」

「分析中ですが、たぶん花瓶でしょう」

「遺体の発見者は瀬沼とかいうスタッフだったらしいが、オフィスに忘れ物を取りに寄ったというのは嘘っぽいよな」

カップを持っていた芹亜の手がとまり、その吊りあがった感じの目に一瞬、生意気な笑みが浮かぶ。

「発見者の名前をよくご存知ですね」

「俺も君と秘密協定を結ぶつもりだったので、材料を集めておいた」

「信用はしませんが、たしかに発見者は瀬沼喜美香というアルバイトで、当初は『事務所へは忘れ物を取りに寄った』と供述していたようです。ただ捜査員がその様子を不審に思って問い詰めたところ、ボーイフレンドを連れ込んだと」

「夜中も近くなって?」

「二人で飲んでいて、ふとその気になったそうです」

「その気に、ああ、その気か。だけど近くにラブホテルぐらいあるだろう」

「ホテルがあってもお金がなくては利用できません。オフィスなら無料《ただ》で暖房もきくし、ちょうどいい作業台もあるからと」

たしかにあのオフィスには作業台の角テーブルがあって、ちょうどいいといえば、ちょうどいいか。金のない若者たちにとっては理想的な職場環境だ。

「瀬沼喜美香の供述は信用できるのか」

「二人が飲んだ居酒屋と相手の男に確認をとりました。男のほうは遺体を見たとたん、逃げ出したそうです」

「そんな男とは別れろと言ってやれ」

「瀬沼喜美香も捜査員に『別れる』と断言したようです」

芹亜がコーヒーに口をつけ、肩の力を抜くように額の前髪をかきあげる。瀬沼喜美香と男が共謀して長峰編集長を殺害したのならともかく、状況から警察も居酒屋や男の証言を信用したのだろう。

「発見時間は昨夜の十一時ごろ、長峰今朝美は夕方の五時には退社している。かりに殺害時間を午後十時に想定すると、退社後の五時間が問題になる」

「その足取りを追うのが捜査方針です」

「案外この事件、単純かも知れないな」

「本庁のベテラン刑事も同じ見解です。まだ噂の段階ですけれど、長峰さんは相当に、男性関係が派手だったと」

あの男を誘う感じの流し目で、ある程度の想像はつくが、しかし今朝美だって貧乏なアルバイトではなし、その気になって男をオフィスに誘い込んだわけではないだろう。

「編集長は独身だったのか」

「家族はそう証言しています。実家は茨城県の水戸市で、昼前には弟さんが鎌倉へ駆けつけました。ただ長峰さんが実家へ帰るのは年に一度か二度らしく、仕事関係もその他の交友関係も、まるで分からないと」

「住まいは逗子のマンションだろう」

「一応の家宅捜査はしてあります。ですが捜査員も昨夜から徹夜でしたから、今夜はこれから捜査方針の確認をして、明日から正式に『タウン誌編集長殺人事件』の捜査を始めます」

その捜査班に招集されたから芹亜も張り切っているのだろうが、どこまでの情報を提供してくれるか。逆に俺のほうは、芹亜の出世に役立つような情報を、どこまで提供してやれるか。

「昨夜の鎌倉は何時ごろまで雨が降っていた？」

「わたしが柚木さんにお電話したときぐらいまで」

「それなら室内に靴跡は残っていたろう」

「採取してあります。ですが床はプラスチックタイルですから、明瞭なものは検出されないと。指紋もドアノブやナイフの柄《え》は拭きとられていました。今は小学生でも指紋のことぐらい知っていますからね」

指紋を拭きとっていったのは犯人に決まっているが、しかし芹亜の言うとおり、今は小学生でも指紋云々は知っている。凶器が備品のナイフなら犯行が計画的だったとも思えず、なんらかの理由で激怒した犯人が発作的に今朝美の首を刺したものだろう。侵入していた空き巣がたまたまオフィスに戻ってきた今朝美と鉢合わせをしたというのなら、スタッフのパソコン類も盗み出している。

「編集長はオフィスのパソコンとは別に、タブレット端末を携帯していたというが、その押収は?」

芹亜が少し眉をひそめ、カップを受け皿に戻して口の端をゆがめる。

「長峰さんがタブレットを?」

「出納《すいとう》関係を自分一人で管理していたというから、その用途だろう」

「そういえばわたしと会ったときも、シャネルの大きいバッグを持っていましたね。あのバッグは押収してありません」

「つまり?」

「そのタブレットがバッグのなかなら、押収されていないということです」

「犯人が持ち出したことになるな」

「そうですね。バッグも三十万円ぐらいはするはずですし、タブレットだけでなく、お財布も入っていたことになります」

財布には現金以外にもキャッシュカードやクレジットカードが入っていたはずだし、バッグごと盗まれたのなら相当な金額になる。葉山《はやま》、逗子、鎌倉地域は空き巣も多いというから、その空き巣とたまたまオフィスに戻ってきた今朝美が運悪く鉢合わせをした可能性もある。ただそれは、あくまでも可能性だけの問題だろうが。

「柚木さんは物盗りの犯行だと?」

「調べるのは君たちだ」

「パソコンやケータイに関しては明日からプロバイダーを調べます。着送信記録など、判明したらご連絡します」

プロバイダーから着送信記録は調べられるとしても、メールの文章まで復元できるものなのか。その方面に詳しくはないが、金銭管理等の情報はパソコン自体がなければ復元不可能ではないのか。あるいはハッキング技術などで、他のパソコンから侵入する方法があるのか。いずれにしてもそれは警察の仕事だ。

「そうか、パソコンやタブレットも……」

俺は冷たくなっているコーヒーを口にふくみ、背筋をのばして俺の顔を見つめている芹亜に、ちょっと首をふってやる。昨日は「睨んで」いた目が今日は「見つめて」いるだけに思えるのだから、慣れは恐ろしい。

「編集長のパソコンには粕川祐真の連絡先が入っていたはずなんだが、君のほうはどうだ」

「粕川祐真？　明里さんの件ですか。昨日柚木さんが帰られてからデータベースを当たってみましたが、その名前はありませんでした。でも……」

「今回の事件と十年前の失踪事件は無関係」

「と、思いますけどねえ」

「たしかにな。俺は偶然に対してアレルギーがあるけれど、さすがに今回は偶然だろう。ただどこかで粕川祐真の名前が出てきたら、ついでに連絡してくれ」

芹亜が生まじめな顔できっぱりとうなずき、腕時計を確かめてから、テーブルの伝票に手をのばす。

「鎌倉丼ぐらいは奢ってやれる」

「いえ、割り勘でお願いします」

「アイシャドーをつけると目の表情が穏やかになるな」

「あなた、いえ、もうその手にはのりません。本当に柚木さんって……」

最後の言葉は出さず、芹亜が財布から千円札を一枚抜いて、ぴしりとテーブルへおく。

「これから捜査班の打ち合わせがありますので、お先に失礼します」

「気合いを入れすぎて息切れしないようにな」

「若いですから、ご心配なく」

すっくと席を立ち、バッグとコートをとりあげて、芹亜が大きくうなずく。

「念を押すまでもありませんが、わたしたちの協定は口外無用です」

頼まれたって、誰が言いふらすか。

「忘れていたが、昨夜瀬沼喜美香がオフィスへ行ったとき、ドアの鍵は？」

「あいていたそうです」

「下の永井工業というのはなんの会社だ」

「電機設備関係のようです。ただ二階はほとんど備品置き場になっていて、昨夜も七時には全員が退社しています」

芹亜が「ほかになにか」という表情で俺の顔をのぞき、俺はその芹亜に、バイバイと手をふってやる。芹亜は就活の面接会場へ急ぐように店を出ていって、俺のほうはぐるっと首をまわして肩凝りをほぐす。

どうして女というのはみんな、俺の肩を凝らせるのだろう。

しかしそれはそれとして、芹亜のほうから秘密協定を言い出してくれたのは好都合。長峰今朝美とも面識があったし、今回の事件に関してはほかのどのマスコミよりも有利な立場にある。月刊ＥＹＥＳからのオファーにしてもらえれば本業の仕事になるし、ついでに名探偵もこなせる。

だけどなあ、世の中、それほど甘くはないか。

伝票をとりあげようとしたとき、内ポケットでケータイが振動する。

「やあ、小高くん、ちょうど君に電話をしようと思っていたところだ」

「嘘です、声で分かります」

「俺のこの、真心の声に耳を澄ましてくれ。正真正銘、本心から、君に電話をするところだった」

「どうでもいいですけど、もしかして柚木さん、今は鎌倉ですか」

「さすがは切れ者美人編集者」

「テレビのニュースで鎌倉の事件が報道されました。タウン誌の編集長が殺害されたと」

「昨夜君が見ていた鎌倉散歩というタウン誌だ」

「犯人は柚木さんですか」

「その顔で冗談を言うな」

「どの顔です?」

「いやあ、だから、清楚《せいそ》で知的で、黒縁のメガネがよく似合って歯並びが美しい」

直海がわざとらしくフンと鼻を鳴らし、それからぎらっとメガネを光らせた映像を、テレパシーで俺の頭に送りつける。

「やっぱり内緒で、こそこそ探偵を始めたわけですね」

「否定する。このネタを正式に月刊EYESの仕事にしてくれ。警察にもコネをつけたし、スクープ間違いなしだ」

「事件の規模が小さいでしょう」

「俺の情熱でカバーする」

「柚木さんの情熱ねえ」

「プラス君に対する愛だ」

「愛はいりませんが、一応編集長と相談します」

「ぜひ、ぜひ。正式なオファーになれば君だって正々堂々、取材費の前借りを頼めるだろう」

「柚木さんの前借りですよ」

「君と俺とは一心同体だから」

「最近お腹が出てきましたよ。一心同体になりたいのならダイエットしてください」

「いやあ、うん、努力する」

「二月号はネタが少ないですからね。たぶんＯＫになると思います。結果は今夜にでもご連絡します」

「ケータイから君の愛がひしひしと伝わってくる」

またフンと鼻を鳴らし、小さくため息をついてから、珍しく直海が声の調子を低くする。

「それから、柚木さん、昨夜は、いろいろ、ありがとうございました」

＊

御成通りの酒屋でイタリアンワインを一本買い、江ノ電で極楽寺の駅へ向かう。日が暮れきって観光客の姿はなく、乗客は仕事や学校から帰る地元民ばかり。まさに長閑《のどか》なローカル鉄道で、これから来春までが鎌倉にとって一番平和な季節だろう。もっとも正月はまた、鶴岡八幡宮への初詣《はつもうで》客があふれるのだろうが。

極楽寺駅でも降車客はちらほら。海と陸の温度差が均衡《きんこう》する時間らしく、奇妙に風のない線路沿いを丁字路まで歩いて切り通しへ向かう。すぐに人家が途切れて街灯もまばらになり、夜空も両側からの雑木に被《おお》われてしまう。まだクルマも人通りもあるけれど、夜中にこんな道を歩くのは不気味だろう。

崖の石段をのぼって住宅街に入り、マヤの家へつく。住宅街といってもせいぜい五、六戸だから明かり自体が乏しく、マヤの家も外から見えるのは木戸横の門灯だけ。一瞬時代劇に紛れ込んだような気分になりかけたが、表札の下にはちゃんとインターホンがついている。

ボタンを押すとすぐマヤが「木戸も玄関もあいている」と返事をし、木戸から敷地へ入ってガラス格子の玄関をあける。同時にマヤが奥から顔を出し、右の目尻に皺を寄せながら肩をすくめる。

「ごめんなさい。夕飯の支度をするつもりだったけど、急な原稿依頼が来てしまったの」

「電話をすればよかったかな」

「そういう意味ではないのよ。近くに行きつけのお店があるから、そこでご馳走するわ」

都合が悪ければ出直す、と言いかけたがマヤのほうはもう綿入れ半纏《はんてん》を着ていて、首に焦げ茶色の布を巻きつけ、ニットの帽子までかぶってしまう。昨日の半纏は紺色だったが今夜は淡茶で、帽子も茶系に合わせてある。下に唐草模様のモンペを穿いているのは俺へのサービスだろう。

買ってきたワインを履物棚の上におき、ガラス戸に鍵をかけて崖下へ向かう。駅の近くに二、三軒スナックのようなものがあったが、マヤは切り通しを逆方向の海側へ歩く。

「暗くて見えないけれど、右手の崖上に成就院《じょうじゅいん》というお寺があってね。紫陽花《あじさい》の季節はそこへの道に行列ができるのよ」

「それ、紫陽花寺のことか」

「通称はね。紫陽花寺と呼ばれるお寺はいくつかあるけれど」

五分も歩くと視界がひらけ、住宅街が広がって前方に海明かりがかすんでくる。なるほどこの辺りは海と山がとなり合わせで、風流を好む人間には垂涎《すいぜん》の立地だろう。残念ながら俺にはそんな趣味も、感性もない。

前方に「星《ほし》の井《い》」という交差点が見えてきて、その手前に〈七口《ななくち》〉という屋号を染め抜いた紺暖簾《のれん》の店があり、屋号の下には小さく季節料理の文字が入っている。昔は鎌倉へ入る道が七本しかなく、それを七口といったらしいから屋号はそこからの由来だろう。

ドアをあけると内は鮨屋風の内装で、五、六人が座れるカウンターに小座敷が二間《ふたま》。カウンター内には六十年配の主人に娘らしい若い女と、客は七十歳を過ぎた感じの夫婦連れ。観光シーズンはどうだか知らないが、ふだんは常連しか通わない店だろう。マヤも馴染みらしく、主人と娘に会釈《えしゃく》をして小座敷へあがり、俺もつづく。俺たちが入っていったとき主人と娘が顔を見合わせたから、〈笹りんどう〉の小野珠代と同様になにか意見があるらしい。

娘が卓におしぼりや割り箸を並べ始め、マヤが「まずはビール」と注文する。その間も娘はちらちら俺とマヤの顔を見くらべ、口をひらきかけてやめたり、表情を好奇心全開にする。主人のほうもマヤのカレシが珍しいのか、カウンター内から首をのばしてくる。つき出しの小鉢は大根おろしのシラス和《あ》え、そういえば道の途中に〈鎌倉シラス〉という看板が見えたから、シラスは鎌倉の名物なのか。運ばれてきたビールも知らないラベルで、これが地ビールなのだろう。

「マスター、わたしたちの関係は聞かないで。聞かれても答えられないから」

「いやあ、べつに」

「お料理はお任せでいいわ」

「マヤちゃん、カレシにアレルギーがあるようだったら言ってくれ」

「彼のアレルギーは女性だけよ。わたしが今治療しているの」

分かるような、分からないような。料理がお任せだから俺たちの関係もお任せなのだろう。

マヤが二つのコップにビールを注ぎ、首に巻いた布をゆるめながら、にんまりと笑う。

「マスターはね、ああ見えてもサーファーなの。昔はなにかの大会で優勝したこともあるらしいわ」

このあたりはそんな人間も多いのだろうが、俺には縁がない。

「それより、仕事のほうは大丈夫なのか」

「下調べを始めただけ。知り合いのハーブ研究家が急病になって雑誌に穴があきそうなの。編集者も知り合いだから、わたしに原稿を頼んできたわけ」

「俺より売れている」

「草平さんも週刊誌の記事があるでしょう」

「あれはちょっと、見栄を張った」

「でも月刊EYESの記事は秀逸よ。昨日古書店で見つけたから読んでみたの。軽みと深みのバランスが絶妙ね。言っては失礼だけど、見直したわ」

いつか小高直海と会うことがあったら、ぜひ感想を伝えてほしい。注がれたビールは色も濃いめ、味にもこくがあって香りもいい。夏よりも冬向きのビールだろう。

「その記事のことなんだけどな、昨日の事件があって本業のほうが忙しくなる。明里くんの件はペンディングにしてもらえないか」

「夕方のニュースでやっていたわね。鎌倉散歩が明里さんを探す会の事務局を兼ねていることとは、無関係なの？」

「俺は失踪事件を調べ始めたばかりで、会ったのはタマちゃんと女性刑事ぐらい。もちろんこれから長峰という編集長の周辺を調べるから、どこかで明里くんの情報が出てくる可能性はある。そうなったらまた相談する」

「それにしても偶然よねえ。草平さんの歩くところを事件のほうが追いかけるみたい。タマちゃんなんか張り切っちゃって、今日は三回も電話してきたわ」

皿に刺身の盛り合わせが出てきて、酒もマヤがキープしてあるのか、麦焼酎のボトルやアイスペールが運ばれる。その焼酎もまた、マヤがカノジョのような仕草《しぐさ》でオンザロックにしてくれる。この演技力は素晴らしいが、どうにも俺は恥ずかしい。

「タマちゃんだけどな、なにしろ殺人事件だから、やたらに張り切ると捜査妨害にもなりかねない。これからは自重するように伝えてくれ」

「言ってはみるけど、たぶん無理ね」

「少なくとも粕川祐真の件は、もう調べなくていいと」

「明里さんのボーイフレンドだった人？」

「十年も前だしな。今は結婚して幸せに暮らしているかも知れない。当時の関係を聞き出したところで意味はないだろう。それよりタマちゃんには鎌倉散歩の前編集長がどうしているか、その消息を調べてほしい」

皿に体裁よく盛られているのはマグロにタイにカツオ、甘エビのように見えたものは口に入れると、歯ごたえと香りがちがう。

「分かる？　それは生のタコよ。マスターが漁師さんから仕入れるの」

「なるほど。この磯の香りと歯ごたえは、まるで貝だものな」

いつだったか小高直海に、タコやイカは巻貝が貝殻を脱ぎ捨てた生き物、とレクチャーされたことがある。それにしても生のタコを刺身で出す料理屋も珍しい。

「それでその鎌倉散歩の、前編集長さんが？」

「事件に関係はないけどな。残された社員が途方に暮れている。長峰今朝美が経営を引き継ぐ前の編集長が分かれば、なにか方策があるかも知れない」

俺たちの話でも聞こえたのか、主人が年配の客に会釈し、小座敷のほうへ首をのばす。

「マヤちゃんなあ、鎌倉散歩の事件はテレビで見たよ。うちにも広告の依頼は来たけど、関係ないから断っていた。だけどこちらのお客さんはその前編集長を知っているらしいよ。今は会社を息子さんに任せているけどね、稲村ガ崎《いなむらがさき》で海産物の問屋をされていた方だ」

年配客が夫人と一緒に半分ほど椅子をまわし、俺たちのほうへ軽く頭をさげる。事業家というより歌人か日本画家のような風貌で、白くなった髪をオールバックに撫でつけている。

「差し出がましいようですがね。前の編集長は角田《つのだ》くんといって、中学の後輩なんですよ。彼が鎌倉散歩を立ち上げたとき、ご祝儀というか、つき合いというか、うちの会社も広告を出してやりました」

鎌倉という町の狭さが、今回ばかりは都合がいい。

「で、その角田さんという人は、今？」

「それがねえ、せっかく雑誌を立ち上げたのに二、三年で躰を壊しましてねえ。その後何年かして自宅もひき払って、今はどこかの療養所にいるはず。中学の後輩ですから、誰かに聞けば消息は分かると思いますよ」

「お手数ですが、よろしく」

マヤがころんとグラスを鳴らし、卓の端に片肘をかけて主人や客たちの顔を見まわす。

「あらためて紹介すると、彼は柚木草平さん。おもに政財界の裏側を取材するジャーナリストよ。でもそれは表向きの顔で、実態は国家公安委員会の秘密調査員なの。鎌倉散歩の件は意外に奥が深いかも知れないので、みなさんもそのあたりは注意してね。お客さんも角田さんの消息が分かったらまずマスターに。マスターがわたしに知らせてくれたら情報は彼に伝わるわ」

マヤさん、頭は大丈夫なのか。みんなも啞然《あぜん》としたが俺だって啞然としてしまって、ついオンザロックを一気飲みしてしまう。マヤの芝居癖はギャグなのか本性なのか。少なくとも病気になったとき診《み》てもらいたい医者ではない。

娘が岩ガキを運んできて、俺は尻を座敷の奥へずらし、カウンターからは口元が見えない角度に肩の位置を調節する。

「君とつき合うには命が三つぐらい必要だな」

「わたしが薬膳《やくぜん》で救ってあげるわ」

「限度をわきまえてくれ。俺は小心な貧乏ライターなんだから」

「だからカバーするのよ。わたしのカレシが貧乏で小心なライターではバランスが悪いでしょう」

マヤがグラスにオンザロックをつくり直し、俺と同じように肩の角度を変えて、これからは二人だけの密談という陣形をつくる。そこまで大げさにしなくてもいいとは思うが、マヤの縄張り内では酔狂《すいきょう》につき合うより仕方ない。

「さっき言ったペンディングの件なんだが……」

岩ガキにはすでにレモンがかかっていて、ほどよい酸味と濃厚な磯の香。麦焼酎も知らない銘柄だがこちらもフルーティーで、キレ味がいい。まして小座敷で演技派の美人女優と差し向かいなのだから、どうにも深酒の予感がする。今夜はビジネスホテルにでも泊まることにしよう。

「君やタマちゃんや、それに歴史図書館の友部くんやピアノ教師の気持ちを思うと、賭けのことは別にして、明里くんの事件も記事にしようと思う。どれほどの反響があるかは分からないが、いくらか風化を防げるかも知れない」

「それなら草平さんが記事を書いた時点を賭けの着地点にするわ。千絵さんにも伝えておく」

一月は週刊誌も月刊誌もネタが少ないから、月刊ＥＹＥＳが不可でもどこかの雑誌にねじ込めるだろう。

「ただそれにしても、記事にするにはやはり明里くんの両親を取材しておきたい。その部分に手抜きをすると文章が表面的になってしまう」

「こだわる人なのよねえ。そこが魅力でもあるけれど」

「明里くんの父親は〈日本博愛会〉とやらの専務理事だという。残念ながら俺の守備範囲からは外れている」

「日本博愛会……」

岩ガキを口に入れて目を細め、首をかしげたまま、マヤが何秒か思考を巡らせる。不意打ちのエキセントリックな発言で俺を驚かさなければ、本物の美人なのだ。

「聞いたことはあるわねえ。なにかの慈善団体だったかしら」

「恵まれない子供たちへの支援とか、まあ、趣旨は一般的だけどな。理事には政財界のお偉方が顔をそろえている」

「わたしに縁はないけれど、身内には縁があるのよねえ」

マヤが半纏の内懐《うちぶところ》からケータイをとり出し、半分ほど俺から顔をそむけて何十秒か通話をする。その間に「有名なジャーナリスト」とか「奥さんはあの柚木知子さん」とかの発言が聞こえて、俺はまたオンザロックをあおってしまう。マヤとつき合うには本当に、命が三つほど必要かも知れない。

通話を終わらせ、マヤがケータイを内懐へ戻して、ちょっと肩をすくめる。本来ならここで煙草《タバコ》入れをとり出すところだろうに、忘れてきたのか、俺と同じように場所をわきまえる主義なのか。

「電話したのは兄、もちろん腹違いのね。ああいう世界の人たちは立場や肩書が好きなの。だから逆に単純な部分もあるわけ。先方と連絡がとれたら折り返し電話をくれるそうよ」

マヤが婚外子であることは聞いているから、腹違いの兄という人間にも大よその見当はつく。しかしこんな瑣末な案件でも連絡がとれるとすれば、兄妹の仲もあんがい良好なのだろう。

「明里さんの件はあなたの記事に任せるとして、鎌倉散歩のほうはどうなのかしら。鎌倉では殺人事件なんて珍しいから、注目されるわよ」

「だからこそ本業になる。原稿料が入ったら君に新しいキセルをプレゼントしよう」

「わたしのキセルは本物よ。今は燕三条《つばめさんじょう》にしか作れる職人さんがいないの。最低でも五万円はするわ」

「心配するな。どこかの温泉で安い土産物を買ってくる」

マヤが眉に段差をつけて笑い、残っている刺身を小皿に移して、あいた大皿を座敷の端に出す。娘が待っていたようにサザエの壺焼きを運んできて、やはり興味深そうに、ちらちら俺とマヤの顔を見くらべていく。それにしてもあんなキセルが、五万円もするのか。

「草平さんね、彼女は娘さんではなくて、マスターの奥さんよ」

「それも君のジョークか」

「これは本当。サーフィン会場でナンパしたの。病院のレントゲン室より常識的でしょう」

なにが常識的でなにが非常識なのか、マヤを相手にすると区別がつかなくなる。酔いもまわって頭も混乱しているのだろうが、不思議なことに、けっこう俺は楽しい。

「で、どうなの。殺人事件は解決できそう?」

「捜査は警察がする。ただ俺の経験からいっても、それほど奥の深い事件ではない気がする。長峰今朝美の個人的な利害関係か、痴情のもつれか、あるいはその両方が絡んだものか。印象としてはたぶん痴情のもつれだろう」

「一般的には痴情のもつれも、けっこう奥は深いけれどね」

「男と女というのはどうして、いや、まあ、俺にヒトのことは言えない」

マヤが竹串で壺からサザエの中身をすくい出し、それを俺の小皿に移してくれる。カウンターには見物客が四人もいるわけで、俺も舞台を盛り上げるために、マヤのサザエを竹串ですくい出す。

「草平さんね、あなたに白状したいことがあるの」

「高校時代は演劇部だったとか」

「誰に聞いたの」

「俺は名探偵だぞ」

「でもその推理は外れよ」

「それはそうだ」

「実はね、千絵さんの家であなたにわたした名刺、わたしもつくったときは気づかなかったの。あの名刺を古書店のご主人に見せたら、膳は料理のことだと指摘されて。でも面白いから生意気な人に会ったときだけ、いたずらでわたしているの」

生意気な人にだけいたずらで、か。俺にもやっと理解できかけたが、マヤの半纏やキセルやモンペなども、たぶん、ちょっとしたいたずら心なのだろう。もちろんそれぐらいの余裕や遊び心がなければ、千絵や美早とはつき合えない。

マヤのケータイが鳴り、内懐からとり出して会話をする。今度の通話はせいぜい十秒、すぐ電話を切って俺のほうへ眉をあげる。

「明日の朝十時なら時間がとれるそうよ。ご自宅は戒宝寺《かいほうじ》の近くですって」

「つまり?」

「明里さんのお父さま。昼からは北海道へ向かうとかで」

「戒宝寺というのは」

「雪ノ下の三丁目あたりかしら。調べれば分かるわ」

立尾芹亜からの情報によっては明日も鎌倉へ足を運ぶつもりだったが、行き掛かりとしても、明里の父親には会っておく必要がある。それにしても朝の十時か。遅くともまた八時には東京を発《た》たねばならず、やはり今夜は鎌倉のホテル泊まりにしよう。

マヤがグラスに口をつけながら首をかしげ、俺の気持ちを察したように目尻を笑わせる。

「毎日鎌倉と東京を往復するのも面倒よね」

「君に会えることだけが励みだ」

「うちに泊まったら?」

「うん、いや、まさか」

「ホテルよりは快適よ」

「そうかも知れないが、いやあ、いくらなんでも」

「千絵さんに知られたら困る?」

「あのなあ、あれは美早くんが、つまり、いろいろ」

「母もたまに日本へ帰ってくるから、部屋は片付いているわよ」

「そういう問題ではなくて、あれやこれや、いろいろ、まずいだろう」

くっと咽で笑い、マヤが尻をずらしてきて、わざとらしく声をひそめる。

「あなたにだけ教えるけど、わたし、処女なの」

「なんだと?」

「バージン」

「それぐらいは分かる」

「まさか草平さん、処女は襲わないでしょう」

「その、そういうことは、べつに」

「わたしの処女を奪ったら草平さんは一生、わたしの人生に責任をとることになる。あなたにそんな度胸はないものね」

東大の医学部を出ているような女は、価値観が別の世界にあるのか。それとも処女云々も、定番のいたずらなのか。俺の目がまわっているのは酒のせいなのか、マヤのせいなのか。

マヤがオンザロックを飲みほし、俺にウィンクを送ってから、芝居がかったクールな顔でカウンターへ首をのばす。

「マスター、ボトルを新しくして。それからハマグリのお吸い物もつくってくれる?」

4

マヤに玄関まで見送られると新婚生活でも始めたような気分になる。

「今夜こそ夕飯をつくっておくわ。遅くなるようだったら電話をしてね」

「……………」

どうにも返事を思いつかず、手をふっただけで玄関を出る。朝日を受けて垣根の椿《つばき》が艶々《つやつや》と輝き、宅地を被《おお》っている雑木林《ぞうきばやし》からオナガが飛び立っていく。東京ではまず見かけない鳥だからそれだけ山が近いのだろう。

せまい住宅街を抜けて切り通しの石段をくだり、極楽寺の駅へ向かう。昨夜は〈七口〉で飲んだあと海岸通りのコンビニに寄り、下着類と剃刀《かみそり》と歯ブラシを調達した。あてがわれた母親の部屋は意外にも洋室、台所もシステムキッチンでバスもトイレも改装済み。古民家風に見えるのは玄関まわりや庭に面した部屋だけだから、このあたりにもマヤのいたずら心がある。もちろん俺は処女を襲わなかったし、朝もマヤより先に起きてコーヒーをいれた。そして今は首に草木染《くさきぞめ》のスカーフが巻かれている。

極楽寺の駅につき、通勤客のような気分で江ノ電に乗る。小高直海からは昨夜のうちに正式なオファーが来たし、角田浩一郎《こういちろう》という〈鎌倉散歩〉前編集長の消息も知れている。角田は葉山にある海光苑《かいこうえん》という老人ホームに入所しているという。

鎌倉駅についてからは時間もあるし天気もいいし、教えられたとおり八幡宮方向へ歩く。駅から八幡宮まではせいぜい十分、そこから雪ノ下の三丁目にある大橋家までも十分ほどだという。多少昨夜の酒は残っているがマヤにカンゾウというハーブの煎じ薬を飲まされたせいか、歩くうちに気分もよくなる。

信号に〈八幡宮前〉という標識があり、その県道を右折して戒宝寺とかいう寺を目指す。そのあたりまではちらほら商店もあったが戒宝寺方向への路地に入ると住宅街になって、クルマも通らなくなる。東京でいえば山の手にあたるのか、各戸の敷地も広くて羽目板造りの古い民家もあり、庭木を贅沢《ぜいたく》に配した和風建築もある。

大橋家は戒宝寺の二、三軒手前。丘陵地を切りひらいたように石垣が積まれ、コンクリートブロックで囲われた塀の内側に二階建ての和洋折衷《せっちゅう》館が建っている。小野珠代は「家も大きい」と言ったが豪邸というほどでもなく、周囲の家よりはいくらか敷地が広い程度か。模造煉《れん》瓦《が》の門柱があって鉄の門扉《もんぴ》に表札とインターホン、玄関前の大椿はすでにピンク色の花を咲かせている。マヤの家では椿なんかまだつぼみも見えないのに、椿にも種類があるのだろう。

インターホンを押すと中年婦人の声が応答し、そのまま敷地へ招かれる。門扉から内へ入ると玄関ドアがひらかれ、髪を染めた瘦せぎすの女が顔を出す。歴史図書館の友部実菜子は大橋夫人の年齢を「六十歳前」と言ったから、この女が大橋夫人だろう。化粧も濃くてセーターにもラメが光り、スタイルのよさを自慢するようなレギンスを穿いている。

マヤの兄がどんな話をしたのかは知らないが、すぐ庭に面した応接間に通され、大橋恒という明里の父親もあらわれる。こちらも歳《とし》は六十ぐらい、すでに背広を着てネクタイをしめ、白髪交じりの髪を無難な横分けに撫でつけている。元は役人か銀行員か、たいして特徴のない顔だが目つきには温和な人柄がうかがえる。

名刺交換をしてソファに向かい合って座ると、応接室に夫人が紅茶のセットを運んでくる。

来訪客のために用意してあったものだろう。夫人はそのまま大橋のとなりに腰をおろし、ティーポットから三つのカップに紅茶をつぎ分ける。若作りな化粧や衣装を友部実菜子は「おば様はちょっと派手好き」と言ったが、この程度で派手好きなら山代千絵なんかスーパーモデルになってしまう。

「いやあ柚木さん、昨夜三崎《みつざき》さんからお電話をいただいたときは、ありがたいお話と思ったんですがね。ですが今朝の新聞で……鎌倉散歩の件はご存知ですか」

大橋と夫人が同時に俺の顔をのぞき、それから二人が顔を見合わせて、同時にため息をつく。三崎というのがマヤの兄なのだろうが、とりあえず俺は、曖昧《あいまい》にうなずく。

「わざわざお越しいただいて、明里の事件を記事にしてくださるとおっしゃる。ぜひこちらからも、とは思ったのですが、長峰さんの事件が起きてしまうと、それを明里の事件と関連させる人間が出てこないとも限らない。インターネットでは嘘も中傷も野放しですからね」

大橋が眉をひそめながらカップを口に運び、夫人のほうは濃くアイラインをひいた目で、じっと俺の顔を見つめる。俺はインターネットの噂話なんかに興味はないが、なるほどネットには広告を集めるための、嘘や中傷や悪意のある書き込みが氾濫《はんらん》しているという。

「失礼しました。アナログ人間なので、そこまで気がまわらなかった」

「いやいや、お気持ちは本当にありがたいんですよ。さっきも警察に問い合わせて、担当の刑事さんから明里の事件とは無関係と言われましたが、こういう時代ですのでねえ、記事にするのは様子を見てからと」

「承知しました。長峰編集長の事件も早晩決着するでしょう。明里さんの記事はその経過を見てから、ということに」

夫人も安心したように肩で息をつき、紅茶に角砂糖を入れて、ゆっくりとスプーンを動かす。夫婦仲もまずは円満なようだし、庭も玄関も応接間も几帳面に片付いている。明里の失踪は家庭内のトラブルが原因、という可能性は除外していいだろう。その明里の事件を記事にできなければ、俺が大橋家へ足を運んだ理由もなくなる。

「正直に申しますとねえ、柚木さん」

夫人がちらっと大橋の顔を確認し、どこか上空の物音にでも耳を澄ますように、短く息をつく。

「あれからもう十年ですのでねえ、みなさんのご支援やご協力には心から感謝しているんですが、明里が元気な姿で帰ってくるのかとなると、そのあたりはねえ」

大橋も少し身をのり出し、白髪の交じりはじめた眉をひそめて、夫人と俺の顔を見くらべる。

「家内が言おうとしているのはですね、私たち夫婦、この怒りを誰にぶつけていいのか分からん、ということなんですよ。拉致《らち》や誘拐なら犯人に、相手が北朝鮮と分かっていれば政府や社会にも。ですが明里の場合、誰を恨んだらいいのか、私たち家族に問題があったのか、親や友達も知らない秘密の交際相手でもいたのか。具体的なことがなにも分からないので、気持ちの整理がつかないわけです」

要するに大橋夫妻としては、俺も含めた明里の友人たちにも「あまり騒いでくれるな」ということらしい。十年の時間がたって明里の生還は望みうす、まして失踪した理由そのものが不明では怒りの向けどころがない。妹も成長して日常生活も平和に維持している。それならなるべく、静かに暮らせないものか。

このあたりは難しい問題で、何年も何十年も声をあげつづける親もいれば、怒りや悲しみを内に秘めたまま静かに暮らしたい親もいる。俺も単純に「事件を風化させないために」などと考えてしまったが、大橋家にしてみれば大きなお世話なのかも知れない。まして探す会の事務局を兼ねていた〈鎌倉散歩〉の編集長が殺害されたとなれば、中学生になった妹まで無用の騒動に巻き込まれないとも限らない。この問題はマヤとも相談して慎重に対応すべきだろう。もちろん月刊EYESに書く長峰今朝美殺人事件に関する記事にしても、明里の失踪事件とは完璧に切り離す必要がある。

せっかくの紅茶なので口をつけ、用は済んだので、暇《いとま》の支度をする。

「お嬢さんの同級生たちと偶然知り合っただけなのに、私の思慮が不足していました。長峰編集長の件も含めて、ご迷惑がかからないように配慮します」

夫妻が同時にうなずき、大橋も表情を和《やわ》らげてカップを口に運ぶ。

「いや、実はねえ、あの柚木知子先生のご主人とうかがっていたので、家内も私も、内心では心配していたのですよ。話の分かってくれる方だったので安心しました」

出たか、柚木知子先生。別居している俺でさえこれだけ迷惑なのに、一緒に暮らしている加奈子ならなおのこと。だが今さら芸名を使ってくれとも言えないし、俺のほうがペンネームにするのも癪《しゃく》にさわる。

「三崎さんに聞いたところによると、なんですか知子先生は次の総選挙に出馬の予定がおありとか」

「いやあ、それだけは、やめてもらわないと」

「しかし出馬されれば当選の可能性は大きいでしょう」

「どうですかね。選挙にも政治にも関心がないので、話し合ってもおりません」

緊急に知子へ面会を申し入れ、「選挙なんか絶対に不可」と太い釘を刺さなくては。

夫人がアイラインのきつい目をきっぱりと見開き、くつろいだ様子で俺に微笑《ほほえ》みかける。

「柚木さん、ついでと申してはナンですけれど、知子先生にあのコマーシャルをとりあげていただくよう、お願いできませんかしら」

「あのコマーシャル?」

大橋が咳払いをして夫人の膝に手をおき、顔をしかめながら首を横にふる。

「やめなさい。柚木さんはそういうご用件で見えたのではないのだから」

「だってあなた、いい機会ではありませんの。あなただっていつもあの協会に腹を立てているじゃないですか」

「それはそうだが、やたらなことを言っては柚木さんにご迷惑がかかる」

「お話しするぐらいはかまいませんわよ、ねえ柚木さん?」

「はあ、まあ」

大橋家でも主導権は夫人にあるらしく、夫の制止を無視するように、夫人が身をのり出す。

「ほら、あのコマーシャル。飢え死にしそうなアフリカの子供をテレビに出して、この子供たちを救うために一日百円寄付しろとか、コーヒーなんか飲まないでその分のお金を寄付しろとか、お年寄りにまで遺産を寄付しろとか。あんなコマーシャルをお茶の間に流すのは、一種の脅迫ではありません?」

言われてみれば俺もそんなコマーシャルを、見たことはある。あれは弱者の脅迫という心理作戦で、ずいぶん汚い手法《て》を使う団体だな、とは思っていたが、慈善団体なんてしょせんはそんなものだろう。

大橋も夫人の指摘に怒りがよみがえったのか、紅茶を飲みほしてカップを受け皿に戻す。

「いえね柚木さん、あの協会は国連児童基金の名前をちらつかせて、年間に二百億円もの寄付金を集めてしまうんですよ。児童基金への上納は七十五パーセント、逆にいうと二十五パーセントの五十億円は自分たちの懐《ふところ》へ。その着服金で東京の一等地に自社ビルまで建ててしまった。あのコマーシャルに騙《だま》されて、たとえば純真な小学生がなけなしの小遣いを千円寄付したとする。しかしそのうちの二百五十円はもうあの協会の懐へ。残りの七百五十円だって手数料や現地経費などが天引きされて、結局アフリカの子供に渡る金はせいぜい二、三百円なんです。これは詐欺《さぎ》以外の、なにものでもないでしょう」

大橋も日本博愛会とやらの専務理事をしているぐらいだから、慈善団体の裏事情に詳しいのだろうが、俺には専門外だ。

夫人が夫のカップに紅茶をつぎ足し、それをゆっくり口へ運んで、自嘲気味に、大橋がため息をつく。

「うちの日本博愛会もねえ、もともとは戦災孤児を救済するために、故烏山市郎《からすやまいちろう》先生が設立された団体なんですよ。当時は戦争で親を亡くした子供たちが、日本中にあふれていたそうです」

俺も上野《うえの》の地下街に寝泊まりする戦災孤児の記録映像を見たことはあるが、もう七十年も昔の話。烏山市郎も終戦直後の大物政治家だったとは思うが、詳しいことは知らない。

「もちろん今は戦災孤児なんかいなくなりましたが、逆にDVだの育児放棄などで、養護施設にひきとられる子供が多くなった。国や自治体も支援はしてくれますけれど、どうしても資金が足りない。ですから私も毎週のように地方へ出掛けて、篤志家《とくし》や地元企業の皆さんに支援をお願いしているんですよ」

趣旨も活動もご立派とは思うが、下世話な世界をマンボウのように漂っている俺には、慈善という言葉に本能的な違和感がある。しかし今それを大橋に言っても仕方ない。

紅茶を飲みほし、退散することに決めて腰をあげる。

「私たちは別居していますのでね。ただ機会があったら一応は、コマーシャルの件を伝えておきます」

「いやいや柚木さん、家内が勝手なことを申しあげて失礼した。どうか、気になさらんように」

夫人のほうはまだ意見のありそうな顔をしていたが、俺は礼を言って応接間から玄関へ向かう。夫婦も腰をあげて俺のあとにつづき、玄関まで見送りにくる。

沓脱《くつぬぎ》の靴に足を入れ、ドアノブに手をかけようとして、ふと思い出す。

「実は昨日、お嬢さんが通っておられたピアノ教室を訪ねたんですがね。そこの老婦人が言うには、十年前の夏休みを過ぎたあたりからお嬢さんが弾くピアノの音に、乱れのようなものを感じたと」

大橋と夫人が廊下に立ったまま顔を見合わせ、夫人のほうが首をかしげて、俺に質問の表情を送る。

「意味がちょっと、分かりかねますが」

「お嬢さんの気持ちを乱すような、なにかの出来事でも？」

また二人が顔を見合わせ、今度は大橋のほうが首をひねって、短くため息をつく。

「思い当たりませんなあ。そんなことがあればあの当時、警察にも話しておりましたよ」

「そうでしょうね。いや、確認したかっただけなので、失礼しました」

今度こそドアノブに手をかけ、夫婦に礼を言って大橋家の玄関を出る。ピアノ教室の老婦人が感じた音の乱れに理由があったのなら、たしかに両親も気づいたはず。警察からも、「ほんのわずかな手掛かりでも」と問われたはずで、両親だって必死に考えたろう。いずれにしても明里の件は記事にできないのだから、もう俺の手を離れている。これからの問題はタウン誌編集長の殺害事件で、このネタをどう扱うか。小高直海にも「事件の規模が小さい」と言われたけれど、それもそのとおり。惚れたの腫れたの浮気をしたのされたの、そんな理由での殺人は日常茶飯事だから週刊誌でも扱わない。そこを「俺の情熱で」と見得を切ってしまったが、情熱だけで記事が成り立つはずはなく、かりに痴情のもつれから発生した殺人事件だったとしても、今朝美の歴史と人間性は掘りさげる必要がある。

路地から県道へ出て八幡宮前へ戻り、本殿へ参拝して賽銭《さいせん》でも、と思いかけてやめる。これまでも神や仏とは無縁に生きてきたし、八幡様だって俺なんかの賽銭は不浄と思うだろう。葉山の老人ホームに入所している角田浩一郎を訪ねるにしても、その前に〈笹りんどう〉へ寄って小野珠代に釘を刺しておこう。

周辺はさすがにカフェや土産物屋が並び、年寄りの団体やデイパックの若い連中が三々五々行き来する。その小町通りを笹りんどうへ向かいながら、大橋恒の言った「三崎」という名前をふと思い出す。マヤとは腹違いの兄だったはずで、しかし三崎とは個人名以外にも三崎財閥という家名がある。マヤは自分の父親を「名前を聞けば誰でも知っている資産家」と言ったが、それは父親個人の名前ではなく、三崎財閥という家の名前ではなかったのか。もしそうだとすれば傍系とはいえマヤも三崎財閥の一員、あの複雑でエキセントリックな性格はそのあたりにも理由があるのかも知れない。

だからってそれはマヤ個人の問題、俺が詮索しても意味はないし、介入する資格もない。

笹りんどうにつき、開店したばかりらしい店へ入る。昼前でも客は三割ほど、カウンターの向こうからは出汁《だし》と醬油と砂糖の混じった調理の湯気が流れてくる。今朝はマヤがつくってくれた玄米雑炊を食べただけだから「鎌倉丼《どん》」をとも思ったが、そこまでの食欲はない。

珠代が「あら」というように目を見開き、手をひらひらさせながら奥の卓へ俺を促す。いつも快活で元気がよくて働き者、こういう女を嫁にする男は幸せなのか、疲れるのか。

卓についた俺に、珠代がすぐ茶とおしぼりを運んでくる。

「済まない。まだ昼食をとる体調ではなくてな。コーヒーだけにさせてくれ」

「気を遣わなくていいって。昨夜もマヤさんと飲んだんでしょう。だって、ほら」

向かいの椅子に腰をのせ、珠代がウィンクのように目を細めながら自分の首をつまむ真似をする。そうか、そういえば今日はマヤに提供された草木染のスカーフを巻いているか。

「いい色合いだよねえ。ウコンかな、紅茶かな」

「ドクダミだろう。マヤさんに言わせると俺の躰《からだ》には毒が充満しているらしい」

手をふって陽気に笑い、珠代が卓に片肘をかけておかっぱ頭をつき出す。

「それよりさあ柚木さん、びっくりしたよねえ。まさか鎌倉散歩の編集長さんがねえ。あの夜もね、店を閉めたのは十時だけど、後片付けとか売り上げの計算とか、いろいろあるじゃない？ それで十一時かな、十一時半かな、とにかく仕事を終わらせて階上《うえ》へあがろうとしたらパトカーのサイレンがしてね。ちょうど雨もやんだから参道まで出てみたわけ」

相槌《あいづち》を打つだけで珠代が勝手にしゃべることは分かっているので、俺は相槌を打って茶をすする。

「そうしたらあとからあとから、もうパトカーが何台も。すごいね、とは思ったけど人に聞いても理由を知らないし、夜も遅かったからさ、あの夜はそのまま寝ちゃったの」

お仕着せの作務衣《さむえ》を着た女が珠代にも筒茶碗をおいていき、ひと息つくように、珠代が肩をすくめる。

「次の朝ご近所や防犯協会の会長さんに電話してみたけど、誰も知らないの。それでね、ほら、あのビルの隣にお花屋さんがあるでしょう。あのお花屋さんに行って聞いてみたら、警察が事情聴取に来たって」

探偵なんか、冗談ではなく、本当に珠代がやればいい。

「タマちゃんなあ、実はさっき、明里くんのご両親に会ってきたんだ」

珠代がほっと口をとがらせ、湯呑《ゆのみ》を口に運びながら目を輝かす。

「ご両親にしてみると、明里くんの失踪と長峰編集長の死を関連づけられるのは避けたいらしい」

「関連はないわけ?」

「警察も無関係という見解だ。俺の勘からしても鎌倉散歩が探す会の事務局を兼ねていたのは偶然だと思う」

「そうだよね。明里さんのことは十年も前だし、常識的には無関係だよね」

「ただインターネットでは面白半分に、デマや誹謗《ひぼう》中傷を流すやつがいる。だから編集長の事件が片付くまで、明里さんの件はペンディングにしたい」

「具体的には?」

「明里さんに似た女性を見かけたという件は、言いふらさないこと」

「私、言いふらしてなんかいないけど？」

「だから、つまり、これからも自重してくれと」

「粕川さんというボーイフレンドのことは？」

「それも不問だ。粕川くんが結婚でもして幸せに暮らしていたら、かえって迷惑だしな」

「つまらない、せっかく……」

頬をふくらませ、茶をすすって、珠代が大きくため息をつく。仕事も忙しくて寝るのも十二時過ぎだろうに、珠代のエネルギーはどこからくるのだろう。

「それより、タマちゃんは長峰今朝美という編集長と面識はあったのか」

珠代が湯呑をおき、気をとり直したように、ぐっと唇に気合いを入れる。

「どうだったかなあ。会ったことがあるような、ないような。チラシ配りをしていたころ会ったかも知れないけど、覚えていないなあ」

「笹りんどうも広告を出しているんだよな」

「うん、でもそれはね、いわゆるご近所づきあいみたいなやつ。毎月五千円で、そうか、私の姉が和田塚でケーキ店をやってるんだけど、いつだったか大きい広告を出したなあ。インタビューなんかものせて一般の記事みたいに見せても、要するに広告なんだよね。何円《いくら》だったかなあ、たしか十万円近くだったと思う。あのとき私も見物に行って、そうそう、編集長という人に会っているわ」

「つまり知っていると」

「だけど親しく話したわけじゃないよ」

「会ったときの印象は？」

「そりゃあなんていうか、へーえって」

「けっこう美人で男好きもするような」

「柚木さん、マヤさんに言いつけちゃうよ」

「あのなあ、いや」

処女なんか襲っていないのに、襲っているように思い込まれると、なんとなく冷汗が出る。

「そういうことではなくてな、タマちゃんの人脈と取材力を見込んで頼みがある」

俺は意識的に身をのり出し、目の合図で珠代にも顔を寄せろとうながす。珠代もぴくっと鼻の穴をふくらませ、卓にかけた肘の角度を深くする。

「ここだけの話だからそのつもりで聞いてくれ」

「うん」

「実はな、長峰編集長の死は男関係のトラブルが原因らしい。警察はその線で捜査を始めている」

「うわあ」

ひらきかけた口を、珠代が自分の手で押さえる。

「俺にも出版社から正式な依頼が来て、この事件を記事にしろという」

「柚木さん、私立探偵じゃなかった？」

「そういう仕事を受けることもあるんだ。慰謝料やなにかも、都合する必要があるしな」

珠代がウンウンと深くうなずき、いっそう姿勢を深くして、下から俺の顔をのぞく。

「それで、私に頼みって？」

「編集長は派手に飲み歩いていたというし、相手は〈鎌倉散歩〉に広告を出していた人間の気がする。つまり……」

「うんうん、分かった。つまり、私にその相手を見つけろと」

「無理をしなくていいんだ。ただタマちゃんなら付近のバーやスナックにも顔が利くだろう。編集長の男関係について、耳に入ったら知らせてほしい」

それほど警戒する必要もないだろうに、珠代が店内《みせうち》に視線を巡らし、胸の前で小さくＯＫサインをつくってみせる。少し話が大げさだったかな、とは思ったが、たぶん俺にもマヤの芝居癖が伝染《うつ》っている。

「ねえねえ、このこと、マヤさんに話していいわけ？」

「マヤさんと俺だけにしてくれ。ほかの素人《しろうと》を巻き込むとトラブルにもなりかねない。ただくれぐれも、無理をしないようにな」

前に来たとき名刺をわたしていなかったことを思い出し、名刺入れから名刺を抜いて珠代にわたす。珠代も作務衣のポケットからデザイン名刺をとり出して、俺にわたしてくれる。肩書は〈株式会社　小野企画専務取締役〉となんとも偉そうだが、パン屋やケーキ店も経理的に統合されているのだろう。

「いつも食欲がなくて申し訳ない。今度はちゃんと鎌倉丼を食べにくる」

「そんなことはいいけどさあ、マヤさんとのこと、本気で考えたほうがいいよ。顔だってあのとおりだしさあ、その気になればカレシなんか柚木さん以外に、いくらでもつくれるんだから」

「肝に銘じる」

「奥さんと子供までいて、マヤさんのどこが不満なわけ?」

「だからその、奥さんと子供のほうが、あれやこれや」

「マヤさんも言ってたけど、柚木さんって優柔不断だよね。でもマヤさんからしてみると、柚木さんのそういうところが可愛いのかなあ」

「難しい問題だよな」

「難しくないよ。柚木さんがエイッて決断すればいいだけじゃない」

「それもそうだ」

「もしかして、まだ奥さんに未練があるとか?」

「それは、完璧に、ない」

自分では「完璧に未練はない」と思っているはずなのに、それならなぜ離婚協議を始めないのか。やはり俺は優柔不断なのだろう。

「たしかにね、マヤさんも奇麗は奇麗なんだけど、ちょっと変わったところはあるよねえ」

長話をするつもりはないのだが、珠代が相手だとついひき込まれてしまう。

「彼女は昔から、あんなふうにエキセントリックだったのか」

「エキセントリックって？」

「服装や、性格や」

「高校時代は制服だよ」

「それもそうだ」

「でもさあ、なにしろあの顔とスタイルだよ。もう校門の前に他校の男子が集まっちゃって、先生たちが追い払うのに苦労していたわ」

「それもそうかな」

「柚木さん、『それもそう』以外には言えないわけ？」

「それは、なんというか」

「芸能界なんかにもしつこく誘われてね、それでいつも機嫌が悪かったの」

「なるほど」

「聞いたことはないけど、マヤさんのあの恰好はたぶん男除《よ》けだよ」

なるほど、たしかにいくら美人でも、唐草模様のモンペを穿いて綿入れ半纏《はんてん》の内懐からキセルをとり出すような女に、男はあまり声をかけないだろう。俺だって千絵の紹介がなかったら、そばへも寄らなかった。

「私なんかもね、最初はマヤさんのこと、百合《ゆ り》族じゃないかと思ったぐらい」

「なんだ、それ」

「レズビアンだよ」

「ああ、そうか」

「でもさあ、つき合ってるとそうじゃないって分かるんだよね。たんに男嫌いって、そういう人がいるものなの」

「参考になる」

「その男嫌いのマヤさんがさあ、柚木さんとねえ、だから私、びっくりしちゃったわけよ」

珠代を驚かせたことは申し訳ないが、あのときはマヤの酔狂《すいきょう》に調子を合わせただけのこと。処女云々の真偽も聞いてみたかったが、珠代にとって俺とマヤは不倫関係にあるので、自重する。

「さて、これから口先の商売があるんだ。お茶をご馳走さま」

正午《ひる》が近くなったせいか客も増え始め、俺は珠代に礼を言って腰をあげる。珠代が長峰今朝美の男関係を調べられるのか否か、半分は冗談、半分は明里の失踪事件から遠ざけるための方便だったが、あんがいこの顔と取材力は期待できるかも知れない。

「柚木さんさあ」

「うん?」

「マヤさんを病院のレントゲン室でナンパしたっていうの、やっぱりあれはギャグだよねえ」

＊

が。

葉山に御用邸《ごようてい》があることぐらいは知っているけれど、場所は知らないし、興味もない。

JRの逗子駅前からタクシーに乗って葉山町の一色《いっしき》という地区へ向かう。バスもあったが海光苑という老人ホームの近くは通らないらしく、葉山まで行ってしまうとタクシーも少ないという。この葉山も昔は高級別荘地として人気があったが、今は交通の不便さから住民の流出がつづき、地価もマンション価格も急落しているらしい。とはいえ、どっちみち、俺には無縁だが。

二十分ほどで海光苑につき、タクシーをおりる。もっと海に近い場所かと思ったが市街地から離れた丘陵の一角で、建物も市役所か小学校のような三階建て。ただ敷地だけは広く、天気がいいせいか車椅子にのって日光浴をしている老人たちもいる。門柱に〈公益法人〉と銘打ってあるから自治体が運営する特別養護老人ホームではなく、民間の施設だろう。

自動ドアから内へ入るとロビーがあって来客用らしいベンチシート、その奥がカウンターでベストを着た女性職員が控えている。左手には食堂らしいホールがあって人の出入りがあり、制服を着た若い職員も行き来する。有料の老人ホームには高級ホテル並みの設備やサービスを提供する施設もあるらしいが、そこまでの規模ではなく、せいぜいビジネスホテル程度。それでも特養ホームとは違って医療体制や娯楽施設も調《ととの》っているらしい。

受付へ歩いて角田への面会を申し込み、ベンチシートで待つ。待っていたのは五分ほど、エレベータのドアがひらいて七十年配の男が顔を出し、そのまま俺のほうへ歩いてくる。〈七口〉の客が「体調を崩して」と言ったから車椅子にでも乗ってくるかと思っていたが、歩幅は小さいものの、ちゃんと自分で歩いてくる。小柄なずんぐりした体形で頭頂まで禿げあがり、老人服の定番なのか、ピアノ教師と同じような裏起毛のベストを着ている。

俺は角田の到着を待ち、挨拶を交わして名刺をわたす。初対面の俺に困惑した様子も見せないから、地元の誰かから俺が探していることを聞いているのだろう。このあたりもマヤの鎌倉コネクションは都合がいい。

「食堂では騒がしいですからな、ここのほうがいいでしょう」

俺の名刺を確認しながら角田が向かいのシートに腰をおろし、俺も腰をおろす。

「長峰くんのことはテレビで見ましたよ。なんと言っていいか……柚木さんは政府関係のお仕事もしておられるとか?」

そうか、昨夜マヤが、〈七口〉で国家公安委員会がどうとか言ってしまったか。

「状況によって政府に協力することもあるというだけで、本職は名刺のとおり、雑誌の記者です。今回の事件も出版社の依頼で取材をしているだけですから、ご懸念《けねん》なく」

角田がうなずいて目をしょぼつかせ、名刺をベストのポケットにおさめて息をつく。声に力がなくて顔色も悪いから、やはり体調に問題はあるのだろう。

「ご療養中に申し訳ないとは思ったのですが、なにしろ突然のことで、残された若いスタッフが困惑しているんですよ。〈鎌倉散歩〉はもともと角田さんが立ち上げた雑誌だとか。そこでなにか、彼女たちへの提案でもいただければと」

「提案といっても……」

角田が天井を仰ぐように息をつき、皺に囲まれた目をまたしょぼつかせる。

「経営を離れて十年ですからねえ。フリーペーパーを有料のタウン誌にしたのも長峰くんですし、以降は見本誌を送ってくるぐらいで、ほとんど接触はありませんでしたから」

「失礼ですが、経営を長峰さんに託された理由などは?」

「それはまあ、偶然というか、タイミングというか」

そのまま何秒か口をつぐみ、記憶をたどるように頭を左右にふって、角田がほっと息をつく。

「長峰くんと私は、横浜新聞時代の同僚なんですよ。同僚といっても向こうは若手の社会部記者、こっちは営業畑でいわゆる広告取り。歳も離れているし、ほとんど接触なんかありませんでしたけれど、なにしろ彼女は目立つ存在だったので、まあ、気にはなっていたというか」

予想はしていたが、長峰今朝美の前職は地方新聞の社会部記者だったのか。横浜新聞といえば地方紙のなかでは大手どころで、待遇だって全国紙並みだろうに。

「私は学生時代から記者志望でしてね、それでなんとか横浜新聞へ。だがいくら転属の希望を出しても、文化部やスポーツ部へすらまわされずに、最後まで営業のままでした。それで定年後、一度でもいいから編集関係の仕事をしてみたいと〈鎌倉散歩〉を立ち上げたわけです。もちろん目標は有料のタウン誌で、鎌倉は地元でもありますし、協力してくれる友人も多くて、これなら本当に有料誌へもっていけると思っていた矢先に、腎臓がねえ。生まれて初めて『編集長、編集長』とか呼ばれて調子にのってしまったのか、強くもない酒を飲み歩いたりもして、気づいたときには躰がボロボロ。そんなとき元気だった家内のほうがくも膜下出血を起こして、あっさり他界ですよ。すっかり気力も体力も無くなったところに、新聞社時代の知り合いが……」

話し疲れたのか、角田がこほっと咳をし、皺の目立つ手をベストの前襟にこすりつける。長峰今朝美は自分が「苦労して苦労して、やっと有料のタウン誌に」と言ったが、角田の話ではそのまえから有料化への可能性はあったらしい。もちろん両者とも、多少の見栄や誇張はあるのだろうが。

腎臓の疾患で疲れはあるにしても、昔話を聞いてくれる人間がいて嬉しいのか、また咳をして角田がつづける。

「いえね、その新聞社時代の知り合いが家内の葬式に来てくれて、実は長峰くんが退職したと。本人も鎌倉での静かな暮らしを望んでいるようだから、鎌倉散歩を任せたらどうかと」

「経営の肩代わりは長峰さんからの希望だった?」

「そういうことですな。私が鎌倉散歩をやっていたことはその知人から聞いていたんでしょう」

「しかし……」

「いやいや、ご不信はごもっとも。私だって社会部のエースだった長峰くんが、まさか鎌倉のフリーペーパーなんかをとねえ。ですが連絡をとってみたら、本当に引き継ぐという。もちろんそれにはそれなりの、理由があったわけですが」

「長峰さんが横浜新聞を退社した事情ですか」

「ご明察。まあ、彼女は以前から、社内でもいろいろ噂にはなっていましたけれど」

その「事情」とやらを打ち明けると決めているのだろうに、角田がわざとらしく間《ま》をおき、天井を仰いでから視線を俺の顔に戻す。

「彼女は元々ねえ、今の言葉でなんというのか知りませんが、いわゆる『女の武器を使って仕事をしている』という噂がありましてね。私も確認したわけではありませんが、横浜新聞の退職も、結局はそういう事情のようでした」

その「女の武器を使って」の仕事がどこかでトラブルを起こし、退職を余儀なくされて鎌倉へ落ちのびた。なんだか源平の因縁話のようだが、当時の今朝美は三十歳前後、ただ静かに暮らしたいというだけの理由で鎌倉へ来たのかどうか。

「長峰さんが退社する直接のきっかけとなったトラブルも、角田さんは、ご存知かと」

「いえね、ですから、自分で確認したわけではないので」

「噂であることは承知しています。それに長峰さんももう他界、誰にも迷惑はかからないでしょう」

「言われてみればまあ、そういうことですかな」

周囲に人がいるわけでもないのに、角田が少し腰を前に出し、首も俺のほうへつき出す。

「これは本当に噂なので、そのつもりでお聞き願いたいんですがね。長峰くんは警察から捜査情報を引き出すために、当時の県警捜査一課長と不倫関係を持ったらしいんですなあ。それがどこでどう発覚したのか、当然警察は隠蔽《いんぺい》に走ってその課長は左遷《させん》。横浜新聞としても警察との関係が悪化しては業務にならんので、長峰くんは寿退社という名目に……いえね、柚木さん、これはそんな噂を聞いたことがあるという、ただそれだけのことなんですよ」

ずいぶん具体的な噂話で、まずは事実なのだろうが、ここは噂話としておさめておく。今朝美の「女の武器を使っての仕事」の信憑性はともかく、あの色っぽさで攻められたら、まして十年前の三十歳という若さだったら、ほとんどの男は抵抗できなかったろう。もちろんその感想をタマちゃんには言えない。

角田が尻の位置を元に戻し、短い足を組んで、肺の空気を入れ替えるように大きく息をつく。

「ですがねえ、まあ、いろいろ事情はあったにせよ、長峰くんが経営を引き継いでくれて、以降は順調でしたよ。二年もたたないうちに有料誌へもっていって、オフィスも駅の近くへね。あのときは私も花とケーキを差し入れしたものです」

「そのときの資金は？」

「と、おっしゃると？」

「オフィスの敷金や賃料、それにタウン誌にグレードアップすれば印刷代や流通経費もちがってきたはず」

「そうですなあ、そこまでは聞きませんでしたが、横浜新聞の退職金も出たでしょうし、あれだけの女性ですからね、支援者がいたのかも知れません」

毎月毎月〈鎌倉散歩〉を出版するのにどれほどの経費がかかるものか。いくら今朝美が一人で出納《すいとう》をしていたといっても、編集主任の宮内和枝なら大よその見当はつくだろう。

「角田さん、失礼ですが〈鎌倉散歩〉の商標権は、長峰さんへお売りに？」

「商標権？　いやあ、その移動はさせておりませんよ。私は自分が立ち上げた雑誌が存続発展してくれればよかっただけのことで、わざわざ商標権を売る必要もありませんでしたからね」

「つまり、商標権は今でも角田さんに？」

「確認はしておりませんが、長峰くんが細工をしていなければ、そうでしょうなあ」

かりに今朝美が秘密裏に商標権を移動させていたとしても、角田の同意を得ていなければ無効にできる。

「最初に言ったとおり、鎌倉散歩には若い女性スタッフが残っておりましてね。もし彼女たちがタウン誌の存続を希望した場合、誌名の継続使用などは可能でしょうか」

「鎌倉散歩を、存続させてくれると？」

しょぼついている目を角田が精いっぱいに見開き、入れ歯の位置を直すように口をもぐもぐやってから、身をのり出す。

「願ったりですよ。長峰くんの事件を知って鎌倉散歩もこれまでと、諦《あきら》めていたところです。もし若い方々が引き継いでくれるのなら、私もいくらかは協力を。もう一日おきの透析《とうせき》ですから躰は動かせませんが、電話なら十本でも百本でも、いくらでもかけられますからね」

あまり期待させても気の毒だが、鎌倉散歩の誌名使用が可能なら、あるいは方法もあるか。宮内和枝も旅行ライター志望とはいうものの、まだ二十代なかば。タウン誌の運営を経験しておいたほうが将来的にも役に立つ。大きなお世話ではあるけれど、角田の意向は知らせてやろう。

「なにしろ若い女性たちですのでね、どこまでの実行力があるかは分かりませんが、存続の可能性は伝えておきます」

「ぜひお願いします。なんだか私も、生きる気力がわいてきたような気がしますよ」

学生時代から記者志望で地方紙へ入社し、しかし記者にはなれずに定年まで営業畑。第二の人生としてフリーペーパーを創刊し、「編集長」になってこれから有料のタウン誌に、と思っていた矢先に腎臓病を発症。同時に妻にも先立たれ、今は療養しながら老人ホームで暮らしている。そんな角田の七十年余の人生が、他人事《ひとごと》ながら、ぱらぱらと俺の脳裏をいきすぎる。

「ご療養中に疲れさせてしまって、失礼しました。鎌倉散歩の件は彼女たちから連絡させます。代表は宮内和枝という女性で、若いながら、かなりしっかりしています」

俺が葉山まで足を運んだのは商標権を確認するため。だが逆に角田から長峰今朝美の経歴を提供されて、その人物像が輪郭をもちはじめた。情報というのはこういうふうに、足で稼ぐもの。そういえばあの目の吊りあがったデータベース女は、どうしたのか。今朝美の司法解剖は昨夜のうちに終わったはずだから、結果ぐらい知らせてくれればいいのに。

腰をあげ、角田に礼を言って、頭をさげる。角田も腰をあげて静かに黙礼し、肩の荷がおりたように目尻の皺を深くする。

受付に頼めばタクシーぐらい呼べるのだろうが、天気もいいし、葉山町の元町《もとまち》という地区まで歩くことにする。葉山なんて二度と来ることはないだろうから、後学のために御用邸とやらも見物しておこう。

海光苑のロビーを出たところで宮内和枝に電話を入れて状況を説明し、つづけて立尾芹亜にも電話をする。

「やあ、昨夜君の夢を見てうなされたので、電話してみた」

「意味が分かりません」

「今日もそのキリッとした知的な目で睨《にら》まれたいと、そういう意味さ」

「その発言はセクハラです」

「どうでもいいけどな。解剖結果やタブレット端末の状況を聞きたいし、君だってこのまま秘密をもちつづけたら睡眠不足になって、そのきれいな肌が荒れてしまう」

「そういう発言は、それこそ、いえ、でも、もともとわたしたちの協定は秘密ですよ」

「秘密にも種類がある。自分のその薄い胸に聞いてみろ。五時、昨日のカフェで待っている。それだけの時間があれば上司《うえ》とも相談できるだろう」

電話を切り、ケータイをポケットには戻さず、そのまま海方向へ歩く。俺のハッタリが勘違いだったら折り返しに電話が来るはずで、しかし案の定、芹亜からの電話はない。昨日芹亜から秘密協定を提案されたとき、新米刑事のたんなるフライングと思ってしまったが、考えてみるとやはり怪しい。いくら県警本部への転属を希望しているとはいえ、入庁二年目の、それも父親から俺の懲戒免職まで聞いている小娘が、リスクの大きい秘密協定なんか提案するものか。

昨日はマヤが極楽寺の家で待っていたから気分が浮かれて、つい集中力を欠いてしまった。それは今夜も同じことだが、俺は意識して、気をひきしめる。

*

この時期の夕方五時はもう夜のような暗さで、御成通りには商店の明かりがあふれ、どこやらからジングルベルのメロディーも聞こえてくる。去年のクリスマスイブは加奈子と食事ができたが、今年は果たしてどうか。ボーイフレンドがああだとかこうだとかの問題もあるようだし、カモノハシ見物ツアーすら実現させられない別居中の父親なんか、もう見捨てられるか。加奈子の顔を思い出すと必然的に知子の顔も思い出され、「選挙に関して太い釘を」という使命も思い出される。それはそうなのだが、俺の優柔不断癖が、どうにも知子への電話をためらわせる。

昨日と同じカフェにつき、ドアをあけて内へ入る。今日も芹亜のほうが先に来ていたが鎌倉丼は食べておらず、テーブルには紅茶のカップがおいてある。観葉植物をへだてた席に中年男がいるだけで、ほかに客はなく、この店でもサンタがどうとかいうBGMが低く流れている。

芹亜の向かいに座り、定番のコーヒーを注文する。今日の芹亜はちょっとラフなジャケットを着て髪も内側にカールさせ、俺がしつこく指摘するせいか、目尻もいくらかさがって見える。アイラインの引き方を工夫したのだろう。

「最初にお断りしておきます。柚木さん、わたしの胸は薄くありません」

「自己申告ならどうにでもなる」

「ブラジャーはCカップです」

せいぜい見栄を張れ。

コーヒーが来て、芹亜の弁明が中断され、俺は首のスカーフをゆるめる。

「司法解剖の結果は出たんだろう」

ブラジャーのサイズにまだ意見はありそうだったが、くっと咽《のど》を鳴らして芹亜が背筋をのばす。

「死因はやはり出血死でした。右頸動脈を背後から刺されたものと思われます」

「とすると、犯人は右利きだな」

「はい、側頭部への殴打痕も背後からのものでした」

「日本人のほとんどは右利きだが、刺し傷は何カ所だ」

「一カ所だけで、それが致命傷です」

背後から一カ所の刺し傷が致命傷。この状況をどう判断するか。犯人に明確な殺意まではなく、刺してしまってから恐怖を感じて逃走したのか、あるいは逆に、たったひと突きで致命傷を与えることに自信があったのか。いずれにしても被害者の今朝美はそのとき犯人に背を向けていたことになるが、言い争っていたのなら二人は対面かそれに近い位置関係だったはず。今朝美だって背後から右側頭部を殴打されるような油断はしなかったろう。

「どこか別の場所で殺害されて、遺体をオフィスに遺棄された可能性は」

「鑑識はオフィスが殺害場所だと」

「死亡推定時刻はやはり一昨日の夜十時ごろか」

「三十分前後の誤差はあるそうですが、まず間違いありません。それに被害者の胃から未消化のパスタが検出されました。摂取は死亡時の約二時間前、チーズとベーコンも検出されましたからたぶんカルボナーラでしょう。それより……」

芹亜が額に皺を寄せて無理やり目尻をさげ、少し鼻を上向けて、四十五度の横顔を向ける。

「被害者には性交の痕跡がありました」

「ほーう」

「レイプではなく、通常の性行為で相手はコンドームを使用していたようですが、被害者の性毛にわずかながら精液が付着していました」

コンドームだの性毛だの精液だの、若い娘が恥ずかしげもなく発言する単語ではないだろうに、このあたりは一応、警察官としての割り切りか。

「性行為の場所は、まさかオフィスじゃないよな」

「着衣や毛髪の状況から、鑑識も別の場所だろうと。海岸通りや、それから大船の周辺にもその目的に適したホテルが多くありますから、現在捜査員が聞き込み中です」

性毛や精液はためらいもなく発言したくせに、ホテルに関しては「その目的に適した」と逃げるあたりは、やはり年頃なのだろう。今朝美に関しては一昨日の午後五時から十一時までの足取りが問題なわけで、しかし誰かと性交渉をもったとしても、独身で一人暮らしなら自宅マンションだった可能性もある。

「長峰今朝美のクルマはどこに」

「自宅マンションの駐車場です。当日は乗らなかったようです」

「とすると、やはりラブホテルを利用した可能性が高いか」

聞き込みにまわっている捜査員がそのホテルをつきとめれば足取りも知れるし、相手の男も判明する。だが「その目的に適した」ホテルが常時監視カメラを作動させているとは限らず、詳しくは知らないが、チェックインもチェックアウトも、従業員と顔を合わせずに済むホテルも多くあるという。

「被害者のパソコンやケータイの通信履歴は、調べ始めたんだろう」

「パソコンの通信はほとんど仕事関係です。ケータイは仕事と私用が半々ほど、その二つをつき合わせて四人の男性をリストアップしました。ただ持ち歩いていたというタブレット端末はインターネットに接続してなかったようです」

パソコンだのタブレット端末だの、俺の不得手な分野ではあるけれど、インターネットに接続しないAI機器など何に使うのか。もしかしたら、裏帳簿の管理専用だったか。

「メモリ類なんかはどうなっている」

「オフィスと自宅から押収して分析中ですが、それほど多くありません」

「要するに長峰今朝美の仕事と私生活の両方に関わっている四人のうちの、誰かが犯人だと?」

「公算は大きいですね。精液も採取してありますからそれで容疑者を絞り込めます。あとは四人のアリバイ確認だけですから、この事件は早期解決になるでしょう」

金銭トラブルも絡んだ痴情のもつれ。警察の見解は妥当なところで、俺もそのとおりとは思うが、なにか釈然《しやくぜん》としない感じも、なくはない。

「リストアップしたという四人の名前と素姓を、あとでいいからパソコンにメールしてくれ」

「もうお送りしました。確認してください」

確認してくださいと言われても東京まで二時間、今夜もマヤの家に泊まるから確認は明日になる。

「どうしました」

「なにが」

「お持ちのケータイから確認できるでしょう」

「まあ、急ぐ必要もないさ。大事な情報はあとでゆっくり確認する」

そういえばパソコンとケータイを同期させる方法があったはずで、これまでは必要も感じなかったが、芹亜を相手に知らないというのも癪にさわる。あとでマヤにでも聞いてみよう。

「実はな、俺のほうにも君に提供したい情報があるんだ」

コーヒーに口をつけ、五、六秒間《ま》をおいて芹亜の表情を確認する。

「十年前まで、長峰今朝美が横浜新聞の社会部記者だったことは知っているか」

「初耳です」

「それなら当然、記者時代に神奈川県警とトラブルを起こしたことも、聞いていないよな」

ななめ後ろで人影が動き、観葉植物で仕切られたとなりの席から、うっそりと中年男が顔を出す。五十歳前後で白髪の出始めた長髪、頬骨が高くて唇が薄い。

「柚木さん、ご無沙汰しております。神奈川県警の桜庭《さくらば》ですよ」

勝手に名乗って芹亜のとなりに腰をおろし、背広の内ポケットから名刺を出して、俺にわたす。名刺の肩書は〈神奈川県警察本部　捜査一課　課長　桜庭孝行《たかゆき》〉となっている。会ったことがあるのかないのか、桜庭という名前にも記憶はない。

「もう四、五年前になりますかな。多摩川《たまがわ》をはさんだ鵜《う》の木《き》と川崎で連続殺人事件があったでしょう。あのときの合同捜査本部に参加させてもらいました」

東京と神奈川、東京と千葉、東京と埼玉など隣接県で発生した事件では合同捜査本部が組まれることがあるから、他県警の捜査員とも接触はある。桜庭の言った連続殺人事件にも記憶はあるし、ここに芹亜の上司が登場することもある程度は予想できていた。

「桜庭さん、立尾刑事には、どこまで？」

「いやあ、たんに、柚木さんをマークしておけと」

「神奈川県警一の美人刑事を宛《あて》がっておけば、私が鼻の下を長くして仕事に手を抜くだろうと、そういう作戦ですか」

芹亜がウムとうなずき、コップの水を咽に流してから、また大きくうなずく。おい、小娘、おまえが神奈川県警一の美人刑事なのか。

「しかし柚木さん、どこでお気づきになりました？」

「事件当日の昼間、私は長峰今朝美と接触している。それは立尾刑事も知っていたはずで、事件発生後は当然捜査責任者であるあなたに報告した。それなのに私は指紋の採取もされず、警察から事情聴取も受けなかった」

「なるほど、失礼しました。いやね、立尾から柚木さんのお名前を聞いたとき、こいつはマズいなと。やたらに事情聴取をすると警察の動きを読まれかねない。こんな貧乳でも女は女、いくらかは時間稼ぎになるだろうとね」

顔を見るのは可哀そうなので、俺はわざと芹亜から視線を外し、受け皿の上でコーヒーカップをもてあそぶ。

「で、十年前の件は、どうします？」

「そのことなんですがねえ、立尾、これから柚木さんと話すことがひと言でも外部へもれたら、即おまえを足柄山《あしがらやま》の駐在所へ飛ばしてやるぞ。いいか」

芹亜が目を吊りあげてうなずいたのは、駐在所へ飛ばされることへの恐怖か、貧乳という単語への不満か。

「で、柚木さんはどこから当時の事件を？」

「長峰今朝美に〈鎌倉散歩〉を譲った人間に、そのときの事情を聞きました。今は体調を崩して療養中ですが、その老人も昔は横浜新聞の社員だったとか」

「そっちの線がありましたか、いや、お見それした」

商標権の問題を確認しに行っただけのことだが、桜庭に手の内を明かす必要はない。

「つまりはまあ、ご承知のような事情でね。長峰今朝美とトラブった当時の一課長は塚原《つかはら》さんといって、私も若いころから世話になった方なんですよ。謹厳実直な方で、あのときは魔がさしたというか、長峰今朝美に嵌《は》められたというか、とにかくそんなことでしてね。横浜で事件があると、どうも横浜新聞がスクープを飛ばす。それで監察官室がひそかに調査をしたところ、あれやこれやで。もちろん表沙汰にするわけにはいかず、塚原さんを鎌倉中央署の署長に転出させたという次第です」

塚原という一課長の転出先は、鎌倉中央署だったのか。老人ホームの角田は「左遷」と言ったが、一課長から所轄《しょかつ》の署長なら通常の異動。警視庁も他県警も一課長ポストはノンキャリアの指定席で、最後は所轄の署長に転出して警察官人生を終わらせる。塚原の場合もそのコースをたどらせたのだから、懲戒《ちょうかい》はなく、県警も十年前のトラブルは隠蔽しきったと自信をもっていた。そこに長峰今朝美の殺人事件が発生し、まして警察に批判的な記事を書くこともある柚木草平とかいう怪しい記者が絡んできたとなれば、桜庭の心中も穏やかではなかったろう。

「私もねえ、今回の事件、一報を聞いたときちょいと背筋が寒くなりましたよ。塚原さんはもちろん退職して今は相模大野《さがみおおの》にお住まいですが、お宅へ直行。今朝美の事件を話すと大変な驚きようで、事件解決のためなら何でも協力すると。ですがせっかく隠しきったあのトラブルを蒸し返すわけにもいかず、そこで、どうでしょうねえ柚木さん、塚原さんと今回の事件はまったくの無関係。それは私が保証します。塚原さんも今はお子さんやお孫さんと静かに暮らしておられる。そのあたりの事情を、忖度《そんたく》していただけませんかね」

誰がどこで不倫をしようと、その不倫を神奈川県警がどう処理しようと、俺の知ったことではない。だが意図はどうであれ、不倫関係にあった塚原が処分もされずに転出し、自分は退職を迫られた長峰今朝美の心情はどうだったか。

「桜庭さんは、長峰今朝美が鎌倉散歩の編集長に納まっていたことを、ご存知でしたか」

「新聞社を辞めたことまでは知っていましたが、以降のことは、まるで」

「塚原さんはどうでしょうね」

「それがねえ、署へ挨拶に来られて、びっくりしたと。もちろん関係は清算していたし、仕事上の便宜を図ったことなど、完璧にあり得ないと。塚原さんも二年後には退職して鎌倉とも無縁になりましたから、消息すら知らなかったようです」

タウン誌の拡販や営業に警察署長の立場が役に立つのかどうか。今朝美が広告主に「署長とは懇意」とでも仄《ほの》めかせば、いくらか効果はあったか。未練があったとは考えにくいし、たんに塚原のまわりをうろついて、嫌がらせをしようと思っただけなのか。

「どうですか柚木さん、長峰今朝美と塚原さんの関係を不問にしてもらえれば、こちらも柚木さんのお仕事に協力できると思いますけどね」

「私は忖度が服を着て歩いているような人間です。神奈川県警のトラブルなんかに興味はありません」

「そう言っていただけると有難い。ただ被疑者を特定して身柄を確保するまでは、週刊誌にも月刊誌にも、記事はお書きにならんように。実はねえ柚木さん、私は柚木さんのお書きになる事件関係の記事の、大ファンなんですよ」

そんなことはお世辞に決まっているが、大ファンとまで言われれば、より以上に忖度するより仕方ない。

「今回の事件なんですがね、長峰今朝美の経済状況などは、どこまで判明しています？」

「銀行関係や納税記録を調べ始めてはいるんですが、仕事上の帳簿が見当たらんのですよ。必要ならまた後ほど立尾から報告させます。ですが長峰今朝美はずいぶん強引な性格だったようでね、今回の事件はどうも、色と欲が絡んだ痴情のもつれのような気がします。明日から隣接署からも応援を頼んでラブホテルとイタリアンレストランを虱《しらみ》潰しに当たりますから、時間はかかるにしても、事件当夜今朝美と一緒にいた男は特定できるでしょう」

その男を特定できれば一件落着、たぶんそのとおりだろうが、鎌倉周辺にラブホテルやパスタ料理を出す飲食店がどれほどあるものなのか。それにもし今朝美と男が横浜や藤沢まで足をのばしていたら、ホテル等の割り出しには相当の時間がかかる。

桜庭が勝手に芹亜の水を飲みほし、「さて」というように腰をあげて、軽く頭をさげる。

「私としては柚木さんに、塚原さんの件を忘れていただければそれでいいんですよ。連絡等は立尾にやらせますので、こんな貧乳でよければご自由にお使いください」

そのまま芹亜には見向きもせず、桜庭がレジへ向かい、料金を払って店を出ていく。俺もすぐ退散したかったが、芹亜の目に浮かんだ涙を見ると、どうにも尻が動かない。

「あのなあ、その、桜庭さんに、悪気はないと思うぞ」

「わたしはCカップです」

「俺も、なんとなく、そんな気がしてきた」

「どうして桜庭さんは、あんなセクハラ発言をするんですか」

「俺に聞かれても、だが、まあ、たぶん桜庭さんは、君を試しているんだろう」

「わたしを試す?」

「君の能力を認めて、男社会の警察で通用するかどうかを試している。俺も警視庁にいたから実情を知っている。日常的に強盗だの暴力団員だのを相手にしている刑事たちは、お世辞にもインテリとは言えない。言葉も悪いし態度も粗暴になる。そういう集団に君のような美人で繊細な刑事が、対応できるかどうか。桜庭さんはそのことを試している」

桜庭はたんに見たままを言っただけだろうが、ここは芹亜を慰めるより仕方ない。まったく女というのは、面倒な生き物だ。

芹亜が店の紙ナプキンで目頭を押さえ、大きく息をして、「はい」というようにうなずく。

「柚木さんに言われて納得しました。これからも頑張ります」

単純な女だ。

「それで柚木さんは、これからどうされます?」

「桜庭さんには君を自由に使えと言われた。ホテルへ行くか」

芹亜の目尻がまた吊りあがり、頬骨に赤みがさして、唇がふるえる。

「冗談に決まっているだろう。そういうふうにいちいち目くじらを、いや、過剰反応するから桜庭さんにもからかわれる」

からかっているのは俺か。

「とにかくな、事件当日の夜長峰今朝美と同伴していた男を探し出すという捜査方針は、妥当だと思う。だがどうも、俺は今朝美の経済状態が気になる」

何度か大きく呼吸し、芹亜が気持ちを立て直すように、ぐっと口元をひきしめる。

「被害者の経済状態というのは、どういうことです?」

「単純に金の出入りという意味だ。納税記録を入手してあるのなら君のほうで調べられるだろう。毎年の出入金と比較して、生活の実態はどうだったのか。それほどの金額ではないにしても、今朝美には帳簿外の収入があった気がする。犯人はそれを知っていたからタブレット端末を持ち出した」

「なるほど、可能性はありますね」

「それから鎌倉駅の監視カメラだ。犯人はどこから来てどこへ去ったのか。たぶんクルマだとは思うが、念のために犯行時刻前後のJRと江ノ電の監視カメラをおさえておけ」

「了解です。ほかには?」

「少しは自分で考えろ」

「わたしはデータベースで、いえ、指示をお願いします」

「逗子にあるという今朝美の自宅マンション。独身なら男を連れ込んでいた可能性もある。鎌倉と逗子なら目と鼻の先だ。事件当日だって帰宅してから男を呼び、セックスをしてからスパゲティーでも食べて、またオフィスに戻るぐらいの時間はあったろう。住人への聞き込みやコンビニかどこかの監視カメラ、近くに馴染みのスナックでもなかったか。そのあたりも調べてみるといい。桜庭さんは隣接署からも応援を頼んで虱潰しに、と言ったが、あんがい逗子のせまい範囲で済むかも知れない」

ちょっと希望的観測が過ぎる気もするが、もし当たりなら芹亜の大手柄。無駄足だったところで捜査の勉強にはなる。

「どうする？」

「はい？」

「鎌倉丼を食べるなら奢《おご》るぞ」

「好きですけど、毎日は食べられません」

「浮気っぽい女だな」

「そんな、そういうのは、いえ」

「今夜は所用があって、残念ながらホテルへはつき合えない。君も緊張つづきで疲れたろう。仕事は明日からにしたほうがいい」

警察官だってたんなる地方公務員だから、勤務時間は午前九時から午後五時まで。早番や遅番や当直のローテーションはあるにしても時間外勤務手当は支給される。ただ新米警官はその申請をためらうことが多く、芹亜の場合もまだサービス残業だろう。意欲や熱意は認めるが、今夜は心と躰を休めたほうがいい。

「先に失礼するが、現場の鑑識写真をメールしてくれ。桜庭さんも認めてくれるはずだ。もちろん見たあとはすぐ消去する」

「はい、わたしはもう少し休んでいきます。柚木さん関係の出費は経費で落とすようにと、桜庭さんに言われました。伝票はこのままに」

「それなら神奈川県警一の美人刑事に甘えよう。ご馳走さま」

「柚木さん、そのスカーフ、素敵ですね」

「鎌倉は東京より寒くてな。風が強いせいだろう」

「白状しますけど、本当はわたし、Bカップなんです」

誰がおまえのカップなんか気にするか。しかしこういう面倒な女も、それはそれでまた可愛く思えてしまうのだから、俺は心が広い。

＊

カフェを出て鎌倉駅へ向かい、駅前の時計台広場について周囲を見渡す。ナントカビルの四階にチェーン店の居酒屋があって、宮内和枝が〈鎌倉散歩〉のスタッフと今後の相談をするという。時間的にはもう始まっているころで、その居酒屋を見つけ、エレベータで四階へあがる。店はだだっ広くてファミリーレストラン風。すべてがボックス席で低い衝立《ついたて》が巡らされ、カウンターで仕切られた厨房《ちゅうぼう》にはわざとらしい活気がある。半分ほど客の入った通路を歩いて和枝たちのブースを見つけ、軽く手をふる。メンバーは和枝に二十歳を過ぎたぐらいの若い女が二人、最初の日に長峰今朝美が「ほかにも四人いて」と言ったから、スタッフは五人だろうに。和枝が尻をずらして俺をとなりの席にうながし、二人の女がそれぞれ背筋をのばして頭をさげる。テーブルにはトマトサラダや揚げ出し豆腐の小皿が並び、三人とも酎ハイのようなものを飲んでいる。

「こちらがさっきから話していた柚木草平さん。彼女が瀬沼喜美香さんで彼女が牧村洋子《まきむらようこ》さん」

瀬沼喜美香というのは今朝美の遺体を発見した女のはずで、色白のぽっちゃりタイプ。牧村洋子のほうは腕や指の長さから、立てばかなりの長身だろう。学生時代はバレーボールかバスケットでもやっていたか。二人とも平均的な顔立ち、と言ってしまったら失礼になるが、千絵や美早やマヤたちから攻められつづけているとほかの女は平均的な顔に見えてしまう。

「今回はみんなも驚いたろう。少しは落ち着いたか」

喜美香と洋子が顔を見合わせ、それほどの屈託もなく、「はい」と返事をする。喜美香のほうは直接殺人現場を見ているのだから、相当の衝撃だったろうに。遺体発見時の状況も聞いてみたかったが、芹亜が鑑識の写真を送ってくるのでここは触れないでおく。

女店員が来て俺は生ビールの中ジョッキを注文し、マヤが待っている新婚家庭のために肴《さかな》は控える。

「宮内くん、スタッフは君を入れて五人じゃなかったか」

和枝がメガネをおさえながらうなずき、ほかの二人にも了解をとるように肩をすくめる。

「連絡はしたんですけどね、もう辞めるって。相談しても仕方ないって。みんな警察に呼ばれたり指紋をとられたりして、気持ちは分かります」

「人はそれぞれか」

「でも私たち三人は明日から、広告主の皆さんにご挨拶と事情説明に。定期購読をしてくれた読者もいますから、そちらへも連絡しないと」

　このまま辞めて知らん顔をしたって誰も責めないだろうに、和枝も律儀な性格だし、ほかの二人もそれにつき合うというのだから、若いわりに常識がある。

「そのことなんだけどな、昨日商標権の話をしたろう」

「はい」

「鎌倉散歩の設立者は角田さんといって、今は葉山の施設におられる。その角田さんによると、商標権はまだ角田さんにあると。つまり君たちが鎌倉散歩をつづけようと思えば、できなくもない。もちろん苦労はあるだろうし、頑張っても結局はダメだった、という結果になるかも知れないが」

　喜美香と洋子が身をのり出し、和枝も目を見開いて、横から俺の顔をのぞく。

「どうせ広告主や読者に挨拶廻りをするなら、存続を頼んでみてもよくないか」

「でも、経理や顧客管理は、みんな編集長が」

「雑誌のページから逆算すればいい。宮内くんは五年も関わっていたんだから、大よその見当はつくだろう」

「頑張れば、もしかしたら」

「一般の週刊誌でも月刊誌でも同じことだが、出版物で一番大事なのは名前なんだ。要するにブランド、鎌倉散歩は相当浸透しているようだし、固定客もいる。一、二回の休刊は仕方ないにしても、そのあいだに体制を立て直せるかも知れない」

「うわあ、すっごーい」

声を出したのは喜美香で、ネイルアートのぽっちゃりした手でグラスを握りしめ、さらさらロングの髪を首をふって振り払う。瞳が異様に大きく見えるのはカラーコンタクトか。

「宮内さん、ねえ、あんたならできるよ。もともと編集作業なんか、みんなあんたがやってたんだもん」

「編集作業と営業は別よ」

「あたし、お客さんとつき合うのは得意だよ」

「喜美香ちゃんは、まあ、ねえ」

洋子が節くれだった長い指で酎ハイを飲みほし、テーブルの呼び出しボタンを押す。

「私も一年間勤めて、仕事が面白くなってきたところなの。宮内さん、やってみない？」

「でも、お金が。休刊したらお給料も無くなるのよ」

「大船のキャバクラで、バイトをするわ」

この大女がキャバクラで、アルバイトか。熱意は素晴らしい。

「そうそう、事務所だってさ、最初はうちの台所でいいじゃん。お袋も鎌倉散歩が大好きだから、雑用をさせてもいいし」

なるほど、喜美香は自宅通勤だったか。アパート暮らしならカレシも部屋へ連れ込めばよかったわけで、今でも遺体発見の経緯を親には「オフィスに忘れ物をとりに寄った」ことにしてあるのだろう。

女店員が来て三人が酎ハイを追加し、俺は少しだけビールを咽に流す。

「角田さんという方ももともと自分が立ち上げた雑誌で、愛着があるという。若いスタッフが存続させてくれるなら、ぜひにと。今は体調を崩して動けないが、地元の人で顔は広い。君たちに意欲があるなら協力してくれるはずだ」

定期購読者も広告主も、もう長峰編集長が殺害されたことは知っているだろうから、鎌倉散歩の存続も俺が思うほど容易ではないか。あるいは逆に、若いスタッフの健気《けなげ》さに支援を申し出る顧客もいるか。いずれにしても和枝たちの熱意次第だろう。

和枝が肚《はら》をくったように両手を膝につっ張り、ポニーテールがゆれるほど、大きくうなずく。

「やれるだけやりましょう。柚木さんが見えるまでは廃刊を覚悟していたんですから、ダメモトだしね。喜美香ちゃんも洋子ちゃんも、復刊の最初はページ数が半減するはずだから、覚悟をね」

酎ハイが来て、三人がグラスをとりあげ、俺もビールのグラスを合わせる。ヘタな人情ドラマのような展開だが世間にはこんなこともあるわけで、浮木《うきぎ》人生の俺でも、少し心が和《なご》む。

「柚木さん、私たちが仕事で使っていたパソコンは、持ち出せませんか」

「備品は長峰さんの所有だから、でも仕事上のデータだけなら……」

パソコン等の所有権は今のところ親族、もし債務があればその債権者。データも当然所有者のもので、しかし商標権所有者の角田がデータの譲渡を求めれば、あるいは許可されるか。法律的には微妙なところだが、和枝たちにそんな交渉に関わっている時間も金もないだろう。

「データのコピーだけなら大目に見てもらえるかな。問題が出てきたら俺が警察に掛け合ってやる」

「はい」

「それでも一応、角田さんを訪ねて了解を得たほうがいい。場所は葉山の海光苑という療養施設だ。住所は調べれば分かる。躰は動かないが、鎌倉散歩が存続されるなら地元の知り合いに、十本でも百本でも電話をかけてくれるという」

実際に雑誌存続を目指して和枝たちが活動を始めたとして、結果はどうなるか。しかし和枝たちも公務員や一流企業勤めではなし、人生の二、三カ月を棒にふったところで、無くすものはない。

「雑誌の件はそういうことでな、実は君たちに、ちょっと頼みがある」

和枝が冷静に口を結び、喜美香がカラーコンタクトの目をうるうるさせ、洋子がバレーボールのサーブを受けるように両手を組む。

「広告主のところへ行ったとき、料金の設定を確認してもらいたい。異常に安かったり、逆に異常に高かった広告はないか。その話のとき奇妙な態度をとる人間はいないか。意味もなく怒りだしたり、隠し事をしている感じだったり、そんな人間がいたら知らせてほしい」

三人が顔を見くらべていたのは五秒ほどか。それから三人を代表するように、和枝が肩で息をつく。

「それって、編集長の死に、関係が？」

「調べ始めたところだ。警察も仕事と私生活の両方が絡んでいると観《み》ている。それに雑誌を存続させるなら君たち自身のためにも、不透明な経理は清算させたほうがいいだろう」

なんという正当な意見。少しばかり善人すぎる気もするが、それだけ俺も歳をとったのだろう。

「もうしばらく君たちと飲みたいんだが、美人に囲まれると貧血を起こす体質でな。娘からも発作に気をつけろと言われている」

柚木草平氏、ここは恰好をつけて、ぽんと一万円札を奮発する場面だぞ。

しかし人生は甘くないし、財布も甘くない。帰りに銀行へ寄って、月刊ＥＹＥＳから取材費の前借り金が振り込まれているかどうか、確認しよう。

俺は席を立って千円札を一枚テーブルにおき、和枝と喜美香と洋子に、公平に手をふる。誰も俺を緊張させる女はなく、そのくせ緊張させてくれないと物足りないのだから、俺も勝手な性格だ。

＊

小高直海というのも律儀な女で、銀行に寄ったらちゃんと前借り金が振り込まれている。あるいは例の〈ほのぼのローン〉かも知れないが、それは東京へ戻ってから確認しよう。

ＡＴＭで五万円をひき出し、小町通りにあるスーパーマーケットへ寄る。マヤの顔を見たければ早く江ノ電に乗ればいいものを、出がけに言われた「今夜こそ夕飯を」という言葉に、なんとなくイヤな予感があったのだ。

スーパーで食材をそろえ、江ノ電で帰途につく。鎌倉に通いはじめてからたった三日だというのに奇妙になじんだ感じがあるのは、町のせいか、江ノ電のせいか、マヤのせいか。

高校生や勤め人に交じって極楽寺駅の改札を通り、線路沿いを切り通しへ向かう。風が冷たくなって首のスカーフが心地よく、惚れた女房が夕飯をつくって待っているような家庭生活もいいものだろうな、と意味もなく空想する。もちろん知子と結婚したときだって、空想はあったのだが。

崖の石段をのぼってせまい住宅街を抜け、マヤの家につく。インターホンのチャイムだけ鳴らして木戸をくぐり、ガラス格子の玄関をあける。

居間の奥から「お帰りなさい」と声がかかり、俺も「ただいま」と答える。新婚ごっこであることは分かっているので、楽しいけれど虚《むな》しい。

台所へスーパーマーケットの袋をおき、居間へ入る。マヤは丸首のセーターにベージュ色の綿入れモンペ、室内でも草木染のスカーフを巻いているのは暖房が箱火鉢《はこひばち》だけのせいだろう。その箱火鉢には時代劇で見るような鉄鍋がかかり、煮物の匂いがただよっている。約束どおり、ちゃんと夕飯の支度をしてくれたのだ。火鉢の両側におかれた二つの箱膳には箸と取り皿があるが、料理は、鍋だけか。

「うまそうな匂いだ」

「キリタンポ鍋よ。先日千絵さんからお土産にもらったの」

「ふーん、そうか」

帰宅後はすぐ靴下を脱ぐ習慣があるので、俺は宛がわれている部屋へ行き、靴下とジャケットを脱ぐ。ベッドの上には下着類がたたまれているからマヤが洗濯してくれたのだろう。洗面所で手を洗って居間に戻ると、膳には缶ビールが出ていて、マヤは座布団に胡坐《あぐら》をかいてキセルを吹かしている。

「草平さん、スーパーで買い物をしてきたのね」

「寝酒の肴にな」

「冷蔵庫へ入れておいたわ」

「うん、君はいい主婦になる」

まず無理だろう。

俺も箱火鉢の向かいに座り、缶ビールのプルタブをあける。マヤも缶ビールをあけ、「お疲れさま」というように微笑む。鉄鍋には木製の蓋と木製の杓子《しゃくし》がのっていてセットとしては完璧、しかしはたして、なかみはどうか。

　マヤが杓子をとって蓋を外し、感想を求める目つきで俺の顔を見る。

「ほーう」

「炭は備長炭よ」

　炭のブランドはともかく、竹輪のようにぷかりと浮いているこれが、キリタンポか。あとは玉ネギの半切りとステーキ肉のぶつ切りで、食材の組み合わせ自体に問題はないのだろうが、新婚家庭の夢のような晩餐としては、如何《いかが》なものか。高校生の美早だってもう少しましなキリタンポ鍋をつくったではないか。

「わたし、お料理は苦手なのよね」

「問題は味と愛だからな。この鍋では君の愛がふつふつと沸騰している」

　マヤの料理に関しては、最初からどうも、イヤな予感がしていたのだ。これだけの美貌で医者の免許と自由な生活があって、その上料理までうまかったら神様が殺される、もちろん居酒屋で会ったような、平均的な顔の女たちに。

「俺が毎日帰ってくると、仕事の邪魔にならないか」

「段取りさえ決まれば問題はないの。あなたが帰ってくると思うと、逆に集中力が増すわ」

「俺のほうは君のことを思うと集中力が霧散する。昨日もうっかり警察に騙されるところだった」

「なんのこと？」

「事件から俺を遠ざけるために、神奈川県警一の美人刑事を宛がわれた」

「素敵じゃない」

「その美人刑事というのが、いや、まあ、君に嫉妬されると困るので、言わないことにする」

マヤがにんまりと笑ってキリタンポと肉片を取り皿にすくい、箱火鉢の向こうから手渡してくれる。まるで化粧っけはないが切れ長の目が美しく、少しだけ散ったそばかすが可愛らしい。

「今日はタマちゃんにスカーフをからかわれて、冷汗が出た」

「そういえば電話が来たわ。あなた、タマちゃんになにか頼んだ？」

「長峰今朝美の交友関係を。それで？」

「あなたが帰ってきたころにまた電話をするって」

名刺をわたしたから、情報があれば直接言ってくればいいものを、珠代は俺とマヤの関係に興味津々《きょうみしんしん》なのだろう。マヤはこの疑似恋愛劇をいつまでつづけるつもりなのか。

ちょっと薄味だが、キリタンポにはもともと塩がきいているので、食べられなくもない。正面にマヤの美しい顔があるから肴はそれでじゅうぶんではあるけれど、新婚家庭の食卓にはもう少し芸がほしい。

「寝酒の肴にと思ったんだけど、箸休めも必要だろう。台所を使っていいか」

「わたしを襲わなければあなたは自由よ」

そのギャグを無視して台所に立つ。

買ってきたのはローストビーフにブロッコリースプラウト、それからクラッカーにイクラに瓶詰のナメコ。ジャガ芋のピザもつくれるが鍋のボリュウムからしてそこまでは不要だろう。冷蔵庫に卵があったのでそれを三つとき、塩胡椒《こしよう》と顆粒出汁《だし》で味付けをしてから瓶詰のナメコを加える。「お料理は苦手」なわりに調理器具や調味料がそろっているのは母親が使用したものだろう。

マヤが台所へ入ってきて冷蔵庫にもたれ、背伸びをするように俺の手元をのぞく。

「草平さん、器用ねえ」

「高校生のときに上京して一人暮らしが長かったからな。爪楊枝《つまようじ》はあるか」

台所を見まわし、食器棚から袋入りの爪楊枝をとり出して、マヤが流し台の横におく。

俺はローストビーフをまな板にのばしてブロッコリースプラウトに巻きつけ、爪楊枝を四カ所刺したものを二巻きつくる。

「フライパンを火にかけて薄く油を」

マヤが助手のように「はい」と返事をして支度をし、それを見ながらクラッカーにイクラをトッピングして皿に盛りつける。

フライパンに火が通ったようなのでナメコ入りの卵をそそぎ、菜箸《さいばし》でかき回しながら出汁巻き卵風に仕上げる。できた卵焼きはひと口サイズに切り、スプラウトのローストビーフ巻きも楊枝の間隔に切れ目を入れる。

「すごい。千絵さんに断られたらわたしがお婿さんにもらってあげるわ」

それなら処女を襲う許可を出せ。

「居間に運んでくれ。かんたんに後片付けをする」

マヤが皿類を居間へ運んでいき、俺はまな板やフライパンや使った調理器具を始末する。この程度の料理で「お婿さん」に行けるのなら刑事事件専門の貧乏ライターなんか、いつでも辞めてやる。

「草平さん、冷蔵庫からワインを出して。オープナーは食器棚、グラスもね」

このあたりは横着《おうちゃく》な性格で、やはり「いい主婦」は無理だろう。

ワインとオープナーとグラスを持って居間に戻る。

「忘れていた。マヤさん、ケータイとパソコンのつなぎ方を教えてくれ」

「なんのこと?」

「両方から操作する方法があるだろう」

「知らない。わたし、ケータイもほとんど使わないし、パソコンは資料を集めるだけだから」

東大まで出ているのに、そういう部分はレトロなのか。しかしそれはそれで、この生活スタイルには合っている。ITだのAIだのは小高直海が詳しいから、やはり明日は東京へ戻ろう。

俺がワインオープナーを使いはじめたとき、マヤのうしろで電話が鳴る。元は床の間だったらしいが今は書架がすえられ、古文書の解説書やハーブの写真集が並んでいる。

マヤがコードレスの受話器をとって二こと三こと話し、肩をすくめながらその受話器を俺にわたす。聞かなくても相手は珠代だと分かっている。

「こんばんは、美早です」

なんだと？

「いやあ、美早くんか。この前は、ご馳走さま」

「賭けがどこまで進んでいるか聞こうと思ったの」

「だから、マヤさんから、そうか、まだ話していなかったか」

てっきり珠代からの電話だと思ったのに、知らん顔で俺に受話器をわたすのだから、マヤのいたずらは心臓に悪い。

「えーと、つまり、美早くん、鎌倉でタウン誌の女性編集長が殺害された事件は、知っているか」

「テレビで観ましたよ」

「実はそのタウン誌が大橋明里の失踪事件と関係していてな。明里くんの両親に会ったら、騒がないでほしいと」

「そういう考え方もありますね」

「だから、失踪と殺人事件に関連はないと思うし、逆に世間には、面白半分で誹謗《ひぼう》中傷する人間が多くいる。その問題を話し合うために、たった今、マヤさんの家へ来たところなんだ」

「たった今ですか」

「うん、まあ二、三分はたったかな」

「要するに賭けは中止に？」

「それをこれからマヤさんと相談する。結論が出たら、えーと、マヤさんから連絡させる」

美早が何秒か受話器の向こうで黙り込み、念力でもかけたのか、例の瞳の色の薄い目で、じっと俺の顔を見つめてくる。幻覚とは分かっていても、その端整すぎるほど奇麗な顔が目の前に浮かんでしまうのだから、怖い。

「それなら連絡をお待ちします。今夜はキリタンポ鍋ですか」

「うん、いや、なんというか、マヤさんに代わるか」

「いえ、母も待っていますから、またうちにも来てくださいね」

美早が電話を切り、俺は受話器をマヤに返して、大きく二度、深呼吸をする。暖房は炭火だけなのに冷汗がふき出し、気のせいか鼓動も早くなっている。

「美早くんに、なぜか、キリタンポ鍋を見抜かれた」

「昼間電話でレシピを聞いたの」

「おいおい、でも、まあ、そうか」

さすがに美早も超能力を使うはずはなく、しかしマヤもレシピを聞いたのなら、もう少しまし な鍋をつくれるだろうに。

「でも草平さん、二、三分でこれだけのお料理をつくれるのだから、あなたって、本当に器用ね」

どうでもいいが、俺は完全に、美女軍団のオモチャになっている。

マヤが二つのグラスに白ワインをつぎ、箱火鉢をはさんでグラスを合わせる。障子戸の下三分の一がガラスになっているから海明かりが遠望され、広縁《ひろえん》にうずくまっている黒猫も見える。マヤが飼っているわけではないらしいが、猫は一日の大半をこの家で過ごすという。

「今、美早くんにも話したんだけどな、大橋明里の両親は娘の失踪事件を、もう蒸し返されたくないらしい。このあたりは考え方の問題で、『なにがなんでも忘れないぞ』という親もいれば、諦めて静かに暮らしたいと思う親もいる。なにしろ、明里くんが無事に帰ってくる可能性は、ほとんどないわけだから」

マヤがグラスを唇に当てたまま軽くうなずき、目の表情で「それで草平さんは?」と聞いてくる。

「俺は単純に、事件を風化させないために週刊誌か月刊誌に記事を、と思ってしまったけれど、それでは両親の気持ちを逆《さか》なでする。俺も君もタマちゃんもいわゆる外野だ、ここは当事者である両親の意向を尊重したい」

マヤがまた目の表情で、先を促す。

「つまり、俺が記事を書いた時点を賭けの着地点にする、という設定自体が成り立たなくなる。今回の賭けはなかったことにすると、君から千絵さんに伝えてくれ」

マヤが小首をかしげながらスプラウト巻きを口に運び、卵焼きにも箸をつける。

「わたしはどちらでも構わない。でもそうなると、草平さんへのボーナスは?」

「長峰編集長の殺害事件が月刊ＥＹＥＳからの正式なオファーになった。もともとこっちが本業で、警察からも情報が入る」

「さっきの美人刑事さんね」

「あれはギャグで、だが神奈川県警は……」

そのときまた電話が鳴り、マヤが受話器をとって短く話をする。今度こそ珠代だとは思ったが、念のために小声で「タマちゃんか」と聞く。うなずいて、マヤが受話器をわたしてくれる。

「柚木さん、早かったね。毎日マヤさんのところへ泊まるんならさあ、礼儀としても、あっちにケリをつけなくちゃダメだよ」

「うん、努力している」

「それでね、ほら、粕川さんのこと。べつに聞きまわったわけじゃないけど、前に頼んでいた人から連絡が来たの。その人は粕川さんの同級生だった人と知り合いで、たまたま消息を知ってたとかで、それで教えてくれたの」

「タマちゃん、今は店が忙しい時間だろう」

「もう満席で大忙し。ちょっと手が空《す》いたから電話したの」

「ありがとう」

「えーと、なんだっけ。そうそう、粕川さんはね、大学のときイギリスだかアメリカだかのナントカいう大学に留学して、卒業後は日本のナントカいう商社に就職して、今はシンガポールに駐在しているらしいの。それ以上のことは分からないって」

受話器からは厨房へオーダーを通す声や客たちのざわめきも聞こえてくるから、珠代も忙しいはずなのに、律儀なのか、お節介なのか。

「それからね、もうひとつ知らせたいことがあるの。ほら、長峰さんがつき合っていた男がどうとか」

「忙しいのに申し訳ない」

「いいって、私、暇だとイライラする性格だから。それでね、小町通りに〈キャスパー〉というスナックがあって、私もたまに飲んだりするわけ。そこのマスターは加賀《かが》さんという人なんだけど、その加賀さんが長峰さんのことを知っていたの」

この鎌倉のスパイ網を駆使すれば、警察より早く犯人をつきとめられる。

「加賀さんが言うには、いつも長峰さんは男性と一緒だけど、本命は彫古堂《ちょうこどう》の社長じゃないかって、雰囲気がそういう感じだって。彫古堂は毎月、鎌倉散歩に大きい広告を出しているしね」

「その彫古堂というのは」

「鎌倉彫の問屋、参道沿いに店も出してるよ。鎌倉彫をあつかう店としては大手だから、たぶんお金持ちだよ」

「タマちゃんを助手に雇いたい」

「私もさあ、ちょっとだけ探偵もいいかなと思ったの。でもこの店があるしね、ケーキ店もパン屋も手伝ってるから、忙しいんだよね。あら、またお客さん、悪いけど切るね。マヤさんによろしくね」

珠代があわただしく電話を切り、俺は苦笑をこらえながら受話器をマヤに返す。マヤのほうも苦笑をこらえるような顔でキセルを吹かしているから、電話の内容に見当はつくのだろう。

「タマちゃんには名探偵の素質がある。長峰今朝美の交際相手をもう探り出した」

「彫古堂がどうとか言ってたわね」

「知っているか」

「老舗《しにせ》の鎌倉彫問屋よ。江ノ島にまで販売店を出しているようだけど、詳しくは知らない」

「タマちゃんの情報ではそこの社長と長峰今朝美が関係していると。調べてみる価値はありそうだ」

調べてみる価値はあるのだろうが、自分で裏付けをとるのも面倒だから、立尾芹亜に丸投げしてやるか。警察も今朝美の交際相手を四人リストアップしたというから、彫古堂の社長もそのうちの一人だろう。

マヤがキセルの雁首《がんくび》を灰吹きに打ち、ワインに口をつけてから卵焼きに箸をのばす。

「草平さんのお仕事を詮索するつもりはないけれど、長峰さんって、どういう女性だったの」

「ひと言でいうと男好きのするタイプだ。この男好きという表現は簡単そうで、あんがい難しい。たとえば君なんか、これまで俺が会ったなかで一番の美人だとは思うが、男好きはしない。長峰今朝美は君とくらべるのも失礼なほどの容姿だが、なんとなく男の背中をむずむずさせる」

「それがひと言？」

「簡潔だろう」

「要するに寝てみたい女性だったわけね」

「一般論だ。俺は、完璧に、そんな気持ちにはならなかった」

「その長峰さんにくらべると、わたしには女性的な魅力がない?」

「あのなあ、えーと、そうだ、タマちゃんが君のことを男嫌いだと言っていた。そういう雰囲気の女性は、男としても、手を出しにくいだろう」

マヤが眉をひそめてくすっと笑い、グラスに自分でワインをたす。容姿や衣装や生活スタイルが他人の目にどう映るか、マヤなら当然自覚している。

「でも彫古堂の社長なら、地元では大物のはずよ。観光以外に産業のない町ですもの」

「鎌倉彫というのはよく知らないが、そんなに儲《もう》かるのか」

「そこの丸盆があるでしょう。母が使っていたものだから本物だと思う。たぶん三十万円はするわね」

一瞬俺の咽をワインが逆流し、アルコールが目眩《めまい》を起こさせる。「そこの丸盆」とは最初の日にドクダミ茶の土瓶《どびん》がのっていた盆で、こんなものが、三十万円もするのか。とするとあのドクダミ茶は一杯二万円相当か。

「心配しなくてもいいわ。もしかしたら廉価品かも知れないし」

「そうはいうが」

「鎌倉彫もピンキリなの。名のある職人の作《さく》だと茶托のような物でも二、三万円。でも今は中国製の安い鎌倉彫もあるし、その中国製の鎌倉彫を中国人の観光客が買っていく。皮肉な世の中よ」

「俺にはまるで見分けがつかない、興味もないけれど」

「わたしも彫り物や焼き物を芸術のように扱う発想は嫌いよ。鎌倉彫も元々は禅宗の仏具から発展した日用品なの。江戸時代は江ノ島が人気の観光地で、箱根《はこね》の関所を通らなくて済むから江戸っ子が押し寄せた。お女郎屋も宿屋も大繁盛、でも名物やお土産はなにもない。そこで誰かが鎌倉彫の盆や茶道具を思いついただけのことなの」

マヤも鎌倉彫に愛着があるわけでもなさそうだが、基本的な蘊蓄《うんちく》は地元のせいだろう。鎌倉彫だけではなく、陶芸品なんかにも人間国宝のナントカが作ったナントカの壺が五十万円とか百万円とかすることがあって、そういう商売には俺も嫌悪感がある。もっとも俺の場合はたんなる、貧乏人の僻《ひが》みではあるけれど。

「タマちゃんも言ってたけど、要するに彫古堂の社長なら地元の有力者で金もある、ということか」

「わたしが言ったのは『釣り合いとしてどうかしら』という意味。不倫でも浮気でも男と女の関係は釣り合いが大事なの。そこに破綻《はたん》があると関係自体が破綻する」

蘊蓄は鎌倉彫だけではなく、男と女の宿命にまで及ぶのか。これで本当に処女だったら神様から表彰状をもらえる。

「それで草平さん、タマちゃんから電話が来る前に、なにを言いかけたの」

「あれは……」

俺もグラスをあけ、自分でワインをつぎ足す。冷蔵庫にはまだ赤白二本のワインが入っているから、このボトルは空《から》にしてもいいだろう。

「長峰今朝美のことだ。〈七口〉の客が教えてくれた角田という老人に会ってきた。角田さんと今朝美は横浜新聞時代の同僚で、彼女はなんというか、いわゆるやり手の社会部記者だったという」

「横浜新聞ねえ、地方紙としては大手じゃない」

「横浜は人口三百七十万、群馬県や栃木県なんか県全体の人口が二百万以下だから、経済の規模がちがう」

「その横浜新聞のやり手記者だったというのは?」

「だから、なんというか、仕事のためには躰を張るような」

「セックスも平気で使う」

「まあ、いわゆる。それで神奈川県警とトラブルを起こして退職させられた」

「そんな人がよくタウン誌なんかに納まったわね」

「当時はまだフリーペーパーだったという。それを長峰今朝美が発展させて、直近ではアルバイトを五人も使っていた。ただ仕事にも私生活にも強引なところがあったようで、今回の事件はそのあたりが背景だと思う」

「サイコパス的な体質だったかも知れないわね。傾向としては男性に多いけれど、女性にもいるわ。表面は社交的でフレンドリー、頭がいいから本性を他人には気づかせない。でも目的のためなら手段をえらばないところがあって、相手が困ろうと傷つこうと気にしない。善悪の感情が生まれながらに欠落しているの」

さすがは医者で、長峰今朝美の性格と人生を的確に説明している。

「でもサイコパスが全員犯罪者になるわけではないのよ。起業家や芸術家にも多くいるし、意外でしょうけど、医者なんかほとんどサイコパスよ」

病気になっても、病院へは行かないことにしよう。

ボトルが空《あ》き、マヤが目の表情で「冷蔵庫から新しいワインを」と要求する。新婚の旦那様をこき使うのだから生意気な性格で、もし結婚したら、俺は生涯尻に敷かれつづける。

もっとも相手がマヤなら、と思いかけて空想をふり払い、腰をあげる。そのときインターホンのチャイムが鳴り、俺が受話器を探す間もなく木戸に気配がして、すぐ玄関もひらかれる。

「やあやあ」と言いながら顔を見せたのは初老に近い中年男、ウェーブのかかった長髪に遠近両用らしい縁なしのメガネをかけ、茶系のジャケットを着ている。

その男が俺に会釈《えしやく》を送っただけで、部屋の隅から勝手に座布団をひき出し、当然のような顔で火鉢の前に腰をおろす。

「やあ柚木さん、近くまで来たので寄ってみただけなんですよ。すぐお暇しますのでお気遣いなく」

紹介されなくても相手の素姓は分かるので、俺はそのまま台所へ行き、新しいボトルと追加のグラスを持ってくる。

「マヤ、まさかこの料理はおまえがつくったんじゃないだろう」

「キリタンポ鍋はわたしよ。草平さん、彼は兄の清高《きよたか》さん。近くまで来たというのはどうせ嘘でしょうけどね」

寝室へ名刺をとりに行こうかとも思ったが、相手に名刺を出す気配はなく、それに俺にも清高の姓が三崎であることは分かっている。マヤも腹違いの兄が突然あらわれたことに困惑した様子はないから、いつものことなのだろう。

俺がボトルをあけてマヤにわたし、マヤが三崎のグラスにワインをつぐ。年齢も雰囲気もまるで父娘《おやこ》だから、マヤの父親も生きていれば九十歳以上だろう。

「ご挨拶が後先になりました。三崎です。今後ともマヤのことをよろしく」

奇妙な出会いだが、俺もグラスをとって初対面の目礼をする。

「実はねえ柚木さん、奥方とは施政懇話会のパーティーでお目にかかったことがあるんですよ。なんですか今は、別居されておられるとか」

「面目ない」

「いやいや、たしかにお美しくて頭も切れる。舌鋒《ぜっぽう》も鋭くて知性豊か。ですがああいう女性と暮らすのは、疲れるでしょうなあ」

事実ではあるけれど、大きなお世話だ。

「お礼が遅れました。大橋家とのあいだを仲介していただいて、ありがとうございました」

「気になさらんで。あんなことでもなければ、マヤは電話も寄こさんのですから」

「ふだん清高さんに用はないもの」

「その薄情さは誰に似たんだ。用はなくても元気かとか血圧に気をつけろとか、あるいはカレシができたから今度紹介するとか、それぐらいは言ってこい。それに病院の件はどうした。慶《けい》明《めい》医大の准教授ポストに、なんの不満がある」

「おまえの人生に口出しされることが不満なの」

三崎が軽くワインを飲み、目尻の皺を深くしながら顔をしかめる。少しは感謝してくれ」

タートルネック、腕には目立たないようにアンティークタイプのロレックスをはめている。俺の人生にロレックスなんか無縁だが、見分けだけはつく。

「それにな、近くまで来たというのも嘘じゃないんだ。横浜の市長がロープウェイを中華街や山手まで延《の》ばしたいという。勝手に延ばせばいいわけだが、役人やゼネコンや政治家にも根回しが必要になる。そこで私に……」

「そういう話に興味はないの。草平さんも同じよ」

「おっと、失礼、それはそれとして」

またワインを飲み、イクラをトッピングしたクラッカーも口に運んで、三崎が額の長髪を梳《す》きあげる。

「昨日マヤから電話をもらったときはうっかりしたんですが、あとで考えたら大橋氏が専務理事をしている〈日本博愛会〉というのは、ちょっといわくのある組織でしてね。それを一応、柚木さんにお伝えしておこうと思ったわけです」

どんないわくかは知らないが、それぐらいは電話で済むだろうに、三崎もマヤの暮らしが気になるのだろう。あるいは柚木草平という怪しい男のほうが、気になったか。

「日本博愛会が終戦直後、烏山市郎によって設立された団体ということは、ご存知ですかね」

「大橋氏から聞きました。戦災孤児の救済が目的だったとか。それ以上のことはあいにく、不案内です」

「今でも恵まれない子供たちの支援と称して、年間に二、三十億円ほどの寄付金を集めるようです。その活動自体はまあ、ご立派ではあるんですがね」

年間に二、三十億円か。アフリカの子供がどうとかいう団体も年間に二百億円も集めてしまうというから、慈善事業というのは儲かる商売だ。

「日本博愛会もやはり、寄付金の着服を？」

「着服？　ああ、テレビコマーシャルで飢餓や貧困を見せつける団体ね。あれは論外、汚い団体であることは分かっているが、政治経済司法に学界マスコミと、すべて取り込まれている。規制すべきと進言したところで役人も政治家も、誰も動かない。利権構造もあそこまで完璧に出来上がってしまえば、一種の社会システムですからな」

三崎が政財界でどういうポジションにあるのかは知らないが、ビジネスマンには見えないから、あるいは三崎家の本家筋か。三崎財閥は銀行を中心として不動産業、商社、クルマや家電品や航空機などの製造業など、経済の中枢をすべて網羅《もうら》している。それぞれの企業トップは三崎家の番頭のようなものらしく、正月にはその番頭たちが顔をそろえて本家詣でをするという。

「清高さん、いつも言うけど、そういう話には蕁麻疹《じんましん》が出るのよ」

「たんに順序として柚木さんに説明しているだけだ。それよりおまえのつくったこの珍しいキリタンポ鍋を、私にもご相伴《しょうばん》させてくれ」

マヤが皮肉っぽく口を曲げてため息をつき、それでも座を立って台所へ向かう。三崎がその後ろ姿に眉をひそめながら、俺のほうへ肩をすくめる。

「もう子供のころから、言い出したら聞かない性格でねえ。柚木さんもご苦労なことだ」

「はあ、いえ」

「ですがマヤとの関係をつづけるのなら、奥方のほうはけじめをつけていただきたい。兄として、それだけはお願いする」

なんと答えていいのか分からず、俺はワインのグラスを持ったまま、深くうなずく。たんなる酔狂から始まった恋愛ごっこなのに、ここまで他者を巻き込んでしまって、「ただの冗談です」で済むものなのか。今夜だって俺がこの家に泊まることは見え見えだし、三崎もまさか、二人の関係が清い男女交際とは思わないだろう。

マヤが箸と取り皿を持ってきて、元の座に落ち着き、三崎がキリタンポと肉片を杓子ですくい出す。

「三崎さん、〈日本博愛会〉のいわくというのは？」

「そのこと、いえね、私の知人も理事に名を連ねていたりして、経理や運営自体に問題はないようです。職員も大橋氏を含めてたったの五人、事務所も終戦直後からのつき合いで横浜の商社から、格安家賃で提供されている。それはそれでいいんだが、設立者の鳥山市郎には終戦後、中国や旧ソ連と手を組んで日本を共産化しようとした歴史がある」

三崎がキリタンポを口に入れて首をかしげ、ちらっとマヤの顔をうかがってから、諦めたように咀嚼《そしゃく》する。

「共産主義が茶番であることぐらい、今では誰でも知っておりますがね。当時は最先端のお洒落《しゃれ》な社会思想でインテリや学者やマスコミ関係者など、多くの人間がかぶれたもんです。そこで慌てたアメリカが巣鴨《すがも》の刑務所にいたA級戦犯を総理大臣に仕立てて、なんとか自由主義体制を維持させた」

そんな話はどこかで聞いた気もするが、共産主義だって主義自体が悪いわけではない。ひとつだけ、そして致命的な欠陥は、共産主義国家はその構成員すべてがインテリでなくては成り立たないシステムだ、ということに気づかなかったことなのだ。

しかし烏山市郎も当時流行の理想主義から戦災孤児を救済する〈日本博愛会〉を設立したのだろうから、それも悪いことではない。

「ところで柚木さんも、マウンテンクロウというタイヤメーカーはご存知でしょうな」

「それぐらいは、まあ」

いくら俺が経済音痴でも、マウンテンクロウが日本を代表するタイヤメーカーで、ミシュランやグッドイヤーと並ぶ世界ブランドであることぐらいは知っている。だがそれが〈日本博愛会〉と、どうつながる。

「このマウンテンクロウ、日本語に置き換えると山烏。それで察しがつくでしょう」

「ヤマ、カラス、カラス、ヤマ、なるほど」

「つまり烏山市郎はマウンテンクロウの家系なんですなあ。この家系からは最近でも政治家を輩出していて、有名なのは例の……私の口からは畏《おそ》れ多くて名前を言えませんが、ほんの何カ月か総理大臣を務めて、あっさりクビになった男がいるでしょう」

「母親からの遺産を脱税したことがバレた、例の？」

「そうです。世間からはバカと呼ばれているので、仮にBとしましょうかね。あのBが米軍を沖縄から追い出すとか役人の天下りを全面禁止にするとか、駄法螺《だぼら》を吹いて新党を立ち上げたとき、国民も一瞬、夢を見てしまったんですなあ。東大出のエリートではあるし女房は元アイドル、総選挙ではその新党が圧勝して、Bの支持率なんか七十パーセントを超えてしまった。あのときは政界も財界も大混乱、結局公安が握った脱税ネタを使って抹殺するより、仕方なかったわけです」

抹殺する、といってもそれは政治の中枢から、という意味で、今でもBは無所属の参議院議員をつづけている。俺は政治そのものに嫌悪感があるから総理大臣なんか誰でも構わないが、Bの目つきや言動には最初から変質者の気配を感じていた。

「もちろんBの公約なんかみんな絵空事、内閣も素人だから社会全体がパニックに陥って、国民もやっとBの頭がおかしいことに気づいてくれた。ただあのBは烏山の一族で、今でも日本博愛会の実質的な主宰者なんですよ」

マヤも「蕁麻疹が出る」とか言いながらけっこう興味をもったようで、グラスを片手に三崎の顔を見つめる。

「だが日本博愛会の集める金が、Bの選挙資金に使われるわけではない。なにしろ実家はマウンテンクロウですから、選挙資金に苦労はありません」

「それなら？」

「票集めと世論誘導ですよ。世間からあれほどバカだマヌケだと評されながら、いまだにBは参議院の全国区でらくらく当選。そこに終戦直後から培《つちか》ってきた日本博愛会の人脈があるわけです」

政界と財界の癒着《ゆちやく》だの、人脈だの暗躍だの裏工作だの、聞いているだけで気分が悪くなる。ただ三崎の立場からはそうもいかないだろうし、相手がマヤの兄だから俺も聞くしかない。

「このマウンテンクロウというのも、なかなか強《したた》かな企業で」

三崎がキリタンポの取り皿を遠くにおき、卵焼きをつまんで、ウムとうなずく。

「戦前は町の地下足袋《じかたび》屋だったんですがね、それが陸軍に軍足《ぐんそく》を納めるようになって、ぼろ儲けをした」

三崎だって戦後の生まれだろうに、三崎財閥の人間として、政財界の歴史に知識があるのだろう。

「かんたんに軍足を納めるといってもねえ、靴底のゴムは南洋からの輸入品。戦時中ですから物資の調達配品は軍部が仕切っていて、そこに烏山が食い込んだ。当時は賄賂《わいろ》や癒着に『悪』という概念はなかったし、烏山もたんなる商売上手な地下足袋屋だった。そうやって軍足でぼろ儲けしていたのに、今度は終戦。没落してもおかしくはなかったものを、ここでも烏山はうまく立ち回って、生ゴムの利権をタイヤ製造に生かしたわけです」

政財界の裏面史が好きな人間にとっては面白い話かも知れないが、俺が聞いてどうする。マヤもやはり興味をなくしたようで、キリタンポを口に運びながら顔をしかめる。

「三崎さん、貴重なお話ではありますが、今日大橋ご夫妻と会って十年前の事件は扱わないことに決めました。ですから日本博愛会もマウンテンクロウもBも、もう私やマヤさんに関係はありません。余計な気を遣わせてしまって、申し訳ない」

三崎が「ほーう」というように口をすぼめ、それからわざとらしく肩をすくめて、白い歯を見せる。

「ほうほう、それなら結構。マヤが珍しく失踪事件がどうとか言ってきたので、気になっただけのことなんですよ。汚く儲けた家系から安っぽい理想主義者が出てくるのも歴史の皮肉。Bが倅《せがれ》をロシアに留学させたり、今でも中国政府のスポークスマンを務めている理由は、たんにバカだからというだけではなく、烏山市郎からの遺伝子があるからです。日本博愛会自体が中国とつながっているか否かは不明ですが、柚木さんにも予備知識が必要だろうとね。つまらん老婆心ということで、ご容赦《ようしゃ》いただきたい」

三崎がこの家を訪ねてきたのは、たんなる老婆心か。政財界の裏事情には首をつっ込むな、と警告するためか。それともたんに、柚木草平を見物するためか。いずれにせよ大橋明里失踪事件からは距離をおくことに決めたわけだし、マヤも賭けの解消を承諾《しょうだく》している。大橋夫妻の、これ以上騒ぎを大きくしたくない、という心境も親としての本心なのか、Bや日本博愛会やマウンテンクロウに累《るい》が及ぶことを恐れてのものなのか。たぶん両方だろう。

「それにしてもマヤ、このキリタンポ鍋にはカツオ出汁と醤油を足したほうがいいぞ。味にまるでこくがない」

「薬膳《やくぜん》には出汁という概念がないの」

「人間は薬を食べるために生きているわけではない。いくら顔と頭がよくても、料理のヘタな女は男に嫌われる」

「いいの、お料理は草平さんが得意だから」

三崎がフンと鼻を鳴らし、ワインを飲みほして、片膝を立てながら俺のほうへ会釈を送る。

「いやね、正直、久しぶりにマヤの顔を見に寄っただけなんですよ。長居をしても無粋《ぶすい》になるから、このへんでお暇します。柚木さん、崖の下にクルマを待たせてあるんですが、そこまでおつき合いくださらんか」

言いたいことがあればこの場で言えばいいものを、三崎にもなにか思惑があるのだろう。マヤも子供のころから裏話や他者を憚《はばか》る話題には慣れているらしく、表情も変えず、吸っていたキセルの雁首をぽんと灰吹きに打つ。

三崎が玄関へ歩き出し、俺もつづいて、立ってきたマヤが俺の肩に綿入れ半纏をかけてくれる。そのうえ沓脱の手前で自分のスカーフを俺の首に巻きつけたのだから、これでは誰が見ても俺とマヤはできている。

三崎につづいて玄関と木戸を抜け、崖に向かいながら肩を並べる。

「突然訳の分からん兄がお邪魔をして、驚かれたでしょうな」

「いえ、面白いお話を聞かせてもらって、勉強になりました」

「実は月刊ＥＹＥＳのバックナンバーをとり寄せて、記事を何本か拝見したんですよ。抑制された文章でユーモアもある。ただどこかアナーキーな印象があって、それでつまらぬ心配をね」

「面目ない。貧乏人の僻みが文章ににじみ出るだけのことですので、ご懸念なく」

「人間というのは不思議なものだ。顔を合わせて二こと三こと言葉を交わすだけで、もう相手の人柄が分かってしまう」

三崎がズボンのポケットに両手を入れ、星がのぞけるわけでもないのに、雑木林《ざつぼくりん》に被われた空を見あげる。俺と顔を合わせて言葉を交わし、それで俺の人柄に、どういう感想をもったのか。

「マヤの境遇をどこまで聞いているかは知りませんが、面倒な育ち方をした妹でねえ。それで性格が、あんなふうにね」

「私には魅力的です」

「柚木さんもご奇特でいらっしゃる。まあマヤと気が合うような人は、いや、それはともかく、三崎家のなかにはマヤの存在を快く思っていない人間もいる。せめて大学病院に勤めるか、それがいやなら開業でもしてくれないかと、いつも言ってるんですがねえ、なかなか」

要するに兄の三崎としては、一族の手前、妹のマヤに正しい人生を送ってもらいたいと、そういうことか。

「柚木さん、初対面のあなたにお願いするのも不躾《ぶしつけ》だが、そのあたりの理屈を、マヤに言い聞かせていただけませんか」

兄の三崎が言って聞かないことを、俺が言ったところで聞くマヤか。だいいち俺はマヤの生き方に反対ではないし、羨《うらや》ましいとさえ思っている。顔を合わせて二こと三こと話すだけで相手の人柄が分かるという三崎の目は、節穴だ。しかしここで議論するほど、俺も子供ではない。

「一応は言ってみますがね、判断はマヤさん次第です」

「素直に他人の言うことを聞く女ではありませんが、とにかく、よろしく。なにしろ親父が高齢だったもので、実質的には私が父親のようなもの。面倒は面倒なりに、可愛くもありましてねえ」

住宅街はかんたんに過ぎ、切り通しの崖上まで来てみたが、下の道にとまっているクルマはない。

三崎がジャケットのポケットからケータイをとり出し、短く話して、ケータイをポケットに戻す。

「で、如何ですか柚木さん。奥方との離婚を決意してくだされば明日にでも私が手配いたしますが」

この兄妹《きょうだい》は二人そろって、俺の寿命をちぢめたいのか。

「いやあ、その、いろいろ事情があって、どういったものか」

「別居にも離婚にも事情はありますよ。そのあたりの問題をクリアするのが弁護士の仕事です。当家では有能な弁護士を何十人も抱えている」

「はあ、いや、ですがこれは個人的な問題ですので、個人としての私と家内のあいだで解決したい。いわゆる、誠意と礼儀の問題です」

「離婚に誠意と礼儀ねえ、珍しい考え方だ。しかしその誠意と礼儀で解決しなかった場合は、いつでもご連絡を。私としては妹に、なんとか幸せになってもらいたい」

脅迫か、それとも本心からの、たんなる妹への愛か。いくら三崎財閥だからといって殺し屋まで抱えていないだろうが、マヤとの関係をこじらすと、俺の命は危なくなるのか。

まさか。

「三崎さん、ついでといっては失礼なんですが、お願いしたいことが」

三崎が風をよけるようにジャケットの襟を立て、うすぼんやりした街灯に縁なしのメガネを光らせる。

「家内が次の選挙にどうとかいう話は、ご存知でしょうか」

「噂はありますな」

「来年は中学生になる娘がいましてね、この娘がなんとしても、選挙だけはやめてほしいと。もちろん私も家内を説得するつもりではいますが、私が口を出すと逆に意地になるような性格で、かえって話がこじれてしまう」

「自由に生きておられるように見える柚木さんにも、ご苦労があるわけですな」

「お恥ずかしい。で、三崎さんから政界のしかるべき筋へ、『あの女だけはやめろ』と、それとなく囁《ささや》いていただければ。実際に彼女が当選してしまったら、政党や世間が混乱することは私が保証します」

立てたジャケットの襟内でくすっと笑い、三崎が崖下をのぞきながら、軽く足踏みをする。

「たしかにね、政治などという商売は、まともな人間のすることではない。奏功するか否かは分かりませんが、囁くだけは囁いてみましょう」

「恩に着ます」

「そのかわりといってはナンですが、奥方との件は早めにご決断をね。マヤと気が合うようなお人は、この世にそう多くはありませんからな」

いっそのこと、マヤとの関係はたんなる芝居だと、打ち明けてしまうか。

そのとき極楽寺駅方向から走ってきた乗用車が崖下でとまり、三崎が俺に手をふって石段を降りはじめる。運転席から男がおりてきて後部座席のドアをあけ、石段を降りた三崎がそのドアに姿を消す。黒塗りの乗用車はそのまま海岸通り方向へ走り去り、俺はやっと、自分の首筋に汗がにじんでいることを自覚する。

5

丹前《たんぜん》に包《くる》まって陽のあたる広縁《ひろえん》に寝そべっていると、自分もとなりで寝ている黒猫のような気分になる。茶系の格子縞丹前はマヤの父親が愛用していたものだとかで、かすかにドライクリーニングの匂いがあり、前襟のあたりにタバコの焼け焦げあとが見える。俺だったら自分で繕《つくろ》ってしまうところだが、この無頓着《むとんちゃく》さがマヤらしい。正午《ひる》も近くなって奇妙に風がなく、初冬の透明な光がゆらゆらと雑木林《ざつぼくりん》を揺らめかす。

マヤのほうは一時間ほど前から庭仕事を始めていて、温室に散水したあと、崖に面した花壇で草取りのようなことをしている。昨夜は俺と同じぐらい飲んだはずなのに、肝臓が丈夫なのか、ふだんから薬草でケアしているせいなのか、たんに酒が強いのか。

そろそろ身支度をして東京へ戻らなくては、と思いながら黒猫と一緒に寝そべっていると、どうにも躰《からだ》が動かない。海に向かってひらけた空と花壇や雑木林に影をつくる陽射しと、その風景のなかで庭仕事をするマヤの美しさが幻影のようにゆれ動く。

マヤの母親ではないが、こんな風景のなかで暮らしていたらたしかに俳句のひとつも詠《よ》みたくなる。

ぼんやりした頭で俺も一首。

『陽だまりの　猫は地獄か　極楽寺』

　ダメだな、論旨がめちゃくちゃだし、だいいち季語が入っていない。殺したの殺されたのという記事ばかり書いていると、感性そのものが殺伐《さつばつ》としてしまう。

　マヤが雑草の束を花壇の隅に放り、温室へ戻って散水のホースを片付けはじめる。長靴にダウンベストは最初の日と同じで、セーターの色だけが変わっている。昨夜三崎はマヤのこのライフスタイルを非難したが、俺なんかの価値観ではまさに理想の生活、憧れる人間だって多くいるだろう。だがもちろん、財閥には財閥の価値観がある。

「あなたが縁側に座っていると死んだ父を思い出すわ」

「丹前に包まって日向《ひなた》ぼっこをしていると、俺も自分がご隠居さんになったような気分になる」

　さっきの俳句を披露してやろうかとも思ったが、我ながら稚拙《ちせつ》すぎて恥ずかしい。

　マヤが外水道の前にホースを始末し、長靴を脱いで部屋へ入っていく。今朝もカンゾウの煎じ薬を飲まされたせいか体調はまずまず、警察の捜査がすすむまでは鎌倉ですることもなし。面倒なことではあるが、やはり一度東京へ戻ろう。

「草平さん、昨夜はジャガ芋も買ってきたのね。冷蔵庫にベーコンとスライスチーズも入っているけど、なにをつくるつもりだったの」

「あれは、まあ、念のために」

「わたしがお料理をつくれないと思ったわけ？」

「いやあ、昨夜のキリタンポ鍋は、絶品だった」

「それで?」

「なにが」

「ジャガ芋やベーコン」

「俺にはジャガ芋のピザという必殺料理があってな、惚れた女はそのピザで口説《くど》くことにしている」

マヤが部屋の奥で顎をつき出し、腰に両手を当てながら俺の顔を見おろす。

「その必殺ピザで口説いて、勝率は?」

「三割」

「野球選手の打率なら優秀ね、わたしにも試してみる?」

着替えをして東京へ戻ろうと思っていたのに、マヤに試してみるかと言われたら、試すより仕方ない。ただジャガ芋のピザにはビールがつきもので、そうなるとまた丹前に包まってうとうとするかも知れず、けっきょく新婚ごっこをつづけることになる。この家には俺を東京へ戻さない、なにか地縛霊のようなものがあるのかも知れない。

でも東京なんか夜中までに帰ればいいわけで、まあ、いいか。

マヤが自分の部屋から唐草模様のモンペと綿入れ半纏《はんてん》をもってきて、広縁の端におく。部屋着代わりに着替えろという意味だろう。本来なら宛《あて》がわれている部屋へ行くべきだが、見ているのは日向の黒猫だけ。俺は丹前から抜け出してモンペと半纏を身に着け、台所へ向かう。さすがにモンペは腰まわりが窮屈《きゅうくつ》で、しかし全体的にはゆったりできているから躰の動きに不自由はない。こんな恰好でマヤと外出したら、他人からは売れない画家か陶芸家の夫婦に見えるだろう。

マヤが丹前を壁のハンガーにかけて俺につづき、冷蔵庫から缶ビールを出してプルタブをあける。廊下のつきあたりに納戸のような部屋があって、酒類はそこに貯蔵されているらしい。冷蔵庫も一人暮らしにしては大型だが、食料品は少ない。だからってジャガ芋まで冷蔵庫に入れることはないだろうに。

俺はその冷蔵庫からジャガ芋とベーコンとスライスチーズをとり出す。野菜室を点検しても玉ネギが見当たらず、さて、どうするか。

「マヤさん、温室に玉ネギのかわりになるようなものはないかな」

「沖縄の島ラッキョウは？」

「ラッキョウは、ちょっと」

「ふつうの玉ネギでよければストックがあるわ」

「あるのか」

「納戸に」

早く言え。

「それなら玉ネギを頼む。小さいやつでいい」

マヤがビールをあおりながら廊下を歩いていき、俺はジャガ芋の始末にとりかかる。手順はいつもどおり、スライスしたジャガ芋を電子レンジで半茹でにし、あとはチーズとベーコンと玉ネギを重ねてホイル焼きにすればいい。

「草平さん、お部屋でケータイが鳴っているわよ」

「うん、ああ、そうか」

家内《いえうち》でケータイを身につける習慣がないので、つい忘れてしまう。

「君が出てくれ。俺みたいな無意味な人間には、どうせ無意味な電話しか来ない」

マヤが俺に玉ネギを手渡し、くすっと笑って寝室へ入っていく。無意味な電話かどうかは知らないが、もともと俺のケータイ番号を知っている人間は限られる。しかし加奈子だったら、ちょっとヤバいか。

マヤが戻ってきてケータイをさし出し、俺はキッチンペーパーで濡れた手をぬぐう。

「鎌倉中央署の立尾です」

「やあ、ちょうど昨夜、君の夢を見た」

「昨日も同じことを言いました」

「俺は君に呪われている」

「誰が柚木さんなんか、いえ、そんなことはどうでもいいです。たった今、米倉光義《よねくらみつよし》の遺体が発見されました」

「ほーう」

「発見したのはわたしです」

「偉い」

「桜庭さんから許可が出たのでご連絡しています」

「監視役も苦労するな」

「今は東京ですか」

「えーと、いや」

「どちらに?」

「極楽寺なんだが、米倉光義というのは誰だ」

「メールをさし上げたでしょう」

「なんというか、昨日は多忙で」

「もしかして同期させていないんですか」

「冗談を言うな。最近ちょっと、パソコンの具合が悪いだけだ」

「そういうことにしておきますけどね。米倉光義は彫古堂という鎌倉彫問屋の社長です」

「うん? 彫古堂の」

彫古堂といえば昨夜珠代から連絡を受けたばかり。その社長は長峰今朝美と親密な関係にあったようで、俺は捜査を芹亜に丸投げしようと思っていたのだ。鎌倉という町は寄ってたかって、俺の寿命を縮めようとする。

「立尾くん、彫古堂の社長が、遺体で発見された?」

「発見したのはわたしです」

「それは偉いが、具体的にはどういう状況なんだ」

「そのご報告をしてるんじゃないですか」

「そうか、そうだな。どうだろう、夕方にいつものカフェで」

「わたしは柚木さんほど暇ではありません。極楽寺ぐらい二十分で行けます。極楽寺のどこです?」

「どこといわれても、えーと、ちょっと待ってくれ」

俺はケータイを耳から離し、送話口をおさえながらマヤに肩を寄せる。

「聞こえたろう。彫古堂の社長が死んだそうだ」

「事件のほうが草平さんを追いかけてくる」

「どうだか知らないが、監視役の刑事が極楽寺まで来るという。仕方ないから駅まで出かけてくる」

マヤが右の眉をもちあげ、不意に俺の手からケータイをひったくって、住所氏名や切り通しからの道順などを、勝手に告げてしまう。

「二十分で着くそうよ」

「おいおい、いくらなんでも」

「神奈川県警一の美人刑事さんなんでしょう」

「あれはギャグで、しかし、まあ、いいか」

マヤがにんまりと笑い、俺の尻ポケットにケータイをさし入れて、ビールを咽《のど》に流す。なんとなくイヤな予感はするが、彫古堂の社長だという米倉の死は事件の核心になるはずで、俺も早く概要を知りたい。それにマヤなら新米美人刑事の一人ぐらい、どうにでもあしらえる。

二十分か。今から調理を始めれば、ちょうど必殺のジャガ芋ピザが焼きあがるか。俺は大小二つのフライパンを用意し、ジャガ芋を追加して三人分の支度を始める。昼どきではあるし、芹亜も昼食はまだだろう。マヤのほうは温室からバジルとイタリアンパセリを採ってきただけで、料理を手伝うわけでもなく、たまに俺の手元をのぞいて「ふーん、なるほどね」とか感想を述べる程度。来客のためにおしぼりや茶道具ぐらい用意できないものか。もっともそう思うのは、俺が新婚ごっこに嵌《は》まってしまったせいかも知れないが。

本当に二十分ほどでインターホンのチャイムが鳴り、マヤが居間と台所の境に据えてある受話器をとりあげて、芹亜を玄関へ招く。ピザも焼きあがり、俺は茶簞笥《だんす》に取り皿や箸やフォークや湯呑《ゆのみ》を探しまわる。俺とマヤはビールでいいにしても、芹亜にだってドクダミ茶ぐらいは飲ませてやりたい。

マヤが台所口に顔をのぞかせ、前髪を払いながら、わざとらしく声を大きくする。

「あなた、お客さまがお待ちよ」

それなら茶ぐらい出せ。

「えーと、昨夜の箱膳はどこかな」

「そこの天袋《てんぶくろ》」

「頼む」

マヤが入ってきて収納棚の上扉をひらき、昨夜使った箱膳をとり出す。俺はその膳に芹亜用のピザとフォークと湯呑を用意し、鎌倉彫の三十万円もするとかいう丸盆には二人分のピザをセットする。

「火鉢の鉄瓶はただの湯か」

「今朝のカンゾウよ」

「彼女はそれでいい。俺たちはどうせビールだろう」

冷蔵庫をあけて缶ビールをとり出し、俺が丸盆、マヤが箱膳を持って居間へ戻る。芹亜は陽のあたる縁側に出された座布団に正座し、腕をつっ張るような感じで部屋内を見まわしている。縁側から黒猫が姿を消しているのは、芹亜の吊りあがった目が怖かったのか。

芹亜の膳は縁側に、丸盆は座敷内へおいて、俺は芹亜の湯呑にカンゾウの煎じ薬をサービスする。今日の芹亜もひっ詰め髪ではなく、気のせいか化粧も濃くなっている。その芹亜が唖然《あぜん》としたような顔で俺の風体を観察してくるのは、唐草模様のモンペと綿入れ半纏のせいだろう。

「ちょうど昼食の用意をしていたんでな、君の分もつくっておいた」

正座の膝をととのえ、芹亜が腕をつっ張って頭をさげる。

「あのう、失礼ですが、このお宅は?」

「インターネットで藤野真彩先生を検索してこなかったのか」

「急いでいたので」

「彼女は有名な薬膳《やくぜん》料理研究家だ。ただそれは世を忍ぶ仮の姿でな、実際は政府のある秘密組織に関係している。このことは桜庭さんにも内緒だぞ。もしその事実が外部にもれたら、君は足柄山の駐在所ぐらいでは済まなくなる」

足柄山に駐在所なんか、本当にあるのかどうか。俺にもマヤの芝居癖が伝染《うつ》っている。

マヤが煙草《タバコ》盆をひき寄せ、キセルを吸いつけて、ぷかりと煙を吹く。

「立尾さん、冷めないうちにピザを召しあがれ。草平さんは好きな女性ができるとそのピザで口説くの。勝率は三割だというから、楽しみに拝見するわ」

芹亜にそんなギャグが通用するとも思えないが、解説するのも面倒なので、俺はピザをつまんでビールを咽に流す。

「で、米倉という、彫古堂の社長に関しては？」

「あのう、部外者がいるところでは、ちょっと」

「彼女のことは気にしなくていい。彼女もこういう問題は口外できない立場にある。それに桜庭さんから許可が出ているのなら、それほどの極秘でもないだろう」

芹亜が目尻を上げたり下げたりして五、六秒考え込み、決心したように湯呑をとりあげて、ウムとうなずく。

「わたし、昨日柚木さんに指示されたとおり、朝から長峰今朝美の自宅マンションやその周辺に聞き込みを始めたんです」

素直というか、ばか正直というか、しかし意欲は評価できる。

「それでマンションの住人に聞き込みをつづけていたら、真下の階の人が、昨夜の夜中近くに、上の階で物音がしたような気がすると」

「つまり米倉の遺体が発見されたのは長峰今朝美の部屋だと」

「草平さん、立尾さんは順序だてて話そうとしているのよ。黙って聞きなさい」

自分では話の順序なんか、無視するくせに。

「すまん、それで?」

「ですから、長峰今朝美は一人暮らしだったわけで、もしかしたら茨城から来ている弟さんが泊まったのかと。それで確認してみたら、司法解剖直後には葬儀社を手配して、弟さんは遺体と一緒に茨城へ帰っていました」

「なるほど。だから君は念のために不動産屋を呼んで、今朝美の部屋をあけさせた」

「はい」

「そうしたら米倉が血だらけで」

「いいえ、首吊りです。天井の近くに間仕切りの桟《さん》があって、そこから」

そのときの光景を思い出したように、芹亜の肩がぶるっと震え、呼吸が荒くなる。そんな場面に遭遇するのはどうせ初めてだろうし、腰ぐらいは抜かしたか。

「大変だったな」

「はい、わたしなんかもう、いえ」

「だがそうなると、米倉は自殺か」

「九分九厘、間違いありません。室内に争った形跡はないし、足元には倒れた椅子が。鑑識の見解も自殺です」

「室内からは見つかっていません。マンションの近くで米倉のクルマが発見されましたが、車内にもなし。自宅や会社や、それにパソコン類も押収して捜査を始めたところです。ですが……」

「遺書は」

芹亜が湯呑に口をつけてふーっと息を吐き、肩の力を抜くように、少し膝をくずす。

「ホテルに聞き込みをかけていた捜査員が、三日前の午後七時ごろ、米倉と長峰今朝美が海岸通り沿いのホテルにチェックインする映像を見つけました。当日の四時過ぎに二人がケータイで通話した記録もありますし、もうあの関係は間違いありません」

芹亜の言う「あの関係」とは今朝美の死亡当日に今朝美と米倉が性的関係をもった事実で、さすがにマヤの前では「性毛」や「精液」は口に出しにくいのだろう。構図自体は三日前の夜に今朝美と米倉の間になんらかのトラブルが発生し、米倉が発作的に今朝美を刺殺。パニックを起こしたか、犯行を悔いたか、あるいは逃げ切れないと覚悟した米倉が今朝美の部屋で首吊り自殺した。よくあるパターンで、いわゆる「被疑者死亡のまま送検」になる。

「裏付け捜査は必要だろうが、要するに一件落着か」

「そうなりますね。ですから桜庭さんも、柚木さんにお知らせしていいと」

せっかく月刊EYESからのオファーをとったのに、あっけなく一件落着。なんだか気が抜ける感じもするが、しかし俺の仕事は事件を解決することではなく、事件を記事にすることなのだ。

芹亜も重大な使命を終了させて落ち着いたのか、軽く頭をさげてフォークをとりあげ、俺の必殺ピザを口に運ぶ。勝率云々はただのギャグだが、俺とマヤは思わず芹亜の口元を見つめてしまう。

「なんですか」

「うん?」

「そんな風にお二人から見られると、食べにくいです」

「いやあ、すまん」

マヤだってさっきからピザを半分も食べているのに、自分の感想は言わないのだから、ずるい。

「米倉に関してだが、年齢は」

「五十二歳です。運転免許証で確認しました」

「既婚者だろう」

「奥さんに二人の子供と奥さんの母親、米倉は婿養子だったようです」

「今朝美との間にどんなトラブルがあったのかは、捜査中か」

「二人の関係がいつから始まったのか、米倉もマンションの鍵を持っていたぐらいですから、相当に親密だったはず。それらの捜査もすべてこれからです」

二人の関係はどうせ〈鎌倉散歩〉を介して始まったのだろうが、フリーペーパーから有料のタウン誌へ移行するときの費用も、あるいは米倉から提供されたものか。

「彫古堂という会社の規模はどれぐらいだ」

「鎌倉彫問屋としては大手ですね。横浜はもちろん、東京や大阪のデパートにも出店していますし、建長寺《けんちょうじ》の近くに自前の工房も構えています」

「資金繰りや売り上げ動向なども分かったら教えてくれ」

「はい」

「長峰今朝美のほうはどうだ、納税記録をとり寄せたんだろう」

「まだ厳密な検証はしていませんが、この五年間は千二百万円前後の収入で推移しています。社員の給与やオフィスの賃貸料などの経費をさし引くと、今朝美本人の実収入は五、六百万円でしょうかね。ですがクルマやマンションの家賃や飲食代等も経費で落としていますから、実際はもっと余裕があったと思います」

経済的にもまずまず、〈鎌倉散歩〉も順調で自由気ままな独身。その今朝美と米倉の死は事実上の無理心中だから、問題は米倉のほうだろう。仕事や家庭でのトラブルとか、今朝美から別れ話をもち出されたとか、そんなつまらない理由での事件だった可能性が大きい。

「警察としての事件は一段落だろうが、俺のほうは事件を記事にする必要がある。立尾くん、これからも協力してくれ」

「そのつもりです。桜庭さんからも、もうしばらく柚木さんから目を離すなと指示されています」

「自殺現場の写真をまたパソコンに……」

そのとき床の間で電話が鳴り、マヤがピザを頬張ったまま腰をあげる。

「あなた、タマちゃんから」

今日はばかに正直だ。珠代のほうはいちいちマヤの家電《いえでん》で俺の存在を確認するのだから、その部分はしつこい。

「柚木さん、すごい情報が入ったの。ほら、昨夜話した彫古堂の社長ね、その社長が亡くなったらしいの」

「本気で君を助手にしたいが、電話を切らずに、ちょっと待ってくれ」

俺はコードレスの受話器をもったまま部屋を横切り、台所へ行って、ひとつ息をつく。

「待たせた。俺のほうにもその情報は入ってるんだが、タマちゃんはどこから」

「さっき店に来たお客さん。でも柚木さんが、どうして知ってるわけ」

「俺はプロだぞ。それに彫古堂の米倉という社長は、自殺だった」

「うわあ、自殺？　すっごーい。私はそこまで知らないよ」

「警察はまだ発表していない」

「だから柚木さんに知らせようと思ったの」

「タマちゃんに伝えた客というのは」

「お店の常連さん、用があって彫古堂へ寄ったら、臨時休業していたとかで」

オーダーを通す声や客のざわめきが聞こえるから、〈笹りんどう〉も忙しい時間だろうに、まったく珠代のお節介は素晴らしい。

「でも仕事の用事があったらしくてね、無理やり彫古堂の人を呼び出して聞いたら、社長がって。だけど柚木さんのほうはどこから聞いたわけ」

「実は今、マヤさんの家に刑事が来ている」

「うわあ、柚木さん、もしかして？」

「心配するな。俺のほうが警察に貸しがあるので、知らせに来てくれた」

「ということはさ、社長の自殺と長峰さんの事件は関連してるわけだよね」

「さすがは名探偵」

「常識だよ」

「詳しいことはあとで話すが、タマちゃん、誰か彫古堂の内情に詳しい人間を探してくれないか」

「たとえば？」

「身内以外なら誰でもいい。従業員とか、取引業者とか」

「心当たりはあるよ。彫古堂の事務員でね、うちにランチを食べに来てくれる人」

「事件が片付いたらタマちゃんを温泉に招待する」

「柚木さんは言葉《くち》だけだって、マヤさんが言ってたよ」

「あのなあ」

「いつも言うけど、不倫というのは、えーと、でもまあいいわ。けっきょくは二人の問題だものね」

「分かってくれてありがとう」

「とにかくね、その事務員の人に連絡してみるよ。決まったらまた電話するね」

自殺の件は言いふらさないように、と釘を刺そうかとも思ったが、どうせ無駄だろう。それに警察だって夕方ぐらいにはマスコミ向けの記者会見をする。

電話を切り、冷蔵庫から追加の缶ビールをとり出して居間へ戻る。芹亜は必殺のピザを完食していて、膝を庭側へくずして寛《くつろ》いでいる。しかし黒猫は温室の前から、まだ縁側へは近寄らない。

受話器と缶ビールをマヤに手渡し、元の位置に腰をおろす。

「ご馳走さまでした。美味しかったです。このピザは本当に柚木さんが？」

「口説かれたくなったろう」

「ピザの一枚ぐらいで籠絡《おち》るほど、わたしは安くありません」

「あら、わたしは落ちてしまったわ」

「いえ、あのう、でも、価値観は、人それぞれですから」

勝手に世間話をするな。

「立尾くん、電話が来る前に頼んだ……」

「はい、現場の写真を柚木さんのパソコンに送ること」

「頼む、それから駅の監視カメラ映像も」

「駅の？　忘れていました。でも米倉の自殺は動機が明白でしょう」

「念のためさ。あらゆる方向から事件の構図を検討する。たとえ記事に使える情報が一行か二行でも、それが俺の飯のタネになる」

芹亜に頼んだのは長峰今朝美が殺害された時刻前後の、JRと江ノ電の監視カメラ映像。芹亜の言うとおり米倉の自殺は動機が明白だから捜査には不要だろうが、雑誌の記事には読み物としての情景描写も必要になる。

「立尾さん、協力してあげてね。草平さんの文章には緻密《ちみつ》で明確でいながらどこか文学的な香《こう》気《き》があるの。だから雑誌記者としては売れないんでしょうけれど」

大きなお世話だ。

芹亜が生まじめにうなずいて膝を直し、ていねいに頭をさげる。

「お寛ぎのところをお邪魔しました。署へ戻って捜査班に合流します」

そのまま腰をあげ、マヤと俺に会釈《えしやく》をして芹亜が玄関へ向かう。マヤのほうはキセルを吸いつけながら会釈を返し、俺は腰をあげて玄関へつづく。

「柚木さん」

玄関でパンプスに足をいれてから、目尻を吊りあげながら、芹亜が声をひそめる。

「詮索するわけではありませんが、藤野さんとはどういうご関係なんです」

「俺にも分からない」

「でも柚木さんには、奥さんが」

「大人にはひとことでは言えない難しい関係もある。それより記者発表は夕方か」

「その予定です」

「俺が口を出すことではないけれど、できれば明日の朝まで待ってやれ」

「と、おっしゃると？」

「米倉も地元では名士だったらしい。その米倉が不倫相手を殺した挙句《あげく》に自殺したとなれば、マスコミの餌食《えじき》になる」

「仕方ありません」

「米倉はともかく、家には奥さんと子供がいるんだろう。テレビや新聞は夜中でも家族を叩き起こす。だがひと晩待ってやれば家族にも対応の準備ができるし、必要なら身を隠すこともできる」

「確約はできませんが、一応桜庭さんに伝えます」

「電車で来たのか」

「パトカーです。崖の下に待たせてあります。これからは裏付け捜査になりますが、柚木さんのほうも新しい情報が入ったら、ぜひご連絡ください」

芹亜がBカップと自白した胸に大きく息を吸い込み、最後に俺のファッションをひと睨《にら》みして玄関を出ていく。マヤとの関係を「どういうご関係なんです」と聞かれて「俺にも分からない」と答えたが、本当に自分でも分からない。実際のところ俺とマヤは、どういう関係なのだろう。

俺が居間へ戻ったとき、ちょうどマヤが腰をあげて、そしてちょうど、黒猫が縁側へひょいと飛びのる。

「草平さん、勝率三割のピザをもう少し見極めたいの」

「どういう意味だ」

「もう一枚焼いてほしいという意味よ」

「かんたんだ、これで勝率が六割になる」

＊

唐草模様のモンペに綿入れ半纏姿で江ノ電に乗っても、それほど羞恥を感じないのはとなりにマヤがいるせいだろう。マヤも茶系のモンペに細縞の綿入れ半纏、ニット帽をかぶって俺とは色違いのスカーフを巻いている。夜の十時に近くなって鎌倉駅行きの江ノ電にも乗客はまばらだが、その乗客たちも特に俺たちを観賞してこない。鎌倉ではこんな衣装も珍しくないのか、それとも怪しい夫婦と関わることを恐れて、みんな顔をそむけているのか。

昼間は案の定、追加のピザを焼いたら追加のビールを飲むことになって、俺はそのまま猫と一緒に昼寝。マヤのほうは夕方まで自室にこもっていたが、出てきたときは臨時に頼まれた原稿を書きあげていた。少しぐらい酔っていたほうが文章の緊張がほぐれてジョークも決まるというが、いっそのこと、俺と商売を代わるか。いずれにしても今夜はまた東京へ帰れない。

江ノ電の鎌倉駅から小町通りへ向かい、食料品を買ったスーパーの近くにある〈キャスパー〉というスナックに入る。マヤも珠代と来たことがあるそうで、この店はその珠代から指定されている。カウンターにボックス席が二つという変哲のないスナックだがカラオケはなく、棚にはバーボンのボトルがランダムに並んでいる。そのほとんどが知らないラベルだからマスターの加賀がバーボンマニアなのだろう。この加賀は五十歳前後、従業員らしい女は二十歳ぐらい。まさかとは思うがこれも料理屋の〈七口〉と同様に、もしかしたら夫婦か。

カウンターに男女の客がいるだけで、俺とマヤはボックス席に腰を落ち着け、珠代がキープしてあるボトルを出してもらう。オールド・グランド・ダッドという銘柄だが、当然知らない。マヤが二つのグラスにオンザロックをつくり、甲斐がいしくおしぼりまでわたしてくれる。家では横着《おうちゃく》なのに外ではいかにもカノジョ風にふるまうのだから、またいつもの芝居をはじめている。

「ねえ草平さん、明日の朝でいいから、原稿に目を通してくれない？」

「薬膳にもハーブにも知識はない」

「テニヲハとか点や丸の位置とか、全体のリズムとかを見てほしいの。それにできたらあと二カ所ぐらいジョークを入れたいの。あなたの文章とくらべると、わたしの文章は真面目すぎる。性格が出てしまうんでしょうね」

どこが。

そうはいっても俺もプロではあるし、居候《いそうろう》代としてもそれぐらいの義理はある。

「忘れていた。実は昨夜、君の兄さんから……」

「聞かなくても分かるわ」

「そうだろうけどな、まあ、野暮か」

「あの人たちは世間体を気にするのが商売なの。ほかにすることもないでしょうけれど」

マヤのエキセントリックな性格もライフスタイルも、あるいは三崎家に対する反発なのか。そうはいってもこれで完結しているのだから、他人が意見を言う問題ではない。

「清高さんもね、昨夜はマウンテンクロウのことをズルい会社のように言ったけど、三崎だって偉そうなことは言えないの。坂本龍馬《さかもとりょうま》を暗殺したのは三崎の家祖《かそ》だという噂もあるぐらいだし」

なぜこんなところに、坂本龍馬が出てくるのだ。

「亡くなった父がね、家へ泊まったときお酒を飲みながら、ぽつりぽつりとそんな話をしてくれた。外では言えないような愚痴《ぐち》や本音なんかもね、母やわたしを相手に父も話しやすかったんでしょうね」

ロックを軽くなめ、ほっと唇をすぼめて、マヤが少し視線を遠くする。昼間から丹前に包まってごろごろしていた俺を見て、死んだ父親のことを思い出したのかも知れない。

「父も家祖が関わることだから、龍馬の件は調べたらしいわ。証拠はなにもなかったけれど、客観的には相当怪しいって」

「証拠があれば歴史的な大事件だものな」

幕末の歴史なんかに興味はないし、明治以降の国造りに失敗した結果が、今の日本なのだ。

それでは世界のどこかで国造りに成功した国家があるのかといえば、それもないだろうが。

「だって草平さん、三井《みつい》や住友《すみとも》は江戸時代からの豪商でしょう。明治になってから財閥に移行するのは当然だけれど、三崎なんか四国の田舎者よ。だから当初の資金は坂本龍馬を暗殺して海援隊《かいえんたい》から奪ったお金だった、という噂が広まったの」

「陰謀論に興味はない」

「わたしもないわ。ただ無一文の田舎者が三井や住友と肩を並べるほどの大財閥になりあがるには、マウンテンクロウなんか比較にならないほどの悪行をしたはず。そんな三崎にヒトのことは言えないという、それだけのことよ」

店のドアがひらいて珠代が顔を出し、いつもながら陽気に手をふってボックス席へ歩いてくる。うしろにはもう一人女がいて、それが話を聞けるという彫古堂の事務員だろう。なんだかニワトリを連想させるような女で髪を明るく染め、肩にはヴィトンのトートバッグを掛けている。年齢は五十を過ぎて、あるいは六十に近いか。

珠代が俺のとなりに座り、女が俺とマヤに頭をさげてマヤのとなりに座る。店の女がすぐグラスとおしぼりを出してくる。

「柚木さんにマヤさん、こちらが電話で話した栗田《くりた》さん。彫古堂にはもう二十年以上勤めてるんだって」

「この度はご愁傷《しゅうしょう》さまです。会社のほうは如何《いかが》ですか」

「それがもう、ちょっと前から新聞社やテレビ局が押しかけてきて、ご自宅のほうにもねえ。

このあとあちらの様子も見てこようとは思いますけれど」

芹亜には記者発表を明朝まで待つようにと提言してみたが、警察としてはそうもいかなかったか。彫古堂の本店は参道沿いにあるというから、今ごろはマスコミに囲まれているのだろう。

珠代が栗田に水割りをつくってやり、俺のファッションを眺めまわして、マヤのほうにウィンクを送る。〈笹りんどう〉は十時までのはずだったが、店の始末は済んだのか。

「藤野先生、直接お目にかかるのは初めてですけれど、文化センターでやられた〈新・薬膳の研究と日常への応用〉という講演を拝聴しましたのよ。私は薬も漢方しか飲みませんし、ヨガ教室にも通っておりますの」

そんな偉い藤野先生にドクダミ茶やカンゾウ茶を飲ませてもらえるのだから、俺は果報者だ。

「栗田さん、私には警察からの情報が入りますので、米倉社長が〈鎌倉散歩〉の長峰編集長を殺害し、その後本人が編集長の自宅マンションで縊死《いし》した事実に間違いはないと思います」

「イシとおっしゃいますと？」

「失礼、首吊りのことです」

「はあ、そのことは、警察からも聞かされましたよ。なにかマズいことが起こるような気はしておりましたけどねえ、まさかねえ、自殺とは」

あまり酒は飲まないのか、栗田が薄い水割りで唇だけ湿らせ、落ちくぼんだ目を何度か開閉させる。もともと痩せてはいるが昼間からの騒動で疲労もしているのだろう。

「なにかマズいことというのは、長峰さんとの関係で？」

「それもあるでしょうがねえ、金曜日というから明日ですけど、週刊誌に彫古堂《うち》の記事が出てしまうんですよ。そのことでもう一カ月ぐらい前から、社長もノイローゼみたいな感じでねえ。でもまさか、自殺までするとはねえ」

明日にはもう週刊誌に記事が、とはどういうことか。まさか「米倉が長峰今朝美の殺害犯」とスッパ抜く週刊誌があるとは思えないし、一カ月前からならやはり、仕事上のトラブルか。栗田も珠代から俺の素姓は聞いているはずだから、どうせ打ち明けるつもりで来ている。

「栗田さんに不都合がある部分は伏せますし、話せる範囲で聞かせてもらえますか」

店の女がサーモンのマリネを運んできたのは、つきだしかサービスか。珠代は馴染みらしく、栗田からは見えない角度でカウンターに手をふったりする。

「どこから聞き込んだのか、週刊講文という雑誌がねえ、うちの鎌倉彫はニセモノだと。中国でつくらせたニセモノを、本物だとして売っていると」

「そんな事実はない？」

「事実でなければ社長もノイローゼになりませんよ」

それもそうだ。

「いえね、私もほかの従業員も、知っていたわけではないんですよ。でもこんな高級品をこんな値段で売っていいのか、社長がどこかの工房を買いたたいたのかとか、少しおかしいと思っていたぐらいでねえ」

栗田がまた唇を湿らせ、それを見て珠代がカウンターから水を持ってくる。このあたりの気遣いがマヤとはちがう。マヤも本来ならキセルを吸いつけるところだろうが、〈七口〉でもそうだったように、外では吸わない習慣なのだろう。

「もともとねえ、中国で鎌倉彫をつくらせること自体がインチキなんですよ。鎌倉でつくるから鎌倉彫、シャンパンだってそうじゃないですか。スパークリングワインなんかスペインでもイタリアでもつくりますけれど、フランスのシャンパーニュ地方でつくられるスパークリングワインだけシャンパンと呼べるわけでしょう」

理屈としてはその通り。

「カシミヤだってそうですよ。あれはインドのカシミール地方に住むヤギの毛で編んだ生地のことで、それを有名デパートでさえ堂々と、『モンゴル産のカシミヤ百パーセント』とか言うんですからね。私は昔からそういうごまかしが嫌いでしてねえ、デパートにも投書してやったぐらいなんです」

今ならインターネットで喚《わめ》き散らすのだろうが、なんにでも神経質に揚げ足をとる社会風潮がいいのか悪いのか、俺は知らない。

栗田がコップの水を半分ほど一気に飲み、ファンデーションがひび割れるかと思うほど、口の端を曲げる。

「そうは言いましてもねえ、今の社長は先代が見込んで婿養子にした人で、私なんかが口を出すわけにもいかず。たしかに事業も拡大させて、従業員の待遇もよくしてくれましたからね。そういう時代なんだとは思っていましたよ」

「鎌倉彫を中国でつくらせるというのは、米倉社長のアイデアですか」

「観光客向けに安く売れる物をとね。自分で中国まで行って、工場や職人を手配したようです。なにしろ同じサイズの似たようなお盆が本物なら三十万円から五十万円、それを中国でつくれば一万円以下で売れるんですから。ですけどね、そういう安物にはちゃんと中国製と明記していましたから、まるで詐欺《さぎ》ということはなかったんです」

「それならなぜ週刊誌が」

「安物は安物と、ちゃんと明記しましたけど、それとは別にうちの工房で手を加えたものに純正品と銘打っていたらしいんですよ。いつからそんなことをしていたのか、私は知りませんでしたけれど」

芹亜が「建長寺の近くに自前の工房」と言っていたから、栗田の「うちの工房」とはそのことだろう。

「うちの工房で手を加えて仕上げ塗りなんかもしていたわけですから、これもねえ、まるで詐欺ではないんでしょうけれど、『純正の鎌倉彫』といってしまったら、やっぱり詐欺ですわねえ」

「その事実を週刊誌に嗅ぎつけられた？」

「そうらしいですよ。どこから話がもれたんだか、社長と手を加える職人と、知っていたのはほんの二、三人のはずでしたのにねえ」

明日発売されるという週刊講文を読めば分かることだが、半製品に手を加えて純正品として売れば、たしかに詐欺。米倉だってそのシステムは極秘にしていたろうに、もらしたのは職人か、あるいは業界の誰かが彫古堂の製品を不審に思って調べたか。いずれにしても週刊誌は記事を出す前に事実確認をするから、当然米倉も取材を受けた。一カ月ほど前からノイローゼ気味になっていたのは、週刊誌との攻防が理由だろう。

栗田がコップに残っていた水を飲みほし、ゲップのように息をついてから、おしぼりで口元をおさえる。

「もともとねえ、事業を広げすぎて、人件費やデパートの出店費用が嵩《かさ》んでいたんですよ。そんなことで社長も焦ったんでしょうかねえ。彫古堂ももしかしたら、お終《しま》いですかねえ」

詐欺まがいの商法に加えて、不倫相手の殺害に社長の自殺。デパートや流通関係者は一斉に手を引くだろうし、彫古堂ブランドも地に落ちる。栗田は「もしかしたら」と言うが、常識的にはまず倒産だろう。

「米倉社長と長峰編集長の関係なんですがね、栗田さんはいつごろからご存知でしたか」

「具体的にはねえ、それは、警察に言われて」

「ただ以前から、怪しいとは?」

「だってあの広告ですよ。毎月毎月十万円だなんて、タウン誌にそこまでの効果はありませんでしょう。それなのに取材だの広告の打ち合わせだのと言って、よく二人は会っていたようですから」

「ほかの従業員も薄々は、と?」

「口には出しませんでしたけれど、気づいてはいたでしょうねえ」

「当然米倉夫人も？」

「どうでしょうねえ。ご自宅は佐助《さすけ》にあって、奥様は会社に見えませんから。ですが社長はもともとデパートの営業マンで、その仕事ぶりを先代が見込んだ人なんです。先代はもうお亡くなりになりましたけれど、先代も奥様も、多少の女遊びぐらいはねえ、あるいはねえ」

仕事をまじめにやって家業を発展させれば、多少の女遊びは不問。江戸時代の商家にはそんな了解事項もあったらしいが、鎌倉には今も似たような風習が残っているのか。もっとも惚れた腫れたで不倫がどうのこうの、そんなことが人生の一大事になるのは庶民だけ。企業には企業の論理があり、米倉夫人にも覚悟はあったろう。老舗《しにせ》だの旧家だの資産家だの高貴な家柄だのは、どうせ今でも政略的な婚姻形態をつづけている。

「栗田さんが最後に米倉社長と会われたのは、いつのことでしょう」

「それはねえ、えーと、昨日の朝ちょっと顔を出しただけでぷいと会社からいなくなって、それっきり。営業部長も連絡がとれないとか言って困ってましたけど、また週刊誌から逃げてるんだろうと。最近はそんなことが多かったですからねえ」

米倉が昨日の朝会社を出てから今朝美の部屋で首を吊るまで、十何時間。その足取りが必要なら警察も追うだろうが、追ったところでドライブをしていたかどこかで酒を飲んでいたか、たかが知れている。残された家族や彫古堂の社員にはこれからが地獄でも、米倉本人は詐欺や殺人まで含めて、自殺という形で逃げ切った。テレビや週刊誌がいくら米倉の所業を非難したところで、実際に痛みを感じるのは残された側なのだ。

「大きなお世話とは思いますが、当分マスコミが騒ぎます。ご家族が避難できる場所があるようでしたら、身を隠したほうが無難かと」

「これからご自宅へまわって相談してみますよ。弁護士やら何やら、そっちの手配も必要でしょうしねえ。私なんかが口を出せることではありませんでしたけれど、最初から私、あの社長には反対でしたよ」

栗田が自分を納得させるように、口を結んでうなずき、俺やマヤに目礼をして腰をあげる。米倉の自宅がある佐助がどこかは知らないが、その自宅にもすでにマスコミが押しかけているという。警察も週刊誌の問題はすでに把握したろうし、殺人と自殺の事実関係を証明すれば一件落着、しかしマスコミの騒動はこれからで、場合によっては被害者家族の長峰家と加害者家族の米倉家のあいだで、民事訴訟も起こされる。

栗田がトートバッグを肩に店を出ていき、珠代が空《あ》いた席に場所を移して、おかっぱ風の髪を両手で梳《す》きあげる。この珠代も〈笹りんどう〉の作務衣《さむえ》に俺たちと同じような綿入れ半纏を着ているから、知らない人間からはかなり怪しいグループに見える。

「タマちゃん、世話になったな。タマちゃんの名前でニューボトルを入れておく」

「気を遣わなくていいって。言ったら不謹慎《ふきんしん》だけど、私も楽しんだから」

楽しんだというのは「気分の高揚感」というぐらいの意味だろうが、残念ながら事件もここまで。俺にしても淡々と事実関係を記事にするよりほかはなく、正直に言うと、気が抜けている。

珠代が栗田の使ったグラスを遠ざけ、残った三つのグラスにオンザロックをつくり直す。

「彫古堂もこれから大変だよねえ、まだテレビのニュースではやってないけど」

しかしそろそろ十一時で、警察の記者発表が夕方なら深夜のニュースには間に合う。明日になれば鎌倉だけでなく、全国に米倉の死は知れわたる。

「柚木さんさあ、彫古堂の社長が長峰編集長を殺して、それから自殺したのはもう決まりなわけ?」

「警察が裏付け捜査をする。ただ二人の関係や時間的な推移を考えると、まず間違いないだろう」

米倉と今朝美のあいだにどんなトラブルがあったのか。週刊誌の記事で追い詰められた米倉が、愛人関係にあった今朝美と無理心中を図っただけなのか。週刊誌に記事が出れば彫古堂が終わることぐらい、今朝美なら推測できる。金の切れ目が縁の切れ目と、あっさり関係の清算を宣告されたか。

「週刊誌に偽物ネタを提供したのは、長峰さんだった可能性もあるわね」

知らん顔でグラスを口に運んでいただけなのに、要点はちゃんと聞いているのだからマヤもヒトが悪い。

「人件費とかデパートの出店費用とかで、もともと彫古堂の経営は苦しかったわけでしょう。もうこれ以上〈鎌倉散歩〉に広告は出せないとか言われて、逆に長峰さんのほうが米倉社長を切り捨てようとした」

そうか、今朝美なら半製品を純正品として売っていた事実を米倉から聞いていたろうし、たとえ聞いていなくとも「女の武器を使って」仕事をしていたほどのやり手記者、その気になればどうにでも調べられる。

「グッチやプラダなんかいくら中国でつくっても、偽物とは言われない。鎌倉彫は鎌倉という地域ブランド名が、逆に災いしたんでしょうね」

「週刊誌がどこから偽物ネタを仕入れたのか、それも警察が調べる。情報源は明かせないといったところで、殺人絡みでは秘匿特権も使えないしな」

「あのさあ、これはちょっと聞いただけなんだけど」

珠代がサーモンのマリネに箸をつけ、カウンターを憚《はばか》るように肩の向きを変える。

「長峰さんってね、脅しみたいなこともしていたらしいよ。よくあるんだよねえ、ほら、神戸牛シャブシャブとかメニューに出していても、実際はオージービーフだったり。有機野菜が売り物なのに中国からの輸入品を使っていたり」

「それを嗅ぎつけて広告を出せと？」

「そんな感じ。食材の偽装は褒められないけど、でも仕方ないときもあるんだよね、うちなんかも材料の原価率は三割五分以下におさえないと儲《もう》けが出ないの。飲食店はみんな苦労してるんだよ。殺された後からね、そういう話がいくつか出てきた。長峰さんはあまり評判のいい人じゃなかったみたい」

今朝美はもともと有能で強引な社会部記者、加えてマヤの解説どおりのサイコパスだったら、他者の痛みになんか無頓着だったろう。事件の発端もマヤの推測どおりで、無用になった米倉を今朝美が切り捨てようとした。構図はたぶん、そんなところだ。

「私さあ、これも言ったら不謹慎だけど、なんだかがっかりした感じ。事件が始まったと思ったらもう終わりなんだもの。柚木さん、新しい事件はなあい？」

殺人や自殺が都合よくつづくはずもないが、珠代にしても探偵助手は店じまいという自覚はあって、俺と同様に脱力感があるのだろう。

「今度面白そうな事件があったらまずタマちゃんに相談する」

「うん、私ね、横須賀や横浜にもコネがあるから、ぜったい役に立つよ」

「探偵事務所の鎌倉支店でも出すかな」

「いいね、支店長はマヤさん。浮気調査なんかも面白いと思うよ」

冗談に決まっているけれど、鎌倉散歩の若いスタッフを調査員に使えば探偵事務所もあんがい実現可能かなと、ふとつまらないことを考える。宮内和枝たちにはタウン誌の存続も、と言ってしまったが、米倉が自殺して、まして今朝美が脅迫まがいの商売までしていたとなれば話は別。広告主からは縁を切られる。

珠代がバーボンを軽くなめ、しかめっ面のように顔をしかめて、ほっと息をつく。

「ねえねえ、由比ガ浜にアダルトなカラオケボックスができたの。くり出さない？」

「〈笹りんどう〉はいいの？」

「もう後片付けも終わっているよ。今夜は私、ぱーっと歌いたい気分」

「タマちゃんは歌い始めると止まらないのよね」

ということは、マヤもカラオケボックスなんかにくり出すことがあるのか。

「柚木さん、知ってるでしょう?」

「なにを」

「知らないの?」

「だから、なにを」

「マヤさんのお得意が〈津軽《つがる》海峡・冬景色〉だということ」

鎌倉という町はやはり、心臓に悪い。

6

疲労感と快感が混然とした心理状態を、どう表現するのだろう。

駅で買ってきた週刊講文をデスクに放り、部屋の空気を入れ替えるために窓を少しあける。それから上着と靴下を脱いでソファにくずおれ、両足を投げ出す。今朝も十時過ぎまでたっぷり睡眠をとったし、そのあとコーヒーを飲んで玄米雑炊を食べさせられて、手染めスカーフを首に巻かれてマヤの家を出たのは昼近く。二日酔いでも睡眠不足でもなく、それなのに四谷の部屋へついたときには身体エネルギーのようなものが感じられず、神経エネルギーもなし。一般的にはそれを「疲労困憊《こんぱい》」というのだろうが、同時に意味不明な多幸感のようなものに包まれている。この体調と心理状態に対する表現方法は分からないが、それがマヤのせいであることは分かっている。

鎌倉では「部屋へ帰ったらまず仕事」と思っていたのに、ソファに寝転んでいるとどうにも躰《からだ》が動かない。立尾芹亜からパソコンに殺人現場や自殺現場の鑑識写真が届いているはずだし、ケータイとパソコンを同期させなくてはならず、小高直海にも前借り金の礼を言う必要がある。それはそうなのだが、週刊講文の記事を読むと、もう勝負は終わっている感がある。芹亜や桜庭との関係から「どこよりも先行している」と思っていたのに、週刊講文は一カ月以上前から彫古堂の周辺を取材していたのだ。鎌倉彫の偽装に関しては事務員の栗田から聞いたとおり、専門家の鑑定証言なども掲載してあって、もう逃れるすべはない。偽装品問題だけでも警察は動いたろうし、米倉は完全に追い詰められていた。もちろん週刊講文だってこの記事が殺人や自殺にまで発展するとは思わなかったろうが、周辺取材は済ませてある。次週号か、遅くとも次々週号には詳細な記事を掲載するはずで、絵にかいたようなスクープになる。

そんなところに一カ月も遅れて俺が月刊ＥＹＥＳに記事を書いたところで、読者の興味をひくものなのか。だいいち編集部自体が難色を示すかも知れず、意図したわけではないが、結果的に俺が直海の面子《かお》をつぶしたことになる。

だけどなあ、もう前借り金も振り込まれていることだし、自分からこの仕事をおりるというわけにもいかず、せめてあの金が直海の個人的な〈ほのぼのローン〉だったらと、無気力な頭で愚痴《ぐち》をくり返す。

ソファに倒れていたのは三十分ほどか。愚痴をくり返していても意味はなく、とりあえず熱い風呂に入ってからパソコンを検証しようと、腰をあげる。風呂場へ行って湯をセットし、ついでに洗濯も、と思ったが昼を過ぎていることでもあるし、それは明日でいいだろう。

上着だけをハンガーに始末して、ズボンも下着類もまとめて洗濯機へ放り込んでから湯舟に身を沈める。マヤの家では改装してあるバスルームで手足をのばせたが、俺の部屋では古アパート並み。もともとオフィス用のスペースに無理やり台所や浴室をつけ足した住居だから、快適な暮らしには程遠い。それでも交通の便はいいし家賃は安いし、新宿通りの裏道なので騒音も少ない。

湯舟のなかで全身を洗い、シャワーを使って浴室を出る。腰にバスタオルを巻いたままの恰好でまず缶ビールを一本、狭くても古くても侘《わび》しくてもこの気楽さは譲れない。

それならマヤと対面する緊張と自由の快感との、どちらを選ぶのか。

自分が考えたくだらない設問に、ほっとため息をつき、缶ビールをもったまま仕事机につく。パソコンのスイッチを入れてメールボックスを見ると、思っていたとおり芹亜からのメールが三通。それぞれにデータの添付があるから頼んでいた写真類だろう。最新のもう一件は宮内和枝からのもので、とりあえずそれをひらく。

内容は昨日から顧客への挨拶まわりを始めたこと。そして米倉の自殺をテレビのニュースで知ったこと。俺も今朝マヤの家でニュースを見たが、扱いも小さく、まして長峰今朝美殺害事件との関連は指摘されなかった。警察も裏付け捜査が完了するまで二つの事件が関連していることは公表しないだろう。

しかし和枝はさすがに気づいたらしく、関連の有無を俺に聞きたいという。隠したところで知れるのは時間の問題で、すぐ返信してもいいのだが、そうなると小野珠代が言った今朝美の「脅迫まがいの商売」も伝えなくてはならない。俺が自分で「鎌倉散歩の存続も可能」と言ったくせに、今度は絶望的と告げなくてはならず、暗澹《あんたん》とした気分になる。

ビールを咽《のど》に流し、タバコをくわえかけたとき部屋のチャイムが鳴る。家主に「インターホンに替えてくれ」と要求すると、「それなら家賃をあげる」と反撃される。

俺の帰宅を見計らったように襲ってくるのは、どうせステルス編集者の小高直海。こちらも直海に連絡しようと思っていたところではあるし、湯上りのバスタオル姿ではあるけれど、相手が直海なら、まあ、いいか。

立っていってドアをあけ、一瞬足が滑って、腰からバスタオルが落ちそうになる。

「いやあ、美早くんか、しばらく」

それほど「しばらく」でもないが、ほかに言葉を思いつかない。

美早は制服姿でデイパック風の学生鞄を背負い、唇を曖昧《あいまい》に微笑《ほほえ》ませながら、色の薄い瞳でじっと俺の顔を見つめてくる。学校はお茶《ちゃ》の水《みず》で、近くといえば近く。酔っぱらったとき「いつでも好きなときに寄ってくれ」と言ったような気もするが、清廉《せいれん》な女子高生が不良中年の言葉を真に受けてどうする。

「下の道から見たらお部屋の窓があいているので、お寄りしました」

「えーと、いろいろ、ちょうど今風呂から出たところで、つまり、なんというか」

相手は制服に学生鞄だから、いわば完全武装。こちらは湯上りでバスタオル一枚、とっさに言葉が浮かばなくても俺のせいではない。

「すぐ着替える。とにかく入って、少し待ってくれ」

俺はそのまま衝立《ついたて》の陰に移動し、下着とパジャマを着て、大きく深呼吸する。本来ならズボンにセーターぐらい身につけるべきなのだろうが、まだ髪も乾いていないし、それに今日はもう、出掛ける予定もない。こんなこともあるのなら、俺もマヤの家で提供されたようなモンペと綿入れ半纏《はんてん》を用意しよう。

衝立の陰から台所へ歩き、美早のためコーヒーをセットしてから、居間に戻る。

「パジャマで申し訳ない。ひとことでは言えない事情があって、あれやこれや、そういうことでな」

美早は学生鞄をおろしてソファに腰をのせ、すっと背筋をのばした美しい座り方で、両手を膝にのせている。その仕草《しぐさ》といい体形といい整った顔立ちといい、まさに完璧な美少女。ここまで完璧ではなるほど、街でナンパはされないだろう。

俺はデスクの前から椅子をひき出し、飲みかけだったビールに口をつけて、久しぶりのタバコに火をつける。その吐き出した煙のなかにキセルをくわえたマヤの顔が浮かんでしまうのだから、困ったものだ。

「柚木さん、お忙しそうですね。このところずっとお部屋の窓が閉まっていました」

美少女、おまえはストーカーか。

「鎌倉に翻弄《ほんろう》されてな。あの町と相性がいいのか悪いのか、自分でも分からない」

「柚木さんを翻弄しているのはマヤさんでしょう」

「まさか、いやあ、俺が言ったのは事件のことで、美早くん、事件のことはどこまで話したっけな」

「タウン誌の編集長が殺害されたと。そのあとマヤさんから母に、賭けは中止になったと連絡がきました」

「鎌倉彫問屋の社長が自殺したことは？」

「知りません」

「今朝のニュースでやったはずだが」

「わたしは学校です」

「それもそうだ」

鎌倉在住者や事件の関係者ならともかく、米倉社長の自殺なんか、一般の人間に興味はないだろう。

「まだ警察の発表はないんだが、タウン誌の編集長を殺害したのは自殺した鎌倉彫問屋の社長だった。これからテレビや週刊誌が大騒ぎになる」

「そうですか」

「美早くんには関係ないけどな」

「柚木さん、コーヒーの匂いがします」

「うん」

「わたしに？」

「ビールにするか」

「まじめな女子高生をからかうと、マヤさんに言いつけますよ」

「あのなあ」

「母なら気にしませんけどね」

美早が口の端を笑わせ、ゆっくりと腰をあげて、そのまま台所へ向かう。以前にも酔っぱらってこの部屋に泊まったことがあるから、どうせ勝手は分かっている。コーヒーを用意するついでに洗濯機のなかも点検するのだろうが、今日はセーフ。美早にはなぜか俺の洗濯機を点検する趣味があって、前回は偶然、そこに女性の下着が入っていた。

そういえば鎌倉で買った下着をマヤの家においてきたが、あの下着の運命は、どうなるのだろう。

「美早くん、俺にはもう一本ビールを出してくれ」

美早が台所で返事をし、マグカップと缶ビールをもって戻ってくる。膝丈のスカートと紺のハイソックスに清潔感があり、ふくらみのない胸も初々しい。母親の千絵も顔立ちや体形は瓜二つだから、若いころはこんな美少女だったのだろう。

俺に缶ビールをわたし、美早がソファに腰をおろして、マグカップの縁からじっと俺の顔を見つめる。

「考えたんですけどね、奥さんとの問題は早めに決着させるべきだと思うんです」

余計なことを考えるな。

「そうなるとやっぱり、加奈子ちゃんにも会っておく必要があるし。その前に柚木さんの了解を得ようと思いました」

久しぶりに自分の部屋で落ち着こうと思ったのに、マヤのせりふではないが、事件のほうが俺を追いかけてくる。

「あのなあ、前にも言ったけど、加奈子は気難しい性格で、俺に似て人見知りもする」

「でも来年は中学生ですよ。わたしも来年は大学で、二人とも人生の節目です」

「君たちが結婚するわけじゃない」

「もちろん結婚するのは母と柚木さんです。結婚するためには柚木さんご夫婦の離婚が前提です」

鎌倉では三崎に「奥方との件は早めにご決断を」と迫られたし、なぜみんな寄ってたかって、俺たち夫婦を離婚させたがるのか。

俺は新しい缶ビールに口をつけ、新しいタバコにも火をつけて、煙を長く天井へ吹く。

「まじめな話、美早くんは本心から、俺と千絵さんを結婚させたいのか」

「本心ですよ。こういう大事な問題で冗談は言いません」

「だけど俺は君にまでボーナスの心配をさせる貧乏ライターで、将来の展望も野心も、なにもない。俺みたいな人間が義父《ちちおや》になったら、君も世間に顔向けができないだろう」

「加奈子ちゃんはどうでしょう」

「なんのことだ」

「柚木さんが父親で、加奈子ちゃんは世間に顔向けができているのかどうか。そのあたりも話し合いたいと思います」

美早がコーヒーに口をつけ、自分のせりふを検証するような顔で、部屋内に視線を巡らす。加奈子へのダイレクトメールあたりから、どうもなにか企《たくら》んでいるような気はしていたが、こうやって俺の外堀《そとぼり》をじわじわ埋めてくる作戦か。

「言っては失礼ですけど、柚木さんだってもう若くはないし、だいぶお腹《なか》も出ています」

こういう奇麗な顔で率直に事実を指摘されると、少し心が痛い。

「そのくせマヤさんみたいな女性に会うと、つい気持ちがふらふらします」

「いやあ、そんな」

「加奈子ちゃんだって心配しているはずです」

「加奈子はマヤさんを知らない」

「ものの譬えです。いい歳《とし》をしてあっちへふらふら、こっちへよろよろ。それでは父親として示しがつかないでしょう」

ここまで冷静に事実を指摘されると、かなり心が痛い。

「美早くん、まさかとは思うが、もう、加奈子と会っているんじゃないのか」

美早が唇だけで微笑み、マグカップをテーブルにおいて膝頭《ひざがしら》を俺のほうへ向ける。

「そういうルール違反はしませんよ。今日だってちゃんと、許可をもらいに来ています」

「信じていいのか」

「加奈子ちゃんに聞けばいいでしょう」

「君たちにタッグを組まれたら、どうせ俺では敵《かな》わない」

「もともと柚木さんでは敵いませんよ。でも人格だけは評価しています」

「だけは、な」

「見かけは頼りなくて、言動もチャラチャラしていますけど、決めるところは決めるじゃないですか」

「美早くん、ジャガ芋のピザを食べるか」

「昼食《おひる》は済んでいます」

「コーヒーをもう一杯」

「お気遣いなく。それより問題は母との結婚です。わたしだっていつかは独立するし、母はあの通り、男性に対してガードの甘い部分があります。父の死後、もう十人近い男性に言い寄られました」

「千絵さんぐらい素敵な女性なら当然だろう」

「でもみんな下心がありました。わたしは見抜けますけど、母は見抜けません」

なるほど、山代家の資産は何十億、千絵本人も素敵な女性ではあるが、金目当ての男も多いか。

「柚木さんがいつも貧乏なのは、お金に興味がないからでしょう」

「まさか。チャラチャラしているように見えるかも知れないが、これでも必死に働いている」

「それなら母とマヤさんの賭けだって、つづければいいでしょう。本質的に柚木さんは潔癖症で、倫理や道徳にこだわる性格です。チャラチャラしているのは自分の正義感が恥ずかしいからです」

よくもまあ、たかだか十八年生きたぐらいで、ここまで人間を観察するものだ。

「美早くんなあ、まだ高校生なんだし、急いで大人になる必要はないんだぞ」

「いつかも言いましたよ。わたし、生きていても楽しいことがありません。性格は宿命です」

「そうかも知れないが」

「わたしのことより、母のことを心配してください。柚木さんなら安心して母を任せられるし、柚木さんももうチャラチャラする歳ではないし、このあたりが税金の納めどきでしょう」

「なんだ、それ」

「年貢の納めどきを現代風に表現しました」

ヘタなギャグを入れるな。

そうはいってもたしかに、結婚か仕事かは知らないが、美早だっていつかは独立する。千絵のあのおおらかで屈託のない性格は魅力的である反面、危なっかしくもある。一般的には母親が娘の将来を案ずるものだけれど、この母娘《おやこ》は逆にできている。

しかし、考えてみれば、俺と加奈子の関係も山代家と同じだから、ヒトのことは言えない。

「君の意向はあとで加奈子にも伝えるとして、そうだ、美早くん、ケータイとパソコンを同期させられるか」

「できると思いますけど、柚木さんは都合が悪くなると話題を変えるんですね」

この指摘も加奈子と同じで、どうも二人は、もう連携しているような気がする。しかし問い詰めたところで白状する美早ではなく、まだ加奈子のほうが攻めやすいか。

「申し訳ないんだが、今日は疲れていてな。難しい問題を考える気力がない。君だって疲れた中年男をいじめる趣味はないだろう」

「わたしは念を押しにお寄りしただけです」

「分かった、しっかり念を押された。だからとにかく、設定を」

美早が軽くため息をついて俺の顔を睨《にら》み、それからまたふっと意味不明な微笑みを浮かべて、ソファから腰をあげる。

「パソコンの環境はＷｉ－Ｆｉですか」

「どうだかな。ケーブルでつながっているはずだが」

「Ｂｌｕｅｔｏｏｔｈ《ブルートゥース》は」

「もっと分からない。もらい物のパソコンで、ちょっと古いらしい」

小高直海なら皮肉や嫌味を言うところだが、美早は表情も変えず、セミロングの髪をさらっと振っただけでパソコンの前に移動する。俺は椅子を仕事机の前に戻し、ソファに腰をおろす。

「要するにケータイからパソコンのメールを見られれば、それでいい」

「パスワードはオンナタラシですか」

「なんだと？」

「ユウジュウフダン」

「あのなあ」

「冗談ですよ。どうせカナコでしょう」

女というのは小学生も高校生も二十七歳の薬膳研究家も、どうしてこうみんな、勘が鋭いのだろう。

パソコンの電源は入っているし、ケータイも机の上。美早がその両方を見くらべながら作業を始める。

「メールアドレスとパスワードが分かっているからかんたんだと思います」

「ああ、そう」

「プロトコルはＰＯＰ3ですね」

「神様に聞いてくれ」

「ひとつアプリを入れます」

「好きなように」

「このアプリを入れるとわたしともチャットできるから、楽しいですよ」

誰がチャットなんかするか。

謎の単語をつぶやきながら軽やかに指を動かし、俺が感動する間もなく、美早はなんと、五分ほどで設定を終わらせてしまう。生まれたときからパソコンやケータイをいじくっている世代というのは、こういうものなのか。

「入れたアプリは無料ですから追加の料金はかかりません」

いくら貧乏でも、そこまで心配されたくない。

「未読のメールが三通ありますね。この立尾芹亜さんというのは誰です?」

「鎌倉中央署の、待て、添付ファイルに手をつけるな。そんなものを見たら……」

俺の語気が強くなったことに気づいたのか、美早が手をとめ、デスクから戻ってきてソファの向こう側に腰をのせる。ほんのりと柑橘《かんきつ》系の匂いが漂い、なんとなく俺は、呼吸が苦しくなる。もし千絵と結婚したらしばらくは美早とも同居することになるわけで、それは限りなく、拷問《ごうもん》に近い。

「あの添付ファイルは自殺や殺人の現場写真だ。そんなものを見たら君のきれいな目が汚れてしまう」

「そうですか。柚木さんもお仕事だけはちゃんとしているんですね」

「仕事にさえ手を抜かなければ多少の挫折はのり越えられる。人生はそういうふうにできている」

「ストイックな人生観ですね。柚木さんのそういうところが好きです。ですから母を」

「分かった、念は押された。俺も真剣に考えるから、今日だけは休ませてくれ」

今日だけはゆっくり休んで、明日からは真剣に、美早をごまかす方法を考えよう。

「柚木さん、机においてあるスカーフは、マヤさんからのプレゼントですか」

パソコンのメールは読みたがるし、洗濯機のなかは点検するし、美早のカレシになった男は地獄を見る。それではどういう男が美早に相応《ふさわ》しいのかと考えても、イメージがわかない。

「プレゼントというか、鎌倉へ行ったときちょうど風が強くてな。首が寒いので借りてきた。そういえば美早くん、この前の日曜日は君のセッティングか」

「わたしが、なんの？」

「マヤさんもたまたま遊びに来たわけではないだろう」

「東京へお買い物に来て、その帰りに寄っただけですよ。もっとも母は柚木さんのことを『面白いお友達ができたから紹介する』と前から言っていましたけど」

なるほど、どうも最初から突っ込みがきついと思っていたが、マヤのほうには柚木草平という貧乏ライターに関して、ある程度の予備知識があったわけか。

「それなら賭けとか百万円とかいう話も、前から？」

「あれはあの日、たまたまです」

「そうかなあ」

「元刑事さんでも人を疑いすぎます」

「どちらが勝っても俺に百万円なんて、話がうますぎるだろう」

「それは柚木さんの人徳です」

「人徳で飯が食えれば人生に苦労はない」

「そう思うのなら母と結婚しましょう」

クールな顔をして、この美少女はしつこい。

かるくビールを飲んで、ひと休みしてから仕事を、と思っていたのに、美早に攻め込まれてしまってはどうにも落ち着かない。殺人や自殺の現場写真なんて無理に見たいわけでもなし、俺は台所へいって冷蔵庫から新しい缶ビールを出してくる。

居室では美早がなぜか腰をあげ、デイパック風の学生鞄まで肩にかけている。

「どうした、帰るのか」

「窓があいていたのでお寄りしただけです」

「そうか、まあ、そうだな」

「ゆっくり休んでください」

「ありがとう」

「クリスマスには加奈子ちゃんと柚木さんと、母とわたしと、四人で楽しいパーティーができるといいですね」

美早が色の薄い瞳でじっと俺の顔を見つめ、催眠術でもかけるように唇を微笑ませてから、くるっと背中を向ける。突然訪ねてきたときは混乱して緊張したが、帰られても気が抜ける。

美少女というのはもうその存在自体に罪がある。

表情だけで挨拶をし、美早がドアを出ていって、俺のほうは腰が抜けたような感じでソファに倒れ込む。美早の顔を見る前まで疲労困憊だったことは事実、今はその疲労が倍になったことも事実。どうしていい女はみんな俺を疲れさせるのか、とは思うが、たぶん俺は疲れるのが好きなのだろう。

これはもう、病気だな。

新しい缶ビールのプルタブをあけ、半分ほど咽に流してから、タバコに火をつける。煙のなかにまたマヤの顔が浮かんだが、同時に加奈子と美早と千絵と俺がクリスマスケーキを囲んでいる情景も浮かんで、俺はその情景に、軽く手をふってやる。

間違いなく、俺は病気だ。


どうも寒いと思ったら、ソファの上で転寝《うたたね》をしていたらしい。外は薄暗くなっていて、いやでも冬至《とうじ》が近いことを思い知る。冬至が近ければクリスマスも近いわけで、うっかりすると「楽しいクリスマスパーティー」という奈落《ならく》が待っている。

しかし、それはそれ。人間というのは追い詰められると妙案が浮かぶもので、二、三日グータラしていればなにか閃《ひらめ》くこともあるだろう。

とりあえず部屋の照明と電気カーペットのスイッチを入れ、窓を閉めてからトイレへ行って用を足し、カーディガンを羽織って居室へ戻る。

そこでまず直海のオフィスに連絡を入れてみたが、他出中。ケータイも留守電になっていて、伝言を残す。直海が今日の週刊講文を読んでいたら向こうから電話を寄こすはずだから、まだ記事も米倉の自殺も知らないのだろう。

タバコに火をつけ、立ったまま宮内和枝からのメールを読み直す。和枝も、瀬沼喜美香も牧村洋子も鎌倉散歩の存続方針で張り切っていたし、長峰今朝美が「脅迫まがいの経営をしていた」と告げるのも気が重い。そうかといって顧客回りをしていれば早晩現実を知るわけで、知らせるのは早いに越したことはない。

どうしたものか、メールをするか、それとも直接電話をしてやるか。

そのときケータイが鳴って、発信者は小高直海。俺の伝言を聞いて折り返してきたのだろう。

「やあ小高くん、ちょうど君のことを考えていたところだ」

「伝言を聞けば分かります」

「それもそうだ。ところで例の振り込み、ありがとう。君が男嫌いでなければ結婚を申し込みたい」

「ご自身の離婚が先です」

「それも、まあ、そうだ」

「だいいちわたし、男嫌いではありません」

「その顔で？」

「どういう顔です？」

「だから、その、孤高の人生を颯爽《さっそう》と邁進《まいしん》する、有能美人編集者の顔という意味だ」

直海が電話のなかで鼻を鳴らし、わざとらしく、ため息までついて聞かせる。

「それで、ご用件は？」

「君の声が聞きたかっただけ、ではいけないのか」

「そんな純情な人ではないでしょう」

「それもそうだ。小高くん、今日発売の週刊講文は読んだか」

「いえ、今日は校了明けで、出社も昼からでした」

「あとで読んでくれ。そのなかに鎌倉彫問屋の製品偽装問題が書かれている。会社名は彫古堂、社長は米倉といって、この米倉は一昨日の夜中あたりに自殺をしている」

直海が一瞬息を呑んだが、今度は鼻を鳴らさず、ため息もつかない。

「柚木さん、もしかして？」

「さすがは有能美人編集者」

「わたしでなくても察しはつきます」

「つまりは、そういうことだ。鎌倉散歩の長峰編集長殺害犯人は米倉、米倉はパニックを起こしたか逃げ切れないと判断したのか、あるいは最初から長峰今朝美を殺して自分も死ぬつもりだったのか。いずれにしても事件の構図自体は単純なものだった」

「米倉と長峰今朝美の関係は、よくあるあれですか」

「うんざりするほどよくあるあれだ」

「柚木さんにヒトのことは言えません」

「うん、すまん」

「週刊誌はあとで読みますけど、要するに製品偽装問題で追い詰められていた米倉が、不倫関係にあった長峰今朝美を死への道連れにしたと」

「週刊誌が暴いたのは偽装問題だけだが、もう一カ月ほど前から取材をつづけている。この殺人と自殺でライターを大量投入するはずだし、次号かその次ぐらいには特集を組むだろう。そんなとき俺が月刊ＥＹＥＳの次号に記事を書いても、完全な後追いになってしまう」

直海がまたため息をついたが、それは俺への非難ではなく、状況に対する困惑だろう。

「どこよりも先行していると思っていたのに、この事態は想定外だった。せっかく仕事をまわしてくれたけれど、このままでは君の面子《かお》をつぶしてしまう」

「どうせわたしの顔なんか、柚木さんのお好みではありません」

「俺が毎晩君の夢を見ることを、話さなかったか？」

「どうせ悪夢でしょう」

「小高くんなあ、そういうふうに、いや、それはともかく、編集部で相談してくれないか。このままこの鎌倉事件の取材を続行させるのかどうか。俺自身は打ち切りにすべきだと思うが、判断は君と編集部に任せる。ただ打ち切りになると、振り込んでもらった取材費がなあ、ちょっと」

「あれはわたしの個人融資です。ちょうどボーナスも出ましたから」

「今夜は間違いなく君の夢を見て、手を合わせる」

「借金は借金でしょう」

「それもそうだ」

「お金のことはどうでもいいですけどね。でも記事の扱いは、たしかに面倒です。これから編集長と相談します」

「そうしてくれ。いつか必ず、埋め合わせをする」

「わたしが柚木さんに期待すると思いますか」

「ぜひ、ぜひ、期待してくれ」

「米倉の自殺を知ったのはいつのことですか」

「たしか、昨日の昼ごろだったかな」

「その時点でなぜ、わたしに連絡しなかったんです？」

「事実確認をしてからと。それに、週刊誌の記事も確認する必要があったし」

実際はマヤに翻弄されて直海のほうへ気がまわらなかっただけなのだが、そこまでの自白はできない。

「記事をすすめるかどうか、結論はあとでご連絡します。でも準備だけはお願いします」

「もちろん、もちろん。準備と忖度《そんたく》が俺のモットーだ。それからな、今回の記事が打ち切りになったら、簡単に取材ができて即原稿料が出るような仕事を、どうか、まわしてもらいたい」

直海が唸《うな》りもせず鼻も鳴らさず、黙って電話を切り、俺も電話を切って欠伸《あくび》をする。振り込まれた金が直海の〈ほのぼのローン〉ということなら、とりあえず月刊EYESへの義理はない。米倉の自殺で気が抜けてしまって、正直なところこれ以上取材をしても、新ネタが出てくる可能性もない。こんなことなら千絵の好意を素直に受けて賭けをつづければよかった、とも思ったが、大橋夫妻の立場もあるし、「もう一度賭けを」というのも下品すぎる。そうかといってどこかで年越し資金も調達しなくてはならず、いっそのこと本当に資産家未亡人の「お婿さん」に納まってしまおうかと、邪念がよぎる。どうせ汚れた人生、少しぐらいズルをしたところで心も痛まないだろうが、流れに漂う浮木《うきぎ》にもプライドがある。

時間も気分も中途半端、今夜はこのまま酒の肴《さかな》でもつくって、録り溜めてある映画を観《み》ながら怠惰な人生を満喫するか。金も人生への展望もなにもないけれど、自由というささやかな至福はある。

そうはいってもなあ、直海にも「準備だけはお願いします」と命令されたことではあるし、鎌倉事件もすべて解決したわけではない。立尾芹亜も律儀に現場写真を送ってくれたから、検証するぐらいの義理はある。しかしその前に、宮内和枝への連絡をどうする。

五分ほど考えても結論は出ず、怠惰と義務の折衷《せっちゅう》案を採用して台所へ歩く。そこでロックグラスにウィスキーをつぎ、肴はつくらずにデスクへ戻る。ウィスキーをちびちび舐めながら芹亜から送られてきたファイルも検証する。これで義理と仕事と自由のすべてを公平にクリアできる。我ながらいい加減な性格だ。

最初にひらいたのは自殺の現場写真で、総数は二十枚ほどか。検証は米倉が横桟《よこさん》からぶら下がっている全体写真から始め、そこから遺体の細部、窓やドアノブなどの状況写真へ移っていく。遠景の写真には足元のうしろ側に倒れた丸椅子も写っていて、階下の住人が聞いたという物音はこのときのものだろう。写真は徐々に接写に移り、縊死《いし》特有の脱糞や尿もれの染み、ズボンのベルトが食い込んだ下顎骨《かがくこつ》の形状や索条痕《さくじょうこん》などが記録されている。索条痕はベルトのみ、絞殺や扼殺《やくさつ》後に他者が横桟に吊るしたものならベルト以外の索条痕があらわれるし、脱糞や尿もれも少ない。部屋の窓は内側から鍵がかかってカーテンがひかれ、床にはキーホルダーが落ちている。死に顔というのは表情も年齢も分かりにくくなるが、芹亜からの報告で五十二歳という年齢は分かっている。眉が濃くてどちらかといえば痩せ型、頬や顎に浮いた無精ひげには白髪も交じっている。

すべての写真を三度検証し、米倉の死が自殺であることを納得する。遺書は見つかっていないらしいが、いくら神奈川県警でもここまで明白な事案は間違わない。長峰今朝美の性毛に付着していた精液のＤＮＡが米倉のものと確定したら、警察の捜査もそこまで。あとはテレビや週刊誌が面白おかしく騒ぎたてる。

ウィスキーをちびりと舐め、タバコに火をつけて、俺は大きく背伸びをする。自殺でも殺人でも、死者が男でも女でも老人でも子供でも、商売とはいえ、人間の死に直面するのは気が滅入る。医者も僧侶も葬儀屋も火葬場の職員も刑事事件専門の貧乏ライターも、けっきょくは他人が歩んだ人生の掃除人みたいなもの。この世界は掃除をしても掃除をしても、ゴミのほうが雲霞《うんか》のように湧きあがる。

旅行ライターがどんなものかは知らないが、出版社にいくらかコネもあることだし、いっそのこと商売替えでもしてみるか。

宮内和枝のメガネとポニーテールが頭に浮かんだが、どうも連絡する気にならず、仕方なく長峰今朝美が殺害された現場写真のファイルをひらく。こちらは殺人現場とあって、さすがに写真は五十枚ほど。鑑識の写真は神奈川県警でも警視庁でも撮影手順は同じだから、俺も手順通りに検証をすすめる。状況は芹亜と和枝から聞いたとおりで目新しさはなく、血痕の飛び散りが少ないのは床と着衣のあいだに吸い込まれたせいだろう。最初の頭部殴打に使われたという花瓶もガラス製の頑丈なもので、亀裂や欠損はみられず、フロアの端に転がっている。今朝美が倒れているのは俺が訪ねたときに座った椅子の辺り。背を丸めてうずくまった感じで頭は自分のデスク側へ向き、ハイヒールは右足が脱げている。ジャケットは会ったときと同じテーラードタイプで乱れもなく、ただ右首のつけ根あたりに白い柄《え》のナイフが突き立っている。これが事故や自殺であるはずはなく、まして犯人が分かっている状況では検証に気合いも入らない。

思わずため息をついて、またウィスキーに口をつけてから、芹亜のケータイに電話を入れる。

「立尾くん、今俺に電話をしたいと思っていたろう」

「なぜお分かりに?」

「転寝をして君の夢を見た」

「今日も極楽寺の縁側ですか」

「君は知らないだろうけどな、俺は東京に豪華マンションを所有している」

「近いうち拝見にいきます」

「うん、いやあ、まあ」

「冗談はともかく、柚木さん、今日発売の週刊講文を見ましたか」

「もちろん電話をしたのはその件だ」

たんなる印象だが、なんとなく今日の芹亜は声に落ち着きがあって、たぶん目も吊りあがっていないだろう。

「君は週刊誌の問題を、いつ知った？」

「彫古堂へ出向いた捜査員が聞き込んできました。ですから、昨日の夕方です。柚木さんのほうは？」

「似たようなもんだ。いずれにせよ製品の偽装問題で、米倉はもともと追い詰められていた。事件の構図も見えたわけだよな」

「桜庭さんも先が見えたと」

「念のためなんだが、例の精液、鑑定結果は出ているのか」

「まだ簡易鑑定の段階です。ですがまず、ＤＮＡは米倉のものと同一だろうと。今夜から司法解剖をしますので、二日ほどですべての結果が出ると思います」

明らかな自殺の場合、通例司法解剖は行わないものだが、今回は殺人事件との関連があるので神奈川県警も慎重になっている。

「礼を言うのを忘れていた、現場の写真をありがとう」

「参考になりましたか」

「俄然《がぜん》労働意欲がわいてきた。おかげで記事も緻密《ちみつ》になるし、出版社も原稿料をあげてくれるだろう」

労働意欲なんかわかないし、原稿料とも無縁だが、芹亜の厚意を無にはできない。

「柚木さんのお仕事は記事を書くことですものね。ですけどわたしのほうは……」

芹亜がちょっと言葉を呑み、小さく咳払いをしてから、声を低くする。

「わたしのほうは、なんとなく、がっかりした感じがして」

「なにが」

「言っては不謹慎《ふきんしん》ですけど、せっかく捜査班に加われたのに、もう解決ですからね。なんとなく気が抜けてしまいます」

「迷宮入りになるよりはましだ。それに米倉の遺体発見は君の手柄だし、桜庭さんも評価してくれる」

「そうなるといいですけど、どうもあの人は、いえ、でもとにかく、米倉の件は柚木さんのおかげです。仕事の区切りがついたら東京の豪華マンションへ、お礼に伺います」

「さっきのはギャグだ」

「もう柚木さんのギャグに慣れました。極楽寺の藤野さんが政府の秘密組織に関係しているというのも、どうせギャグでしょう」

「学習能力が高くて美人で性格もいい。きっと君は優秀な刑事になる」

「柚木さん」

「なんだ」

「白状すると、わたし、Aカップなんです」

「えーと、そうか、頑張ってくれ」

「はい、頑張ります」

なにを頑張るのか知らないが、そのうち食事でも、と言って電話を切り、ウィスキーのグラスを口に運ぶ。芹亜には言えなかったが俺だって気が抜けていて、まして今朝美の性毛に付着していた精液が米倉のものと特定されたとなれば、もうこの事件は動かない。俺の仕事は事件を解決させることではなくて、記事を書くこと。それぐらいは分かっていても、週刊講文に一カ月も先行されては、ため息をつくより他にすることもない。

パソコンのスイッチを切り、台所へ氷をとりにいこうと思ったとき、またケータイが鳴る。

「やあ宮内くん、さっき転寝をして、君の夢を見たところだ」

「今お話しできますか」

「もちろん。君、彫古堂の米倉社長と面識はあったか」

「何度かオフィスで」

「それなら想像はつくと思うが、米倉と長峰さんは大人の関係にあった。米倉は仕事上でのトラブルを抱えていて、あれやこれや、そういうことらしい」

「牧村さんが知らせてくれました。週刊誌に彫古堂の記事がのっていると」

牧村というのは居酒屋で会った、背の高いほうの女だったか。いずれにせよ和枝が彫古堂の件を知っているのなら、話は早い。

「君たちには気の毒だが、広告主のあいだで、長峰編集長の評判は良くなかったらしい」

「そうですね。私も言われたし、牧村さんや喜美香ちゃんも言われたって」

「残念だが、こうなると鎌倉散歩も、ちょっとなあ」

「覚悟はしています。ですがお電話したのはそのことではなくて、私のケータイに奇妙な連絡が」

「うん?」

「オフィスの固定電話を留守電にすると、自動的に私のケータイへ転送されます。二年前からそういう設定にしてあります」

「つまり、奇妙な連絡というのは、仕事がらみの?」

「よく分からないんです。相手の女性もよく分からないらしくて、でも確認したいと」

「確認というのは」

「それもよく分からないんです。最初は頭のおかしい人かと思いましたけど、そんな感じでもなくて」

宮内和枝に酔っている気配はなく、性格からしても、俺をからかっているわけではないだろう。

「私では対応できません。柚木さん、今日も鎌倉ですか」

「東京に戻っている」

「これから横浜までというのは無理でしょうか」

酒の肴をつくってグータラを決めようと思っていたが、時間的にはまだ六時。和枝の語調にも困惑と緊張が感じられるし、身支度をととのえて出掛けたところで、横浜ぐらい一時間もかからない。

「宮内くん、君自身は大丈夫なのか」

「疲れているだけで問題はありません」

「分かった。とにかくこれから出掛ける。横浜のどこへ行けばいい？」

「横浜駅西口の交番前、相手の指定です」

「七時には着くと思う。それまでどこかで、休んでいてくれ」

横浜へ行く、というより横浜へ戻る、という感覚になっているのは、このところの鎌倉暮らしが理由だろう。湘南新宿ラインは退社どきで閉口するほどの混雑だったが、毎日通勤する人間のことを思えば愚痴も言えない。

横浜駅の西口前にはタクシー乗り場やバス溜まりがあって、交番はちょうど駅の向かい側。デパートの壁にはクリスマスセールだの歳末セールだのの垂れ幕がかかり、渋谷や新宿ほどではないにしても相当の人出がある。その「交番前」を指定してきた相手はなにかを警戒しているのか、たんに待ち合わせスポットというだけのことなのか。

交番から五メートルほど離れた場所に立っていた和枝は見慣れたダウンジャケットにポニーテール、その和枝に近づいて、思わず足がとまる。となりにはベージュのハーフコートを着た女も立っていたが、顔には、確実に見覚えがある。

和枝が何歩か歩いてきて、俺の顔をのぞき、目で合図をしながら女のほうへひき返す。女も俺から視線を外さずに頭をさげ、俺も二人の前に歩いて、女の顔を注視する。セミロングの髪に意志の強そうなきりっとした目、大橋明里の顔はチラシの写真で何度も確認しているから、間違えるはずはない。背丈も体形もチラシの説明どおりで、違いといえば三十歳前後の年齢と薄化粧ぐらいだろう。

「柚木さん、こちらのお名前は岸本南緒《きしもとなお》さんというそうです」

「はあ、そう」

「岸本さん、こちらがお話しした柚木草平さん。有名なジャーナリストの先生で元は刑事さんですから、安心してください。きっと力になってくれます」

有名なジャーナリストの先生というのも奇妙な表現だが、「奥さんはあの柚木知子さん」と言わないだけ、和枝には愛がある。

俺は岸本南緒の警戒心を解かせるために、名刺をわたし、不躾《ぶしつけ》は承知でまたその顔を点検する。癖のないきれいな形の鼻に小さめの口、少し頰骨は高いが顎もほっそりしていて美人であることは間違いない。ただ表情や全体の雰囲気に疲労の色を感じるのは、気のせいか。

「岸本さん、宮内くんから、事情は？」

「私が大橋明里さんという女性に似ていると」

和枝もあのチラシは五年も見ているから、会ったとたんにそのことを話したのだろう。

「どこかでコーヒーでも」

「いえ、子供を保育園にあずけていますので、ここで」

「もうお子さんが」

「二歳です」

「失礼だが、年齢は」

「二十八歳です」

「込み入った事情があるので、こまかいことをしつこく聞かなくてはならない」

「はい、私もそのつもりで出向いてきました」

岸本南緒が何秒か俺の名刺を確認し、腕に掛けていたトートバッグにしまって、なかから自分の名刺をとり出す。わたされた名刺には〈山手《やまて》商事　営業部〉という社名と職種が入っている。

「小さい貿易会社ですけどね、おもに北欧系の輸入雑貨を扱っています」

二十八歳で二歳になる子供を保育園にあずけていて、これからその子供を迎えにいくのだろうが、どことなくシングルマザーの気配がある。もちろんそんなことは、どうでもいいけれど。

「岸本さんが鎌倉散歩のオフィスに電話をしたのは、当然、長峰編集長の事件を知ったからだよな」

「長峰さんの事件は二、三日前のニュースで知りました。自分と面識のある人が殺されたのはショックでしたけれど、でもそれは、それだけのことのような」

「そこに鎌倉彫問屋の社長が自殺というニュースがあった？」

「はい、もちろんその方は知りませんし、たんに鎌倉で事件がつづいただけだと。ただ今朝自殺のニュースを見て、時間がたつうちになにか、イヤな感じがしてきて。警察に……」

南緒がそこで唇をむすび、交番の出入り口をふり返ってから、軽く肩をすくめる。

「警察に相談しようかとも思いましたけれど、正直、あまり関わりたくはないし。だからといって知らん顔をするのも、気分が悪くて」

「鎌倉散歩に電話をしたのは正解だった。もし警察に知らせる必要が出てきたら俺が対処する」

「ありがとうございます。最初はここで待ち合わせするのも、ちょっと怖かったんですけどね」

「それが常識さ。ただこれから俺は、かなり非常識な質問をする」

「はい」

「君と生き別れになっているような、双子の姉妹なんか、いないかな」

南緒の唇が笑いかけたが、すぐまじめな表情になり、きっぱりと首を横にふる。

「出身は福井で、今でも家族は福井に住んでいます。私も高校までは福井で東京の大学に進学し、卒業後いろいろありましたけど、今は横浜に」

「これまで誰かに、大橋明里さんに似ていると言われたことは？」

「ありません。さっき宮内さんから十年前の失踪事件は聞きましたけど、私は福井にいましたし、明里さんの事件も記憶にありません」

月刊ＥＹＥＳの小高直海は、同い年の女子高生が失踪した事件だからよく覚えている、と言ったが、人の関心事はそれぞれ。俺なんか十年前に関係した女の名前すら記憶にない。

「鎌倉散歩の長峰編集長と知り合ったのは、偶然に？」

「と、思いますけれど」

「経緯《いきさつ》は」

「声をかけられました。ちょうどこの西口の、あのデパートのなかで」

南緒が向かいのデパートへ首をのばし、口の端に力を入れて、眉をひそめる。

「十月のなかばか、もうちょっとあとぐらいかな。突然声をかけてきて、モデルをやらないかって」

「君ぐらい美人なら俺も声をかけたくなる」

和枝のポニーテールがゆれて、メガネが光り、俺は自分の病気を反省する。

「えーと、それで、声をかけられて？」

「もちろん断りました。たまにいるんですよ、キャバクラとか、ＡＶのスカウトみたいな人が」

「でも長峰さんは執拗《しつよう》だった」

「それほどでもありません。名刺をわたしてくれて、考えるようにと。そのときはそのまま子供を迎えにいって、家へ帰りました」

南緒の表情を見るかぎり話していることは事実で、長峰今朝美と出会ったのも偶然だろう。しかしもちろん、今朝美のほうは南緒が大橋明里と酷似しているからこそ、声をかけたのだ。

「そのときはそのまま、気にもしなかったんですけどね。ですけどあとで考えたら、長峰さんも怪しい感じではなかったし、書店の旅行雑誌コーナーを見たら〈鎌倉散歩〉もおいてあったし、インターネットのホームページもちゃんとしていて」

となりで和枝がうなずいたから、雑誌の作成もインターネットのホームページ関係も、すべて和枝の仕事だったのだろう。

「それで話だけでも聞いてみようと、君のほうから長峰さんに電話をした」

「はい、会ったのはデパートの喫茶店です」

「モデルの、具体的な仕事内容は」

「ただ鎌倉を観光するだけでいいと。プロのモデルを使うとどうしても、表情やポーズが不自然になる。前回私を見かけて、アイデアがひらめいたと。試しに一般の美人が自然に観光しているる風景を雑誌にのせてはどうか。でも本物の一般人では人権や肖像権の問題が出てきてしまうので、了解を得た一般人にしたいと」

ずいぶんまわりくどい説得方法だが、今朝美がそのときなにを企んでいたのかは、明白。もちろん動機に関しては、見当もつかないが。

「喫茶店で長峰編集長から話を聞いて、すぐ仕事をひき受ける決心を?」

「美人とか言われて嬉しかったし、それに日当が五万円でした」

「ほーう」

「都合のいい日に三日間だけ、朝十時から夕方五時ぐらいまで。本物の観光客として鎌倉駅周辺や名所旧跡をまわればいい。自然さを演出するためにカメラマンは見えないところから撮影する。だから人を探すような仕草はしないこと。途中で誰かに声をかけられてもふり返ったり足をとめたりはしないこと。連絡は開始時と終了時にだけ入れればいいと」

「胡散臭《うさんくさ》いとは？」

「もちろん思いましたよ。でもこれまでにない新企画だと言われれば、そうかなとも。それになんといっても観光するだけで五万円ですからね。十時から五時までなら子供を保育園にあずけられますし、会社のほうは一日だけ休みましたけど、あとの二日は営業廻りといってズルをしました」

「その三日間は十一月の末ぐらい？」

「はい」

「トラブルなんかは」

「ありません。アルバイト料も仕事の翌日には、すぐ振り込まれました」

ずいぶんオイシイ仕事で、好きな観光地を三日間ぶらぶら歩くだけで十五万円。多少の疑念や不自然さを感じたとしても、俺だってひき受けてしまう。

「実害のようなものは、まったくなかった？」

「はい、また仕事があったらお願いしますと、私のほうから頼んだぐらいです」

「それなのに編集長が殺害され、鎌倉彫問屋の社長が自殺をした。岸本さんが不安になったのも無理はない」

南緒が肩をすくめながらうなずき、少し足の位置を変えて、俺と和枝の顔を見くらべる。

「それで、私のアルバイトと編集長さんたちの事件に、なにか関係があるのでしょうか」

「ないだろう」

「はい？」

「ただの偶然だ。まだ警察は発表していないけれど、編集長と自殺した社長は不倫関係にあった。興味があれば今日発売の週刊講文を読んでみるといい。社長は事業の不正を週刊誌に暴かれて、追い詰められていた。この事件は社長と編集長の、一種の無理心中だった」

南緒の目が大きく見開かれ、唇が動いて、言葉にならない言葉がつぶやかれる。殺人と自殺の関連性を第三者に明かしてしまうのはルール違反だが、どうせ週刊講文の次週号で暴露される。

「そうですか。亡くなったお二人はお気の毒ですけれど、私はホッとした感じです」

「殺人事件なんてあんがい単純なものでな。だけど観光するだけで日当五万円とかいうオイシイ話も、まずあり得ない。今回は偶然で、君も運がよかったが、これからは気をつけたほうがいい」

南緒が口を結んで強くうなずき、肩を上下させてから、俺と和枝に頭をさげる。

「突然お電話して失礼しました。でも本当に助かりました。ありがとうございました」

もう一度俺たちに頭をさげ、南緒が背中を向けて地下街の方向へ歩き出す。帰宅時間で駅前にはバスやタクシーが頻繁《ひんぱん》に出入りし、ビル風が女子高生たちのスカートを巻きあげる。こんなところにもどこかからクリスマスソングが聞こえ、ティシュー配りの女も赤いサンタ帽をかぶっている。南緒もこれからバスにでも乗り、どこかで子供を迎えて郊外の団地かマンションへ帰っていく。亭主がいるのならアルバイトの件もまず相手に相談するはずだから、やはりシングルマザーだろう。

「柚木さん、いろいろ、いつも、お世話になります」

「美人には特別にサービスしろというのが親の遺言でな」

和枝がポニーテールを揺らしたが、ギャグは無視することに決めているらしく、唇を少しだけ笑わせる。

「でも編集長は岸本さんに、なぜあんなアルバイトを頼んだんでしょう」

「彼女が大橋明里に似ていたから」

「もちろん、そうでしょうけど」

「彼女が言ったような雑誌の企画は、聞いていたか」

「まるで。そんな無駄遣いはしませんし、写真もみんなスタッフが撮りました」

長峰今朝美はデパートで偶然岸本南緒を見かけ、架空の企画話で南緒に鎌倉を歩きまわらせた。そこまでは事実なのだろうが、意図はなんだったのか。明里の失踪事件を風化させないために、市民の喚起《かんき》をうながす。しかしそれなら南緒に事情を説明すればいいだけのことで、南緒だって協力はしてくれたろう。だいいち長峰今朝美という女は、そんな善意で動くタマではない。

「編集長たちの事件とモデルの件は、本当に偶然ですか」

「見当もつかない」

「でも岸本さんには」

「ほかに言い様《よう》はないだろう。たぶん彼女はシングルマザーだ。健気《けなげ》に子育てをしている母親を、無理やり不安にさせても意味はない」

「そうですね。同い年なのに、しっかりした女性ですしね」

「同い年？　というと君は」

「二十八ですけど、なにか？」

「いやあ、せいぜい二十五、六かと思っていた」

「二十六も二十八もたいして変わりませんよ」

「それはまあ、そうだけどな」

それはそうなのだろうが、二十八歳ならマヤより年上。女というのは分からない生き物だ。

「岸本さんの話といい、広告主の反応といい、鎌倉散歩は無理でしょうかね」

「君たちには無駄な希望をもたせてしまった。飲食店では食材産地を偽ることもあるらしくてな、その情報をネタに、長峰さんは脅迫まがいのこともしていたらしい」

和枝のポニーテールがメトロノームのように揺れ、ダウンジャケットの肩がすくめられて、スニーカーの底がぺたんとコンクリートを打つ。

「ずいぶん強引な営業をする人だな、とは思っていたんですけどね。でも女性が一人でタウン誌を運営しているわけで、そういう強引さも必要なのかと。私なんかちょっと尊敬もしていたぐらいです」

「人生で大事なのはバランスだ。強引なだけでは最初に成功しても、いつかしっぺ返しを食らう。逆に謙虚なだけでは他人に押しつぶされて、いつまでも社会の底辺で生きることになる」

「人生で大事なのはバランス、ですか」

「口で言うほど簡単ではないけどな」

和枝が言葉を繰り返しながらうなずき、デパートやバス溜まりをゆっくりと見まわして、肩を駅のほうへ向ける。

「柚木さん、これからどうします？」

一緒にホテルへ、と口から出かけた戯言《ざれごと》を、俺は慌てて封印する。

「まだオフィスの鍵を持っているか」

「スタッフの分もあずかっています」

「貸してくれ。一連の事件は決着したと思っていたけれど、岸本南緒に会って、なんとなくイヤな気がしてきた。どこがどういうふうにイヤなのか、自分でも分からないが」

和枝がショルダーバッグの蓋をあけかけたが、俺はその肩に手をかけ、人の流れにまぎれて駅の改札口方向へ歩き出す。

「君のアパートは大船だったよな」
「はい」
「どこかで夕飯を食べよう。それから俺は、鎌倉まで行ってみる」

＊

ＪＲの鎌倉駅につくと帰ってきたような気分になるのは、鎌倉という町のせいか、マヤのせいか。こんなことなら東京へなんか戻らず、今日も丹前《たんぜん》にくるまってマヤの家でグータラしていればよかったものを、疑似新婚夫婦ではそうもいかない。

大船駅の近くで和枝と食事をしたからもう九時すぎ。さすがに観光客の姿はなく、参道側へ出て永井工業ビルへ向かう。街灯はともっているが商店からの明かりはなく、永井工業ビルにも暗い常夜灯がついているだけ。シャッターはおりておらず、玄関のスイングドアに施錠もない。ずいぶん無防備な雑居ビルだが俺の部屋だってこんなもの、鎌倉散歩の営業時には深夜まで仕事をしていたこともあったろうし、だからこそ長峰今朝美はオフィスで殺害され、瀬沼喜美香もカレシを連れ込んだ。もし喜美香が一時間早く忘れ物を思い出していたら、当日はどういう展開になっていたか。

階段を三階まであがり、和枝から借りてきた鍵でドアをあける。ドアの左手側にある照明のスイッチをいれると天井に明かりがつき、そこでしばらくオフィス内を点検する。右手側が書籍棚と作業台、その向こうにせまい流し台があってあとは窓際までスタッフのデスク。最初に来た日はその一番奥に長峰今朝美が座っていて、二回目は和枝が一人で途方に暮れていた。作業台、書棚、デスクと観察しても前二回と変わった様子はなく、それならなんのためにわざわざ出向いてきたのか、自分でも分からない。昔の警察には「現場百回」などという格言もあったが、今は現場検証も証拠採取も写真撮影も厳密におこなわれる。

俺はフロアを歩き、長峰今朝美と対面した日と同じデスクから椅子をひき出して、腰をおろす。芹亜が送ってくれた現場写真ではちょうど今の足元あたりに、今朝美が頭を自分のデスク側に向けて倒れていた。後頭部を殴打した花瓶は壁際、机や椅子に多少のずれはあったものの、それは和枝が元に戻している。

警察も俺もなにも見落としていないはずなのに、なにかイヤな気がする理由は、なんだろう。今朝美に会った日、殴打に使われた花瓶を見かけたかどうか。今朝美のデスクや周囲のデスクに、花が生けられていたかどうか。記憶を呼び起こしても判然とせず、しかしもし花が生けられていたとしたら現場写真に散った花や水跡は残っているだろう。こういうときにパソコンのデータを見られるのはやはり都合よく、ケータイをとり出して起動させる。四谷の部屋では気が抜けていてろくに検証もしなかったが、今回は慎重に画面を見る。うずくまっている今朝美の遠景と近景、殴打痕やナイフの接写、壁や床の血痕、窓、デスク、椅子、作業台に流し台。しかしどの写真にも散った花や水の跡はない。和枝に電話をして確かめれば済むことだが、状況からして花瓶は空《から》だったのだろう。

ケータイを切ってジャケットの内ポケットに戻し、あらためてオフィス内を見まわす。今朝美と米倉が性交渉をもったホテルも時間も特定されているから、そこまでは事実。そのあとイタリアンレストランあたりで食事をしたとして、それではその後、二人はなんの用があってこのオフィスへ来たのか。今朝美のパソコンに偽装鎌倉彫の情報が残っていたとしても、週刊誌の暴露は決まっているから削除したところで意味はない。米倉はすでに自殺を決めていて「一緒に死んでくれ」と懇願したところで、今朝美という女は「はい、死にましょう」というタマではないだろう。米倉は切り捨てられ、だからこそカッとなって今朝美を殺害した。そこまでは筋が通るけれど、もしかしたらこの筋は通り過ぎていないか。あまりにもうまくストーリーが展開して、警察も俺も、喜び過ぎなかったか。

このオフィスから消えた今朝美のブランドバッグや、ケータイやタブレット端末やパソコンは、どこにあるのか。発見されていれば芹亜が伝えてくるはずで、たぶん破壊されて海にでも捨てられている。そうなれば位置特定機能は作動せず、永遠に発見は不可能。だがすでに自殺すると決めている米倉が、なんの理由があって、そこまでの隠滅《いんめつ》を図ったのか。

米倉と今朝美の不倫は事実、彫古堂の製品偽装も事実、米倉の自殺もすべて事実。しかし今朝美殺害の犯人は別。犯人は米倉以外の第三者という仮説は、突飛すぎるか。

首にマヤのスカーフが巻かれているから寒くはないはずなのに、俺の背中に悪寒《おかん》が走る。米倉が今朝美殺害後にパソコンやケータイを処分することに意味はなく、そして同様に、凶器の花瓶やナイフやドアノブから指紋を拭きとっていくことにも、意味はない。

もう一度オフィス全体を見渡し、腰をあげて流し台へ歩く。直線距離なら十歩ほどだろうがデスクや作業台を迂回《うかい》するから十五歩。花瓶で今朝美の後頭部を殴打し、流し台にナイフをとりに行って戻ってくれば往復で三十歩。カッとなって今朝美の頭を殴ったとしても、三十歩も歩けば躊躇《ためら》いが生じて正気に戻る。つまり今朝美殺害は発作的な犯行ではなく、当初から明確な意図をもった、第三者の計画的な犯行だった。そしてその第三者に腕力があればナイフなども使わず、何度か花瓶で殴打すれば済んだはず。それに米倉が自殺場所に今朝美の部屋を選んだ理由が今朝美への意趣返しだったとしたら、死んでいる人間に嫌がらせをしても意味はない。米倉は今朝美の死を知らなかった。自殺場所を山か海かと探していた米倉に、テレビや新聞のニュースをチェックする余裕はなかった。かなり突飛な設定ではあるけれど、俺のこの推理は、あんがい正解かも知れない。

しばらくイヤな予感と闘ってから、デスクへは戻らず、作業台に尻をのせてケータイをとり出す。

「やあ立尾くん、起きていたか」

「まだ十時です」

「最近人生に行き詰まると、なぜか君の声を聞きたくなる」

「残念でしたね。今夜はもう帰宅しています」

「なんの話だ」

「お酒の誘いでしょう」

「君もギャグがうまくなったな。実は夕方の電話で聞き忘れたことがあった。長峰今朝美のパソコンやケータイが、発見されたのかどうか」

「まだです。たぶん海にでも捨てられたんでしょう」

「たぶん、な。話は変わるが、十年前に鎌倉中央署の署長を務めた塚原さんの住所は調べられるか」

「調べられますよ。ですけど塚原さんの住所なら桜庭さんが知っています」

「桜庭さんには内緒だ」

「あのう、なぜ」

「本庁時代のトラブルは不問にすると約束した。君もあの場にいたろう」

「それは、そうですけど」

「うまく説明できないんだけどな、今度の事件、なんとなくイヤな感じがしてきた。君を巻き込みたくはないんだが、もし俺の勘が当たれば、君の大手柄にもなる」

芹亜がウッと唸って鼻息を荒くし、電話の向こうで、明らかに目尻を吊りあげる。

「柚木さん、どういうことか、ご説明を」

「うまく説明できないと言ったろう。明日は非番か」

「はい。それに自殺と殺人に目処《めど》が立ったので、また生活安全課に戻されます」

「かえって都合がいいかも知れない。とにかく塚原さんの住所を調べてくれ。桜庭さんやほかの署員には知られないように」

「柚木さん……」

「愛の告白は会ったときに聞いてやる。たしか相模大野だったと思うが、塚原さんの住所と連絡先が分かったら電話をくれ」

芹亜の目が縦に並ぶほど吊りあがったことは想像できたけれど、俺は電話を切り、作業台から尻をおろしてもう一度オフィス内を点検する。一般的に計画的な殺人なら、犯人は事前に凶器を用意するもの。しかし今朝美の殺害は発作的な犯行をよそおった計画的な犯行で、それなら犯人はオフィスに花瓶やナイフがあることを知っていた人間になる。

五人のアルバイトスタッフのうち、二人には会っていないが、どうせ瀬沼喜美香や牧村洋子と似たようなものだろう。ただ宮内和枝だけは五年も勤めていて編集主任の肩書があり、タウン誌もホームページも、実質的には和枝が作成していた。今朝美の人格も生活習慣も和枝本人が言うより熟知していた可能性はあるし、女同士、感情的な軋轢《あつれき》があった可能性もある。まして今朝美がいなくなれば和枝が編集長で、俺みたいな善人も鼻の下を長くして支援する。

犯行の翌日、たった一人でこのオフィスを清掃していた度胸と冷静さを、たんにまじめな性格だから、と解釈した俺は、女に甘すぎるか。

和枝のポニーテールや癖のない目鼻立ちが頭に浮かんで、ドアへ歩きながら、俺は意識的にため息をつく。

7

犬がじっと俺の顔を見あげてくる。犬でも人間でも猫でも、じっと見つめられると気分が落ち着かない。これは日本人特有の感性で、もともと会話中に相手の顔を正視する習慣はない。逆に欧米では相手の目を見ない会話は失礼になるとかで、クルマの運転中でも必ず横を向く。アメリカ映画なんかでは運転者が前方道路から視線を外し、助手席の人間に顔を向けて会話をする。当然クルマは事故を起こすから、なんてヘタな演出だろうと思っていたが、運転場面に注目していると事故を起こさない映画のほうが多い。つまりアメリカではたとえクルマの運転中でも、会話をするときは必ず相手の顔を見るべきという強迫観念があるらしく、これでは実際の事故も多くなる。アメリカでの交通事故発生率は日本の倍以上だという。

塚原がジャンパーのポケットからタバコとライターをとり出し、手で風をよけながら火をつける。

「孫がいるせいで、家ではタバコを吸わせてもらえんのでね。こうやって犬を散歩に連れ出すわけですよ。我ながら情けない」

郊外ならどこにでもある住宅地の児童公園で、狭い花壇に冬咲きのパンジーがちらほら。最近は砂場もブランコも不潔だ危険だといわれて撤去されるらしく、この小公園にも鉄棒と滑り台とベンチがあるだけ。土曜日の午後なのに子供や主婦の姿がないのは、季節が理由ではないだろう。

「電話でも言いましたが、昔のトラブルを蒸し返す意図はありません。それは桜庭さんにも約束したし、塚原さんにもあらためて約束します」

塚原がウムとうなずき、ポケットから携帯の灰皿をとり出して、タバコの灰を軽く落とす。肉厚顔で体形もいかり肩、六十歳で退職したからもう七十歳近く。毛糸の帽子に毛糸のマフラーを巻いて、足には散歩用らしいウォーキングシューズをはいている。

「昨夜桜庭くんから電話がきて、鎌倉の事件は解決したと言われたんだが」

「警察的には、という意味でしょう。ただ私は退職以降、ほそぼそと雑文を書いて糊口《ここう》をしのいでいます。長峰今朝美という女性は雑誌の読み物ネタとして、非常に興味深い」

解決したのは米倉の自殺だけ、というのが俺の推測だが、それを塚原に告げては聞ける話も聞けなくなる。

「こちらは退職して八年にもなるのに、なかなか刑事根性が抜けませんでなあ。たまには柚木さんの記事も拝見していますよ」

「恐縮」

「桜庭くんに言われて、今朝も週刊講文を買ってきたんですがな。要するに今朝美は米倉という男に、死への道連れにされたと」

「そんな構造でしょう。警察も来週にはその趣旨での記者発表をするはずです」

「ある意味では今朝美も自業自得。この最期を予想したわけではないが、終わってみると、奇妙に納得がいく」

塚原がタバコの煙を長く吹き、足元の犬に目をやって、自嘲気味に頰をゆがめる。

「柚木さん、歳《とし》をとると諄《くど》くなりましてなあ。私の名前は記事に出さないと、もう一度約束してもらいたい」

「お約束します」

細い目で横から俺の顔を確認し、塚原が毛糸の帽子をかぶり直してまた長くタバコの煙を吹く。

「私と今朝美との関わりは、まあ、ご存知のとおりですよ。私だってこの人相で今朝美に惚れられたと己惚《うぬぼ》れたわけではなく、向こうの下心は見え見え。そうはいってもねえ、あの女に言い寄られると、なかなか抵抗もできなくて」

「男の性《さが》でしょうね」

「性というのか宿命というのか。だが断じて、極秘情報まではもらさなかった。家宅捜査や逮捕の時間など、せいぜい何時間か早く告げたぐらいでね。捜査に影響の出ない範囲だったはずだが、マスコミにとってはその何時間が勝負になることもある。それで結果的に今朝美のスクープが多くなったと、そういうことですなあ」

昔は「夜討ち朝駆け」とかいってマスコミの人間が刑事や政治家に付きまとうこともあったから、今朝美の行為もある意味では伝統的な取材手法。善悪は別にして、今朝美にもそれほど罪の意識はなかったかも知れない。

「ただやはり、頻度の問題でしてなあ。監察官室にチクッた人間がいたらしく、予定より一年早く所轄《しょかつ》へ追い出されたわけです」

「ですが、懲戒《ちょうかい》処分は受けなかった」

「神奈川県警は醜聞《しゅうぶん》つづきでしたからな。恥の上塗りは避けたかったんだろう。ただどうも、あとで考えると、私以外にも今朝美と関係を持っていた人間が、それも私なんかよりもっと上の階級でねえ。もちろんそれは邪推の範囲で、私も事《こと》を荒立てようとは思わなかったが」

「その長峰今朝美が鎌倉にあらわれたときは、驚かれたでしょう」

「いやあ、まあ、あのときは」

塚原がタバコを灰皿に落として蓋をしめ、犬の頭をなでてから、ゆっくりと足を組みかえる。

「そりゃあ最初は驚いたよ。横浜新聞を馘首《くび》になったことは知っていたから、私になにか、意趣返しにでも来たのかとね。ただ聞いてみると、たんにフリーペーパーを引き継いだだけ。気分転換にもなるし、鎌倉で静かに暮らすつもりだとね」

「お信じになった?」

「静かに暮らせる女かどうか、疑問はもったがねえ。ただ私との関係を蒸し返すわけでもなく、特別な要求もしてこなかった。私はその一年後に退職したから以降のことは知らなかったが、今回の事件を見ると、やはり静かに暮らせる女ではなかったようだ」

ジャンパーの肩をすくめてくすりと笑い、また新しいタバコに火をつけて、塚原が長く煙を吹く。

「その年の秋に女子高生の失踪事件があったのですが、覚えておられますか」

「女子高生の、おう、ありましたなあ」

「鎌倉女子学園に通う大橋明里という少女だった」

「あの事件は……」

塚原がちらっと俺の顔をうかがい、ベンチの向こう側へ尻を遠ざけて、肉の厚い頰をゆがめる。犬が塚原の足元をひとまわりし、元の位置に座り直して塚原の顔を見あげる。早く散歩のつづきに出たいのだろう。

「柚木さん、もしかして本命は、失踪事件のほうでは？」

「そこが自分でも分からないので困っています」

塚原も県警本部の捜査一課に長くいた人間。警視庁も他府県警も同様だが、一課の課長ポストはノンキャリアの定席《じょうせき》で、キャリアのエリートでは座れない。逆にいうと一課長は現場警官が就ける最高ポストだから、能力も実績も求められる。今は犬の散歩時にしかタバコを吸えないオジサンになっていても、現役時代の塚原は有能な警官だったに違いない。

どうする、手の内を明かすのは博打《ばくち》だが、ここは塚原の度量に賭けてみるか。

「本命かどうかは別にして、実は塚原さん、もともと私はあの失踪事件を調べていたんですよ。そこに長峰今朝美の殺害事件が発生して、混乱してしまった」

「死んだあとまで柚木草平氏を混乱させる。しょせんは静かに生きられない女だったわけですなあ」
五、六秒黙って俺の顔を見つめてから、毛糸のマフラーに顎をうずめて塚原がくつくつと笑い出す。
「なるほどね、いくら長峰今朝美にいわくがあったところで、しょせんはローカルネタ。私が柚木さんの立場だったとしても、事件としてはあの失踪事件のほうが、ずっと面白い」

大橋明里の失踪も鎌倉という地方都市での事件、まして十年も昔の事件で、それを現在の殺人事件より面白いというからには、塚原にも思惑がある。

俺の顔を見つめている犬に愛想笑いをサービスし、しなびたように咲いている花壇のパンジーに、意味もなく視線を向ける。

「長峰今朝美は大橋明里に似た女性をスカウトして、故意に目撃させていた。昨日判明したことですがね」

塚原の腰がベンチから浮きかけ、三、四秒宙にとどまってから、またベンチに戻る。

「柚木さん、それはまた、どういう?」

「見当もつきません。先月の末ぐらいのことです。スカウトされた女性は大橋家や鎌倉とも無関係、たんに明里と似ていたというだけで、失踪事件も知らなかった。今朝美は日当五万円でその女性を雇い、タウン誌のモデルという名目で合計三日、鎌倉駅や周辺の名所を歩きまわらせた。その女性も多少は不審に思ったようですが、三日間で十五万円という報酬には逆らえなかった。それにその三日間、事故やトラブルなどは、一切なかったそうです」

犬がまた不満そうに塚原の足元をまわり、イヤな息の吐き方をして、俺の顔を見あげる。茶っぽい犬で体長もせいぜい一メートル、少し毛が長いからテリアの血でも混じっているのだろうが、どうせ雑種だ。

塚原の指からタバコの灰がこぼれ、やっと火がついたままだったことを思い出したように、タバコを灰皿に落とす。

「奇妙な話ですなあ。奇妙な話ではあるが、伊達《だて》や酔狂《すいきよう》でそんな細工をする女では金輪際なかった」

「心当たりが?」

「そこまではさすがに。だが状況から考えると、大橋明里の失踪事件に関連していることは間違いない。あの女、なにを企《たくら》んでいたんだか」

「失踪事件に関して、当時塚原さんは、どのようなご見解を」

「見解というより、なんというか、釈然《しやくぜん》としない感じはあったよ。どこがどう釈然としないのか、自分でも分からんのだが、あの事件は退職後もずっと気にはなっていた」

一瞬ためらったが、塚原がまた新しいタバコに火をつけ、顔をしかめながら煙を吹く。

「その釈然としなかったあたりをお聞かせ願えませんか」

「聞かせろと言われても、さーて、どう説明していいものか。つまりまあ、かんたんに言うと、あまりにも見事に姿を消しすぎたと、そういうことかなあ。柚木さんもご存知のように、所轄の署長なんていうのはただのお飾り。現場に口を出さんのが通例なんだが、どうも私は刑事根性が抜けなくてねえ。あの事件にはつい首をつっ込んでしまった」

見事に姿を消しすぎた、という表現が適切かどうかは別にして、たしかに明里は親や友人にも気配すら見せず、忽然《こつぜん》と姿を消している。

「私も長年捜査一課におったのでなあ、誘拐に拉致《らち》に監禁にストーキングに、似たような事件は腐るほど扱った。だがあの少女の失踪事件だけは、どのパターンにも当てはまらなかった」

「家庭や周辺でのトラブルはなく、失踪日以降の足跡《そくせき》も一切なし」

「言い訳をするつもりはないが、捜査に手抜きはなかった。北朝鮮の拉致ではあるまいし、あれほど痕跡も足跡もなく、たかが十六、七歳の小娘が、どうやってこの世から姿を消せるんだね」

「実際にはなにか、心当たりがあるのでは?」

「具体的にはなにも」

犬がクンクン鳴いて、塚原がその頭をなで、自分が吐き出したタバコの煙を透かすように、空を見あげる。この公園には植わっていない公孫樹《いちょう》の枯葉がどこかから舞い落ち、遠くから救急車のサイレンが聞こえる。

「大橋夫妻の反応がねえ、うまく説明はできんのだが、どこか私には、腑に落ちない感じがあった」

「娘が行方不明になったのに、冷静すぎたとか」

「いやいや、両親とも混乱して憔悴《しょうすい》して、奥方などは寝込んだりしてねえ。それはまあ当然のことなんだが、うーむ、なんと言っていいのか、どうも、二人とも台本通りの芝居をしているような感じがねえ。そうはいっても人間の反応はそれぞれ、感情表現もそれぞれで、だからなんだと言われると、それだけのことなんだがねえ」

なんとも表現のしようがない微妙な感覚。それは塚原が長年の刑事生活で培《つちか》った勘なのかも知れないが、北鎌倉の老婦人も、明里のひくピアノの音に説明のできない乱れを感じたという。

「実はねえ柚木さん」

塚原がタバコを灰皿に落として、その灰皿をジャンパーのポケットにしまい、肉の厚い頬を手の甲でこすりあげる。

「邪推が過ぎるとは思ったんだが、大橋家の戸籍関係も調べてみたんだよ。失踪した女子高生と妹の歳が離れすぎているし、なにか家庭内に事情があるのかとね。しかしそれはやはり杞憂《きゆう》で、明里も妹も実子として届けられていた」

「届け出だけ実子という場合もある。DNAでの親子鑑定は？」

「あのケースでそこまではできんよ。かりにDNA鑑定をして明里か妹のどちらかが実子でないと判明したところで、それが失踪と関連する証拠にはならんのだから」

理屈としてはその通り。失踪直後は以降十年間も明里の行方が知れなくなることなど、誰も予想はしなかったのだ。

「しかし大橋明里のDNAサンプルは採取してありますよね」

「捜査の常識だ。どこかで身元不明の死体が発見された場合、照合する必要がある。だが今も言ったように、たとえ大橋家の血縁関係に不審な点があったとしても、失踪事件には結びつかんだろう」

俺が大橋家を訪ねたとき、たしかに夫妻とも、冷静すぎる感じはあったが。娘の失踪からもう十年、沙都美とかいう妹も成長して平和な暮らしをつづけている。できるものならこのまま静かに暮らしたいという心境を、俺も理解した。その後三崎から〈日本博愛会〉とマウンテンクロウの関係を告げられ、大橋夫妻の社会的立場も納得した。

人間の立場も価値観も社会的な対応もそれぞれではあるが、しかし自分の娘が失踪して、その行方が十年も知れなかった場合、大橋夫妻ほど恬淡《てんたん》とした心境になれるものなのか。加奈子が行方不明になって十年も消息が知れなかったとして、俺なら呑気に知子との離婚問題に悩んでいられるか。

大橋家の玄関わきに植わっていた椿《つばき》がふと頭に浮かび、二の腕に鳥肌が浮かぶ。マヤの家では椿なんかまだ蕾《つぼみ》もつけていないのに、大橋の家ではピンク色の花が満開だった。あの椿の下に明里の遺体が埋まっているイメージを、俺は欠伸《あくび》をしてふり払う。

「いや、しかし、もしかして、柚木さん」

塚原がタバコをはさんだ手を顔の前でとめ、ごくりと息を呑んで、横から俺の顔をのぞく。

「今朝美の死が十年前の失踪事件に関連していると、疑っているのでは？」

「可能性の範囲でです」

「だが桜庭はもう、米倉とかいう男の無理心中と結論づけている」

「異論はないし、私に口を出す資格もありません」

「そうはいうが、今、疑っていると」

「あまりにもストーリーが出来すぎていた。米倉が製品の不正問題で追い詰められていたことは事実、長峰今朝美と不倫関係にあったのも事実。ですが殺害現場を再検証してみると、今朝美の殺害は発作的なものではなく、計画的な犯行だった臭気《におい》がある。ただそれは私の勘で、桜庭さんの結論に反証する材料にはならない」

「柚木草平氏の勘、か。現役時代、警視庁の捜査一課に超能力を使う刑事がいるという噂は、聞いたことがある。迷宮入りになりかけた殺人事件を、連続で三件も解決したとかねえ」

超能力云々は当時同僚に冷やかされたこともあったが、それは三件ともたまたま事件に美人が絡んでいたからで、俺の病気が幸いしただけのこと。そんな病気を超能力と言ってしまったら、超能力に対して失礼になる。

塚原がタバコを消し、すぐ新しいタバコをとり出して火をつける。マヤの吐き出す煙は胸いっぱい吸い込むのに、塚原の煙には嫌悪を感じるのだから、俺も勝手な性格だ。

「今朝美の死と米倉の自殺は別事件、要するに今朝美を殺害した犯人は別にいると、そういうことかね」

「貧乏ライターの勘繰りです。私が余計な口出しをしたら桜庭さんの面子《かお》をつぶすことになる」

「いや、いや、それは逆だよ。今回の事件に無理心中という結論を出して、『被疑者死亡のまま送検』などと発表をした後に、もし今朝美殺害の犯人が別であると証明されたら、桜庭の顔どころか、神奈川県警全体の顔がつぶれてしまう」

「私はもう警察の人間ではありません」

「私だってもう犬の散歩親爺だが、長年奉職した警察に愛着があるし、神奈川県警ＯＢ会の副会長もしている。それに私の不始末を大目に見てくれた警察にも、義理がある」

「ですが私が桜庭さんに疑念を呈するわけにもいかず、塚原さんも、柚木というインチキライターが横槍を入れてきた、とは言えないでしょう」

「うむ、まあ、たしかに、それはそうなんだろうが」

塚原が腰をあげて背伸びをし、散歩のつづきを期待した犬がチンチンのような恰好をして、激しく首を上下させる。可愛くない犬だ。

立ったまま二、三服深くタバコを吸い、冬晴れの空と相模大野駅の方向に視線を巡らせてから、空咳《からせき》をして、塚原がチッと舌打ちをする。

「今朝美が大橋明里似の女性に奇妙な芝居をさせていた事実は、たしかに気になる。それに柚木さんの『計画的な犯行』という勘も、無視はしがたい。桜庭くんも仕事熱心で努力家ではあるんだが、昔から少し、詰めの甘い部分があった」

塚原がタバコを灰皿に落とし、毛糸の帽子を脱いで、髪の薄くなった頭を軽くさげる。

「どうだろう柚木さん、この件に少し時間をもらえんだろうか。年寄りが出しゃばる筋でないことは承知しているが、桜庭にも県警にも、恥はかかせられない」

誰が恥をかこうと知ったことではないが、塚原の心情も理解できる。

「今のところ私の心証でしかないことを、お忘れなく」

「了解した」

「この心証は週刊講文やその他のマスコミに、もらさないでいただきたい。私のほうはあくまでも、営利事業ですのでね」

塚原が言葉を出しかけ、またチッチッと舌打ちをして肩をすくめる。犬が待ちきれないようにリードをひき、塚原もプラスチックの糞採り容器を持って歩き出す。老いたりとはいえ元神奈川県警の捜査一課長、俺の説明でなにかの勘が働いたのかも知れず、それに芹亜に向かって「貧乳」などと暴言を浴びせる桜庭よりは、たぶん、いくらかは常識がある。

俺は塚原と犬が住宅街へ消えるまで後ろ姿を見送ってから、ケータイをとり出して、貧乳に電話を入れる。

＊

ジョバンニというカフェも三度目になると顔を覚えたのか、店の女がコーヒーを出しながら愛想笑いをする。BGMのクリスマスソングを聞くと美早の「四人で楽しいパーティー」という脅迫が思い出されて、少し背筋が寒くなる。どうやってごまかしたらいいものか。ふだんなら追い詰められると自然にアイデアが浮かぶものなのに、今回はそのアイデアが浮かばない。そうはいっそのこと加奈子から美早に連絡を入れさせ、「お断りします」と宣告させるか。そうはいってもかんたんに言うことを聞いてくれる加奈子ではなく、やたらに美早と接触させたらヤブヘビになる。知子の選挙問題は三崎に頼んだから手配してくれるはずで、それはまずクリア。あとは、そうか、今関わっている鎌倉事件を月刊ＥＹＥＳがどう扱うか。直海にキャンセルが望ましいと言ったのは岸本南緒に会う前のこと、長峰今朝美の殺害犯が米倉とは別人となれば話は変わる。

直海に連絡をとろうと思ったとき、テーブルの横にポケットをたくさんつけたワークパンツが立つ。芹亜と待ち合わせをしているから当然相手は芹亜、しかし今日の芹亜はスニーカーにワークパンツを穿いて革のスタジアムジャンパーを羽織り、頭には紺系のキャップをのせている。

「どうした、暴走族への潜入捜査か」

「非番の日はこれがふつうの服装です」

「ふーん、君がヤンキーのネエちゃんとは知らなかった」

吊りあがった目をキャップの庇《ひさし》で隠し、キャンバス地のショルダーバッグを席の横におきながら、芹亜が俺の向かいに腰をおろす。

「柚木さんのギャグにつき合うと疲れます」

「顔は生き生きしているのにな。今日は化粧もばっちり決まっている」

芹亜が咽《のど》を鳴らしかけたが、店の女が来てカフェオレの注文をとっていく。

「昼食は済んでいるのか」

「毎日毎日鎌倉丼《どん》は食べません」

「なにを怒っている」

「怒っていません。警戒しているだけです」

「親父さんが言った俺の懲戒免職は、完璧にデマだぞ」

「知っています。父も調べ直したそうです」

「家はこの近くか」

「実家は横須賀です。今年の春からわたしは由比ガ浜にアパートを借りています」

「カレシはどんなやつだ」

「はあ?」

「アパートを借りたのはカレシのせいだろう」

「あなたねえ、いいえ、たんに勤務の都合です。仕事が忙しくて交際なんかしている暇はありません」

「美人なのにもったいない。鎌倉中央署の男はみんな、女を見る目がないらしい」

芹亜がキャップの庇をつきあげたとき、カフェオレが来て、その間だけ沈黙が保たれる。俺のギャグにつき合うと疲れるとか言いながら、からかうと律儀に反応するのだから可愛い女だ。
二、三度深呼吸をし、カフェオレを口に運んでから、芹亜が諦《あきら》めたように肩で息をつく。
「それで、塚原さんとの話は、どうなりました?」

「その前にな、昨夜は電話で説明できなかったが、実は、大橋明里にそっくりな女性があらわれた」

一瞬芹亜の顎がつき出され、肩がシートの背もたれにひかれて、何秒か沈黙がつづいたあと、その肩がぴくっと震える。

「えーと、なんのお話です?」

「言ったとおりの話だ。昨日の夕方鎌倉散歩のスタッフから連絡がきて、奇妙な電話があったという。自分では対応できないので、電話の相手に会うとき俺にも同行してくれと」

塚原にした説明をもう一度するのも面倒だが、目の前のこのヤンキーネエちゃんが大橋明里失踪事件の担当刑事なのだから、仕方ない。

「待ち合わせたのは横浜駅の西口で、会ってみたらその女性が、大橋明里にそっくり。もちろん明里本人ではなくて、商事会社に勤めているシングルマザーだった。ただ面白いのはそこからだ。岸本南緒というその女性はタウン誌のモデルを名目に、日当五万円で長峰今朝美に雇われたという」

芹亜の口が半開きのままとまり、小鼻がぴくぴく震えて、庇の下で目が吊りあがる。どうでもいいが、本当に今日は化粧が濃くなっている。

「岸本南緒が雇われたのは三日間、先月の鎌倉で明里の目撃例が多くなったのは、偶然ではなく、長峰今朝美の仕掛けだった」

「話がまるで見えません」

「俺にも見えない。だが塚原さんも、今朝美は伊達や酔狂でそんな細工をする女ではなかったと。今朝美はなにを企んでいたのか。これは俺の心証でしかないんだが、今朝美の死と米倉の自殺は無関係で、今朝美を殺害した犯人は別にいると思う」

「だって……」

「米倉が犯人なら現場の指紋を拭きとったり、今朝美のパソコンやタブレット端末を始末する必要はなかった。なにしろ米倉は、自殺を決めていたのだから」

「混乱していれば、そういうことも」

「昨夜あのオフィスを歩測してみたんだがな。今朝美の倒れていた場所から果物ナイフがあった流し台まで、往復で三十歩ほどだ。たんにカッとなっただけなら近くのデスクにハサミやカッターナイフがいくらでもある」

「要するに？」

「今朝美殺害は錯乱や混乱での犯行ではなくて、オフィスの事情も知っている人間の、計画的な犯行だった」

「その、突然言われても、でも、そうですか」

芹亜が思い出したようにカフェオレを口に運び、しばらく視線を店内に漂わせてから、大きく肩で息をつく。

「柚木さんに指摘されると、そんな感じも、しなくはありません。ですけど捜査一課はもう、無理心中と結論を出しています」

「俺が出させたわけではない」

「でももし、柚木さんの心証が当たってしまったら、まずいです」

「塚原さんもそれを心配した。無理心中と記者発表したあとで米倉が犯人でないと判明したら、桜庭さんの顔も神奈川県警の顔も、丸つぶれになる」

「わたしの顔も丸つぶれです」

おまえの顔なんか誰も気にしない、という発言を、なんとか我慢する。

「君は長峰今朝美という女に、何度ぐらい会っている？」

「失踪事件の担当になってから五、六回です」

「印象は」

「キャリアウーマン風でそつがなくて、相手の気をそらさない。会話も巧みだったし……」

「そして奇妙に色っぽい」

「男性からしてみれば、たぶん」

「彼女が脅迫まがいの方法で広告収入を得ていたことは」

「捜査員がそんな話をいくつか聞き込んでいます」

「だが鎌倉散歩の経営は順調だった。それなのになぜ脅迫まがいの営業をしたのか。脅迫なんかしなくても利益は出せていたのに、それではかえって雑誌の印象を悪くしてしまう」

「お金に貪欲《どんよく》だったのでは？」

「その部分も否めないだろうが、それよりも今朝美にはサイコパス的な傾向があった気がする。他者にちくりちくりと嫌がらせをして快感を得る。塚原さんにも特別な要求はせず、だが周囲をうろついて心理的な圧迫をかけた。広告主に対する圧迫、米倉に対する圧迫。週刊講文に彫古堂の製品不正ネタをチクったのも、どうせ長峰今朝美だろう」

芹亜が肯定を示すように深くうなずき、おしぼりをとって手のひらの汗をぬぐう。

「程度の差はあるでしょうけれど、そういう性格の人も、いると思います」

「一見明朗で弁も立ち、頭もいい。本人に自覚があるかどうかは別にして、他者のコントロールと支配で優越感を得る。なにかトラブルでも起こさない限り、その本性を見抜けない」

「長峰今朝美を殺害したのは、その支配に耐えられなくなった、誰かだと？」

「岸本南緒を大橋明里に仕立てたほどだから、狙いは広告主ではなかったろうが」

「明里さんの失踪に関係している誰かですね」

「さすがは神奈川県警一の美人刑事」

「柚木さん、そのうちどこかの女性に水をかけられますよ」

「これまでにも二度……それはともかく、当時鎌倉中央署の署長をしていた塚原さんでさえ、明里くんがあまりにも見事に姿を消したことに、釈然としない思いがあったという。データベースには表れない現場の感覚だ」

「わたしはやっとこの春から、いえ、そうですね、柚木さんの経験を信用します」

かんたんに信用されても気が抜けるが、今回の鎌倉事件が十年前の女子高生失踪事件にまで関連しているという俺の勘は、たぶん当たりだろう。その関連のなかに宮内和枝まで含まれるのかどうか。たんに和枝はまじめで几帳面なだけの、編集スタッフなのか。

芹亜がカフェオレを飲みほし、コップの水にも口をつけてから、店の紙ナプキンで唇をぬぐう。

「でも、柚木さん、そうなるとわたしは、なにをすればいいでしょう」

「元のように大橋明里失踪事件の担当刑事をやればいい」

「長峰編集長の事件は？」

「放っておけばいいさ。ベテラン刑事は新人の口出しをいやがる。君がやたらに騒ぐと、桜庭さんのような人はかえって意固地になる」

「でも、無理心中ではなかったという、可能性ぐらいは」

「塚原さんに任せておけ。元は桜庭さんの直属上司だ。なにか考えがあるようだし、県警OB会の副会長だともいう。君が明里くんの失踪事件に目処《めど》を立てれば、逆に桜庭さんのほうから協力を求めてくる。捜査一課だってまじめで有能な美人刑事は、ぜひとも欲しいだろう」

芹亜がまた水を口に含んで、何秒か黙考し、「美人刑事」という表現を納得したように、ウムとうなずく。単純な女だ。

「俺は明里くんの両親に会って、失踪事件から手をひこうと思っていたんだが、岸本南緒の存在が明らかになってみると、そうもいかない」

「その岸本という女性は信用できますか」

「俺は女を見る目にだけは自信がある」

「それなら柚木さんのその目を信用します」

「うん、いや、だがそうなると、粕川祐真が気になってくる」

「粕川……誰でしたっけ」

「明里くんのボーイフレンドだったという」

「そうでしたね。でもデータベースに名前はありません」

「君の前任者がチェックしなかったせいだろう。粕川はアメリカだかイギリスだかに留学して、卒業後はなんとかいう商社に……立尾くん、俺が最初に鎌倉中央署を訪ねたとき、君、妙なことを言わなかったか」

「わたしは柚木さんのように無意味なギャグは言いません」

「それは知っている。君が言ったのは明里くんの目撃情報に関してで、北海道や京都やロンドンや」

「夢の中で、とか」

「夢の中は別にして、ロンドンというのは、特殊すぎないか」

「そうですかねえ。北海道や京都でも、じゅうぶん特殊だと思いますけれど」

もちろん芹亜の言うとおり。この目撃情報には嫌がらせや面白半分も多くあって、取捨選択に苦労する。だがもし粕川祐真の留学先がイギリスだったら、ほんの一縷《いちる》でも、明里の存在につながらないか。そしてたぶん、長峰今朝美のパソコンかタブレット端末には、粕川祐真に関する情報が保存されていた。

「まさかとは思うが」

「なんです？」

「大橋明里は英語が得意だったという」

「わたしも得意でした」

「誰がおまえの、いや、失礼。とにかく粕川祐真の連絡先を知りたい。今はシンガポールに駐在しているらしいが、それ以上のことは分からない」

俺は残っていたコーヒーに口をつけ、大橋明里、ロンドン、粕川祐真、という単語を頭のなかでくり返す。たしかに飛躍が過ぎる発想ではあるが、明里の失踪が単純な家出や誘拐でないことは明らか。背景にはどうせ、俺の発想よりもっと不可解な事情がある。そしてその不可解な事情を、長峰今朝美が嗅ぎつけていた可能性もある。

「明里くんの失踪当時、粕川祐真は江ノ島学院の三年生だったという。事件担当の美人刑事なら学籍簿を調べられる」

「美人でなくても調べられます」

「一種の枕詞《まくらことば》だ、気にするな」

「しつこく何度も何度も言われると、気になります」

「そうやって相手に暗示をかける。君も自分の容姿に自信がもてたろう。特に今日はそのスタジアムジャンパーがよく似合う」

芹亜がもう空《から》になっているコップをとりあげ、しばらく顔の前に構えてから、くっと咽を鳴らしてコップをテーブルに戻す。すぐ店の女が来て、俺と芹亜のコップに水を足してくれる。

冗談ではなく、芹亜の薄い胸と細い首にはスタジアムジャンパーがよく似合う。

「学籍簿は調べられますけどね。今日は土曜日です。それに個人情報の扱いは面倒ですから、裁判所の令状が必要かも知れません」

「月曜日でいいさ。それから月曜日には、大橋家の戸籍謄本《とうほん》を入手してくれ。塚原さんも十年前に閲覧《えつらん》して、親子関係等に不審はなかったというが、見落としか、あるいは何かのヒントがあるかも知れない」

足された水を口にふくみ、了解というように、芹亜がキャップの庇をさげる。たぶん顔が赤くなっているのだろう。

「君も大橋夫妻には会っているよな」

「事件の担当になったとき、ご自宅へうかがいました」

「警察官なら土地家屋の資産価値や権利関係、それに収入なども調べられる」

できれば家族のDNAも鑑定したいところだが、今の段階では無理だろう。

芹亜が口のなかで「はい」と返事をし、ショルダーバッグから小型のタブレット端末をとり出して、なにやら書き込みを始める。昔の刑事はみんな覚書《おぼえがき》用の手帳かノートを持ち歩いていたものだが、最近のハイテク刑事は、こういうものか。

「そういえば……」

メモ書きの手をとめ、キャップの庇越しに何秒か俺の顔を睨《にら》んでから、芹亜がまた端末に視線を戻す。

「柚木さん、ケータイからパソコンのメールを見る方法は覚えましたか」

「前から知っている」

「そうですか。わたしは柚木さんのように意地悪は言いませんから、ご心配なく」

言い返すほどの大事件でもなし、俺はシートの背に凭《もた》れて芹亜の作業を見守る。

「署のデータベースに、ロンドンで明里さんを見かけた人の情報が入っているかも知れません。検索してみます」

しばらくタブレット端末の上で指先を動かし、それからキャップの庇を上向けて、芹亜がほっと息をつく。

「もう五年も前の情報ですけどね。通報者は内海《うつみ》景子《けいこ》という女性です」

「名乗っているのか」

「住所や電話番号も記録されています」

「少なくとも嫌がらせや面白半分ではなかったわけだよな。もちろん氏名や連絡先が本物ならば、だけれど」

芹亜が口を結んでうなずき、タブレット端末を膝にのせたままケータイをとり出す。この連絡先がフェイクなら話はそれまで、しかし住所氏名が本物ならいくらかの希望にはなる。

芹亜が通話を始め、一分ほど質問や返答をくり返す。

「本物でした。今ごろになって連絡したので驚いていましたけど、今日はお休みで自宅にいるそうです。これから向かうと伝えました」

「住所は？」

「藤沢市の鵠沼《くげぬま》です。江ノ電の柳小路《やなぎこうじ》駅まで来てくれるそうです」

「親切な目撃者だな。話した印象はどうだった」

「ご自分で確かめましょう」

「それもそうだ、謝ろう」

「謝るほどの問題ではありません」

「謝るのは君のデータベースに対してだ。そんなものが本当に、捜査の役に立つとは思わなかった」

俺の顔に水はかからないから、今日の芹亜は見かけより機嫌がいいのだろう。

＊

十二月も中旬だというのに観光客の姿が多いのは、土曜日のせいか。ただ江ノ電が混んだのは江ノ島まで、そこから先は地元民だけのローカル電車になって柳小路駅で降りたのは俺と芹亜の二人だけ。ホームのベンチに座っている女も電車に乗らなかったから、鎌倉方面へ向かう客だろう。藤沢駅はここから二つ目だし、観光名所もないらしく、改札の前はすぐ住宅街になっている。

「内海という女性の年齢を聞いたか」

「いえ、そこまでは」

改札を出てもそれらしい姿はなく、周囲にも理髪店が一軒あるだけ。踏切の向こうから買い物カートを押した老女が歩いてくるが、まさかそれがロンドンでの目撃者ではないだろう。

「もしかして、警察の？」

改札の内から声をかけてきたのはホームのベンチに座っていた女で、ジーンズにキルティングのショートコートに毛糸のマフラー。体形は歴史図書館の友部実菜子に似ていて、年齢も二十六、七か。この女が親切な内海景子だろう。

芹亜がまず改札の前に戻り、ジャンパーの内ポケットから身分証をとり出して、相手に示す。

「鎌倉中央署の立尾です。お休みのところをわざわざ、ありがとうございます」

内海景子が唖然《あぜん》としたような顔で身分証と芹亜の風体を見くらべ、首をかしげて、俺に疑問形の視線を送ってくる。ヤンキーのネエちゃんは大げさにしても今日の芹亜はワイルドファッションで、知らなければ素姓を疑われる。

「立尾刑事は今、暴走族への潜入捜査中でしてね。こんな恰好で申し訳ない」

「はい、いえ、あのう、外にベンチがないので、ホームで待っていました」

見渡したところ商店もないから喫茶店もなさそうで、住人も所用は藤沢の繁華街で済ませるのだろう。

芹亜は警察から支給されるプリペイドパスをもっているし、俺もパスはあるのでホームへ戻ることにする。事情聴取は五分か十分で済むにしても、善意の情報提供者を立たせたままでは失礼になる。

ホーム中央のベンチまで戻り、内海景子に名刺をわたしてから、景子と芹亜をベンチに座らせる。

「あのう、柚木さんは、雑誌の記者さん？」

「大橋明里さんの失踪に関して警察と連携取材をしていてね。オブザーバーのようなものなので、ご心配なく」

納得したのかどうか、景子が確認するように名刺を読み直してから、その名刺をコートのポケットに入れる。ベンチは狭いし、オブザーバーでもあるので俺は芹亜の横に立ち、観光ポスターが貼ってある壁に肩で寄りかかる。

芹亜がバッグからタブレット端末をとり出し、生意気に脚まで組んで、上体を景子のほうへ向ける。

「早速ですが、ロンドンで見かけた女性を、内海さんはなぜ明里さんだと？」

「私も鎌倉女子学園でした。大橋明里さんより一学年下でしたけど、校内で見かけたことはありますし、失踪後はチラシ配りも手伝いましたので」

「なるほど。失礼ですが、ご職業などをお聞きしても？」

「市内の中学校で英語の教師をしています。今日はお休みで、たまたま家におりました」

中学校の教諭だからって人間性に問題がないとは限らないが、今日もわざわざ駅まで出向いてきたし、ロンドンで明里を見かけたという通報も悪戯《あくぎ》ではなかったろう。

「失踪事件の前任担当者が病気退職した関係で、この春からわたしが担当に。それで事件のデータベース整理に時間がかかりましたが、内海さんのお名前を発見して、勘というか、閃《ひらめ》きというか、もう一度情報を確認すべきと判断しました」

おい、新米刑事、調子がよすぎるぞ。

「そうですか。あのときはろくに話も聞いてもらえなくて、ちょっと腹も立てたんですけどね」

「申し訳ありません。なにしろ目撃情報が膨大で、前任者もロンドンまでは手がまわらなかったようです」

「そうですよね。五年前は腹も立ちましたけど、常識的に考えてロンドンは不自然でしょうし、時間がたつうちに、私も他人の空似《そらに》だったような気になりました」

「また話を蒸し返すようで、ごめんなさい」

「いえ、正直に言うと、私も忘れていたんです。でもさっき刑事さんから電話をいただいたら、急に記憶が鮮明になって」

「五年前にロンドンで明里さんに似た女性を見かけた状況は、どういうものでしょう」

景子が尻をずらして俺と芹亜の顔を見くらべ、記憶を確認するように、何度かまばたきをする。

「大学三年生の夏休みに、ロンドンの一般家庭にホームステイしました。アメリカ英語ではなくて、クイーンズイングリッシュを勉強したくて」

「アメリカ英語は下品ですからね、わたしも嫌いです」

芹亜の好みなんか誰も聞いていないのに、一応は相手の気持ちを和《やわ》らげているつもりなのだろう。

「刑事さんもロンドンに？」

「わたしは卒業旅行でオーストラリアへ行ったぐらい」

「オーストラリアもいいですね。でも就職してしまうと、なかなか長いお休みがとれなくて」

「わたしも教職課程は修了させたんですけど、父が警視庁に勤めている関係から、けっきょく警察に」

「警察のお仕事も大変ですよね。暴走族への潜入捜査なんて、危険ではありません？」

「アメリカ映画ほどではないですよ。それに湘南の暴走族は洗練されているほうですから」

お嬢さんたち、そろそろ本題に入ってくれないか。

芹亜が俺の気配を察したように脚を組みかえ、肩をすくめて、タブレット端末を構え直す。

「それで、明里さんに似た人を見かけたのは、ホームステイ中に？」

「ウエストロンドンへ行ったときです。ロンドンの中心部から地下鉄で三十分ぐらいのところに、ちょっとした日本人町のような地域があります。そこでは日本の食料品や日用品も買えますし、和食のレストランなども多くあって」

「駐在員やその家族が利用するわけですね」

「日本人学校などもあります。私のホームステイも終わり近くになって、ホストのご家族を和食レストランにご招待しました。私たちがそのレストランへ入ろうとしたとき、入れ違いにその女性が。日本人町ですから日本人が多くいるのは当然ですけど、なぜかその女性には見覚えがあるような気がして、それで、思わず声をかけたんです」

「大橋明里さん、と？」

「いえ、とっさのことで、名前は浮かびませんでした。その女性もふり返って足をとめましたが、一緒にいた男性がすぐ背中を抱えるように、二人で地下鉄のほうへ歩いていきました。大橋明里さんの名前を思い出したのは、二人の姿が見えなくなってからです」

「内海さんは二人を追わなかった」

「ホストのご家族もいましたから。それに明里さんと似ているとは思いましたけど、ロンドンというのは、さすがに、ちょっと。でも翌日、一応、日本領事館へは連絡しました」

「領事館の対応は」

「なにも。日本の警察に電話をしろと」

「で、電話をされた」

「しました。直接ではなくて、母に頼みましたけど。私のケータイ番号も教えるようにって」

「警察から連絡は？」

「ありませんでした、日本の実家にも。私もやっぱり他人の空似だったと思って、でも日本へ帰ってきたらまた気になり始めて、直接鎌倉の警察へ話しに行きました」

そのとき鎌倉中央署がどう対応したのか、聞かなくても分かるが、景子が俺の顔を見あげたので、俺は会釈《えしゃく》で先をうながす。

「かなり年配の刑事さんで、顔も名前も覚えていませんけど、ロンドンでのことを説明しました。ですけど、なんていうか……」

「相手にされなかった」

「はい、それに、言葉はていねいなのに、口調や表情がなんだかバカにしている感じがして。以降は関わらないことに決めました」

警察の対応なんかそんなもの、と言ってしまえばそれまで。芹亜の前任者がどんな男かは知らないが、突然所轄へ来た若い娘に「ロンドンで大橋明里を見かけた」と訴えられても、相手にできなかった状況も理解できる。

「失礼をしました。当初からわたしが担当になっていれば、きっと別な結果になったでしょう」

当初から芹亜が担当したところで、どうせデータベースとやらに景子の住所氏名を記録する程度、それに五年前の芹亜はまだ大学生だったろうに。

芹亜が端末へ書き込む手をとめて、キャップの庇を上向けながら俺の顔を見あげる。その表情は「どうですか、この情報は信じられますか」というものだろうが、信じられるのは景子に悪意はないということだけ。遭遇した場所がロンドンというのでは、確率的にもゼロに近い。

「あなたが明里さんらしい女性を見かけたとき、一緒にいた男というのは、どんなやつだったろう」

「日本人です。ロンドンには中国人も韓国人も多くいますけど、歩き方や髪型や服の着方で区別ができます。イギリス人に聞いてもすぐ分かるといいます」

景子の言うとおり、東京にも多くいる中国人や韓国人観光客は、遠くからでもひと目で分かる。

「その男の人相とか特徴とかは、覚えているかな」

「若い人で、歳は私たちと同じぐらい。背は明里さんより、ちょっと高いぐらいでしたかね」

「粕川祐真という名前に聞き覚えは」

「粕川？　さあ、どんな人でしょう」

「明里さんが失踪した当時、熱心にチラシ配りをした男子だという」

「あのときは……」

景子が首をかしげながら腰をあげ、コートのポケットに両手をいれて、軽く足踏みをしながら空を見あげる。履物がサンダルだから足が冷たいのだろう。

「小・中学校の同級生とか、他校の生徒も多くボランティアをしましたからね。記憶にありません」

芹亜も景子に釣られたように腰をあげ、俺の顔に流し目を送って、なぜかにんまりと笑う。

「内海さん、その男性をもう一度見たら、判別はできますか」

「見かけたのは横顔とうしろ姿だけですけど、もう一度見れば、あるいは」

「柚木さん、学校には学籍簿と同様に、入学や卒業時の記念写真も保管されているはずです。月曜日はそちらも手配します」

なにを偉そうに。

「聞いてのとおりです。内海さん、来週にはまたあなたに写真を見ていただくことになりますが、どうかご協力ください」

アルバムの小さい写真を見て、はたして景子に、人物を特定できるかどうか。もちろん学籍簿には粕川祐真の実家関係も記載されているから、別な写真や情報も入手できる。

「とにかく来週に、またご連絡します。今日は突然の電話で、失礼しました」

景子がポケットから両手を出して軽く頭をさげ、俺のほうへも会釈をして、ホームを改札へ向かう。大学生時代の夏休みに一カ月もホームステイできるぐらいだから、家庭には余裕があって本人にも向学心があり、そして三十歳を過ぎたあたりで公務員か銀行員あたりと結婚する。横浜で会った岸本南緒も〈笹りんどう〉の小野珠代も〈鎌倉散歩〉の宮内和枝もみんな似たような年齢、失踪した大橋明里も同年齢ではあるが、もし生きているとしたら、どんな十年間を過ごしているのだろう。

そうか、マヤも珠代と同い年か。それなのになぜか、俺はマヤだけを特別扱いにしてしまう。

芹亜が元のベンチに腰をおろしてタブレット端末をバッグにしまい、俺も景子が座っていた場所に腰をおろす。

「柚木さん、どう思います？　内海さんの話を聞いているうちに、なんだか可能性があるような気がしてきました」

「可能性だけならな。明里くんの失踪後、入国管理局の出入国記録は調べたのか」

「調べてあります。データベースに記録があります。直後ではなくて、失踪後一カ月ほどしてからですけどね。捜査がいき詰まって出国の可能性も考えたのでしょう」

「もちろん大橋明里は出国していない」

「はい、事件直後から一カ月間、出国の記録はありません」

暴力団や中国マフィア関係者なら偽パスポートぐらい手配するにしても、高校二年生の大橋明里では無理だろう。

「なあ、病気退職した君の前任者は、存命なのか」

「亡くなったという話は聞きません」

「ロンドンでの目撃情報を長峰今朝美と共有していたかどうか、確認できるだろうか」

「してみます、それも月曜日に。でもこちらは失踪事件担当で向こうは探す会の事務局長ですから、たぶん共有していたと思います」

「それなのに君のデータベースには、いや、前任者の記録には粕川祐真の名前がない。そのあたりがなんとなく、イヤな感じがする」

藤沢方向に電車の音がして、改札からも二人の乗客が入ってくる。江ノ電は単線だから上りも下りもホームはひとつだけ。どちらが上りでどちらが下りかは知らないが。

「柚木さんは極楽寺ですか」

「うん、いや、うん、まあ、なんというか」

「言っては失礼ですけど、女性の趣味だけはいいですよね」

「女性の趣味が悪ければ今だって、君のとなりにはいないさ」

一瞬芹亜が言葉を呑み、口のなかでなにか言って、キャップの庇をさげる。

「えーと、わたしは、お休みなので横須賀の実家へ行きます。月曜日からは忙しくなりますよ。わたしも頑張りますけど、柚木さんも頑張ってくださいね」

頑張るのは結構だが、明里失踪事件の担当刑事はおまえだろう。

電車がホームへ入ってきて、俺たちは腰をあげ、ひらくドアを待つ。

＊

極楽寺駅の改札を出たのに、まだ俺にはためらいがある。本物の新婚夫婦なら亭主が家へ帰るのは当たり前、しかし俺とマヤの関係はあくまでもお芝居で、千絵との賭けが中止になってしまったらマヤの家へ行く名目がない。「ダンヒルの煙が恋しくなった」「下着を君の家におき忘れた」「玄米雑炊を食べないとどうも体調が悪い」「もう一度君の〈津軽海峡・冬景色〉を聞きたい」。どれも事実ではあるけれど、なんとなくわざとらしい。やはり「近くまで来たので寄ってみた」が無難か。それにマヤだって仕事か買い物で外出しているかも知れず、本来なら電話をして確認すべき。ただ電話をしてマヤの声にちょっとでも拒絶の気配を感じたら、それだけで足がすくんでしまう。

柚木草平氏、いい歳をして、なにを悩んでいるのだ。

愚痴《ぐち》を言っているあいだに切り通しへ着いてしまい、まあ、いいか、と石段をのぼる。留守ならそれまで、在宅だったらとりあえず「近くまで来たので寄ってみた」と言ってみよう。

表の木戸はいつも無施錠なのか、手をかけると簡単にあいてしまう。垣根の椿は西日を受けて葉色を濃くし、雑木林《ざつぼくりん》からはモズの鳴き声が聞こえる。

インターホンのボタンを押して、応答を待たずに格子戸をひらく。こういう無頓着《むとんちゃく》な真似をするのは俺と三崎ぐらいだろうから、それでマヤにも来訪者の見当がつく。だが奥から顔を出した女の顔を見て、一瞬膝がくずれそうになる。

「あらーっ、草平ちゃん、いらっしゃい。ちょうどいいところへ来たわ。今マヤさんとワインを始めていたところなの」

この美女軍団にはいつも混乱させられるが、今日の千絵は茶系のざっくりしたハイネックセーターにオリーブ色のロングスカート。アフロっぽかった髪も頭頂に束ねてシニヨンリングでまとめている。千絵といえば東南アジアの呪術師みたいなイメージしか浮かばない俺には、もうそれだけで息がとまりそうになる。娘の美早は「一緒に外出するときは着替えさせる」と言っていたから、そうなると、美早もいるのか。だがこの期に及んで「家を間違えた」とか言ってひき返すわけにもいかず、覚悟を決めて玄関をあがる。

もうすっかり馴染んでいる居間には箱火鉢《はこひばち》の向こうにマヤ、こちらは制服の半纏《はんてん》にモンペだから違和感はなく、閉まった障子戸には西日が射している。

「やあ、近くまで来たので寄ってみた」

マヤが唇だけで笑い、「勝手に座布団を持ってこい」と目で合図をする。火鉢の周りには鎌倉彫の盆や箱膳が出されていて、グラスやワインのボトルや食材のパックがおかれている。パックは明太子と生ハムで、オヤジの宴会でもあるまいに、この美女たちは皿も出さずに酒宴を始めているのか。

「えーと、美早くんは」

「お大仏様の見物に行ったの。お大仏様ぐらい遠足でも見ているはずなのに、あの子、初めてですって」

「はあ、そう」

「わたくしも子供のころ見物したけど、もう怖くて。あんな不気味なもの、二度と見たいと思わないわ」

ヒトの価値観はそれぞれ。そういえば俺も、大仏は見ていなかったか。

「歩きまわって咽が渇いている。ビールをいただこうかな」

マヤがやはり目で「勝手にどうぞ」と返事をし、千絵の手前どうかとも思うが、自宅でのマヤは横着女《おうちやく》になってしまうのだから、仕方ない。

「ついでにこの食材にも芸をさせよう。セレブ方はタバコでも吸っていてくれ」

ジャケットを脱いで部屋の隅に放り、箱膳から明太子と生ハムのパックをつまみあげる。それから台所へ歩いて手を洗い、冷蔵庫を点検する。一昨日は見かけなかったキュウリや大根が入っているから、マヤも多少の買い物はするのだろう。

まだ夕食の時間ではなし、とりあえずの肴《さかな》ができればそれでいい。まずキュウリを二本とり出して水で洗い、キッチンペーパーでぬぐってから縦割りに切り分ける。そのキュウリ面にほぐした明太子を並べ、生ハムのロール巻きをつくる。それをひと口サイズに切って大皿に並べればちょっとしたオードブルになる。もう一品ぐらいほしいところだが、冷蔵庫には大根と梅干しぐらいしかなく、あとはビールやワインだけ。さて、どうしたものか。

大根の千切りに梅干しでも和《あ》えるか、と思ったときマヤが台所に顔を出す。

「ほーんと、草平さんって。もし……」

つづく言葉は「千絵さんがどうとか」なのだろうが、さすがに憚《はばか》ったらしく、肩をすくめただけで大皿を居間へ運んでいく。

俺は大根の千切りを多めにつくり、種をとった梅干しをまな板の上で叩く。その梅干しと大根を和えて小鉢に盛りつけ、食品棚にあった鰹節《おかか》をぱらり。ワインの肴として如何《いかが》なものかとは思うが、箸休めにはなる。

大根の梅干し和えとビールとグラスを持って居間へ戻る。俺のジャケットは壁のハンガーにかかり、座布団も据えられて、マヤはキセルを吹かして千絵もタバコを吸っている。

「草平ちゃん、あなた、お料理が上手なのねえ。クリスマスはうちでパーティーをやるから、手伝いに来てね」

「はあ、まあ」

「美早がお友達を呼んだらしいの。でも不思議なのよねえ、そのお友達の名前は教えてくれないの」

そうか、このところ事件にかかりきりで、美早をごまかす方法を考えていなかった。しかしまさか、母親に名前を教えない友達が、加奈子ということはないだろう。

俺は小鉢やグラスを火鉢の猫板《ねこいた》におき、缶ビールのプルタブをあける。火鉢には炭が熾《おこ》って鉄瓶がのっているから、本来なら日本酒の熱燗《あつかん》あたりが似合うのだろうが、マヤや千絵に日本酒を飲む習慣はないらしい。俺にもないけれど。

「ねえねえ草平ちゃん、今マヤさんから聞いていたところ。自殺とか殺人とかに追いかけられて、ずいぶん忙しいんですって?」

「忙しいのは犯人や被害者で、こっちは見物しているだけですけどね」

「それならその自殺と殺人で、また賭けをしてみない?」

「あのなあ、千絵さん」

「千絵さんね、さっき話したタウン誌の編集長を殺したのは、自殺した米倉という人で、事件自体は決着しているの」

「そうなると失踪のほうはどうなのよ。そちらが解決していないのなら、賭けをつづけてもいいでしょう」

「いや、そのことなんだが」

ビールを半分ほど飲み、大根の梅干し和えにも箸をつけて、俺は千絵とマヤの顔を見くらべる。

「どうも様子が不審《おか》しくなった。十年前の失踪事件と今回の事件には関連があるらしい。長峰編集長を殺害した犯人も、米倉ではないと思う」

「だって……」

マヤがワインを口にふくみ、弓形のきれいな眉を右側だけもちあげる。

「彫古堂の店員さんに会ったとき、製品偽装と不倫の清算で間違いないと言ったでしょう」

「不倫と米倉の自殺は間違いない。ただ編集長の死に関しては疑問が出てきた。編集長は大橋明里に似た女性をスカウトして、マヤさんやタマちゃんに、わざと目撃させていた。もしかしたら事件の核心はその部分かも知れない」

珍しくマヤが啞然とした表情をつくり、千絵もグラスを口の前で構えたまま、二人して俺の顔を見つめる。そんな風に見つめられると心臓マヒを起こす男がいることを、二人にはどうか、自覚してもらいたい。

「奇妙なお話ねえ。その編集長さんは、なぜそんなことをしたのかしら」

「善意ではなかったろうな」

「もしかしたらわたくしたちに、賭けをさせるためかしら」

ため息のかわりに、ちょっとだけ、俺は肩をすくめる。

「草平さん、その似た人というのを、確認してあるの」

「会って事情も聞いた。事件とも明里くんとも無関係、たんに金で雇われただけだという」

「わたしも会ってみたい。タマちゃんに話したら飛んでくるわ」

「連絡はとれる。ただまじめに働いて子育てをしているシングルマザーでな、必要以上に巻き込みたくない」

「すぐには信じられないけれど」

マヤがキセルにタバコをつめて火をつけ、障子戸のほうに目をやりながら、ぷかりと煙を吹く。

「長峰さんは明里さん本人と、面識はあったのかしら」

「あの年の春に〈鎌倉散歩〉を引き継いだばかりだから、面識はなかったろう」

「それなら写真で顔を知っていただけよ」

「俺も写真で知っていただけだが、その女性に会った瞬間、明里くんかと思ったほどだ」

「それ、かえって不審《おか》しくない？」

「どこが」

「人は他者を体形や仕草《しぐさ》や雰囲気で識別するのよ。明里さんをよく知っている人なら顔がいくら似ていても、すぐ別人と分かるはず」

「しかし背丈もチラシどおりだし、十年の時間がたっている」

「逆ではないかしら。草平さんも長峰さんもチラシの写真しか見ていないから、すぐ似ていると思ったのよ」

「うん、まあ、そういう理屈も成り立つ」

「タマちゃんだって近くで見たわけではないでしょう。二十メートルか三十メートルは離れていたはず。それはわたしやほかの人も同じよ。雰囲気や歩き方や仕草まで似ていることが、なぜ長峰さんに分かったのかしら」

なんとなくイチャモン臭いが、考え方としては正しいか。百メートル先から歩いてくる知人を認識するのは体形や雰囲気からで、たしかに顔ではない。しかしマヤたちだって一瞬「明里さんか」と思ったほどだから、結果的に岸本南緒は体形や雰囲気も似ていたことになる。

「うん？　そうか、マヤさんが言いたいのは、つまり……」

マヤがこんとキセルの雁首《がんくび》を灰吹きに打ち、にんまりと笑いながらグラスを口に運ぶ。小癪《こしゃく》な女だ。

「草平ちゃん、わたくしには話が見えていないわ」

「マヤさんが言いたいのは、長峰編集長がその女性を雇ったとき、本物の明里くんを知っている誰かに確認させたはずだと、そういうことさ」

「マヤさん、そういうことなの？」

「そのほうが確実という意味よ。せっかくお金を払ってその女性を雇っても、誰にも気づかれなかったら無駄になってしまうもの」

「言われてみればそうねえ。草平ちゃん、探偵はあなたなんですから、しっかりしなくてはダメよ」

「面目ない」

マヤの理屈も一応の筋は通るとして、やはりなんとなく、無理筋のような気はする。そうはいっても南緒のアルバイト料は三日で十五万円、長峰今朝美の性格からして、不確実な茶番に十五万円もの出費をするものなのか。それにもし殺害されなければ、南緒を別な場面でも使う企みぐらいはあったろう。

「なあマヤさん、大橋の家へ行ったとき、ピンク色の椿が満開だった。この家の椿はまだ蕾もつけていない」

「なんの話?」

「いや、ちょっと、気になって」

「草平ちゃん、今が満開なら山茶花《さざんか》だと思うわ。椿の一種ではあるけれど、日本の固有種なの」

「そうか、山茶花なら、この季節に満開でも不審《おか》しくはないのか」

千絵も妙なことを知っているな、と思ったが、考えたら俳句の名人なのだ。あの山茶花の下に明里の遺体が埋まっているというイメージは、さすがに妄想か。しかしマヤが指摘したとおり、長峰今朝美が南緒を雇ったとき誰か別な人間がその容姿を確認していたとすれば、それは、大橋夫妻になってしまう。

ワインのボトルが空になり、千絵が身軽に腰をあげて台所へ向かう。

「草平さん、明里さんの失踪に、まさかご両親が関わっているとか?」

「まさか。あの二人はどう見ても善人だし、娘の失踪に関わる理由もないだろう」

実際は芹亜に大橋家の内情を調べるよう言ったから、なんらかの形で関係しているとは思っているが、マヤに告げるとタマちゃんにまで伝わってまた話が面倒になる。

「草平さんの勘ではどうなのかしら。明里さんは生きていると思う?」

「なんとも。ただなあ、君たちの賭けにのった当初は九割以上、死亡していると思った。だけど今は、もしかしたら生きているかも知れないと」

「勘だけではなくて、草平さんのことだから理由もあるのよね」

「勘は俺より君のほうが鋭い」

「長峰さんを殺した犯人にも、本当は心当たりがあるとか」

「買い被ってくれるのは光栄だが、さすがにそこまではな。だが長峰今朝美が殺害されたことで、逆に失踪事件も動き出した気がする。ロンドンで明里くんを見かけたという目撃者まで出てきた」

マヤの眉間《みけん》にほそい皺が刻まれ、切れ長の目尻に揶揄《やゆ》の色が浮かぶ。そんな目で見なくても、ロンドンでの目撃譚が荒唐無稽《こうとうむけい》であることぐらい、俺にだって分かっている。

「もちろん他人の空似だろうが、目撃者に悪意はない。一応の確認作業をするだけさ」

「ロンドンまで行って?」

「そこまで酔狂ではない。目撃云々は五年も前の話だし、調べるのは警察だ」

「例の美人刑事さんね」

「単純な女だが熱意はある。誘導してやればそれなりの結果は出すだろう」

千絵が戻ってきて俺に白ワインのボトルをさし出し、受けとって、俺はワインオープナーを使う。ボトルぐらい自分であけられるだろうに、まったくこの美女たちは、ヒト使いが荒い。

「どこまで話していたかしら。そうそう、それで結局、賭けをつづけることになったわけよね」

「千絵さんなあ、賭けは中止だと、マヤさんから聞いたろう」

「でも亡くなった編集長さんが明里さんに似た人を使って、なにかを企んでいたわけでしょう。その企みがまだ判明していないわ」

「警察が調べるし、殺人事件も失踪事件も警察が解決する。もう探偵さんの仕事はない」

「そうかしらねえ、これから面白くなりそうなのに、なんだか謎解きのない二時間ミステリーみたい。それに美早も心配していたけれど、収入がなくて、草平ちゃん、お正月を迎えられるの」

涙が出るほどありがたい心遣いだが、俺にだって本職がある。しかし、そういえば、また小高直海への連絡を忘れていた。

「マヤさんはどうなのかしら、本当にこのまま、賭けは中止でいいのかしら」

「草平さんに任せましょうよ。もともとわたしたちの賭けはお遊びみたいなものだし、殺人事件まで賭けの対象にしたら不謹慎《ふきんしん》ですもの」

うむ、肝心なところではちゃんと正論を吐くのだから、いい女だ。

「それより千絵さん、せっかく草平さんがいるんだから、お料理の腕を振るってもらいましょうよ。出掛けるのも面倒な感じになったし」

「あらあら、そうねえ。ねえ草平ちゃん、美早が帰ってきたらお食事に行く予定でしたけれど、あなたに作ってもらったほうが素敵よねえ」

「しかし、食材が」

「美早に電話をしてお買い物をさせればいいのよ。そうと決まれば早いほうがいいわ」

いつ、そうと決まったのかは知らないが、決まってしまったのだから、仕方ない。

千絵が腕をのばしてバッグをひき寄せ、なかからケータイをとり出す。

「草平ちゃん、どんな食材がいいのかしら」

「肉でも魚でも美早くんが好きなものを。この家にはハーブがたっぷりあるから、どうにでもアレンジできる」

「いいわねえ。クリスマスには本当に、手伝いに来てね」

ケータイで「そうそう、草平ちゃんが」とか「お料理の材料を」とか短く会話し、電話を切って千絵がグラスをとりあげる。今日は服装も髪型もまともだから、さすがにその美貌が際立つ。

「一度鎌倉駅へ戻るから、一時間ぐらいかかりますって」

「ちょうどいい時間よ。ビールとワインだけはたくさんあるから」

「草平ちゃんみたいな男性が一人いると便利よねえ。草平ちゃん、あなた、重い家具なんかも動かせるかしら」

「千絵さんね、色男はお金と力がないものと、昔から決まっているわ」

「あらあら、言われてみればそうねえ」

「美早ちゃんではないけれど、千絵さん、お婿さんにもらってあげたら?」

「考えてはみたのよねえ。でもね、わたくしと相性がぴったりとか言いながら、本心では美早のほうが草平ちゃんに気があるみたいなの」

「歳がずいぶん違うでしょう」

「ですけど、わたくしが結婚したのも大学生のときなの。そのとき主人は四十歳を過ぎていた。ちょうど美早と草平ちゃんぐらいの歳の差だったの」

「そういう遺伝子なのかしら」

「あるいはね。それよりマヤさんのほうこそ、そろそろ年頃じゃない？」

「草平さんみたいに便利な男性を奪ったら、千絵さんや美早ちゃんに悪いわ」

「構わないわよ。一週間交代で渋谷と鎌倉を往復させて、その間に美味しいお料理をつくらせればいいの」

「それもアイデアかしら」

「そうそう、けっきょく誰と結婚しても同じことなのよねえ。美早が帰ってきたら、三人で相談してみましょうか」

千絵がタバコに火をつけ、マヤもキセルをくわえて一度ずつぷかりと煙を吹かし、二人そろってその美しい視線を、じっと俺の顔に向ける。

おい、美女軍団、正気なのか。

8

迎え酒のビールにするか頭痛薬にするか、つまらないことに一時間も悩む。カーテンの色からすると今日も快晴で、本来なら起き出して洗濯をするべき。もう正午《ひる》に近い時間であることは分かっているが、どうにも躰《からだ》が動かない。昨夜は千絵と美早が一緒だったからマヤの家に泊まるわけにもいかず、最終に近い電車で東京へ戻ってきた。鎌倉では美女軍団の攻撃をかわしながらの酒で酔うはずもなく、酒量も自重していた。その反動か、部屋へ帰ってからの寝酒がとまらず、ベッドへ入ったのは四時近く。結果は寝酒の飲みすぎで二日酔い、我ながら気楽な人生だとは思うが、どうせ日曜日で芹亜も仕事はしていない。

迎え酒で一日グータラ過ごすか、起きて洗濯をするか。何度も寝返りを打ってからビールを飲みながらの洗濯に決め、起き出してトイレを済ませる。それからカーディガンを羽織ってシーツや布団《ふとん》カバーをベッドからはがし、洗濯機に放り込む。昼からの洗濯で乾きが悪くても、俺には手作りの乾燥アイテムがある。それはペットボトルの底をくりぬいて五本縦につなぎ、各ボトルに熱風の吹き出し穴をあけてあるもの。これを布団乾燥機に接続させ、ペットボトルの上に生乾きの洗濯物を広げる。真冬でも梅雨《つゆ》の季節でも、洗濯物は一時間でパリッと乾いてしまう。

缶ビールを冷蔵庫から出し、居室に戻って電気カーペットのスイッチを入れる。別居以来土日や祝日とは無縁になっていても、習慣で、日曜日というのは躰と気分が休みたがる。それに仕事相手である編集者が休むのだから、やたらに連絡しても失礼になる。

そうか、昨夜からなにか忘れていると思っていたが、小高直海への連絡か。しかし直海だって休日、編集部での方針が決まったら向こうから知らせてくるはずで、鎌倉事件をどう扱うか、まだ結論が出ていないのだろう。それでも自殺と殺人が別事件であることだけは、伝えておくか。

迎え酒とはよくいったもので、冷たいビールを咽《のど》に流すと、なんとなく躰が楽になる。頭痛もたいしたことはなく、これなら二、三品の肴《さかな》をつくって夜まで怠惰を決められる。マヤ一人でも大敵なのに、昨夜は千絵と美早まで加わったのだから神経の消耗は想像を絶した。もちろん冗談に決まっているが、本当に鎌倉と渋谷を一週間おきに往復させられたら、俺は過労死する。

さて、なにか肴をつくるか。そうはいってもこのところ鎌倉泊まりが多かったから、ろくな食材はなし。ジャガ芋や玉ネギは常備品だからピザは焼けるにしても、そこまでの食欲はない。買い物に出る気力もなく、焼き玉ネギをつくって醤油をたらすか。

とりあえずいつでも寝られるように、洗濯済みのシーツや布団カバーでベッドメイクをする。躰を動かしているうちに、ふと、加奈子への連絡を忘れていたことを思い出す。「選挙の件は手を打ったから、心配するな」と。

デスクへ歩きかけ、足がとまる。三崎もまさか「柚木草平氏からの依頼で」とは言いふらさないだろうが、情報なんか、どこでもれるか知れたものではない。加奈子だってませてはいるがまだ小学生、「内緒に」と念を押したところでうっかり口を滑らさないとも限らない。俺の小細工が知子に感づかれたらそれこそヤブヘビ、かえって状況は悪くなる。早く知らせて加奈子を安心させてやりたいとは思うものの、ここは自重か。

デスクの椅子に腰をおろし、タバコに火をつける。以前ほどうまさを感じられないのは、外では吸わなくなった習慣のせいか。それともマヤの吹かすダンヒルの煙が恋しいせいか。まだなにか忘れているような気はしたが、仕事は明日からで、直海との連絡がとれないと原稿にも手がつかない。その原稿だってゴーサインが出てからでなくては手をつけても意味はなく、他の雑誌社へ持ち込んだら裏切りになる。

直海だって日曜日でデートぐらいするだろうから、ここは電話ではなく、メールにしておくか。

パソコンのスイッチを入れ、パスワードを打ち込んで、芹亜が送ってきたデータを思い出す。殺人と自殺の現場写真は確認済み、しかしJRと江ノ電の監視カメラ映像は未見だった。このところ集中力が持続しない理由は、もちろん分かっている。

迎え酒を飲みながら映像を確認してもいいが、午後十時前後の映像でそれぞれ三十分から一時間はあるはずだから、両駅で最長二時間。そんなものを小さいパソコンの画面で眺める気力も体力も、今日はない。

パソコンとテレビをつなぐ方法は、なんといったか。いつだったか仕事で知り合った女刑事がタブレット端末と俺のテレビを接続させたことがあるから、つなぐ方法はある。ただそのときは相手がケーブルを持っていて、当然、今はない。もしかしたら外付けのハードディスクにパソコンの映像をダウンロードすれば、それをテレビで再生できるか。たとえ二時間でも寝転がってテレビを見るだけなら、ビールやウィスキーと同時進行できる。

ためしにテレビからハードディスクを外し、パソコンにつなげて「ダウンロード」をクリックする。だがどういうわけか画面は動かず、「ドキュメント」だの「コピー」だのをいじくっても意味不明な表示が出るばかり。ある程度は予想できていたが、どうもこのIT機器と俺の人生は相性が悪い。

美早や芹亜を呼び出すわけにもいかず、加奈子に電話もできず、心苦しいが、ここはやはり直海か。

仕方なく受話器をとって直海のケータイに電話をする。

「せっかくのデートを邪魔してすまないが、原稿の件を確認したくてな」

「柚木さん、それ、イヤ味ですか」

「どれが」

「日曜日だからって、わたしはデートなんかしませんよ」

「オファーは殺到するだろう」

「相手を選びます」

「それなら俺を誘えばいいのに」

「柚木さんとデートして楽しいと思いますか」

「まあ、価値観は、いろいろだ」

直海が一、二秒間をおき、わざとらしくため息を聞かせる。

「原稿の件ですけどね、編集長が大阪へ出張で、まだ打ち合わせができていません。明日の夕方にはこちらから連絡します」

「そのことなんだが、週刊講文は来週号ぐらいに大スクープ記事を飛ばす。しかしそれが大チョンボだったら、逆に月刊ＥＹＥＳのスクープになる」

今度は息を呑む音を聞かせ、二度静かに呼吸をして、直海が慎重に声を出す。

「もしかして、タウン誌の編集長と彫古堂の社長は、無理心中ではなかったと？」

「今のところ物証はない。ただ状況を総合的に判断すると、たぶん別の事件だろう。鎌倉の所《しょ》轄《かつ》に協力してくれる刑事もいるから、この取材は核心に迫れる」

「その刑事さんはまた女性ですね」

「またというか、たまたまというか、なんというか」

「どうでもいいですけど、柚木さんの勘が当たったらとんでもないスクープですよ」

「期待してくれ」

「すぐ編集長に連絡します。具体的なご返事は明日になりますけど、編集長も柚木さんの勘だけは評価しています」

「君にも評価してもらいたい。それから、ついでなんだが、パソコンとテレビのつなぎ方を教えてもらえないか」

「なんの話です？」

「だから、パソコンとテレビの」

「ＨＤＭＩケーブルでつなげばいいでしょう」

「ふーん、なんだ、それ」

また息を吞み、今度は空咳《からせき》をして、直海が深々とため息をつく。

「柚木さん、電話からお酒が匂いますよ」

「もうそんなケータイが発売されたのか」

「わたしのケータイには柚木さん専用のアルコール検知アプリが入っています。要するに二日酔いで迎え酒を飲んでいて、パソコンとテレビのつなぎ方が分からなくて、それでわたしになんとかしろということですね」

「いや、電話をしたのは、純粋に原稿の件だ」

「信用しません。ですけどわたしもこれから出掛けますから、その前に四谷へ寄ってあげます」

「日曜日に仕事を？」

「有名なライターとの打ち合わせです」

「日本に俺より有名なライターがいたのか」

「百人はいますね」

「ああ、そう」

「一時間ぐらいで伺いますから、それまで酔いつぶれないように」

直海が一方的に電話を切り、俺も受話器をおいてビールを飲みほす。まさか本当にアルコール検知アプリなんてものがあるとは思えないが、俺の飲酒に対する直海の勘は鋭い。もっともそれは勘に関係なく、常識の範囲なのかも知れないが。

洗濯機の終了音が鳴り、やれやれと独りごとを言いながら洗濯物の始末にとりかかる。干すのはかんたんでベランダの物干しハンガーに掛けるだけ。俺は気が向くと夜中でも洗濯をする習慣があり、知子と暮らしているときはそれを「悪魔の性癖」と罵《ののし》られた。好きなとき好きなように洗濯することの、どこが悪いのだ。

直海が来ることは分かっているのでドアの内鍵をあけ、台所へ向かう。焼き玉ネギというのもなんだか気分ではなく、玉ネギをみじん切りにして味噌と少量の砂糖で和《あ》える。これが長ネギならネギ味噌という一品料理になるが、ないのだから仕方ない。ふと、直海に電話して酒の肴を頼む、というアイデアが浮かんだものの、あの黒縁のメガネを思い出すと気がめげる。夜になって腹がへったら、肉ジャガでもつくればいいか。

新しいビールと小鉢をもって居室へ戻る。それからハードディスクをテレビにつなぎ直し、カーペットに寝そべる。この気楽さは一人暮らしの特権で、いくら美女軍団に迫られても手放せない。しかし考えてみれば部屋をこのまま残し、一週間おきぐらいに渋谷か鎌倉を往復するという方法もあるか。しかし、しかし、渋谷と鎌倉の、どちらにするか。だいいち鎌倉では、まだ処女を襲わせてもらえないのだ。

自分の思考がバカばかしくなり、思わず声に出して笑ってしまう。いくら気楽な人生だからって、ものには限度がある。

テレビを操作してアメリカの刑事ドラマを選び、ソファの座面に頭をもたれさせる。ＢＳでは大量のミステリーを放映するから、その吹き替え版だけを録画してある。寝転がってビールを飲みながら観《み》るドラマに、字幕版では煩わしい。

二本目のドラマを観はじめたとき、チャイムが鳴る。返事をする間もなくドアがあき、ベージュのコートを着た直海が顔を見せる。靴も茶系のハイヒールで、ずいぶん今日は洒落《しゃれ》ている。打ち合わせをするライターとかいうのは、それほど大物なのか。

勝手に入ってきて紙袋をテーブルにおき、脱いだコートを直海がソファの背凭《せもた》れに掛ける。下はタイトスカートと黒いＶネックセーターで、そのきれいな首筋に、ちょっと見とれてしまう。

「柚木さん、言いたいことがあるんですか」

「いやあ、日曜日まで仕事とは、月刊ＥＹＥＳもヒト使いが荒いよな」

「相手の都合なので仕方ありません。それに編集者はお気楽ライターとは立場がちがいます」

「うん、で、ビールでも飲むか」

「それどころではありません。とにかくパソコンとテレビをつなげましょう」

直海が紙袋から黒いケーブルをとり出し、デスクからパソコンをおろしてテレビの前に膝をつく。それがＨＤＭＩケーブルというやつだろう。

「このパソコンは少し古いですからね。バッテリーで駆動するのはせいぜい一時間です。それ以上使うときは電源コードをコンセントに」

そういえばこのパソコンは直海のお友達とかからのおさがりで、型も古い気はするが、どうせ俺には分からない。

持ってきたケーブルをパソコンとテレビに接続させ、直海が俺にテレビのリモコンをわたす。

「ご自分でどうぞ。自分で操作しなければ覚えませんよ。まず入力の切り替えボタンを」

「はい」

「次にＨＤＭＩまでボタンをおろして『決定』をクリック」

「なるほど」

「今度はパソコンです。保存してあるデータをマウスで呼び出しましょう」

「ほーう、出た」

「再生させたい画像や映像をダブルクリック」

「おう、すごい、君はパソコンの天才だ」

「子供でもできます」

理屈が分かってみれば簡単なのかも知れないが、分からない人間にとってはまさに悪魔の機械。美早も五分ほどでケータイとパソコンを同期させたから、俺以外の人間はみんな悪魔に魅入られている。

うっかり殺人現場のファイルをひらきそうになり、慌ててテレビとパソコンのスイッチを切る。いくら直海の気が強くても、殺人や自殺の現場写真は見せられない。

「理屈は分かった。心から感謝する。もう君なしで俺の人生は成り立たない」

口の端をゆがめただけで返事はせず、直海が膝立ちのまま、ベランダの洗濯物とビールの缶を見くらべる。

「言いたくはありませんけど、お洗濯と二日酔い以外にすることはないんですか」

「仕事もしている気はするが」

「『気はする』とかいう寝言ではなく、きっぱり『している』と言い切りましょう」

「うん、している。パソコンをテレビにつなげたのだって、資料の映像を検証するためなんだ」

「パジャマのまま寝転がってビールを飲みながらのお仕事ですか。その肴はなんです？」

「玉ネギの味噌和えだ」

「奥さんとお嬢さんに見捨てられた中年男性の悲哀が、ひしひしと伝わりますね」

「べつに、たまたま」

今日は特別に機嫌が悪いのか、と思ったがそうでもなさそうで、直海が口の端を笑わせ、紙袋からなにかの包みをとり出して台所へ向かう。

「新潟の実家から送ってきた昆布巻きとホタルイカです。少し出してあげます」

「君のいない人生がますます考えられなくなる」

「今日のギャグは冴えませんね。昨夜はどこで飲んだんです？」

「鎌倉の事件に展望が見えてな。考え事をしているうちに寝酒を飲みすぎた」

「若くもないのに、少しは自重しましょう」

マヤの家ではヒラメのムニエルや鶏肉の香草《こうそう》サラダなどを四人分もつくらされたが、そこまで自白する度胸はない。

テレビからケーブルを抜いてパソコンを片付けたとき、直海が小皿を二つ持って戻ってくる。ひとつは鮭の昆布巻き、もうひとつはホタルイカの沖漬けだろう。昆布の艶《つや》も鮭の色合いも見事で、ホタルイカも粒ぞろい。これでビールを追加するなというのは無理がある。

「どうせビールの追加でしょう」

今日はばかに気がきくし、サービスも素晴らしい。

直海がひき返して、台所からビールを持ってきてくれる。なんとなく不気味な気はするが、たぶん前回クダを巻いて寝込んだことの返礼なのだろう。

ソファの端に腰をのせ、揃えた膝に両手を添えて直海がすっと背筋をのばす。

「一応編集長には連絡しました。結論は明日ですが、柚木さんには勘どおりの仕事をしてもらいたいと。ただもう年末進行に入っていますからね、原稿は遅くともお正月明けに」

「誠心誠意、期待に応えよう」

「柚木さんが自殺と殺人は別な事件と判断した理由は、どういうことです?」

「詳しくは原稿に書くが」

ビールをひと口咽に流し、ホタルイカの沖漬けを賞味する。このそら豆ほどのイカは腐敗が早く、漁獲した船上で醤油漬けにしないと味が落ちる。もちろんスーパーで売っているボイルものなんか、箸休めにもならない。

「なんという珍味、昆布巻きの鮭は村上《むらかみ》産だろう」

「日本海側の鮭は身がしまって脂ものっていますからね。お正月には樽一杯の粕漬《かすづけ》をつくります。できたらまたお持ちします」

「ご両親に、俺を君の婿に推薦してくれ」

「冗談より事件です」

「うん、いつだったか、十年前に失踪した女子高生の話をしたろう。もともと俺はその事件を調べるために、鎌倉へ行った」

「義理のあるどなたかに頼まれて、でしたね」

「義理は、まあ、とにかく、そこに殺人と自殺事件が発生して、短絡的に二つの事件を結びつけた。警察の見解も同様で常識的には一件落着。だが奇妙なことに、殺害された長峰というタウン誌の編集長は、失踪した女子高生に似た女性を雇って芝居をさせていた」

直海のメガネが光って、唇が結ばれ、肩が少し前に出る。

「どういうことです?」

「分からない。分からないが、事件の核心はその部分の気がする。殺人現場を検証してみると、犯人が自殺した不倫相手と判断するには不自然な点がある。失踪した女子高生も、たぶん生存しているだろう」

直海が大きく息を吸って腕を組み、首をかしげながら俺の顔を見つめる。

「柚木さんには、事件の構図が見えていると？」

「そこも曖昧《あいまい》でな。事件の輪郭は見えている気もするが、パズルのピースが少なすぎる。明日からコツコツそのピースを集めてまわる」

「そういうふうにお仕事さえきちんとしてくれれば、柚木さんもいいライターなんですけどねえ。いずれにしても明日の夜までには、正式なオファーが出せると思います」

何秒か俺の顔を見つめ、ほっと息をついてから、直海が腰をあげてコートとハンドバッグをとりあげる。

「どうした、もう行くのか」

「ついでに寄っただけです」

「それはまあ、そうだろうが」

「冷蔵庫に笹餅《ささもち》も入っていますからあとで食べてください」

「ありがとう」

ドアのほうへ歩き、ハイヒールに足を入れて、一度ノブに手をかけてから、ちょっと直海がふり返る。

「実は、今日、打ち合わせではなくて、お見合いなんです」

「誰の、いや、そんな、しかし」

「それで両親も上京しています」

「おいおい、急に……」

「昔父が世話になった方の紹介で、仕方ないんです」

「そうはいうが、いくらなんでも、早すぎるだろう」

「二十七歳ですから早すぎはしません。それに義理でのお見合いですから、親孝行みたいなものです。とにかく柚木さんは、仕事の手を抜かないように」

軽く会釈《えしやく》をしてドアをあけ、直海が姿を消し、俺の頭にはしばらく、耳鳴りのような不快音が残る。見合いだろうが結婚だろうが口を出せる立場ではないが、それにしても、突然すぎる。意味もなく動揺している自分に気づき、タバコをくわえて、火をつける。義理での見合いだというからそのまま結婚ということもないだろうが、会ってみたら意気投合というケースだって、なくはない。二十七歳ならたしかに早すぎるわけでもなし、考えてみたら直海だっていつかは結婚する。当たり前のことなのに、俺には心の準備がなさすぎる。

タバコを吸ってビールを飲みほし、台所から氷とグラスとウィスキーを持ってくる。寝転がって刑事ドラマを観ながら迎え酒でまた二日酔い、女房と子供に見捨てられた中年男の日曜日としては、たぶんそれが理想の過ごし方。しかし仕事に関して手を抜かないのも浮木《うきぎ》の意地で、俺は一度外したパソコンをテレビにつなぎ直し、直海に教えられたとおり、映像のデータをダブルクリックする。

9

鎌倉へ通いはじめてちょうど一週間。そのぶん日が短くなり、冷気も増した気がする。俺のジャケットも裏地が厚くなって首には草木染《くさきぞめ》のスカーフが巻かれ、ズボンもコーデュロイになっている。駅から小町通りへ向かう繁華街には相変わらず観光客が流れ込み、上空にはスモッグのような冬雲がかかっている。立尾芹亜は朝から仕事を始めているとかで、裁判所の令状をとって鎌倉の市役所と江ノ島学院をまわるという。

俺はJRの鎌倉駅から参道側へ歩き、シクラメンやポインセチアがあふれた花屋のわきから永井工業のビルへ入る。先週の月曜日、この階段をあがったとき、以降の一週間がここまでの展開になるとは思ってもいなかった。もちろん長峰今朝美も自分が殺害される運命にあるとは、思っていなかったろうが。

宮内和枝から預かっているキーで〈鎌倉散歩〉のドアをあける。デスクや椅子の配置、パソコン類やコピー機の位置に変わった様子はなく、台所や書棚類に手をつけた様子もない。オフィスの賃貸契約がどうなっているのかは知らないが、いずれは清算の必要がある。ただ当事者である今朝美の親族も、逗子のマンションも含めて、まだそこまで気持ちの余裕はないだろう。書棚の前まで歩いて蔵書のラインナップを点検する。旅行雑誌や他地域のタウン誌が多いのは〈鎌倉散歩〉を制作するときの参考にするためだろう。その〈鎌倉散歩〉自体はせいぜい一センチの厚さ、きれいに整理されたバックナンバーが三年分並んでいる。それ以前のものは貸し倉庫にでも保管されているのか、あるいはマイクロチップにでも収めてあるのか。印刷会社には写真の版が保存されているはずだから、必要ならそれを調べればいい。

三年分で三十六冊、そのすべてを近くのデスクへ運び、椅子に腰をおろす。内容に興味があるわけではなく、調べるのは広告だけ。そうはいっても一冊それぞれ百五十ページほどもあるから、どれほどの時間がかかるものか。

最新号は四谷の部屋で調べてあるから、逆に三年前のバックナンバーから調べはじめる。新聞や月刊誌のように、明らかに「広告です」というような露骨な広告は少なく、ほとんどはグルメスポットだのショッピングスポットだのといった記事中に紛れさせている。丹念に調べていくと「ちょい寄りグルメ」というコーナーに〈笹りんどう〉の広告があり、これが珠代の言った「ご近所づき合いみたいなもの」だろう。名刺大で五千円、この写真広告が毎月毎月、どこかの特集やナントカコーナーにはめ込まれる。

彫古堂の広告があったのは最終ページの、いわゆるカバー裏。ページの半分に工房や製品の写真が配されて、米倉の顔写真までのっている。彫古堂の事務員は毎月十万円と言っていたが、鎌倉に特化したタウン誌ではあるし、そこそこの効果はあったか。この広告は最新号でも確認してあり、たぶんそれ以前のバックナンバーから続いているものだろう。しかし俺が探している広告は笹りんどうでも彫古堂でもなく、〈日本博愛会〉なのだ。

昨夜四谷の部屋で最新号をめくりながら、ページの四分の一を占めている日本博愛会の広告を見たときは、〈明里さんを探す会〉の事務局を兼ねていることへの返礼だろうと判断した。ほかにも商店会や鎌倉の歴史研究会などの広告もあるから、グルメやショッピング以外の広告があっても不審《おか》しくはない。それはそうなのだが、時間がたつうちに、なんとなく違和感が広がりはじめた。どこかの施設で子供たちが給食をとっている写真をのせ、そこに日本博愛会の趣旨だの歴史だの理事の名前だのが並び、あとは寄付金の募集。こんな広報活動はどこの慈善団体もおこなっているし、年間に二百億円も集めてしまう偽善団体なんかテレビ広告まで垂れ流す。

それはそうなのだが、とバックナンバーのページをめくりながら、俺は頭のなかで独りごとを言う。いくら返礼の意味があるにしても、タウン誌というのはローカルすぎないか。ほかの広告は商店会でも景観保存会でもみな鎌倉に限定されたもの、それにくらべると日本博愛会は終戦直後からつづく伝統のある全国組織なのだ。

三年前のバックナンバーに日本博愛会の広告はなく、一年分を飛ばして二年前のバックナンバーを調べる。そこにも日本博愛会の広告はなく、また一年分を飛ばして去年の十二月号を調べる。本来なら編集主任の宮内和枝に確認すれば済むことではあるけれど、一週間前の月曜日、長峰今朝美が殺害された当夜の九時十九分に、JR鎌倉駅の監視カメラは改札を通る和枝の姿をとらえている。今朝美の死亡推定時刻は午後十時から前後の三十分、しかしそこからだって十分や二十分の誤差は出る。

ページをめくっていくと一年前の十二月号に日本博愛会の広告が見つかり、逆に十一月号、十月号とさかのぼる。九月号、八月号、七月号に広告はなく、六月号や五月号にもなし。ということは〈鎌倉散歩〉に〈日本博愛会〉の広告がのり始めたのは、おそらく去年の十月号からだろう。探す会への返礼なら十年前から広告を出してもよかったわけで、名目は日本博愛会でも、広告費自体は大橋個人の支出にちがいない。

しかしそれでも、見えてきたのはたんにパズルの枠組みだけであることに、変わりはないのだが。

三年分の〈鎌倉散歩〉を書棚に戻し、元の椅子に腰をおろして生欠伸《あくび》をかみ殺す。ここまでくれば長峰今朝美と大橋のあいだになんらかの因縁か、取引か、確執か、いずれにしても大橋が鎌倉散歩に広告を出さざるを得ない事情があったことは明白。脅迫まがいの方法で飲食店から広告を集めていた今朝美の性格からして、大橋に対しても同じ手法を使ったのだろうが、脅迫するにはネタがいる。そこに宮内和枝が関わっているのかどうか。たんに殺人事件当夜は、所用か飲食で帰りが遅くなっただけのことなのか。

十分ほど仮定の推理をひねくり回してから、諦《あきら》めて岸本南緒の名刺をとり出し、山手商事の営業部に電話を入れる。さいわい南緒は在社ですぐ応答してくれる。

「仕事中に申し訳ない。都合が悪ければ君のほうから俺のケータイにかけ直してくれ」

「いえ、だいじょうぶです。先日はお世話になりました」

「実は確認したいことがあってな」

「はい」

「君がデパートの喫茶店で長峰編集長に会ったとき、つまりアルバイトを承諾《しょうだく》した日のことなんだが、そのとき君と編集長のほかに、同席した人間がいたろうか」
二、三秒間があり、それから南緒の不審そうな声が聞こえる。
「二人だけでしたけれど、どういうことでしょう」

「念のために聞いたまでだ。場所は西口にあるデパートの喫茶店だったよな」

「〈若葉《わかば》〉というお店です。以前からたまに利用していたお店で、三階の雑貨フロアにあります」

「編集長に会った時間は」

「夕方の五時半から六時ぐらい」

「なあ岸本さん、これ以上君を巻き込むつもりはないが、なにしろ人も死んでいる。またあとで確認したいことが出てくるかも知れない。編集長に会った日付と、それに君がアルバイトをした三日間の日付、それからケータイ番号をメールで送ってくれ」

南緒の返事を聞いてから電話を切り、つづけて芹亜のケータイに電話を入れる。

「立尾くん、裁判所の令状はとれたか」

「もちろんです。今、市役所へ着いたところです。これから大橋家の戸籍を入手して、そのあと税務署へまわります」

このあたりはさすがに神奈川県警一の美人刑事、税務署では固定資産税や収入、保険額等の財産状況も調べられるから、大橋家の経済に大よその見当がつく。

「戸籍謄本《とうほん》をとるとき、ついでに戸籍の閲覧《えつらん》者記録も調べてくれ」

「閲覧者記録というのは？」

「誰がその戸籍を閲覧したか。役所によって対応はいろいろだが、閲覧者記録や取得者記録は残っているはずだ。警察なら開示請求ができる」

「はい、調べます。そのあと江ノ島学院へまわりますが、柚木さんはどうします？」

「早く君のキリッとした目に見つめられたいが、我慢するのも人生だ」

「どうして、いつもいつも」

「そんなことより、病気退職した前任者に連絡は？」

「えーと、はい、とれました。久山《ひさやま》さんという方で、大腸癌だったそうです。ですが手術後の経過は良好のようで、ご自宅で療養されています」

「ロンドンでの目撃情報を長峰今朝美と共有していたかどうか、確認できたろうか」

「記憶にないと。編集長の事件は知っていたようですが、ここ何年かは宮内という女性が探す会の実質的な事務局長だったとかで」

なるほど、タウン誌の編集もホームページの作成も実質的には和枝の仕事だったのだから、〈明里さんを探す会〉の実務も和枝が担当していたと考えるほうが、理屈に合っている。

「柚木さん、なにか？」

「いや、療養中に申し訳ないが、久山さんに面会が可能かどうか、打診してくれないか。失踪事件を長い期間担当していた人から、直接話を聞いてみたい」
ひと呼吸おいてから芹亜が「はい」と返事をし、相手の都合を聞いて折り返し連絡するという。

とりあえず電話を切り、オフィスの内を見直してから、ドアを出て鍵を閉める。ちょうど昼時ではあるし、今日は〈笹りんどう〉へ寄って名物の鎌倉丼《どん》とやらを食べてみよう。

それはそれとして、小高直海の見合いはどうなったろう。

*

北鎌倉という駅があるのに南鎌倉や東鎌倉はなく、あるのは湘南モノレールの西鎌倉だけ。西鎌倉は駅だけでなく地名もあるそうで、病気退職した久山の自宅はその西鎌倉にあるという。芹亜からの連絡では俺の面会の申し込みに対して「是非どうぞ」ということらしく、西鎌倉駅から久山の自宅へ向かう。地名は鎌倉でも名所や観光施設はなく、一帯はモノレール沿線の住宅地。遠くに丘陵も望まれ、空もひらけている。

十分ほど歩くと建売住宅街のような一角になり、それぞれの敷地はせまいものの、塀や玄関周りにクリスマス用の電飾を巡らせた家もあらわれる。夜になればあちこちの家でそれらの電飾が明滅するのだろう。日本は平和だ。

教えられた番地に〈久山〉の表札を見つけ、インターホンのボタンを押す。名前を告げると男の声で「そのまま玄関へ」と応答があり、玄関ドアをあける。廊下の奥から顔を出したのはしなびた顔の初老男だから、本人の久山だろう。

「ご療養中のところを申し訳ありません。何分か、お時間をいただければ」

久山が「とんでもない」というように手を横にふり、うなずきながら俺を迎え入れる。パジャマの上にキルティングのガウンを着て首にタオルを巻き、足にはフェイクファーのスリッパをはいている。歩様《ほよう》はぎこちないが、家のなかを歩けるぐらいまでは恢復しているのだろう。

俺はうながされるまま玄関をあがり、出されているスリッパに足を入れて久山につづく。通されたのは八畳ほどの居間で奥にキッチンスペースがつづき、窓は庭に面している。玄関わきには二階への階段があるから、典型的な建売住宅の構造だ。

俺を来客用の簡易ソファに座らせ、台所から茶を持ってきて、久山も向かいのソファに腰をおろす。俺は名刺をさし出し、久山もガウンのポケットから名刺をとり出す。わたされた名刺の肩書はまだ鎌倉中央署の生活安全課になっているから、現役時代に未練でもあるのか。

「いやね、家内が仕事に出ているので、昼間は私一人なんですよ。お茶ぐらいしか出せませんが、私も暇をもて余していますのでごゆっくり」

手術後ということでさすがに頬がこけ、目も落ちくぼんでいるが、口調に乱れはない。髪が薄いのは抗癌剤の副作用か。

「西鎌倉とは、静かなお住まいで羨《うらや》ましい」

「なんの、モノレールの駅がなければただの田舎ですがね。警察官の給料で建てられるのはこの程度、家内にも苦労させましたが、二人の子供も独立しているし、なんとかなるだろうとね」

「定年まであと二年でしたか」

「立尾くんから？」

「概略だけですが」

「まあねえ、退職時特進を適用してもらったから、年金額も変わらんし、この体調ではさすがにねえ。職場にも迷惑はかけられない」

退職時の階級は巡査部長だったというから、高卒の叩き上げ。それが特進で名目だけでも警部補になれば、退職金と年金の額がちがってくる。ほとんどの警察官にはこの退職時特進が適用されるし、遺漏《いろう》なく勤めれば郊外に家を建てて子供も育てられる。

「柚木さんも以前は警視庁にお勤めだったとか、その若さでなぜ退職を」

「組織人間ではなかっただけのことです。ほかに理由はありません」

ほかにも理由はあるが、久山にも誰に対しても、説明する義理はない。

「さっそくですが、鎌倉散歩や彫古堂の事件は、知っておられたとか」

「地元ではあるし、退職してまだ半年、新聞やテレビでもつい事件関係のニュースに目がいってしまいますよ」

「塚原さんも同じようなことをおっしゃった」

「塚原さん？　というと、鎌倉中央署の署長をされた、あの塚原さんですか」

「先週お目にかかりました。貧乏ライターは足で仕事をしますからね。人によっては口で仕事久山が湯呑《ゆのみ》を口に運ぶ。防犯協会の役員をするとも言われますが」

久山が怪訝《けげん》そうな顔で首をかしげ、それでも質問はせず、自分の湯呑を口に運ぶ。

「実はねえ柚木さん、私は自殺した彫古堂の社長とも面識があったんですよ。防犯協会の役員をされていたこともあって、青少年の非行防止問題などにもとり組んでおられた。惜しい方が亡くなったもんです」

久山はたぶん、週刊講文の記事を読んでいないのだろう。知っているのは長峰今朝美が殺害されたことと、米倉が自殺したことだけ。本来なら今ごろ、桜庭が二つの事件に関して記者発表しているはずだが、どうなったか。

「長峰編集長や米倉社長の件は警察が調べています。私が伺ったのは、大橋明里の失踪事件に関してです」

「立尾くんからもそう聞いていますよ。いやね、電話でロンドンがどうとか言われて、まるで記憶になかったんですが、柚木さんが見えるあいだに考えてみると、あるいはそんなこともあったような」

「目撃情報を久山さんが記録したからこそ、担当を引き継いだ立尾刑事もデータベース化できたわけです」

「そういうことですなあ。ですがどうも、そのこと自体に記憶が曖昧《あいまい》で、まして長峰編集長と情報の交換をしたかとなると、まあ、したような、していないような」

久山が湯呑の縁から俺の顔をのぞき、眉間《みけん》に皺を寄せて口の端をゆがめる。大病の手術後で脳環境が混乱しているのかも知れないが、本人の言うとおり、記憶も発言も曖昧すぎる。

「長峰今朝美に関しては、どのような印象を」

「仕事のできる女性と、まあ、そういうことですなあ。ほがらかで社交的、なかなか婦警にはいないタイプでしたよ」

「それになかなかの美人でもあった」

「そういうことですなあ。彼女が打ち合わせで所轄《しょかつ》へ来ると、警察全体が華やぐ感じもしましたよ」

「そんな今朝美にホテルへ誘われては、久山さんも断れなかったでしょうね」

「そりゃあ、そんな、いや、まさか」

「警察官ならラブホテルに防犯カメラが設置されていることぐらい、ご存知だったはず」

「なにを突然、そんな」

「海岸通り沿いのあのラブホテルですよ。窓からの景色が素晴らしい」

「二年も前の、いや、べつに、そういうことは、あり得ない」

「昔のビデオテープならともかく、今はUSBメモリですからね。たとえ上書きされても、かんたんに前の映像を復元できます」

そんなことが本当に可能なのか、あとで直海にでも聞いてみよう。

久山が震える手で湯呑をテーブルにおき、息を荒くして、にじんだ鼻水を首のタオルで押さえる。ラブホテル云々はまったくのハッタリ、大病を患《わずら》った人間を脅すのも心外だが、仕方ないときもある。

「いくら退職後でも、在職中の不正が明らかになればさかのぼっての懲戒《ちょうかい》。最悪の場合は退職金を没収されて、年金も停止される」

久山の落ちくぼんだ目が空洞のように大きくなり、もう鼻水なんかにじんでいないのに、しきりにタオルで拭きつづける。

俺は茶を飲み、一分ほどわざと沈黙してから、肩をソファの背にあずける。

「私も警察にいた人間です。いわば仲間のようなもの、無理に事は荒立てません」

久山が深呼吸をくり返して俺の顔をのぞき、唇をなめながら、表情を疑問形にする。

「長峰今朝美との経緯《いきさつ》を聞きたいだけです。大橋明里の失踪に関して、どこまで情報を共有していたのか。あるいは今朝美に、情報をひき出されてしまったのか。私も今朝美とは面識がありましたから、あの女に誘惑されて拒絶できなかった久山さんのお気持ちも、理解できます」

そんな気持ちを理解できる自分が、情けない。

久山が魂でも抜けたように口をあけ、空咳《からせき》をしてから、ゆっくりと湯吞を口へ運ぶ。

「脅かさないでくださいよ、心臓がとまるかと思った」

「失礼、ただ久山さんも、今朝美との関係は言いにくいと思いましてね」

「そりゃあ言いにくいですよ。いくら誘われたとはいえねえ、いわゆる、不倫のわけで。知っているのは柚木さんだけですかね」

「私が特殊なルートから得た情報ですので、外部にもれる心配はありません。ですから……」

「いや、いや、分かった。家内や警察に知られなければそれでいい。男なら不倫の一度や二度、誰でもするわけですからな」

茶を飲みほし、ソファを立って、久山が台所から新しい茶を入れてくる。

「なにしろ鎌倉散歩が明里さんを探す会の事務局を兼ねていたもんでねえ、月に一度ほど情報交換をねえ。私が向こうへ出向いたり、彼女のほうが所轄へ来たり。ただ失踪の当初は目撃情報やら状況の問い合わせやらが殺到したものの、三カ月もするとまばらになってねえ。一年二年とたつうちに、もうほとんど情報は入らなくなった。私も担当とはいえ、どこをどう探していいものか。鎌倉散歩や大橋さんのお宅をまわって、せいぜい近況の報告をするぐらいでねえ」

ひと口茶を飲み、湯呑をテーブルにおいて、久山が窓の外に目をほそめる。せいぜい一メートル幅ほどの狭い庭に、ここでも山茶花《さざんか》が咲いている。

「それがねえ柚木さん、ちょうど二年ぐらい前だったか、事務局の仕事なんかもう若いスタッフに任せていたのに、彼女が急にまた連絡を寄こすようになった。向こうには目撃情報が増えているが、こちらはどうかとかね。そんなことをしているうちに、『ふだんからお世話になっているので食事でも』と。そう誘われて柚木さん、断れると思いますかね」

久山が返事を待つように俺の顔を見つめてきたが、俺は肩をすくめただけで、茶を飲む。

「それでまあ、食事をして酒も入って、なんだか雰囲気がよくなって、つまりはねえ」

「女の武器を使われたわけですね」

「結果的にはねえ。もちろんなにか裏はあると思ったが、奇妙なほど失踪事件に執心で、状況に変化はないか、新しい目撃情報はないかと」

「そこでロンドンの目撃情報を打ち明けた」

「打ち明けたもなにも、こっちにあるのはそんな情報ぐらいでしたがね。そうしたら彼女が、大橋家の家族環境をさぐってくれと」

「家族環境というと」

「娘二人の歳《とし》が離れていることに理由はあるのか、とか、奥さんは結婚するまで何をしていたのか、とかねえ」

「で、さぐられた」

「さぐらなくても知っていましたよ。私は最初からの担当で、ご自宅へ伺って奥さんと雑談や世間話もしておりましたから。娘二人の歳が離れているのは偶然、まさかできるとは思っていなかったのに、下の娘ができたときは嬉しくて、近所中に赤飯を配ったなんてこともねえ」

「奥さんの経歴などは」

「看護婦だったそうです」

「看護婦?」

「バカな政治家が看護師に変えたようですが、無意味なことをねえ。私の入院した病院だって今でもみんな、看護婦さんと呼んでいる」

　看護師の呼称なんかどうでも構わないが、大橋夫人に医学の知識があるのなら、非力でも、ナイフのひと突きで人間を殺せる。

「旦那と知り合ったのも病院だったそうですよ。なにかで入院した旦那が奥さんを見初《みそ》めて、と。ありがちな話ですがね、入院して親切にされると、その看護婦さんが天使のように見えたりしてねえ」

話し疲れたのか、久山が何度か浅く呼吸をし、茶をひとすすりしてから俺の顔を見あげる。

「ところがねえ柚木さん、長峰編集長は、大橋家の血縁関係まで調べろと言い出した」

今朝美も元は社会部の敏腕記者、目のつけどころは俺と似ている。

「家族のDNAを?」

「そういうことですなあ。私としても二度三度とホテルへ通うには、彼女の望む情報を与えるより仕方ない。署の証拠保管室には娘のDNAサンプルがあるし、大橋家へ出向いたとき『ちょっと洗面所を拝借』と。旦那のほうは白髪交じりの短髪、奥さんのほうは栗色の長髪、トイレや洗面所というのはその気になって探すと、けっこうたくさんの毛が落ちているものですがね」

うんざりするほど単純な田舎芝居で、笑っていいのか嘆いていいのか。今朝美の「女の武器」が強力だったことに想像はつくが、俺も含めて、男という生き物は単純すぎる。

「その大橋夫妻の毛髪を、明里のDNAサンプルと比較したわけですね」

「いくらなんでも、自分ではねえ。そのまま編集長にわたしてやりましたよ」

「娘のサンプルと一緒にですか」

「それはまあ、状況として、仕方なかった」

「結果はどうでした」

「聞いておらんのですよ。彼女は調べたはずだが、聞いても教えてくれなかった。それどころかホテルへ誘っても忙しいとか手が離せないとか言われて、あっさりお払い箱。こっちはこっちで自分の体調がおかしくなって、それどころではなくなった」

久山が肩で大きく息をつき、寒くもないだろうに、ガウンの胸を両腕で抱きしめる。長峰今朝美と不倫関係をもったあとに体調が悪くなって、最終的には大腸癌の手術。世間ではそれを「バチが当たった」という。

「柚木さん、お茶を入れかえましょうかね」

「いや、これ以上疲れさせては心苦しい。そろそろお暇《いとま》します」

「しかし、ナンですなあ、編集長の事件はけっきょく、誰かの恨みを買ったと」

「そうでしょうね。近いうち結論が出るでしょう」

「私はこのとおり怒る気力も体力も無くなったが、彼女を恨んでいた男はどうせ、何人もいるでしょうからなあ」

俺は口のなかでまた「そうでしょうね」とつぶやき、腰をあげて久山に頭をさげる。

「見送りはけっこう。ゆっくりお休みください」

そのまま居間を歩いて玄関へ戻り、靴をはいて表に出る。日当たりが悪いのか山茶花の枝は貧弱で、花にも勢いがない。ここにくらべたらマヤの家の椿《つばき》も温室のハーブ類も花壇のなんだか知らない植物たちも、さぞ気持ちがいいことだろう。

それにしても久山との面会は思わぬ収穫、情報はやはり足で稼ぐもの。今朝美が久山に「女の武器」を使ったのが二年ほど前、〈鎌倉散歩〉に〈日本博愛会〉の広告がのりはじめたのが一年半ほど前から、この二つの現象が無関係と思うには無理がある。今朝美は大橋家のなにかを嗅ぎつけたはずで、しかし二年前に突然大橋家の内情に興味をもちはじめたからには、それにも理由はある。

西鎌倉の駅へ歩きながら、俺はケータイをとり出して、働き者の美人刑事に電話を入れる。

＊

今日の芹亜は紺色のスーツに紺色のハーフコートで、また就活の女子大生風。俺へのサービスでファッションを変えるわけではないだろうが、ヤンキーのネエちゃんになったり生まじめな新米刑事になったり、ご苦労なことだ。

湘南モノレールの江の島駅には芹亜が先についていて、改札を出た俺のほうへ軽快にパンプスを鳴らしてくる。

「さっき内海さんのケータイに粕川祐真の写真を送りました。授業が終わったら連絡をくれると思います」

とっさになんのことか分からなかったが、江ノ島学院で粕川祐真の写真を入手し、それをロンドンでの目撃者である内海景子のケータイにメールした、ということらしい。俺なら自分で出向くのに、なるほど、写真をもって景子のもとへ足を運んだところで結果は同じか。

「立尾くん、昼食を食べていないだろう」

「なぜ分かるんです?」

「市役所と税務署と江ノ島学院、それだけまわればどれほどの時間がかかるか、見当はつく。どこかでひと休みしていこう」

この駅付近も鵠沼と同じで商店街らしいものはなく、ラーメン屋や居酒屋がちらほら。その住宅街の入り口にピザ店の看板が見えて、芹亜をうながす。俺自身は〈笹りんどう〉で鎌倉丼を食べたから食欲はないが、神奈川県警一の美人刑事を飢え死にさせたら県警本部長に怒られる。

個人住宅を改装したような狭い店で、客は俺と芹亜だけ。芹亜は特製のシラスピザと江ノ島サイダーを頼み、俺は定番のコーヒー。いつもコーヒーにするのはメニューを考えるのが面倒だという以外に、理由はない。

「特製というから特製なんだろうが、シラスのピザなんて初めて聞いた」

「シラスは湘南の名産ですからね。シラス丼もあります」

「そういえば今日、初めて鎌倉丼を食べた」

「天ぷらですか、フライですか」

「天ぷらだったが、違いがあるのか」

「トンカツのかわりですから本来はフライなんでしょうけど、お店によっては天ぷらにします。

昔はイセエビを使った鎌倉丼もあったそうです」

サイダーとコーヒーが来て、芹亜がショルダーバッグからタブレット端末をとり出し、スイッチを入れて画面を俺に見せる。

「粕川さんの卒業写真です。けっこうはっきり写っています」

今は卒業写真もカラーになっていて、ベージュのブレザーに臙脂《えんじ》色のネクタイ。二重《ふたえ》の目が気弱な印象だが顔立ちはととのっている。大橋明里も美人だから、まずはお似合いのカップルだろう。

「江ノ島学院も進学校なんだろうな」

「偏差値は高いですね。ほとんどは国立か私立の一流大学にすすみます」

私立の進学校で学習塾もエリートコース、そして留学先はたぶんロンドン。英語教諭になった内海景子も大学時代にロンドンへホームステイしたというから、湘南から鎌倉や葉山にかけてはそんな家庭が多いのだろう。俺の育った環境とは異世界だが、僻《ひが》んでも仕方ない。

「内海さんが見分けられなかったら粕川さんの実家に当たります。転居していなければ実家は藤沢にあります」

「両親はなにをしている」

「柚木さん、学籍簿に父兄の職業欄はありませんよ」

「うん？　ふーん、そういうものか」

しばらく前から個人情報の扱いは面倒になってはいるが、学籍簿にまで及んでいるのか。考えたら病院へ見舞にいっても、病室に入院患者の氏名は表示されなくなっている。そこまで窮《きゅう》屈《くつ》な社会がいいのか悪いのか、俺は知らない。

「今は小学生でも胸の名札は校内だけですからね。持ち物にも名前は書きません」

「俺の子供のころは自転車に住所氏名を書いているやつがいた。今から思うと大笑いだよな」

そのときバッグのなかでケータイが鳴り、とり出して、芹亜が短く会話をする。

「内海さんからでした。ロンドンで見かけた男性は八十一パーセントの確率で、間違いなく粕川さんだそうです」

意味不明、間違いがなければ百パーセントだろうに、八十一パーセントでは「たぶん」ではないか。

「八十パーセントなら分かるが、一パーセントのプラス理由は?」

「気合いでしょう」

「そうか、気合いか」

表現方法はどうでも、内海景子はロンドンの日本人町で大橋明里らしい女と一緒にいた男を、かなりの高確率で粕川祐真だと判断したのだ。

「最初は半信半疑だったけどな、今はなんとなく俺も、粕川と明里くんがロンドンにいたような気がする」

芹亜がストローでサイダーを飲み、上目遣いで、ぐっと俺の顔を睨《にら》む。

「まるで意味が分かりません。どういうことでしょう」

「大橋明里は生きている、という意味さ」

「それでもやっぱり、意味が分かりません」

「意味が分かるのは明里本人と両親、それに粕川祐真だけだろう。そこに犯罪性があるのかどうかは、俺にも分からない」

シラスのピザが来て、俺はコーヒーを口にふくみ、ロンドンの日本人町で肩を寄せ合って歩く祐真と明里の姿を思い描く。明里の両親が経済的な支援はしていたのだろうが、外国で、それも二十歳にもならない若い男女が暮らしていく心細さは、どれほどのものだったか。

「なあ芹亜くん、入管の記録だが、大橋明里が失踪した当日とその後の三日ぐらいを調べてくれ」

「でもデータベースに明里さんの出国記録はありません」

「だからなあ、その……ピザが冷めるぞ」

芹亜が「はい」と返事をしてフォークを使い、俺の顔を睨んだままピザを口に運ぶ。特製のシラスピザといっても小エビやイカと一緒にシラスがトッピングされているだけで、たんなる海鮮ピザだ。

「名義は別人に決まっている。たぶん失踪した当日か、最長でも三日以内だろう。出国するだけではなく、明里にはロンドンでの生活があった。それを考えると生年月日も実際のものかその前後、名前も似たものにしている可能性がある」

「はい、調べます」

「十年前の十月のある日に出国した十七歳の少女が、何人いると思う」

「何人です？」

「知るか。それに名前が分からないんだぞ。名古屋や大阪まで考える必要はないだろうが、羽《は》田《ね だ》と成田《なりた》だけでも相当な人数のはずだ。役所は入国管理局ではなくて法務省、君が直接法務省の秘書課に出向いて出入国記録の開示請求をする。それらしい少女が一日で見つかったらラッキーだと思え」

芹亜が視線を天井に向けて黙考し、大きく深呼吸をしてから、ウムとうなずく。気合いも情熱も素晴らしいが、実際に法務省で作業を始めたら、どれほどの労力になるものか。そうはいっても民間人の俺が手伝えるはずはなく、ここは芹亜の若さに任せるより仕方ない。

「ついでに粕川祐真の出入国記録もな。そっちは正式な留学だから問題はない」

またウムとうなずき、ピザを頬張って、芹亜がサイダーのグラスに手をのばす。マヤの家で俺がつくってやったジャガ芋のピザも完食したから、よほどピザ好きなのか、食欲には逆らわない主義なのか。

しばらく黙々とピザを頬張り、ふと手をとめて、芹亜が驚いたように俺のほうへ目尻を吊りあげる。

「でも、柚木さん、そうなると、明里さんのご両親は明里さんの失踪した理由を、最初から知っていたことになります」

「さっきそう言ったろう」

「でも、でも、そんなことはあり得ません」

「どうして」

「どうしてでも、そういうのは、無茶です」

「だからこそこの失踪事件は奥が深い。元署長の塚原さんも、なにか釈然《しゃくぜん》としない感じはあったものの、理由は分からなかったという。しいて言えば、両親が二人とも台本どおりの芝居をしているような印象を受けたと。ピアノ教師の老婦人も、失踪した年の夏休みが過ぎたころ、明里が弾くピアノの音に乱れのようなものを感じた気はするが、やはり理由は不明。粕川祐真が明里の失踪直後、目立つほど必死にチラシ配りをしたのも、今から考えればそういう台本だったからだろう」

「でも、明里さんやご両親は、なぜそんなことを？」

「大橋家へ行って聞いてみろ」

「はい、聞いてみます」

バカか。

「あのなあ、そこまで周到な細工をして、十年も失踪をよそおっていたんだぞ。たとえ逮捕状をとって連行したところで、夫妻が口を割るはずがない」

芹亜がまた目尻を吊りあげ、小鼻をふくらませて口の端をぴくぴく震わせて、それからふと、肩を落としてサイダーを飲む。この百面相を見ているだけでも面白い。

「両親や粕川祐真は最初から、台本どおりの芝居をしていた。誰もその芝居に気づかなかったている」

が、長峰今朝美だけは気づいたか、あるいは疑いをもち始めた。一連の経過がその事実を示している」

芹亜の顎に力が入り、しかし言葉は出さず、面接試験を受ける就活生のように腕を膝の上につっ張る。

「前担当者の久山さんも、二年ほど前から今朝美が、大橋親子のＤＮＡにまで興味をもちはじめたという。もちろん久山さんはそんな情報は収集しなかったし、今朝美にもわたさなかった」

久山が今朝美の「女の武器」に翻弄《ほんろう》されたことは、武士の情けで伏せる。

「今朝美も元は横浜新聞の社会部記者だ。なにかの勘が働いたか、明里の失踪に疑問をもつきっかけのようなものがあったのか。とにかく二年ほど前から突然、大橋家の内情を調べはじめた」

芹亜がアという形に口をひらき、バッグから茶封筒をとり出してテーブルにおく。

「忘れるところでした。大橋家の戸籍謄本です。わたしは写真に撮りましたので、柚木さんにお渡しします」

俺は封筒から謄本のコピー紙を抜き出し、かんたんに目をとおす。明里も妹も実子として届けられているのは塚原から聞いたとおり。しかし毛髪のＤＮＡを調べた今朝美の行為からして、両親のどちらかが明里と血縁でないことは明らか。両親とも非血縁の可能性もあるが、理屈としては父親のほうだろう。大橋家の本籍が静岡から鎌倉の雪ノ下に変更されているのは、鎌倉に家を買ったとき本籍そのものを移籍させたから。それよりももっと目をひく戸籍の変更は、うことか。

二年前の六月に長女の明里が「死亡により除籍」されていることだ。いったいこれは、どうい

「芹亜くん、明里が除籍されているぞ」

「はい、失踪確定後七年経過すれば死亡したものとみなされて除籍できます」

「それぐらいは知っているが、ちょっと、これは、意味が分からない」

一般に失踪者を除籍する理由は遺産関係が理由で、失踪していた人間がひょっこり帰ってきた場合などのトラブルを避けるため。しかし明里のケースに遺産が絡むことなど、あり得るだろうか。

「大橋の収入と資産も調べたよな」

芹亜がうなずいてタブレット端末を操作し、またぱくりとピザを口に入れる。機会があったら大判のジャガ芋ピザをつくってやろう。

「昨年度の収入は九百八十万円、これは年収が一千万円を超えると所得税が二割になりますから、わざと控えたものでしょう。雪ノ下の家は二十八年前に一括購入したもので、ローンはありません。鎌倉市の平均坪単価は六十五万円ほどですが、雪ノ下は一等地ですから百万円はすると思います。敷地が六十坪とすると土地だけで六千万円、株や預貯金などの資産が三千万円弱、夫婦には死亡時それぞれ四千万円の保険がかけられています」

夫婦が死亡すれば八千万円プラス土地と資産の九千万円、俺にすれば気が遠くなるような大金だが、東京にちょっと土地を持っていれば庶民でもそれぐらいにはなる。大橋は当然明里が

生きていることを知っているから、将来沙都美とかいう妹とトラブルが発生することを懸念《けねん》して、あらかじめ除籍したものか。

「芹亜くん、戸籍の閲覧者記録も調べたか」

めずらしく芹亜がにっこりと笑い、サイダーを飲みほして、偉そうに胸を張る。張ったところでAカップがCカップにはならないが。

「大正解でした。ちょうど二年ほど前に、長峰今朝美が大橋家の戸籍を閲覧しています」

大正解させたのは俺なのに、なぜ芹亜が胸を張るのだ。

「もちろん代理閲覧だよな」

「はい、委任状の依頼者名は大橋佐代子《さよこ》となっていますから、奥さんでしょう」

そんな委任状は偽物に決まっているが、元社会部記者の今朝美なら偽の委任状ぐらい、どうにでもつくれる。代理人名のほうは閲覧時に身分を確認されるから、これは本名を名乗るより仕方ない。

「だいぶ構図が見えてきた。足りないパズルのピースはせいぜいあと二、三枚だろう」

「でも、そうなると、長峰編集長を殺害した犯人は……」

芹亜が途中で言葉を呑み、自分で呑み込んだ言葉に恐怖を感じたように、こまかく唇を震わせる。芹亜が呑み込んだ言葉は「犯人は明里の両親か、またはそのどちらか」というものだろうが、俺の頭にも同じせりふはある。

「芹亜くん、桜庭さんは、今回の事件に関して記者発表をしたろうか」

「昼前に本部で会見をしたようです。ですけど米倉は自殺と確定、長峰編集長の事件は継続捜査中ということで、二件の関連には触れていません」

桜庭にしてみれば二件は無理心中だったと発表して片付けたいところだろうが、塚原が待ったをかけたか。しかしその制御も、いつまでつづくものか。芹亜が桜庭に「長峰今朝美殺しの犯人は明里の両親か、またはそのどちらか」と直訴したところで聞く耳を持つ桜庭ではなく、本部の捜査一課が動かなければ殺人事件は扱えない。芹亜では大橋夫妻に対して殺人関係の事情聴取はできず、かりに突撃したところで夫妻が自白するはずはなく、今朝美殺害時のアリバイがなくても事件とは関連させられず、それは動機から攻めても同じこと。なぜ大橋夫妻は手の込んだ細工をして、自分の娘をこの世から抹殺しなくてはならなかったのか、その部分が不明では事件自体が成り立たない。

「なあ芹亜くん、長峰今朝美が明里くんに似た女性を雇って、わざと目撃者をつくったことは話したよな」

「事件とは無関係な女性でしたね」

「岸本南緒という女性なんだが、その南緒を今朝美が雇うとき、本物の明里を知っている誰かに南緒を確認させたはずだという指摘があるんだが、どう思う」

「藤野さんの指摘でしょう」

「いやあ、べつに、まあ」

「常識としては藤野さんの指摘が正解だと思います。チラシの説明では明里さんの身長が百六十四センチ、もし岸本さんの身長が百五十四センチだったら、いくら顔が似ていても間違えません」

どうでもいいが、なぜマヤが指摘したことだと分かるのだ。それだけの勘があるのなら捜査に使えばいいものを、まったく女というのは、複雑な生き物だ。

俺はケータイをとり出してパソコンのメールを確認する。岸本南緒は律儀に、俺が頼んだ日付等を送ってくれている。

「岸本南緒が長峰今朝美からの依頼を承諾したのは十月二十三日、場所は横浜駅の西口デパートで、三階の雑貨フロアにある〈若葉〉という喫茶店だ。時間は夕方の五時半から六時ぐらい。デパートにはそこら中に防犯カメラが仕掛けてあるから、今朝美とその周辺が映っているかも知れない。念のために当日の映像を入手してくれ」

芹亜がタブレット端末の上で指を動かすのは、メモのかわりだろう。

「君ばかり働かせて申し訳ない」

「もともとわたしの仕事です」

「それもそうだ」

「署へ戻って法務省に連絡してみます」

「デパートのほうも裁判所の令状が必要かも知れない」

「今日中に手配しておきます。柚木さんはまた極楽寺ですか」

「俺の収入は原稿料だ。原稿は自分の部屋で書く」

本心ではマヤの顔を見にいきたいが、さすがに今日は訪ねる名目が見つからない。それに冗談ではなく、原稿の梗概《こうがい》ぐらいはつくっておく必要がある。今日中には直海から連絡がくるはずで、月刊EYESからの正式なオファーになれば取材費も振り込まれる。もちろんそうなれば〈ほのぼのローン〉を返済しなくてはならないから、俺の経済が好転するわけでもないのだが。

そうか、見合いか。直海がどんな顔で見合いの席に臨んだのか、考えると可笑《おか》しいようでもあり、不安なようでもあり、悲しいようでもある。

芹亜がコートとバッグを腕にかけて腰をあげ、テーブルから伝票をつまみあげる。

「生活安全課に戻ったのなら経費は出ないだろう」

「わたしの気持ちです。柚木さんの指導を受けなかったらどこからどう調べていいのか、分かりませんでした。コーヒーぐらいは奢《おご》ります」

このあたりは素直で、不器用な性格ではあるけれど、五年も経験を積めば誠実ないい刑事になるだろう。だからって本部へ異動できるとは限らないが。

俺は芹亜の好意を受けることにし、戸籍謄本の封筒をポケットに入れながら、腰をあげる。

10

久しぶりの雨、しかし俺がデスクについているのは雨のせいではなく、原稿の梗概《こうがい》を精査しているから。梗概なんかいくら書いても原稿料には加算されないけれど、これは本原稿を書くための設計図みたいなもので、設計図に欠陥があれば完成品にも欠陥が出る。

四百字詰め原稿用紙換算で三枚ほど、ストーリーに長峰今朝美や米倉、大橋家の三人に粕川祐真などの名前を配置し、それぞれの関係性をチェックしていく。このなかに宮内和枝を入れるかどうか、鎌倉散歩のオフィスで流し台の位置などを歩測したとき、今朝美を刺殺したのは現場の様子をよく知っている非力な人間というイメージが浮かんで、そのときなぜか和枝の顔が思い出された。常識的にはたんなる編集スタッフなのだろうが、ほかのアルバイトとは違って和枝は五年も今朝美のそばにいた。レストランでいえば総支配人のようなもの、もし株式会社なら総務部長ぐらいの位置だろう。

和枝は俺に話したよりも多くの事実、たとえば今朝美の男関係や脅迫まがいの営業などを、知っていた可能性がある。しかし知っていたからなんだと言われれば、それもそれだけのこと。考えたのは今朝美と岸本南緒がデパートの喫茶店で面談したとき、南緒の容姿を確認したのは和枝ではなかったか、ということなのだ。和枝は鎌倉散歩のスタッフに加わって五年、時系列的には高校時代の大橋明里を知らなかったはず。うっかりしていたのは和枝の出身地や出身校を確認しなかったことで、もし和枝も鎌倉女子学園の出身なら明里とは一学年ちがい。本物の明里を知っていてもおかしくはないし、その理屈は中学校が同窓だったとしても当てはまる。

出身地や出身校を直接和枝に確認するのは疑いを悟られるので不可、それに横浜駅の西口で俺に岸本南緒を紹介した行為とも矛盾する。俺の疑いをあらかじめ逸らすため、鼻の下の長い善人の同情を買って、自分の立場を有利にするため。そういう可能性も考えられるが、いくらなんでも疑いすぎか。しかしデパートの防犯カメラに和枝の姿が映っていれば俺のイヤな推理が的中して、自分の娘をこの世から抹殺した大橋夫妻を、少なくとも長峰今朝美殺害犯の汚名からは解放してやれる。

梗概の原稿を眺めながら、タバコに火をつける。外では吸わないから喫煙量は減ったものの、原稿と対面すると脳が集中力を要求するせいか、ついタバコをくわえてしまう。

設計図のなかに欠落している事実は二カ所、なぜ大橋は面倒な細工をして自分の娘を失踪させたのか、その失踪が長峰今朝美の死とどこまで関連しているのか。昨夜は直海から正式なオファーもきたことだし、とりあえずその部分を「?」マークにして本原稿に手をつけるか。記事には読み物としての肉付けが欲しいところで、大橋夫妻や宮内和枝の経歴も入れたい。三人のなかで分かっているのは大橋の女房が元看護師ということだけ。仕事と読者と自分の人生に対する礼儀として、もう少し三人の経歴を掘り起こしてみるか。原稿用の仕事に芹亜を使うのも気がひけるし、自分で調べていたら二、三日かそれ以上はかかる。大橋夫妻に関しては調べなくても見当はつくが、「たぶん」では原稿にならない。旧知の情報屋なら一日で調べてくるにしても、最低で十万円の費用がかかる。ここはやはり、自分で大橋家の周辺を調べるより仕方ない。

タバコを消し、ソファに場所を移して窓の雨に目をやる。大した降りでもないがわざわざ食事に出かける気にはならず、蕎麦《そば》でも茹でるか。食材は仕入れてあるから酒の肴《さかな》もつくれるが、この雨のなかを動きまわっている芹亜を思うと、なんとなくビールも飲みにくい。芹亜は大橋明里失踪事件の担当刑事、もともと芹亜の仕事なのだから俺が自重する必要はないだろうに、昨日も直海に見合いの結果を聞きそびれたし、そういう部分は俺も気が弱い。

台所へ向かいかけ、消えているテレビに自分の影が映って、足をとめる。考えるまでもなく今日もパジャマにカーディガン、部屋にいるときの定番ではあるが、最近はなぜか直海や美早に急襲される。法務省帰りの芹亜も「豪華マンション」を見物しにくるかも知れず、やはり部屋着は必要か。マヤの半纏《はんてん》やモンペはオーダーメイドだろうが、デパートへ行けば似たような衣装は調達できるだろう。外も暴風雨というわけでもなし、新宿まで出て部屋着を買って、ついでにざる蕎麦でも食べてくるか。

出掛けるか、蕎麦を茹でるか。迷っているときにデスクの電話が鳴る。

「ご自宅でしたね。雨の日は出掛けない習慣だと推理しました」

電話をしてきたのは芹亜、声の調子からあの吊りあがった目がにんまり笑っているように感じられる。

「俺の仕事は原稿を書くことでな、雨でも晴れでも理屈は同じだ。それより芹亜くん、今、俺に向かってVサインをつくっているだろう」

「なぜ分かるんです?」

「初めて会ったときから俺と君は赤い糸で結ばれている」

芹亜がふーっと息を吐く音を聞かせて、それから軽く咳払いをし、ケータイを構え直したような気配を伝える。

「今は法務省のロビーです。詳しいことはメールしますけど、大橋明里を発見したと思います」

「やったか」

「柚木さんのおかげです。名前は小川明子《おがわあきこ》になっていますが、状況からこの小川明子が大橋明里本人に間違いありません」

「初めて会ったときから俺は君の能力を見抜いていた」

「ありがとうございます。柚木さんに言われたとおり、出国空港は成田か羽田と見当をつけて、鎌倉に近い羽田から調べました。それもたぶん失踪当日だろうと。羽田発ロンドン行は一日七便、時間的に午後八時以前の出発便では明里さんの利用は不可能ですから、以降の便をチェックしました」

俺の指示は失踪日から三日ぐらい、と漠然としたものだったが、出発時間から逆算した芹亜の推理は理屈に合っている。大橋家の資産関係も自分の判断で税務署を調べたし、見掛けよりは有能なのだ。

「そうしたら午前二時半、失踪日からは翌日になりますけど、この便に小川明子という十七歳の女性が搭乗していました。生年月日も明里さんと同じです」

「もう間違いないだろう」

「はい。小川明子は四年前に一度帰国していて、その一週間後、また羽田から出国しています」

「目的地はシンガポールか」

「ご明察、柚木さんも勘が鋭いですね」

勘なんか働かせなくても、商社員になった粕川祐真はシンガポールに駐在しているのだから、見え見えの事実ではないか。

「君の声からすると、粕川祐真の出入国記録とも照合してあるんだろうな」

「わたしの声、そんなに分かりやすいですか」

「赤い糸だ」

「藤野さんに言いつけますよ」

「いやあ、なんというか、まあ」

「とにかく粕川祐真の出国は明里さんが失踪した年の翌年、八月に羽田からロンドンへ。イギリスの大学は九月から始まりますから、それに合わせたものでしょう。以降粕川は年に一度ほど帰国していますが、四年前には小川明子と同じ便で帰国、その一週間後にはまた同じ便でシンガポールへ」

あまりにも分かりやすい構図で、これでは推理の必要もなく、明里と粕川と明里の両親が四人で失踪劇を演じていただけのこと。粕川の家族構成は知らないが、やはり加担していたか。あるいは粕川の両親には、「留学先のロンドンで知り合った女性」とでも説明してあるか。これだけ周到な演出を考えれば、たぶん後者だろう。大橋夫妻の出入国記録でも何度か日本とロンドンを往復しているはずだが、もうそこまで調べる必要はない。しかし明里が一度帰国した四年前といえば失踪から数えて六年後、あまりにもうまく失踪が完成して、明里も粕川も大橋も気が弛《ゆる》んだか。その気の弛みに長峰今朝美がつけ込んだ可能性は、大いにある。

「なんにせよ芹亜くん、大手柄だ。どこかで昼飯でも食べるか」

「いえ、ついでですから、このまま横浜のデパートへ向かいます。電車のなかで今の出入国関係をメールします」

「あまり張り切ると滑って転ぶぞ」

「転んでも怪我はしません。中学では柔道部でしたから受け身の心得があります」

「君が柔道部?」

「いけませんか」

「そんなことはないが、それで胸、いや、なんというか、見かけより度胸がいいわけか」

「横浜なら一時間もかかりません。防犯カメラをチェックして、長峰編集長が映っている映像があったらメールに添付します」

電話を切り、けっきょく外出はやめて蕎麦を茹でることにする。乾麺《かんめん》では手打ちのような香りまで期待できないが、二八蕎麦ならそこそこの食感は出せるし、汁《つゆ》にナメコとシイタケをたっぷり入れて長ネギを刻み込めば立ち食い蕎麦よりはましになる。それにしても柔道に「睨み倒し」などという技があったろうか。

台所で鍋を火にかけ、冷蔵庫をあけながらふと考える。失踪事件の構図は動機以外、すべて判明。一般的には明里がなにかの犯罪に関わって、その明里を両親とボーイフレンドが海外に逃亡させた、という状況なのだろうが、はたしてそんな単純なものなのか。明里のエンコウ相手が暴力団だったとかいうつまらない理由なら、世間に対して失礼になる。それにまずあり得ないとは思うが、失踪事件と長峰今朝美の殺害事件とは無関係という可能性だって、なくはない。

十万円の出費は痛いけれど、自分で関係者の履歴なんか調べている暇はなく、こうなれば情報屋を使うより仕方ないか。スクープになれば取材の経費で落とせるし、いざとなればまた直海の〈ほのぼのローン〉が期待できる。

しかし見合いがうまくいって、もし結婚までという話になったら、そうか、俺の人生から〈ほのぼのローン〉が消えてしまうのか。

*

この季節の午後五時半は夕方ではなくて、もう夜。観光シーズンならそれでも賑わいがあるだろうに、北鎌倉駅の改札を通るのは中・高生ばかりで、勤め人が利用するのはまだ一時間ぐらい先だろう。雨はあがったが空気には湿度が残り、南側にひらけた空にも星はない。俺は三十分ほど前から駅の近くに立ち、たまに草木染《くさきぞめ》のスカーフを巻き直したりして時間をつぶしている。以前ならもう二、三本のタバコを吸っていた。

自分から歴史図書館へ出向いてみようかと思ったとき、鎌倉街道のほうから友部実菜子があらわれる。ずんぐりした体形に黒っぽいコート、それほどの寒さではないだろうに、鼻の下まで毛糸のマフラーを巻いている。

立ちふさがった俺に何秒か視線をとめ、目を見開いて、実菜子がマフラーをひきさげる。

「やあ、鎌倉散歩の長峰編集長が殺害された件に関して君に話がある。あそこの喫茶店でコーヒーでも飲もう」

拒否するか、無視するか、一瞬迷ったような顔はしたが、背中を向けた俺のあとから実菜子がつづいてくる。頭のいい女だからこの場所での出会いが偶然でないことを、とっさに理解したのだろう。

喫茶店に入って窓際の席に向かい合い、コーヒーを二つ注文する。実菜子は首からマフラーを外し、膝の上でていねいに折りたたむ。肉厚顔で目蓋《まぶた》にも肉がついているから表情は読みにくいが、指の動きから内心の緊張が感じられる。

「君に会ったら質問したいことが山ほどあると思っていたが、実際に会ってみると、なにから聞いていいのか分からない。でもストーカーではないから、その点は心配しないでくれ」

「私、ストーカーに狙われるタイプではありませんから」

それもそうだ、と言いかけたが、俺にも礼儀はある。

コーヒーが来て、実菜子が角砂糖を三つ入れ、放心したようにしつこくスプーンで掻きまわす。

「歴史図書館で会ったとき、君があまりにも冷静だったので、うっかり関係者から外してしまった」

あのときは小野珠代からの連絡で俺の来訪を予知していたから、と思ったが、実菜子はそれ以前から事件との関わりをシミュレーションしていたのだろう。

「君は長峰編集長とグルになって大橋夫妻を脅していた。明里さんの親友だった君がなぜ長峰編集長と手を組んだのか、まずその理由を聞かせてくれ」

細い目の内で光が灰色に走り、その自分の目を隠すように、実菜子がうつむく。

「グルとか、脅すとか、意味が分かりませんけど」

「岸本南緒という女性を知っているよな。その岸本さんは誰でも間違うほど、明里さんに似ている」

ここは刑事時代の尋問手法で、まず相手の外堀《そとぼり》から埋めていく。

「岸本さんは十一月二十四日、君の勤めている歴史図書館に寄ったそうだ。べつに目的はなく、ただの見物だった。図書館には三十分ほどいてカウンターの前も通ったが、誰にも呼びとめられず、声もかけられなかった。つまりカウンターの前を通った明里さんが本物の明里さんでないことを、君は知っていたことになる」

「私だって蔵書の整理やトイレで、席を外すことはありますよ」

「それなら十月二十三日の夕方はどうだろう。仕事を休んだのか早退したのかは知らないが、君は横浜にいた。デパートの防犯カメラに映っている」

芹亜が送ってくれたデパートの防犯カメラには、当然喫茶店の映像も残っていて、それには向かい合って座る長峰今朝美と岸本南緒と、ななめ向かいの席に座っている友部実菜子が映っていたのだ。別の映像には廊下を歩く南緒のうしろをつけていく実菜子、デパートの出入り口では南緒の後ろ姿を観察しているような実菜子も映っていた。それらの映像を四谷の部屋で見たとき、どれほど俺が唖然《あぜん》としたことか。

「若葉という喫茶店では岸本さんの顔を確認できる位置に、それ以外にもフロアや出入り口で君は岸本さんのあとをつけている。編集長から明里さんに似た女性を見つけたが、どれほど似ているのかを確認してくれ、と頼まれたんだよな」

実菜子が口の端に力を入れ、何度も何度も、スプーンで執拗《しつよう》にカップを掻きまわす。それからしばらくしてふと手をとめ、覚悟を決めたように、小さくうなずく。

「写真で見たかぎりではそっくりだけど、歩き方とか躰《からだ》つきとか、編集長には分からないからって。私は少し前から喫茶店にいて、岸本さんが入ってきたとき、思わず声が出そうになりました」

親友だった実菜子でさえ間違えそうになったほどだから、マヤや小野珠代やほかの同級生が「明里さんを見かけた」と思ったのは無理もない。もちろんそう仕向けるために、今朝美は南緒を雇ったわけだが。

「君は岸本南緒という女性を見て、体形や歩き方まで明里さんに似ていると確信した。そのことを編集長に告げたあとは？」

「分かりません。編集長にはなにか考えがあるようでしたけど、話してくれませんでした」

本当に実菜子は聞いていないのか、あるいは隠そうとしているのか、まったくこの女は表情が読みにくい。

「場合によっては君を、長峰編集長の殺害犯として告発しなくてはならない。そのつもりで質問に答えてくれ」

一瞬手がとまったが、実菜子は口の端に力を入れたまま、また黙ってスプーンを動かしつづける。デパートの防犯カメラはごまかせないから覚悟はしても、以降の経緯《いきさつ》には口をつぐむつもりなのか。

「編集長を殺したのは彫古堂の社長でしょう。みんな噂していますよ」

「噂が事実とは限らない。君はいつから編集長と手を組んでいた？」

「手を組むとか、グルとか、意味が分かりません。あちらは探す会の事務局長ですから、もともとおつき合いはありました」

「それだけではないだろう。二年ほど前から編集長は突然、大橋家の家族構成に興味をもち始めた。そのきっかけは君だったはずだ」

実菜子は視線をあげず、やっとコーヒーを口に運んで、カップを唇に当てたまましばらく呼吸だけをくり返す。視線をあげればいくらか胸中に察しもつくものの、目の動きで心を読まれることを警戒しているのだろう。

「柚木さん、前に会ったとき、私がノートをつけていたことはお話ししたでしょう」

「明里さんの失踪に関連しそうな出来事や、彼女が発していたかも知れないSOSを君が見逃していた可能性なんかを、書き出していたんだよな」

肩で息をつき、軽くコーヒーをすすって、相変わらず視線を伏せたまま実菜子がカップをソーサーに戻す。

「どう考えても、いくらノートに書き出しても、やはり失踪の理由は思い当たらない。鎌倉にいるのがつらかったから大学は京都にして、もう明里のことは考えないようにと努力もした。でも、どうしても、明里のことが頭から離れなかった」

明里の失踪後にはPTSDを患《わずら》ったというし、大学を京都にしたのは苦しみから逃れるため。その意味では実菜子の善意も本物なのだろう。そういう精神的な困難をのり越えた人間は、逆に肚《はら》が据わってしまう。歴史図書館では言外に「明里の死は覚悟している」とまでにおわせたのだから、相当の策略家でもある。

「でも時間がたつうちに、私がなにも思い当たらないのは、かえっておかしいような気がしてきたの。事故か事件だったらとっくに警察が探し出している。もしかしたら大橋のおじ様とおば様が、わざと明里を隠したんじゃないかって」

女の勘は、本当に、怖い。

「鎌倉の駅前でするチラシ配りにも、おじ様は顔を見せないことが多くなって。お仕事が忙しいのは分かるけど、本当に明里を探す気があるのかどうか。それに沙都美ちゃんだって小学生になればチラシ配りぐらい参加させてもいいのに、それもさせなかった」

勘に加えて観察眼も的確だが、大橋のほうもやはり、気を弛めすぎたか。

「ですから私、何度も雪ノ下のお宅へ行って、本当は明里の行方を知っているのではないか、事情があるのなら誰にも話さないから、本当のことを聞かせてくださいって、何度も何度も頼んだの。でもおじ様もおば様も私の考えすぎだと言って、とり合ってくれなかった」

そこで初めて視線をあげ、細い目の奥から何秒か俺の顔を見つめて、また実菜子がコーヒーをすする。大橋家にしてみれば実菜子をトラブルに巻き込みたくないという配慮だったのだろうし、事情を知っている人間が多ければそれだけ情報ももれやすい。逆に実菜子のほうは明里の生存と大橋家の隠蔽《いんぺい》に確信をもって、それが親友に裏切られたという怒りに変化した。これまでの経緯は、そんなところだろう。

「そうか、それで君は、自分の気持ちを長峰編集長に訴えたわけか」

「元は新聞記者だと聞いたことがあるし、編集長さんなら調べられるかも知れないと」

「それを訴えたのは二年前だろう」

実菜子が唇の動きで肯定を示し、膝の上でたたんだマフラーをまたたたみ直す。親友に裏切られたと思い込んだ実菜子の怒り、大橋夫妻に無視されつづける悔しさ。表情には表さないものの、実菜子は息遣いでその苛立《いらだ》ちを伝えてくる。そんな実菜子の訴えを聞いた今朝美は、なにを思ったか。脅迫のネタが見つかるかも知れないとほくそ笑んだか、あるいはたんに、元社会部記者のジャーナリスト魂に火がついたのか。

「編集長は君の訴えを聞いて以降、判明した事実を教えてくれたか」

「いえ、仕事が忙しくて、まだ調べられないとか」

今朝美はＤＮＡの鑑定もしたし明里が除籍されていることも調べていた。本当にその事実を、実菜子に話していなかったのか。

「編集長が岸本南緒を日当五万円で雇ったことは知っているよな」

「なんとなく。金額までは聞いていません」

「結果の報告は？」

「私ね、編集長さんがなにをしようとしたのか、あるいはなにをしたのか、本当に知らないいんです。ただ……」

「ただ？」

「これで大橋家が動き出すだろうと。動いてくれれば尻尾を捕まえられるとか、そんなことは言っていました」

今朝美のことだから、鎌倉見物をする南緒を写真かビデオには撮ったろう。その写真かビデオを突きつけられれば大橋側も対応するより仕方なく、慌ててシンガポールへ飛んだか。今朝美の示す明里が偽者だと分かっていたからといって、もう今朝美の存在は無視できない。せっかく十年もつづけてきた大芝居が破綻《はたん》するかも知れず、そうなればこれまでの苦労が水の泡。

今朝美はどこまで失踪事件の裏を知っているのか、そしてどこまで嗅ぎまわるつもりなのか。しかし今朝美がこの世からいなくなれば、その懸念《けねん》は払拭《ふっしょく》される。

「柚木さん、たしかに私は編集長さんに、自分の気持ちを訴えました。でもグルだとか脅したとか、そんなこと、ぜったいありません。それにもちろん、編集長さんを殺してもいません」

「俺の仕事は事件を記事にすることでな、犯人の逮捕は警察がする」

「私には編集長さんを殺す動機がありませんけど？」

「動機なんていうのは瑣末《さまつ》なことだ。ヒトを殺しておいて、自分でも動機が分からない殺人犯はいくらでもいる」

俺も刑事時代、被疑者の取り調べは何十件も経験しているが、この動機というのは本当に曖昧《あいまい》なものなのだ。盗みに入って家人に見つかってしまった。女を好きになったが相手にされなかった。親に「働け」と言われて腹が立った。ほとんどはそんなもので、遺産争いや保険金目当ての殺人のほうが稀《まれ》。しかし警察は送検の書類に「動機」を明記しなくてはならず、検察は起訴時にやはり「動機」を明記しなくてはならず、結果的に「ついカッとなった」とか「性欲をおさえられなかった」とかいうおバカな動機の羅列になる。実菜子のケースだって明里やその両親を一度は憎んだものの、脅迫まで始めた今朝美を許せなかった可能性もある。

俺はコーヒーを飲みほし、これ以上実菜子に質問することがあるかどうか、頭のなかで検証する。デパートの防犯カメラに映っていたのが宮内和枝でなかったことに、まずはひと安心。問題は大橋が明里の失踪をよそおった理由で、すべての鍵はその一点にある。

実菜子が水を口に含んでゆっくりと飲みくだし、細い目の内側にまた灰色の光を走らせる。

「柚木さん、私はなにかの罪になりますか」

「ヒトを殺せば殺人罪になるさ」

「柚木さんが訴えると」

「そこまで暇ではない。長峰編集長の殺害犯が彫古堂の社長ではないと判断すれば、警察が勝手に調べる。その結果君が逮捕されたとしても、君が犯人でなかったら俺が無実を証明してやる」

「柚木さんは元刑事さんなんですよね。インターネットで調べました。それに奥さんはあの、柚木知子先生だということも」

もう反応する気力はなく、俺は伝票をつまんで腰をあげる。なにしろ「岸本南緒の容姿は明里を知っている誰かに確認させたはず」というマヤのご託宣が、当たってしまったのだ。少し癪《しゃく》ではあるけれど、今夜は「たまたま近くまで来たので寄ってみた」だけではなく、「君の指摘が正しかった」と報告する立派な名目がある。

「友部くん、君の気持ちは分かるし、言いたいこともあるだろうが、もう大橋家には関わらないほうがいい。静かに暮らして優しい男を見つけて幸せな家庭をつくる。人生はそれだけで正解だろう」

実菜子がちらっと俺の顔を見あげたが、意見は言わず、黙ってコーヒーを口に運ぶ。まだ腰をあげるつもりはないようで、俺はレジで料金を払い、外に出てスカーフを巻き直す。極楽寺へ向かう前に、今夜はまたイタリアンワインでも買っていこう。

今回も学芸員と司書の違いを聞くのを忘れてしまったが、もともと大して興味はないし、どうせもう、実菜子に会うこともない。

＊

ワインの入ったビニール袋をぶらさげて極楽寺駅の改札を出る。雨上がりのせいか風はなく、線路沿いの道端には枯草臭がわだかまる。商店街がないから駅前の人出もなく、暗い街灯だけの道を切り通しへ向かう。この付近は戦乱時の死体遺棄場だったとかで、もともとは地獄谷と呼ばれていたらしいが、地獄では縁起が悪いので極楽に変えたのだという。

丁字路を切り通し側へ歩いて、雨に濡れた石段を、滑らないように注意してのぼる。せまい住宅街を抜けてマヤの家につき、インターホンのチャイムを鳴らす。いつもどおり返答は待たずに木戸を押し、玄関へ歩く。玄関灯はついているが内側に気配はなく、ガラス格子に手をかけても鍵がかかっている。考えたらマヤだって仕事や私用で外出することはあるはずなのに、ついその可能性を忘れていた。ガラス格子を透かして家内を観察しても屋内に明かりはなく、俺は自分の迂闊《うかつ》さにぴしりと自分の頬を打つ。

それでももしかしたらと、玄関わきから庭へまわってみる。海明かりが古民家風の建物を幽霊屋敷のように浮かびあがらせているが、雨戸の節穴からも明かりはこぼれない。

どうする、ケータイに電話をして、状況を聞いてみるか。すぐ戻るようなら〈七口〉あたりで待てばいいし、今夜は戻らないというなら俺も帰ればいい。

そのとき温室のほうから黒い影が忍び寄ってきて、二メートルほど離れた位置から俺の顔を見あげる。黒猫は一度だけニャアと挨拶をし、ぷいと尻を向けてまた温室のほうへ歩いていく。そうか、おまえはこの家の番猫か。せいぜいしっかりマヤを守ってくれ。

電話をしようかとも思ったが、連絡もせずに訪ねてきたのは俺の我儘《わがまま》で、相手には相手の都合がある。今夜はこのまま帰ることにし、玄関側へ戻る。ワインを玄関前においていってもマヤが気を遣うだろうし、いくらオンナタラシでもそんな行為は気障《きざ》ったらしい。

このワインは四谷へもって帰って、原稿を書きながらの寝酒にしよう。

11

馬車道《ばしゃみち》というから昔は馬車が走っていたのだろうが、その馬車は荷馬車ではなくて、開港後に居留した西洋人の乗用馬車だという。時代劇を見ていていつも疑問に思うのは、なぜ日本に乗用や荷役用の牛馬車が定着しなかったのかということ。平安時代には貴族なんかが牛車《ぎつしや》に乗っていたから、牛馬に台車を曳《ひ》かせる発想はあったはず。それが江戸時代になると動力はすべて人力で、府内に入れるのは馬だけ。それも旗本以上の武家が乗用する馬に限定されるのだから、非効率この上ない。その人力荷車も坂道の多い江戸では交通事故を多発させ、通行人を轢《ひ》き殺した車夫などは死罪になったという。生類《しょうるい》憐《あわれ》みの令が影響したのかも知れないが、バカな話だ。

馬車道通り沿いにある南洋交易《なんようこうえき》ビルは地上六階建て。ずいぶん古めかしいビルだが歴史的建造物というほどでもなく、一階がコンビニで二階が証券会社、三階以上が南洋交易のオフィスになっている。その六階部分の片隅に〈公益財団法人　日本博愛会〉という表示が出ている。三崎清高は賃貸料を「格安で提供されている」と言ったが、東京でいえば丸《まる》の内《うち》のオフィス街で、格安でもそれなりの賃料だろう。もっとも年間に二百億円も集める偽善団体は寄付金をちょろまかして自前ビルを建ててしまったというから、それにくらべれば良心的だ。

午後の三時、大橋の在不在は分からないが、旧式のエレベータで六階へあがる。大橋が出張か他出ならそれまで、しかし事前に来訪を告げると相手は心の準備をしてしまうから、刑事時代もライターになってからも、肝要な局面ではアポイントをとらずに訪ねる。当然無駄足も多くなるけれど、マヤになんと言われようと俺は足で仕事をする探偵なのだ。

六階はドアが三つで二つは南洋交易の会議室と資料室、残りのひとつが〈日本博愛会〉でドアに真鍮《しんちゅう》製のプレートが貼ってある。そのドアをノックして内へ入る。

なかは鎌倉散歩ほどの広さで私服の初老女と中年女が二人、奥の壁には〈専務理事室〉と表示のあるドアがあり、大橋が執務中ならその部屋にいることになる。

近いデスクにいる中年女に氏名を告げ、大橋への取次ぎを頼む。女がためらう様子もなく腰をあげて専務理事室へ歩いていくから、大橋は在室なのだろう。水曜日の午後三時、出張なら週初めか週末が多いはずという判断も、偶然ではあるが当たったことになる。

女が専務理事室のドアをあけ、二こと三こと声をかけただけですぐ戻ってくる。営利事業ではないから企業秘密にも無縁で、支援者やらボランティアやら、ふだんから人の出入りが多いのだろう。

女にうながされてフロアをすすみ、あけてあるドアから内へ入ってドアを閉める。専務理事室は意外に広くて向かい合った革張りのソファ、壁一面には百科事典のような蔵書が並び、反対側の壁には無数の感謝状や表彰状が飾ってある。窓を背にした専用デスクには山積みの書類とパソコンがあって、大橋がそのデスクからソファのほうへ歩いてくる。

「近くまで来たので寄ってみました。窓の向こうは山下《やました》公園ですか」

大橋が一瞬耳を澄ますような顔で首をかしげ、それでもすぐ口元を笑わせて俺にソファをすすめる。白髪交じりの髪は今日も無難な横分けで、臙脂《えんじ》色のネクタイだけが前回よりも印象を明るくしている。

「彫古堂の社長が亡くなられたことはニュースで見ましたよ。長峰編集長につづけて市の有力者までとは、今年は鎌倉の厄年でしょうかねえ」

人口比率での死亡者数は約一パーセント、鎌倉だって人口十七万人の地方都市だから毎年それなりの死者は出る。そのなかには前市長だの前有名作家だの、有力者はいくらでもいる。

「柚木さんがわざわざお見えになったのは、彫古堂か、長峰編集長の件で？　二つの事件は一種の無理心中だったとか、家内がそんな噂を聞いてきましたが」

さっきの女が顔を出し、テーブルに二つの湯呑《ゆのみ》をおいていく。米倉の遺体が発見された日には彫古堂の従業員や小野珠代まで「無理心中」を知ったから、どうせもう鎌倉中で噂になっている。次の金曜日に週刊講文が大スクープを飛ばせば決定的、この広まってしまった噂に神奈川県警は、どう対応するのか。

大橋にだって俺が「たまたま近くまで来た」のではないことぐらい分かっているはずなので、端的に切り出す。

「大橋さんご一家のDNAを調べた人間がいることはご承知でしょう。友部実菜子ではありません。警察にもいろんな人間がいましてね、なかには金やセックスで情報を漏洩《ろうえい》させてしまう警官もいる。大橋さんがその警官を告発するというのなら、氏名をお教えします」

大橋の咽《のど》からグッというような音がもれ、目尻の皺が深くなって、口が半開きになる。このDNA問題を長峰今朝美から糾弾され、あるいは失踪事件担当の久山刑事が情報を、というぐらいの疑いはあったかも知れないが、その名前を俺が仄《ほの》めかすのは意外だろう。

「その、柚木さん、おっしゃることの意味が、理解できませんが」

「私は検査結果を確認していません。ですが明里さんは養女か、あるいはご両親のどちらかと非血縁だということぐらいは分かります。そうでなければ日本博愛会がローカルのタウン誌に広告を出す必要はない」

「しかし、そんなことは」

「明里さんは実子として届けられている。奥さんの懐妊や出産は周囲の人間も認識したはずですから、非血縁はご主人です。その事実をネタに、長峰今朝美はあなたを脅迫していた」

大橋が首を横にふりかけたが、思いとどまったように片手をあげ、長く息をつきながらソファの背凭《せもた》れに身をひく。

「たしかに、その、しかし脅迫というわけではなく、それとなく仄めかされて。相手は探す会の事務局長でもあるし、まあ、おつき合いみたいな感じでね。一般誌にも広告の出稿はあるから、べつに、問題はないはずです」

それが今朝美の脅迫手法、直接「金を出せ」と迫るのではなく、快活で妖艶《ようえん》な外見と巧みな話術でじわりじわりと相手を追い詰め、そして最後には相手から「おつき合いということで何円《いくら》かは」という言葉をひき出す。

「ですからねえ柚木さん、どこの家庭にも他人に知られたくない秘密の、ひとつや二つはあるわけですから」

大橋が膝に手を添えて身をのり出し、若造を諭すような表情で俺の顔に視線を向ける。

「明里が私の実子でないことは認めるが、それはそれだけのこと。明里にもちゃんと、中学生になったとき伝えてある。しかしぎくしゃくしたのはせいぜい一カ月、私が言うのもナンだが、本当に明里は頭のいい素直な娘で、以降は元通り、平和な家庭に戻っていた。鎌倉散歩に広告を出したのは下の娘もいることだし、余計な波風を立てたくないという、それだけの理由だった」

妙に理屈がとおるのは、どこかでこの非血縁問題を他者に知られたときの弁明に、あらかじめ台本を用意しているからだろう。友部実菜子ぐらいなら簡単に供述をひき出せても、大芝居を打って娘を失踪させたほどの大橋では、そうもいかない。

「大橋さん、不躾《ぶしつけ》とは思いましたが、あなたが日本博愛会へ入る前のお仕事を調べさせてもらった」

もう昼前には大橋や夫人の経歴が報告されているからこそ、俺は今大橋と対面している。

「あなたの前職はマウンテンクロウ本社の総務課員、ちなみに奥さんは日本博愛会病院の看護師。この日本博愛会病院はマウンテンクロウの系列医療法人でもある。そしてあなたは三十年ほど前に、ある政治家事務所に私設秘書として出向している」

たったこれだけのことを調べる調査費が十万円、なんとか八万円ぐらいまで値引きさせてやろう。

「企業や支援者が社員の席をそのままにして政治家事務所へ出向させるのは、本来なら政治資金規正法違反。しかし多かれ少なかれどこの事務所も似たような細工はしていて、よほど悪質でない限り検察も摘発はしない」

「おっしゃるとおり、たしかに違法ではあるが、どこの事務所でもやっていることだ。それを今さら暴き立てようと？」

「私も見かけほど暇ではありません。問題は明里さんの父親がBだろうということ、それがすべての発端でしょう」

大橋が眉をひそめ、首をひねりながら、困惑したように俺の顔をのぞく。

「その、Bというのは、誰のことでしょうな」

「総理大臣も経験した大物政治家ですよ。三崎の清高氏なんか畏《おそ》れ多くて名前を口に出せないという。世間からはバカと称されているので、仮りにBと呼ぶそうです」

「いや、しかし、まさか、そんな」

「あなたが出向していた政治家事務所は、もちろんBの事務所。マウンテンクロウと烏山一族のつながりを考えれば当然のことです」

「しかし、しかし、柚木さん、そんな、いや、その、B氏が明里の父親だなんて、言い掛かりもいいところだ。なんの根拠があって、いや、なんの証拠があって、そんなデタラメを言いにきた。私だけならともかく、そんな流言蜚語《りゅうげんひご》をまき散らしたらB氏に迷惑がかかる。場合によっては名誉棄損で訴えられますよ」

「ご自由に。訴えてもらったほうが私も仕事がやりやすい。自分でその事実を証明する手間が省《はぶ》けますからね」

「だから、いや、ですから、その、訴訟というのはたとえばの話で、そんなデタラメを言いふらされたら、関係者全員が迷惑する。私が言いたいのは、その件に関してはなんとか、穏便に解決できないかという、つまりは、そういうことです」

大橋が湯呑をとりあげて茶をすすり、三度ほど浅く息をついてから、懇願するように俺の顔を見る。明里の父親がBであるという事実に確信はあったが、しかしそれぐらいのことでなぜ大橋は、ここまで動揺するのか。たしかにスキャンダルではあるけれど、これまでにも総理大臣の隠し子や愛人問題の醜聞《しゅうぶん》はあったし、明里がBの隠し子だからといってこの世から抹殺するほどの事態ではないだろうに。

「柚木さん、あなたの目的がどこにあるのかは分からないが、諸般の事情を考慮して、この問題は穏便に処理していただきたい。穏便に済ますために資金が必要というのなら、それは、私が、なんとかします」

「大橋家の金融資産は約三千万円、土地家屋の評価額は約六千万円。私にとっては気が遠くなるほどの大金ですが、ある美少女に言わせると、私は金に興味のない性格だそうです。本人はそれほど清廉《せいれん》な人間だとは思っていませんけどね」

大橋が「意味不明」という表情で口をひらきかけ、しかし言葉は出さずにまた茶をすする。俺にだって自分の言ったことの意味は不明だが、大橋にとって資産状況を知られている事実は恐怖だろう。

「柚木さんのおっしゃることは、やはり意味が分からない。けっきょく私に、どうしろと?」

「小川明子さんの件を説明していただきたい」

一瞬間があってから、大橋が腰を浮かしかけ、湯呑から茶がこぼれる。それでも大橋は俺の顔を見つめつづけ、十秒ほどしてやっと、腰を戻してズボンの膝にハンカチを当てる。

「この小川明子という人は不思議な女性でしてね。生年月日が明里さんと同一、それどころか十年前に明里さんが失踪した日に、正確には翌早朝になりますが、羽田からロンドンへ向けて

れだけのことだ」

「それは、いや、生年月日が同じ人間なんか、世の中には何人もいる。たまたまそれは、それだけのことだ」

「しかし小川明子は明里さんのボーイフレンドだった粕川祐真とまで親密だった。四年前に二人は同じ便でシンガポールから一時帰国し、一週間後にまた同じ便でシンガポールへ。生年月日が同じ人間も世の中に何人かはいるとしても、この現象はさすがに無理がある」

「ですが、その、私に説明しろと言われても、それは、できない」

「なぜです?」

「できないものはできない。私をなにかの罪で告発するというのなら、勝手にすればいい。それぐらいのことは私も家内も、最初から覚悟をしている」

「中学一年生になったばかりの下のお嬢さんも、覚悟をしていると?」

「いや、まさか、そんな」

口をへの字に曲げて大橋が腕を組み、一度俺の顔をうかがってから、あとはうつむいて、茶のこぼれた自分のズボンに視線を据える。根は善良でまじめな人間なのだろうが、なにかの事情で、そういう人間が頑《かたく》なになることもある。

「私の家内はこういう事件が大好きでしてね。十年前に明里さんが失踪した事実と、小川明子と粕川祐真の関係などを教えてやれば、すぐにでもテレビや週刊誌で喚《わめ》き出す」

今回は本当にソファから腰を浮かせ、大橋が両手を前に広げて、子供がイヤイヤをするように首を横にふる。いつもは迷惑でしかない柚木知子先生の存在も、たまには俺の武器になる。

「家内は正義感と辛辣《しんらつ》さに区別がつかない性格です。手加減や他人に対する配慮なども軽蔑している。彼女が世間に向かって喚きはじめたら、大橋さんが説明を拒んだところで意味はなくなる」

「それだけは、それだけは、どうか、知子先生に知らせることだけは、勘弁していただきたい。そんなことをしたら明里の、いや、小川明子の人生が終わってしまう。柚木さん、あなたにだって慈悲はあるでしょう」

「明里さんの失踪を演出した事情次第です。妊娠したので海外へ送り出した、とかいうつまらない事情だったら慈悲は無理。失踪当時、警察も学友も地域の関係者も、全員が必死で明里さんを探した。あなたや明里さんは、関係者全員の善意を踏みにじっている。それぐらいのことは自覚できるあなたたちが、なぜそこまでして明里さんを隠したのか、いくら考えても私にはその事情が思い当たらない」

大橋が両手を広げたまま天井へ顔を向け、肩で大きく息をついてから、その手をおろして唇を嚙む。

「柚木さん、もし私が事情を打ち明けたら、柚木さんの胸の内だけに納めてくれると、約束していただきたい」

「さっきも言ったとおり、その事情次第です。雪ノ下のお宅へ伺ったとき、大橋さんは私を『話の分かる方』と評してくれた。多分に社交辞令ではあったでしょうが、なにかの勘は働いたはず。今はご自分のその勘を信じるより選択肢はないでしょう」

　また唇を嚙みしめ、首を横にふりながら、鎖を引きずるような歩き方で大橋が窓辺へ向かう。遠くに山下公園も見えるが大橋が見ているのは公園でも海でもなく、たぶんこの十年の歳月だろう。俺だって善良で小心な大橋を追い詰めたくはないが、明里を失踪させた理由が分からなくては事件に結論を出せない。

　五分ほど黙って窓に向かい、ふと大橋が向き直ってデスクの抽斗《ひきだし》をあける。とり出したのはタバコとライターとガラスの灰皿で、それをもってソファに戻ってくる。

「申し訳ないが、タバコを吸わせていただきたい」

「ご遠慮なく。私も自宅では吸っています」

「ご自宅で吸える？　それは羨《うらや》ましい。私なんか家では吸わせてもらえず、事務所で吸っても向こうの怖い女性たちに怒られる。ただどうにも、我慢できないときがありましてね」

　観念したのか、大橋がタバコに火をつけ、長く天井に煙を吹きながら足を組む。

「ご指摘のとおり、明里の父親がB氏であることは認めます。ただそれまでの事情を、説明させていただきたい」

　最初からその事情を聞くために足を運んだのだから、俺は黙って先をうながす。

「私がマウンテンクロウからB氏の事務所に出向させられたのも、ご指摘のとおり。私設秘書などといえば聞こえはいいが、いわゆる運転手を兼ねた雑用係です。B氏は政界のホープでもあり、バックがマウンテンクロウですから資金も潤沢、清廉な政治思想にも共感がもてて、それなりにやり甲斐のある仕事でした。そんなときB氏に腎臓結石が見つかって、家内の勤めていた病院で手術を。入院自体は十日ほどでしたが、なんというか、家内は世話好きというかお節介焼きというか、相手が政界のホープでもあり、もう張り切って、シフトを無視してまで看護をしたようです」

なるほど、その後の経緯《いきさつ》は聞かなくても想像はつくが、俺は黙ってあとをつづけさせる。芹亜の前任者にはBを憚《はばか》って、大橋自身が入院したと告げたのだろう。

「つまりは、そういうことでしてね。退院後B氏から『入院中のお礼に』と食事に誘われて、相手が相手ですから、家内も悪い気はせず。B氏の奥方は元アイドル、女性にも不自由はしていなかったでしょうに、男と女というのは分からないものです」

前任者の久山は「入院して親切にされると、その看護婦が天使に見えたり」とか言っていたが、あるいはBもそんな心境だったのか。

「そうこうしているうちに、家内が妊娠をね。ただ柚木さん、B氏は将来のある身、迷惑はかけない、子供は自分だけで始末するからと、家内のほうからB氏に申し入れたそうです。家内の性格からして、それは本心だったと思う」

またタバコを吹かし、当時の記憶でもたどるように目を細めて、大橋が小さくため息をつく。

「本来なら柚木さん、B氏は家内の申し入れを受け入れると思いませんか」

「常識的にはそうでしょうね」

「そこがB氏の不可解なところ。この世に人間の生命ほど尊いものはない。悪いようにはしないから、ぜひ産んで育てるようにと。たしかに烏山市郎氏の血筋でもあり、日本博愛会の実質的な運営者でもある。生命に関してだけはそういう、特殊な価値観があるのかも知れませんが」

三崎の清高はBを「安っぽい理想主義者」と言い捨てたが、それが戦災孤児救済を目的に〈日本博愛会〉を設立した烏山市郎からの遺伝子なのだろう。

「以降の経緯はお話しするまでもない。私もマウンテンクロウへ戻ったところでうだつがあがるわけでもなし、家内も本音では堕胎なんか望んでおらず、言い方はヘンですが、ぴったりの組み合わせだったわけです」

そのぴったりの組み合わせで大橋たちは結婚し、大橋は日本博愛会へ。鎌倉に新居も宛《あて》がわれて明里が生まれて、その明里が大橋の実子ではないという以外は、まずは順風満帆《じゅんぷうまんぱん》だったろうに。

大橋がタバコを消し、ちょっとためらってから、つづけて二本目のタバコに火をつける。

「人間の縁というのは不思議なものでしてねえ。私と家内はいわば政略結婚、ところが二人で暮らし始めてみると、なぜか奇妙に馬が合う。私のほうは趣味もないような凡人、一方家内は社交的でお節介焼き、買い物も旅行先もすべて家内任せで、それが私には心地よくてねえ。明里が生まれるころにはもともとのカップルだったような、私も明里が自分の子供のように思えて、本心から嬉しかったものです。こんなに幸せになっていいのか、偶然ではあるけれど、自分たちは恵まれていると、家内ともよく話していたものですよ」

俺のほうは早く結論を聞きたいが、大橋にしてみれば話の順序があるのだろう。

ぷかりとタバコを吹かして、大橋がつづける。

「さっきもお話ししたとおりね、明里が中学生になったとき、父親が私でないことだけは伝えました。どこで血液型やDNA鑑定が必要になるかも知れないし、あとで分かるよりはいいだろうと。もちろん父親の件に関しては、死亡していることにしましたが。そしてこれもさっき話したとおり、明里はすぐ理解してくれて、以降は何事もなかったように元の生活に。そのうち思いがけず下の娘も生まれて、これも八幡様のおかげと、家内なんか毎日のようにお参りをしたものです」

大橋の目に薄く涙が浮かび、ハンカチで目頭が押さえられて、タバコが消される。

「それがあの年の夏になって、すべてが狂い始めた。B氏の所有する軽井沢《かるいざわ》の別荘には、それまでにも家族で招かれてはいた。公《おおやけ》にはできないものの、B氏にしても明里の成長が楽しみだったんでしょう。ただ十年前の、あの年の夏休みに……」

大橋の目から涙が消え、かわって怒りか絶望か混乱か、なにかの光が、じわりと浮きあがる。

「信じられますか柚木さん、明里が、B氏に襲われたんですよ」

「はあ?」

「あり得ないことが、あってはいけないことが、あの年の夏休みに、起きてしまった」

その言葉の意味を理解するまでに、二十秒ほどの時間がかかったか。俺の理解力が正しければ、大橋は、Bが実の娘である明里に性的な暴行を加えた、と言ったのだ。

「私は仕事があったので、あの年の夏休みは家内と明里と沙都美だけが軽井沢へ出掛けた。その三人が荷物もそのままに、軽井沢からタクシーで帰ってきた。それだけ異常な事態だったということです。しかし、いや、幸いなことに、暴行自体は未遂に終わった。それは看護師だった家内が確認している。明里の名誉のために、それだけは信じていただきたい」

実際は未遂で済まなかったのだろうが、未遂だったということにしたところで、俺に不都合はない。それにしてもさすがに、大橋が明里を失踪させた理由がBの変態行為だったなどと、誰が想像できるか。父親が実の娘に性的な暴行を加える事件もたまには発生するが、当事者が元総理大臣とその隠し子では、社会的な影響が異なる。Bも今でこそバカとさげすまれているものの、新党を立ち上げた当初は支持率七十パーセントを超えるスター政治家だったのだ。良くも悪くも日本の顔だった男で、そんな男が自分の娘を強姦したとなれば日本社会そのものが世界中から顰蹙《ひんしゅく》を買って、笑いものになる。

「私や家内や明里が、どれほど混乱したか、どうか分かっていただきたい。B氏からは明里を軽井沢へ戻せと言ってくる。私が抗議しても、明里の勘違いだ、たんなる父娘《おやこ》のスキンシップだったと一笑にふされる。たしかにね、総理大臣の座を追われて以降、B氏の言動がおかしくなっているような気は、私もしていた。ただまさか、自分の娘に手を出すほど狂ってしまったとは、思ってもいなかった」

総理大臣の座を追われたから狂ったのか、もともと変質的な性格だったのか。政界のホープともてはやされて新党を立ち上げ、総選挙で大勝して総理大臣に。人生が順調だった間はたんに、本来の変質的な傾向が表面化しなかっただけだろう。

「夏休みが終わって以降も、食事にとかパーティーにとか、B氏は執拗《しつよう》に明里を誘ってくる。どうやってB氏の魔手から明里を守ってやれるのか、家内の親戚や私の知り合いに預けたところで、B氏にはまだまだ、全国に支援者がいる。国内ではどこに隠しても見つけ出されてしまうし、だからといって警察に訴えるわけにもいかない。あの時点で私たち夫婦にできたのは、明里をこの世から消してしまうことだけ。周囲にどれほど迷惑をかけるか、どれほど心配させるか、みんな承知はしていたが、ほかに方法を思いつかなかった。私たちにとっては人生をかけた大芝居だったことを、どうか、理解していただきたい」

明里をこの世から消してしまう。十年前のその時点で、ほかに方法はなかったのか。警察に訴えたところで相手にされなかったかも知れず、週刊誌に暴露したら日本中が大パニック。B本人には制裁を加えられたとしても、同時に明里の人生も終わってしまう。ほかに方法はなかったのか否か、考えたところで、俺にも分からない。

「確かにあなたたちの大芝居は成功して、明里さんも無事にロンドンへ。しかしそれでBは納得したのですか」

「もちろん、もちろん、B氏は私を責め立てた。私と家内が明里を隠したんだろうと。私のほうは『あなたのせいで明里が家出してしまった』と反撃してみたが、それで収まるはずはなく、B氏は自分の組織や大手の興信所まで使って明里を探した。でもさすがにロンドンまでは気づかなかったようで、そのうち警察やマスコミの動きを見て本物の失踪と思ってくれた。私への糾弾もなくなり、私と家内も用心して、明里への手紙や電話もすべて粕川くんに仲介してもらった。そうやって五年も過ぎるとB氏も世間も、もう明里のことは、誰も話題にしなくなった」

それならなぜ毎年十月になると鎌倉の駅前でチラシ配りを、と聞きそうになったが、なるほど、突然中止したら怪しむ人間が出てくる。友部実菜子なんか沙都美という妹がチラシ配りに参加しないことだけで、明里の生存と大橋家の隠蔽《いんぺい》工作を見抜いたのだから。これからも大橋家は毎年毎年、たぶんあと十年ぐらいは明里を守るために十月は駅前に立つのだろう。

「実はね大橋さん、ここへ来るまで私は……」

すっかり温《ぬる》くなっている茶を口にふくみ、何秒か俺は、頭のなかの言葉を検証する。

「長峰今朝美殺しの犯人は、あなたか奥さんだと確信していた。犯人が非力な人間だったことを考えると、たぶん奥さんのほうだろうと」

大橋の咽仏がぎくっと震え、両方の眉がひらいて、飛び出しそうになるほど眼球が大きくなる。

「ですが、あの女を殺したのは彫古堂の社長だという噂が」

「町の噂で事件が解決したら私の商売は成り立たない。ただあなたか奥さんが犯人と推理したのは、Bの行状と明里さんを失踪させた理由を聞く前まで。あなたたちが一番恐れるのは、失踪事件が蒸し返されることでしょう。雪ノ下のお宅でも、あなたと奥さんは長峰今朝美の死とお嬢さんの失踪を関連づけられることを、極端に恐れた。たしかに今朝美の存在は邪魔で不愉快だったでしょうが、もし彫古堂の米倉が自殺しなければ、まだ今朝美殺害事件の捜査はつづいていた。捜査が行き詰まれば警察も十年前の失踪事件を再捜査するかも知れず、あなたたちがそんな危険を冒すはずはない。あなたや奥さんに、今朝美の殺害された翌日に米倉が今朝美の部屋で自殺することなど、予見できなかったでしょうからね」

米倉の自殺なんか俺にも警察にも、誰にも予見はできなかった。偶然ではあるけれど、米倉の自殺によって、これからも明里はBの変質的な魔手から逃れられる。

「柚木さん、あなたのことを『話の分かる方』と判断した私の勘は、正しかったようだ」

「ただの成り行きですよ。念のためにお聞きしますが、たぶん先月の末ごろ、長峰今朝美がお宅に、写真かビデオを持ち込みませんでしたか」

大橋の肩がゆっくり動いて、ソファの背凭れにひかれ、その顎がウムと動く。

「死んだ人間のことを悪く言いたくはないが、まったくあの女には、翻弄《ほんろう》された。いったいなんの必然があって明里の失踪問題を嗅ぎまわるのか、理由は分からなかったが」

「持ち込んだのは写真ですか、ビデオですか」

「写真でしたよ、二十枚以上もね。それには明里に似た女性が写っていた。写真には日付が刻印されるから最近のものであることは間違いなかった。だが明里はシンガポール、私たちに知らせずに帰国することなど、完璧にあり得ない」

「その写真を突きつけて、今朝美はなんと?」

「なにも。目撃者が多くいて、こんな写真を撮った人間もいると。自分も明里さんの失踪事件は決して忘れない、必ず解決させてみせるとかね。実はねえ柚木さん、先月、家内のところへ、高校時代の明里を知っているという人から、二件電話が来たそうです。町で明里に似た女性を見かけたが、明里は無事なのか、家へ帰っているのかとかね。電話の様子から悪意はなかったようで、家内も礼を言って電話を切ったそうです。そのあとになってあの女が、写真を。私でさえ一瞬明里かと思ったほど、あの女性は似ていた」

岸本南緒の素姓や状況を明かしてやってもいいが、聞いても大橋が混乱するだけだろう。

「その写真を見て、大橋さんは今朝美にどんな対応を」

「対応もなにも、似てはいるが、明里がシンガポールにいることは確認済み。鼻の形と額の生え際が明里とは違うと突っぱねてやりましたよ。ただあの女がなにか企《たくら》んでいることは明白で、こちらは、新年度から広告料の上乗せも可能とかなんとか、それぐらいのことは言ってやったが」

そうやってじわりじわりと大橋を蟻地獄へひき込む。もし殺害されなければ岸本南緒を使って、もうひと芝居か二芝居は打ったはず。今朝美はロンドンで明里が目撃された情報を久山から得ていたし、俺がオフィスを訪ねたとき、粕川祐真の現状や動向を隠そうとした。どこまで明里失踪事件の構図を理解していたのか、かなりの部分まで肉薄していたのか。友部実菜子に「大橋家が動いてくれれば尻尾を捕まえられる」とか言ったのは、その尻尾が見えていたからだろう。証拠をつかんで失踪事件の真相を暴露すれば日本中が大注目、タウン誌の編集長から、ジャーナリストとして、今朝美は一躍歴史の表舞台へ躍り出られる。脅迫を楽しむサイコパス的性格と元社会部記者としての野心、今朝美のなかにその区別があったのかどうかは知らないが、あの奇妙に男を誘うような目つきと仕草《しぐさ》が思い出されて、一瞬吐き気が込みあげる。

大橋が思っているより、事態はもっと、切迫したものだったに違いない。

「私のような若造が言える立場ではありませんが、Bとお嬢さんの経緯を考えると、ご夫妻も少し、気が弛《ゆる》んでいたのでは？」

「結果的に、そういうことだったのかも知れない。もう大丈夫、明里は完全に隠しきったと。それで来年には小川明子として、正式に粕川くんと結婚させる予定だった」

「私が知っても意味はありませんが、お嬢さんはどんな暮らしを」

「無事にロンドンの大学を卒業しましてね。今はシンガポールの日本人学校で子供たちを教えています。平凡ながら静かで充実した生活だと。これもみんな粕川くんのおかげ、彼には感謝してもしきれない。二人にはどんなことがあっても、幸せになってもらいたい」

十年前は粕川も高校三年生、そんな若さでよくここまで明里を守り切ったもの。明里だって大橋夫妻に質《ただ》したかどうかは知らないが、Bが実の父親であることぐらいは察知したはず。ふだんは「愛」などという単語に赤面する俺でも、二人の意志力と冷静さには敬服する。

「粕川くんのご両親には、留学先のロンドンで知り合った小川明子さんだと」

「なんでもよくご存知ですなあ。そこまで慧眼《けいがん》でありながらなぜ知子先生と、いや、その、失礼」

俺と結婚した当時の知子がどれほど美人だったか、説明しようとするだけでも疲れる。

「長峰今朝美は大橋家の戸籍を閲覧《えつらん》して、明里さんが抹消されていることまで調べた。大橋さんのたんなる気の弛みなのか、ほかに理由でもあったのか」

「そのこともあの女に指摘されましたよ。たんなるタウン誌の編集長と、私も侮《あなど》りすぎたかも知れない。気も弛んだと言われればそれもそのとおり、ただ私としては名実ともに、明里を自由にしてやりたかった。大橋明里時代のことはなかったことにして、まったく別人の、小川明子として生きてもらいたかった。ほかに理由なんか、なにもありません」

Bの隠し子として生まれたこと自体が過酷だったろうに、そのBが変質者。両親や粕川の支援があったとはいえ、明里はこの十年を別人として外国で暮らしてきた。テロリストや犯罪者ならいざ知らず、宿命の被害者である明里が逃げまわるという人生の、この不条理。その過酷で不条理な人生から娘を解放してやりたかった大橋の気持ちは理解できる。気の弛みといえば気の弛み、しかし悲劇の本質はその悲劇をつくったBにある。

「これも念のためなんですが」

俺が茶を飲みほし、大橋が新しいタバコに火をつける。

「お嬢さんの失踪劇に親友だった友部実菜子を関与させなかったことに、なにか理由が？」

「理由はありません。たんに彼女をトラブルに巻き込みたくなかっただけ。それは明里の希望でもあったし、ただ……」

短く煙を吹き、その煙を透かすように眉をひそめて、大橋が困ったような顔をする。

「その、どう言ったものか、これは家内の感想なんですがね、友部くんは明里に、友達以上の感情を抱いているのではないかと」

「友達以上の？」

「いやいや、家内の勘みたいなもので、私にはまったく、見当もつかないのですが、いずれにせよ友部くんは、関わらせないほうが無難だろうとね」

つまりそれは小野珠代の言う、百合《ゆり》族のことか。その分野は大橋と同様に俺にも見当はつかないが、マンガやラノベでしつこく取り上げられるテーマだから、少女時代にはそんな気分になったりもするのか。明里のほうには粕川がいるからその気はなかったとしても、実菜子は明里に親友以上の感情を抱いていたか。それならＰＴＳＤも納得できるし、以降の執拗な詮索も理解できる。

「友部実菜子には昨日、もう大橋家には関わらないようにと釘を刺しましたけどね。ただ女性の感情や行動は、男に理解できない部分がある。大きなお世話でしょうが、まだ当分、彼女には気を許さないように」

実菜子の肉厚顔と細い目の内に走った灰色の光が思い出されて、なんとなく寒けのようなものを感じる。今朝美の殺害犯は大橋か夫人と決めてしまったから実菜子を除外したものの、明里に裏切られたと思い込んだ実菜子の怨念は想像を絶するのかも知れない。その怨念や恨みがなにかのきっかけで長峰今朝美に向かった可能性を、排除していいものなのか。同時に宮内和枝のポニーテールとスタイルのいいジーンズ姿も思い出されて、俺は頭のなかで首を横にふる。岸本南緒の容姿を確認したのが和枝でないと分かったときはとりあえず安堵したものの、今朝美が殺害された当夜、九時十九分にＪＲ鎌倉駅の改札を通っていく和枝はビニールのレインコートを着ていたのだ。雨天にレインコートを着るのは当然としても、レインコートは返り血も隠せる。

大橋夫妻が今朝美の殺害に関与していないことが判明すると、事件は振り出し。いっそのこと「はい、米倉と今朝美の無理心中でした」で片付けてしまいたい気もするが、貧乏な浮木《うきぎ》ライターにも意地はある。

「柚木さん、コーヒーでもいれさせましょうかね」

「お気遣いなく、もうお暇《いとま》します」

一連の失踪事件を妹の沙都美にどう説明しているのか。今年中学生になったばかりの少女に理解できるはずはなく、まだしばらく隠しつづけるのか、あるいは永遠に封印してしまうのか。しかしそれは大橋家の問題だ。

俺は腰をあげて大橋に会釈《えしやく》を送り、大橋もタバコを消しながら腰を浮かせる。

「柚木さんに対して念を押すのも失礼ですが、私が今お話ししたことは、外部には、けっしてもらさないように。私や明里のおかれている状況を、どうか、ご理解いただきたい」

「承知しています、ご心配なく」

俺自身は承知しても、明里や粕川の出入国記録を調べたのは立尾芹亜。「もう十年前の失踪事件は忘れよう」と言ったら、どうせあの吊り目女は両目を縦に並べて嚙みついてくる。かといってBの変態行為を打ち明けられるのか、打ち明けたところで、芹亜が「はい、忘れましょう」と納得してくれるのか。この局面はやはり、マヤに相談するより仕方ない。

せっかく明里失踪事件の謎が解けたのに、難問の大きさは倍にもなって戻ってくる。まるで俺の人生みたいに。

「突然お邪魔をして失礼しました。明里さんの件は私の胸内だけに納めますので、ご安心ください」

大橋に黙礼してドアをあけ、事務所側に出てドアを閉める。三人の女性職員が一斉に顔をあげたが、その視線は俺ではなく、俺が出てきた専務理事室へ向かう。ドアの向こう側からタバコの臭気が流れ出たのだろう。

「申し訳ない。タバコを吸ったのは私で、専務理事ではありません。どうか大橋さんを叱らないでいただきたい」

女たちに手をふって事務所をあとにし、エレベータへ向かう。タバコの一本や二本で犯罪者扱いなのだから、社会も不寛容になったものだ。

＊

冬至《とうじ》と夏至《げし》では日の長さが四時間以上もちがうという。海水浴シーズンはどうだか知らないが、午後六時過ぎのJR逗子駅は乗降客もまばらで、駅前のロータリーにはバス待ちの学生や主婦が見えるだけ。東京や横浜まで通勤している人間の帰りは八時か九時になるのだろう。

駅前からタクシーに乗って葉山町の海光苑へ向かう。今日が冬至だからクリスマスまであと数日、美早から打診も連絡もなく、「四人での楽しいクリスマス」もどうやら有耶無耶《うやむや》になったらしい。俺のほうも事件の関係で思考が錯綜しているから、この有耶無耶はありがたい。人生というのはこんなふうに、放っておいても、なんとかなるときはなんとかなる。

海光苑の玄関前にタクシーをつけ、用件自体は十分か二十分で済むはずなので、タクシーは待機させる。ロビーの内はなにかイベントでもあるのか、と思うほど照明が明るく、食堂の入り口近くにはクリスマスツリーの大鉢がおかれている。時間的にも食堂から賑わいの気配がもれ、入所者らしい老人や制服姿のスタッフが出入りする。

カウンターで角田への取次ぎを頼み、前回と同じベンチに腰をおろす。暖房の温度が高く設定してあるのは入所者の年齢と関係があるのだろう。俺はスカーフを外してポケットに入れ、ジャケットのボタンも外して角田を待つ。

エレベータを眺めていたが、今夜の角田は食堂から顔を出し、小さい歩幅でゆっくりとベンチへ向かってくる。コットンのトレーナーに裏起毛のベスト、この室温では暑いだろうに顔色は相変わらず悪く、汗の気配もない。

俺は一応ベンチから腰をあげ、会釈をしてまた腰をおろす。前回は「食堂では騒がしいから」と言ったが今回は言葉を出さず、角田も黙って向かい側に腰をおろす。

「こちらへ伺う前に大船で宮内和枝くんに会ってきたのですが、彼女から連絡は来ましたか」

いくらか無精髭が浮いた角田の頰に力が入り、しかし返事はせず、肩をすくめただけで腕を組む。大船で会った和枝には念を押さなかったが、そのことを和枝が角田に連絡していたところで、病人の角田に逃亡はできない。

「鎌倉では、長峰編集長と彫古堂の社長は無理心中だったという噂が広まっています。それで宮内くんも安心していました。噂どおりに事件が終結すれば、角田さんも安心でしょう」

何秒か待ったが、やはり角田は返事をせず、ベストの襟に顎をうずめてしまう。今朝美が殺害された当夜、JRの改札を通っていく和枝の映像がどうにも気になって、横浜の日本博愛会から大船へ向かった。和枝を駅近くの喫茶店に呼び出して状況を質したところ、あの夜は小町通りのレストランで角田と食事をしたという。角田と懇意《こんい》にしていたことを俺に隠した理由は、角田の今朝美に対する悪感情を知っていたし、犯行時間からも「もしかしたら今朝美を手にかけたのは角田ではないか」と懸念《けねん》したから。本人の保身もあったろうが、もし角田が犯人だったら庇《かば》いたい気持ちがあったという。その和枝が口をひらいたのは当然鎌倉での「今朝美を殺害したのは米倉」という噂で、俺も今夜のところは「たぶん噂どおりだろう」ということにしておいた。大橋明里の失踪理由にくらべれば、長峰今朝美を誰がどんな理由で殺害したかなど、瑣末《さまつ》な問題に思える。

角田が腕組みを解いてズボンの膝に両手をこすりつけ、また腕を組んで、少し顔をあげる。

「柚木さんにはすべて、お分かりになっていると?」

「概略だけですよ。この前角田さんは、経営を長峰今朝美に譲って以降〈鎌倉散歩〉とは疎遠になっていると言われたが、実際は月に一度ほど、あのオフィスに顔を出していた。なにしろご自分が立ち上げたタウン誌、状況が気になるのは当然です。宮内くんの話では今泉《いまいずみ》という新興住宅地に息子さんご夫婦がお住まいで、お孫さんもいらっしゃるとか。角田さんは月に一度ほど息子さんの家に泊まりにいかれ、その行きか帰りに鎌倉散歩に寄ることを楽しみにしていたと」

どうも先入観で、透析《とうせき》を受けているような病人は外出も外泊もしないもの、と思い込んでいたが、この施設も刑務所ではなし、出入りも外泊も自由。角田だって自分の足で歩けるから、電車やタクシーぐらいはどうにでも使える。

「宮内くんが角田さんを庇ったのと同じ理由で、角田さんも宮内くんを庇った。もし事件の顚《てん》末《まつ》が判明したとき宮内くんを巻き込まないようにと。二人がお互い同士を知らないことにしていたのは、そういうことでしょう」

「そこまでお分かりなら隠しても意味はない。ご推察のとおり、長峰を手にかけたのは私だ。あんな女に〈鎌倉散歩〉を任せたのが、そもそもの間違いだった。私の人生は何も彼《か》も、チグハグにできている」

あまりにも呆気《あっけ》ない自白で、刑事時代にもこれほど容易な尋問はなかったが、角田にはもう不知《しら》を切りとおす気力と体力がないのかも知れない。和枝から聞いたところによると、角田の余命はせいぜい一年だという。

「おっしゃるとおり、やはり〈鎌倉散歩〉は気になりましてね。ほかに楽しみもなくて、邪魔かも知れないとは思いながら、つい様子を見に。宮内さん以外のスタッフはみな短期だったし、出払っていることも多いので顔も名前も知らない。それは向こうも同様でしょう。長峰も外出していることが多くて、私が訪ねたとき宮内さんだけが仕事をしていたりね。彼女は年寄りの相手もイヤな顔はせず、誌面の割り付けなんかも見物させてくれた。そうやって彼女の仕事ぶりを見ていると、これがまた器用でしてね。入社三カ月ぐらいでもうすべてのレイアウトができるようになっていた。タウン誌ですから一般誌ほど難しくはないにしても、聞いてみると印刷会社でアルバイトをしたことがあるとか。まじめで性格もいいし、ふと、長峰なんかいなくても、いや長峰なんかいないほうが〈鎌倉散歩〉はうまくいくのでは、とかねえ。宮内さんを知れば知るほど、そんな気になったものです」

痰《たん》でも詰まったのか、角田が軽く咳をし、ベストのポケットからハンカチをとり出す。

「ちょうどそのころでしたか、イヤな話が、私の耳に入るようになって」

ハンカチで口元をぬぐい、ひとつ空咳《からせき》をして、角田がつづける。

「そのイヤな話というのがねえ、柚木さん、長峰が広告主を脅迫しているようだと。なにしろ鎌倉は私の地元でもあるし、まだ知り合いも多くいたりしてね。たまにはここへ見舞に来てくれる友人もいる。もちろんそんな話を聞いても、最初は『まさか』と思いましたよ。ただ横浜新聞時代の長峰を考えると、あるいはという疑いも。だから鎌倉へ出たとき古い友人や親しい広告主などを訪ねて、それとなく聞いてみた。みんな言葉は濁しましたが、その言い方からして、私は確信しましたよ。もちろん長峰を呼び出して糾弾してやった。脅迫は犯罪だ、そんなことをしたら〈鎌倉散歩〉が汚れてしまう。だいいち立ち上げ当初から協力してくれた知人たちに顔向けができなくなると」

そこでまた咳き込み、呼吸をととのえるように、角田が大きく息をつく。長峰今朝美の脅迫を知ったとき、角田の心中にどれほどの怒りが込みあげたか。若いときからジャーナリスト志望で地方紙に入社し、しかし記者にはなれず定年まで営業畑。フリーペーパーながら自分の雑誌を立ち上げ、これからというときに夫人の死と本人の病気。他人から見ればたかが鎌倉のタウン誌だろうが、角田にしてみれば分身のような思いだったに違いない。

「角田さんが長峰今朝美を糾弾して、今朝美のほうはなんと？」

「食材の偽装や産地を偽るほうが犯罪、自分はその不正を糾《ただ》そうとしているだけだと。そういう理屈も、まあ、成り立たなくはない」

不正を糾すのなら警察に通報すれば済むこと。今朝美の狙いはあくまでも脅迫と、他人をコントロールすることの快感なのだ。

「だが長峰の狙いが不正の改善でないことぐらいは分かっていた、警察に知らせれば長峰を〈鎌倉散歩〉から追い出せても、顧客に迷惑をかけて、たぶん雑誌も潰れてしまう。なにか方法はないものか、なんとか宮内さんに経営を継がせられないか、ここ二年ほどは、そんなことばかり考えていた」

医者から余命を告げられたのはその前後ぐらいか。あるいは角田のほうから聞き出したのかも知れないが、角田だって自分の体力がどれほどのものか、大よその見当はつくだろう。

「あれはねえ、もう半年ほど前になりますか。私も最後の談判と肚《はら》を決めて、長峰を八幡様の境内《けいだい》へ呼び出した。神様の前ならあの女もいくらか神妙になるかとね。もちろん私の小細工なんか効果なし、鼻で笑われて、かつ〈鎌倉散歩〉の商標権ももう自分に移してある。訴訟を起こしたければ勝手にやれ。有料誌に移行させたのも部数を伸ばしたのも自分の裁量、裁判所だって自分の主張を認めるはずだと。だから柚木さん、私が長峰を殺してやろうと決めたのはそのときで、先週の月曜日、たまたま思いついたわけではないんですよ」

長峰今朝美の殺害は半年前から決めていた。それはたぶん、自分の寿命から逆算しての決断だろう。

角田がまた咳をし、俺は室温に耐え切れず、ジャケットを脱いでベンチの横におく。

「角田さん、食堂で水でも貰ってきましょうか」

「いやいや、お気遣いなく。この腎臓病というのは水もろくに飲めなくてね、野菜も果物も食べられない。宮内さんと食事をしても自分はほとんど見ているだけ。ただ彼女が誌面の改革とか、アルバイトの給料をあげればスタッフも定着するのにとか、もっと一般書店に拡販する方法はないのかとか、そんなことをまじめに話してくれることが嬉しくてねえ。長峰を殺せば〈鎌倉散歩〉は廃刊、存続させればどんどん穢《けが》れていく。私にしてみれば究極の選択だったわけですよ」

「ただ角田さんには時間がなかった」

「そういうことです。長峰はこの世から排除するべき、それはとっくに決めていたんですが、いざ実行するとなると、なかなか。印刷会社が青酸カリを使うことは知っていても、どうやって盗み出せばいいのか。盗み出せたところで、どうやって長峰に飲ませるのか。暗闇で待ち伏せしても、この体力では蹴とばされて終わり。崖っぷちにでも呼び出して突き落としてやるか、でも長峰が、突き落とされそうな崖っぷちまでのこのこ出掛けてくるものなのか。あれやこれや、考えるだけは考えていたんですが、なかなか名案を思いつかない。誰か人を雇って殺させるというのも、非現実的な話ですからねえ」

　これがアメリカのような銃社会なら、どこかに隠れて射殺すればそれまで。それぞれの国にはそれぞれの歴史と文化があるから善悪は問えないが、日本が銃社会ならすでに二年前、遅くとも半年前に今朝美は射殺されていた。

「その殺意を実行に移されたのが先週の月曜日、なにか特別な理由でも?」

　角田の額で皺が深くなり、唇がゆがんで、フンという鼻息がもれる。

「結果的には特別な日になりましたかね。ただ理由というほどのものはなく、倅《せがれ》の家に泊まって孫の相手をして、帰りに宮内さんと食事を。それが月に一度の楽しみでしてねえ、あの日も同じことだった。ああ見えて宮内さんは、けっこう酒が強いんですよ」

「ほーう」

「だからどうということはなく、あの日もいつもどおりの世間話。そのとき昼間、〈鎌倉散歩〉のオフィスに柚木草平という凄腕の記者が来たと、長峰も名前を知っていたぐらいだから、業界では有名人らしいとか」

　ジャケットは脱いでいるのに、俺の脇の下には冷汗がにじむ。もし今朝美が生きていて、そんなせりふで攻められたら、俺も多少は気持ちが動いたか。バカばかしい。

「その柚木氏は女子高生の失踪事件を調べているらしいと。私もあの事件は覚えていますが、なにしろ十年も前の事件ですからね。捜査に進展があったという話も聞かないし、もう情報だって寄せられないはず。だからねえ、なにかちょっと、イヤな感じはしたんですよ。それほど凄腕の記者が、進展のない失踪事件なんかに興味をもつものなのか、もしかしたら失踪事件の調査は見せかけで、本命は別の事件にあるかも知れないとかね。だがそれで犯行を決意したわけではなく、なんとなくイヤな感じがする、もしどこかで長峰が顧客を脅迫していることが知れたら、多くの知人に迷惑がかかる。思ったのはその程度のことでした」

角田がベストのチャックをひきあげ、その中にもぐり込もうとでもするように、もぞもぞと首をすくめる。俺のほうは暑くてジャケットを脱いだのに、角田は寒けのようなものを感じているのか。

「宮内さんはビール一本と、ワインを少し飲みましたかね。そのあと駅の近くで別れたんですが、私の足は自然に〈鎌倉散歩〉へ向かってしまう。そのときも頭のなかでは、あれやこれや、長峰を殺す方法は考えていましたよ。長峰のクルマに爆弾でも仕掛けてやろうか、しかしそれだと、無関係な人にまで怪我をさせるかも知れない。だいいち私には、爆弾の知識なんかなにもない。そんなことを考えながら永井工業のビルまで行くと、三階に明かりがついている。長峰が夜中まで仕事をすることは宮内さんから聞いていたし、どうせなにか人には見られたくない金の計算とか、脅迫ネタの調べものとか、そんなことをしているのだろうとね。そのときふと閃《ひらめ》いたわけですよ。べつに難しいことはない、オフィスへ訪ねていって、手近のハサミかなにかで刺せばいいと。雨が降っていたから人通りはない、私はちょうどレインコートを着ている。長峰が警戒していなければ、あんがい簡単に殺せるのではないかと」

当夜の情景でも思い出したのか、角田が何度かまばたきをし、そしてなぜか、にやっと笑う。

「そして実際に、私は階段をのぼっていった。ドアの鍵は掛かっていなかったので、オフィスに入った。長峰はデスクについて、タブレット端末を操作していた。そこで私は言ってやった、『たまたま近くまで来たので、ちょっと殺しに寄ってみた』とね。長峰はどうしたと思います?」

「笑い出したとか」

「慧眼ですなあ、まさにそのとおり。デスクから出てきて十秒ほど私の顔を眺めたあと、突然笑い出した。いわゆる腹を抱えて笑うというやつ、それから背中を向けてデスクへ戻りかけ、なにか言ったようですが、そのときはもう手近にあった花瓶で私が長峰の頭を殴っていた。人間というのはあんな風に、バッタリ倒れるものなんですな。デスクにはハサミやカッターナイフもありましたが、長峰に息を吹き返されては困る。宮内さんがリンゴを剝いてくれることもあったので、果物ナイフがあることは知っていた。だから念のために、そのナイフを使おうとね。長峰は倒れたままなので台所へナイフをとりにいき、全体重をかけて、首を刺してやった。完全に息が止まったか、心臓は止まったか、五分ぐらいは観察していましたか。そうやって息も心臓も止まったことを確認してから、長峰のバッグにタブレット端末を放り込んだ。脅迫相手の名前がそこに入っているのは確実、そんなものを残したら多くの知人が迷惑する。ケータイやパソコンのことは分からなかったが、一緒に始末したほうが無難だろうとね。思ったとおり簡単で、不思議なことに、罪の意識すら感じなかった。私には殺人鬼の素質があるんですかなあ」

それは一年後に自分の寿命が尽きることを知っているからで、死さえ覚悟すれば、人間はいくらでも冷静になれる。

「蛇足ではありますが、奪ってきたタブレット端末やパソコンは？」

「追跡機能ぐらい知っていますよ。その夜のうちに叩き壊して、翌日は念のため、崖から葉山の海に捨ててやった。残しておくとデータだって復元されかねない」

話し疲れたのか、角田が目を閉じ、何度か深く呼吸をしてから、足を組みかえて少し身をのり出す。

「私だってねえ柚木さん、あのまま逃げ切れると思っていたわけではないんですよ。一応ナイフやドアの指紋は拭きとりましたが、素人《しろうと》のすること。どうせなにかの証拠は残している。近いうちに警察が来るだろうと思っていたら、見えたのは柚木さんだった。それも私を疑っている様子などまるでなくて、それどころか、〈鎌倉散歩〉存続のために宮内さんを支援してやれと。私もその気になりかけて、その何日後かには宮内さんからも電話が来た。どうやら彫古堂の社長と長峰が不倫関係にあって、二人は無理心中だったらしいと。驚いたというか、気が抜けたというか、この世の中、そんなに都合のいい話があるものなのか。八幡様が私を助けてくれたのか、長峰にバチを当てたのか。彫古堂の社長には申し訳ないけれど、週刊誌を読んだらあくどい商売をしていたらしい。もしかしたらこのまま、事件は二人の無理心中で決着してしまうかも知れない。そうなれば当初の予定どおり、宮内さんに〈鎌倉散歩〉を継いでもらって、なんとか存続が可能かも知れない。商標権なんかもともと長峰が不正に移動させたもの、とり返せば宮内さんに譲渡できる。これで残りの人生に生き甲斐もできると、なんとなくねえ、そんな甘い夢を見ていたものですよ。しかし、まあ、夢は夢、私の人生は何も彼も、チグハグにできている」

ジャーナリストへの希望は叶《かな》えられなかったとはいえ、横浜新聞なら大手の地方紙。安定した収入を得て結婚して子供も生まれて、その子供も家庭をもって孫もいる。病を得たのは気の毒ではあるけれど、角田が自分で言うほど、その人生が失敗だったとも思えない。人生はしょせん、他人の芝生だ。

角田は話し疲れているのだろうが、俺のほうは聞き疲れている。食堂からはざわめきや料理の匂いが流れ出し、エレベータからも入所者がおりてくる。

事件の理屈が分かってしまえば、俺の興味はそこまで。余命一年の人間を刑務所へ入れたところで意味はなく、だいいち逮捕となれば角田の容体が悪化して、命も裁判までは保《も》たないだろう。それに偶然ではあるけれど、大橋明里失踪事件の核心に迫っていた今朝美を排除し、タブレット端末に保存されていたに違いないデータも廃棄した。角田は明里たち全員の人生を救ったのだ。

「息子や嫁や孫には気の毒だが、私のおかれた状況と気持ちを説明すれば、彼らはきっと理解してくれる」

「角田さん、その容体《おからだ》で自首されても、警察が困りますよ」

「いや、しかし」

「たとえ自首したところで物的証拠があるわけでもなし、その体力では犯行も無理と判断される」

「しかし、今、私は、すべてを柚木さんにお話しした」

「相手の了解を得ずに会話を録音するほど、私も卑怯ではありません」

「つまり、いや、しかし、なぜ？」

「証拠も供述もなにもなくて告発したら、私が世間の笑いものになる。長峰今朝美に義理もありませんしね」

「私に対しても義理はないでしょう」

「それなら宮内くんに惚れたから、ということにしておきますか。女房や娘からは若い女に甘すぎると、いつも非難されますがね。若くて奇麗な女性に甘くなくては、男として生きていく意味はない」

角田が皺に囲まれた目を大きく見開き、口をひらきかけて、言葉を呑み込む。角田にしても和枝に対して淡い恋心ぐらいは抱いているのだろうが、その思いを秘めたまま、そっと人生を閉じていく。それで誰かが迷惑するわけでもなし、警察だって「米倉と今朝美は無理心中」と早く結論を出したいだろう。桜庭が思ったより有能で今朝美事件を再捜査するというなら、塚原とのスキャンダルを世間に暴くといってとめてやる。

俺はベンチの横からジャケットをひき寄せ、腰をあげて角田に黙礼する。

「私の気づいたことぐらい、警察もどこかで気づく可能性はある。ただ殺人事件の解決に五年十年と費やす事例はいくらでもあります。そんな先のことまで角田さんが責任をもつ必要はありません」

角田も腰をあげ、ちょっとよろけながら、ベンチの横に出る。

「柚木さん、宮内さんなら、本当に〈鎌倉散歩〉を再建してくれるかも知れない」

「私と角田さんが見込んだ女性です。期待しましょう」

角田がウンウンとうなずき、なにか言いかけたが、言葉は出さずに深々と頭をさげ、そのまま食堂のほうへ戻りはじめる。世の中には「どんな事情があっても殺人は許されない」とか名言を吐くバカがいるが、そんな名言には反吐《へど》が出る。

俺は角田がクリスマスツリーの横を通るまで後ろ姿を見送り、ジャケットを抱え直して玄関へ向かう。大橋明里の失踪事件も長峰今朝美の殺害事件も、真相はすべて判明。社会的にも法律的にも解決はしていないが、俺の価値観のなかで解決すればそれでいい。そうはいっても、この二つの事件を原稿にできなければ、原稿料は入らない。

玄関を出ると、待たせてあったタクシーがクルマ廻しを移動してきて、自動ドアがひらく。なんだか疲れてしまってこのまま極楽寺までタクシーを飛ばしたいが、貧乏はいつも俺の野望を打ち砕く。

今日は冬至だし、どうせ電車を乗り継ぐのなら、鎌倉で柚子《ゆず》を買っていこう。

こんな時間に飛び立つ鳥がいるのだろうかと、雑木林《ざつぼくりん》の上空を見あげる。鳩やカラスが夜間に飛ぶところを見たことがないのは、夜で見えないだけのことなのか。夜鷹《よたか》は江戸時代の下級売春婦をさす名称で、実際にもそんな鳥がいるのかと思って調べたことがあるが、ヨタカは実在した。ただそれは夏鳥だから今の季節に合わず、もしかしたら鎌倉周辺にはフクロウ科の鳥でも生息しているのか。あとで加奈子に聞いてみよう。

＊

木戸の笠木《かさぎ》下から玄関をのぞくと、内側に明かりの気配があってマヤも今夜は在宅らしい。インターホンのボタンを押しただけで返事は待たず、玄関へすすんでガラス格子をあける。居間のほうからすぐマヤが「お帰りなさい」と声をかけてくる。来訪者は俺か三崎のどちらかで、状況から俺のほうだと判断したのだろう。それにしても不用心な家だ。

居間へ入っていくとマヤは猫板《ねこいた》の上でノートパソコンをひらき、近くに何冊かの書籍を積みあげている。モンペに綿入れ半纏《はんてん》という衣装は一見奇抜だが、部屋着として寛《くつろ》げるし、仕事をするときも楽だろう。もちろんこれで東京まで出掛けてしまう女は、まずいないだろうが。

「たまたま近くまで来たので寄ってみたわけね」

「そんなところだ。ただ今夜は報告することもあってな、仕事中に申し訳ない」

「気にしないで。論文を書いているだけ。同じ野草でも薬草として用いる地方もあれば、使わない地方もある。昔は風土病というその地方特有の病気があったから、そんなことに関係があるのかも知れない。無意味な研究よ」

パソコンを閉じて下におろし、丸盆からグラスをとりあげてマヤが口へ運ぶ。わきに置かれているのは白ワインのボトルで、もう半分ほどに減っている。肴《さかな》にしているのは梅干しだけ。躰《からだ》にはいいかも知れないけれど、絶世の美女として、もう少し芸をみせられないものか。

「ビールをもらおうかな」

「ご自由に。どうせわたしを襲う勇気はないでしょうし」

相変わらずのギャグだが、反応してやる気力がなく、ジャケットを脱いで台所へ向かう。冷蔵庫はいつもどおり閑散、それでも納豆と油揚げと豆腐が鎮座している。三角切りにした油揚げに納豆をはさんでフライパンで焼けばちょっとした肴にはなるけれど、今夜は体力もない。

缶ビールを出して居間へ戻り、火鉢の向かいに腰をおろす。障子戸の向こうから海明かりがにじみ込み、鳥の鳴き声のようなものも聞こえる。さっき雑木林から飛び立っていった鳥だろう。季節からしてモズかオナガか、しかしそんな鳥が夜間に飛びまわるとも思えない。

「今夜は靴下を脱がないのね、下着も洗ってあるのに」

「俺が昼間、横浜の〈日本博愛会〉を訪ねたことは大橋氏から聞いているだろう。演技力では君に敵《かな》わないから、本題に入らせてくれ」

グラスを運びかけていたマヤの手がとまり、切れ長の視線が上向いて、唇に自嘲の笑みが浮かぶ。マヤが否定しないことぐらい最初から分かっていたが、ここまで簡単に肯定されると気が抜ける。

俺はビールに口をつけ、いたずらをしている猫を叱りつけるような気分で、マヤの顔を睨《にら》んでやる。

「どこで気がついたの?」

「大橋氏の話を聞いているとき、理屈に合わない部分が出てきた。もちろん大橋氏は君の存在をひと言ももらさなかったが、明里くんの失踪劇を成立させるためには役者が一人足りない。その役者が友部実菜子でないことは分かっていた。では誰だったのかと考え始めたら、一気に構図が判明した。君にはアカデミー助演女優賞をもらってやろう」

マヤが唇を笑わせたままグラスに口をつけ、目を細めながら首のスカーフをゆるめる。この端整な顔とスタイルなら本物の女優になったところで、じゅうぶんに通用する。

「ひとつだけ残った疑問は、なぜ君が俺を大橋氏に紹介したのか、ということ。いくらでも知らん顔はできたろうに」

「草平さん、千絵さんの家で最初にした約束を忘れたの?」

「なんだっけ」

「賭けも捜査も美しくフェアにと。大橋さんを紹介しなかったらアンフェアになってしまう。でも直接わたしが紹介するわけにはいかないので三崎の兄を介したの。それだけのことよ」

それだけのことか。言われてみれば千絵の家で会ったとき、マヤはフェアという言葉を強調した。もともとそういう性格なのかも知れないが、俺が事件の真相にたどり着くとも思わなかったのだろう。

「それで、明里の失踪劇に役者が一人足りなかったというのは、どういうこと?」

「十七歳の女子高生だぞ。いくら冷静で理知的な性格だったとはいえ、たんなる海外旅行ではあるまいし、明里くんも内心では不安と心細さで震えていたろう。そんな明里くんに最後までつき添って、明里くんが羽田の出国ゲートをくぐるまで見送った人間がいたはずだ」

失踪劇の主演女優は大橋明里、マヤは総監督兼プロデューサー的な役割だったことは分かっているので、俺もくどい説明はしない。

「当日、鎌倉の駅近くで友部実菜子と別れたときの明里くんは制服に学生鞄、まさかそのままの恰好でロンドンへ発《た》てるわけがない。旅行用の荷物も必要だったはずで、それを事前に用意し、どこかで着替えさせて制服や学生鞄は持ち帰った。その役割もふつうに考えれば両親か粕川くんだが、三人にそれはできない。十七歳の少女が理由もなく失踪した場合、警察はまず家族かボーイフレンドを疑う。ロンドン行きのフライトは翌午前二時半、そんな時間まで両親や粕川くんのアリバイがなかったら、この劇はそこで幕。警察のデータベースを調べさせたら思ったとおり、明里くんの失踪当日、午後六時半に両親は自宅にいた。粕川くんのデータはなかったが、やはり夕方には自宅か、アリバイを証明できる友人と一緒だったに決まっている。それだけこの台本は綿密にできていた」

マヤが小さく首を横にふり、キセルにタバコをつめて、火をつける。

「明里くんと粕川くんが通っていた学習塾が湘南進学会ということは、以前に友部実菜子から聞いていた。タマちゃんに確認したら、君も湘南進学会だった」

まるで他人事《ひとごと》のように、マヤがぷかりと、天井に向かってタバコの煙を吹く。

「考えたら君と明里くんは生い立ちや環境に似た部分がある。君は勘が鋭いから、塾で顔を合わせているうちにどこかで気持ちが通じたのだろう。学校での表面的な親友は友部実菜子だったとしても、たぶん君と明里くんは人生そのものを話し合える、本物の親友だった。明里くんの失踪後に君がチラシ配りをしなかったのは、君の性格からして、さすがにそこまでの田舎芝居は恥ずかしかったから。どこかに間違いがあったら指摘してくれ」

またぷかりとタバコを吹かし、呆《あき》れたように眉をひらいて、マヤが肩をすくめる。

「蛇足ながらつけ加えると、長谷駅のホームで君は明里くんに似た女性を見かけていない。彼女は岸本南緒というシングルマザーで、君が千絵さんの家で『一週間前に』と言った土・日は子供と過ごすために、仕事もアルバイトもしないという。あれは俺を賭けにひき込むための作り話だった」

「草平さん、やっぱり見かけより有能なのよね。途中からそんな気はしていたけど、そこまで調べるとは思わなかったわ」

褒められているのか、貶《けな》されているのか。

マヤがタバコを消し、短い前髪を梳《す》きあげながら、俺の顔を正面から見つめる。

「シンガポールに確認したから、タマちゃんたちが目撃した女性が明里でないことは分かっていた。でもなにか不審《おか》しい気がしたの。あまりにも目撃例が多すぎる。他人の空似《そらに》ならそれまで、もし誰かが故意に細工をしているのであれば、その理由を知りたい。そんなとき千絵さんの家でたまたま草平さんの話が出たの。どうせ無理とは思ったけれど、千絵さんと美早ちゃんがあなたの肩をもつから、面白半分で賭けを始めたわけ。賭けはけっきょく、千絵さんとあなたの勝ちだったのよね」

結果的にはそのとおりだが、賭けはもう途中でご破算にしている。俺の人生はつくづく、金と無縁にできている。

マヤがワインを口に運び、俺はビールを飲みほして、台所から新しい缶ビールをもってくる。一日中歩きまわって話しまわったせいか、今夜は奇妙に咽が渇く。

「草平さん、提案だけど、賭けはつづいていた、ということにしてはどうかしら」

「口止め料はビールと君の美しさだけでじゅうぶんだ。それにまだ肝心な種明かしをしていない」

マヤの眉が疑問形にせばまり、鼻梁《びりよう》の薄いきれいな鼻が、つんと上を向く。

「大橋家とBの関係には触れないし、他言もしない。ただ十年前の失踪劇を誰が仕掛けたのか、台本を書いたのは君かも知れないが、実行に移したのは誰か。大橋明里はたんに、小川明子と名前を変えただけではない。明里くんはロンドンで大学を卒業している。就学ビザも必要だったろうし、戸籍もパスポートも本物だったはずだ。ロンドン側の受け入れ態勢も整えなくてはならず、送金のための銀行口座も必要だったろう。大使館や領事館に調べられても本物の小川明子、つまり大橋明里は完璧に小川明子として生まれ変わった。そこまでの手配を高校生だった君たちにできるはずがない。それなら大橋氏か、大橋氏も善良で勤勉な実務家だろうが、政治的なスキルはないし、日本博愛会の活動も日本国内に限定されている。君たちの周辺でそこまで大胆かつ周到な細工をできた人間は……」

マヤがくすくすと笑い出し、グラスにワインをつぎ足して、猫板に頬杖をつく。それでも俺の種明かしには興味があるようで、グラスを口に運びながら右の眉をもちあげる。

「最初は三崎の清高氏かと思った。ただこの家に清高氏が来たときの会話を考えると、清高氏が失踪事件に関わっていた可能性はまずない」

俺はビールを咽に流し、小生意気な微笑《びしょう》を浮かべているマヤに必殺のウィンクを送る。

「先入観でな、君の親父さんはもう君が子供のころに亡くなっていると思い込んでいた。でも調べてみたら三崎家の先代当主が亡くなったのは三年前、九十二歳までご存命だった。有能な弁護士を何十人も抱えているほどの三崎家なら、人間の一人ぐらい、どうにでも創造できる。どうだろうな、芝居好きのお嬢さん、このストーリーで間違いはないと思うが」

マヤが目の表情で「完敗」の意図を示し、それでも唇に意味不明の微笑《ほほえ》みを浮かべたまま、眉間《みけん》に皺を寄せる。

「あなたを巻き込んだことは正解だったのかしら、それとも失敗？」

「口外はしないと約束した。口外できなければ正解でも失敗でもないだろう。ただ鎌倉散歩の長峰今朝美は君や大橋氏が思っていたより、事件の真相に迫っていた気がする。彼女の目的は大橋家に対するただの嫌がらせではなく、失踪事件のからくりを世間に暴露すること。そうやってスクープを飛ばせば社会の表舞台に返り咲けるし、返り咲けるどころか、世界的なスター記者にもなっていた。たぶん状況的には、危機一髪だったろう」

「その危機一髪的な状況はまだつづいているの？」

「当面は回避できたと思う。今朝美は死んだし、彼女が集めていたはずの失踪関係データも、タブレット端末と一緒に処分された。偶然ではあるけどな」

「データを処分してくれた人が編集長の殺害犯人ね。誰なのかしら」

「彫古堂の社長さ」

「でも草平さん、この前は別の人と言ったじゃない」

「そんな気がすると言っただけ。調べてみるとやはり二人は無理心中だった。俺の勘だって狂うことはある」

マヤの唇が皮肉っぽくゆがんで、目の光に「あなたって嘘がへたねえ」という色が重なる。マヤなら角田が犯人と告げたところで胸に秘めてくれるだろうが、すでに明里の失踪問題も抱えている。いくら冷静で冷淡な演技派女優でも、心理的な負担は少ないほうがいい。

「それよりなあ、ひとつ問題がある」

ビールを飲みほし、もう一本冷蔵庫へとりに行こうかとも思ったが、あまり酔うと帰りの電車がつらくなる。

「いつかこの家にも来た立尾刑事のことだ。明里くんと粕川くんの出入国記録を調べたのも彼女だし、失踪事件の構図も知っている。もちろんBが明里くんに対して行った犯罪までは話していないが、このまま事件を忘れろとも言えない」

「草平さんの男性的魅力で『忘れろ』と頼んでみたら?」

「小娘に男性的魅力は使わない主義でな。それより三崎の清高氏なら、神奈川県警にも顔が利くだろう」

「意味もなく顔だけは広いわ。総理大臣にも個人的な面会が可能なぐらいに」

「その顔で立尾刑事を県警本部へ異動させてくれないか。失踪事件の担当から外せばこれ以上首はつっ込めない」

「この年末に可能かしら」

「県警の捜査一課というのは特殊な部署なんだ。ほかの課からの異動はなくて、捜査員はすべて所轄《しょかつ》からのひき抜き、年度途中の退職や人員補充もよくある。立尾刑事の場合も一連の鎌倉事件で能力を証明したから、という名目にすればいい」

「兄に話してみる、それぐらいの融通《ゆうずう》はきくはずよ」

警察社会には担当事案以外に口を出さない習慣があって、芹亜も異動させてしまえば失踪事件から切り離せる。単純で不器用な女だが本質的には有能だから、本部でも案外いい仕事をするだろう。俺には睨み倒しの技をかけてくるだろうし、「米倉と今朝美は無理心中」とかいう結論にもヒステリーを起こすだろうが、幸か不幸か、俺は女のヒステリーに慣れている。

マヤが空《から》になったボトルをつまみあげ、仕草と表情で「冷蔵庫からもう一本」と命令してくる。外では甲斐がいしいカノジョになるのに、家では横着《おうちゃく》になってしまうのだから、不思議な女だ。

俺は立っていって冷蔵庫から白ワインを出し、戻ってきてボトルの栓をあけてやる。

「あなたは飲まないの?」

「今夜は飲むと君を襲ってしまいそうだ」

「嘘がへたねえ。草平さんは一見チャラチャラしているけれど、本質は自制心で身動きがとれない人なの」

「そんなに俺、チャラチャラして見えるのか」

「あなたの家にも鏡はあるでしょう」

「まあ、そうかな」

「だからわたしも最初は、ちょっと見くびってしまったの。そのお詫《わ》びというわけでもないけれど、賭けのこと、やっぱりつづいていたことにしてくれない?」

ぜひそうしたい、と心は叫んでいるのに、言葉が出ない。美早に言わせると俺は金に興味のない性格らしいが、たんにヘソ曲がりか、見栄っ張りなだけだろう。

「もともとあんな不公平な賭けを受けた俺が悪い。それより、Bのことなんだが」

どうする、もう一本ビールを飲んでしまうか。それから納豆の油揚げ挟みもつくって、ワインも飲んで靴下も脱いでしまうか。

しかし俺は自制心で身動きのとれない人なのだ。

「どうもなあ、状況は分かるが、このまま無罪放免というのは、いくらチャラチャラ人の俺でも赦せない」

マヤが新しいボトルからワインをグラスにつぎ、横座りの足を組みかえて、肩をすくめる。

「そうなのよねえ、父なんかどこかで交通事故に遭わせてしまえ、とか言っていたけど、Bが明里の父親であることに変わりはないわけだし、難しいのよねえ。そのうち父のほうが、寝たきりになって」

「Bは今でも大きな顔をして政治活動をしている。政治なんかに興味はないが、このままでは理不尽すぎる。清高氏ならどうにかなるだろう」

「清高さんに明里のことは話していないの。悪い人ではないけれど、ちょっと軽薄なところがあるのよね。でも明里のことを思うと、なにかの決着は必要ね」

「今回は偶然難を逃れたが、まだ友部実菜子は不気味だ」

「友部さんが？」

「もともと長峰今朝美に失踪事件の再調査を依頼したのは友部実菜子だった。彼女の明里くんに対する執着は、異常な気がする」

大橋夫人の感じた「実菜子の明里に対する友達以上の感情」を、明里本人が感じていたかどうか、その事実をマヤに打ち明けているのかどうか。

「友部さんねえ、大橋さんには気をつけるようにと、念を押しておくわ」

「ぜひ念を押してくれ。大きなお世話だが、失踪劇があまりにもうまく決まりすぎて、大橋家には気の弛みがあった」

「わたしも含めて自戒する」

「俺としてはBを一生、山奥の精神病院にでも閉じ込めてやりたいが、あとの処理は君の側に任せる。Bの処分が済まなければ君の台本も完成しないだろう」

自制心で身動きのとれない俺としては、今夜はここまで。いくらマヤの美しい顔を見ていたところで、どうせ処女を奪う勇気なんかわいてこないのだから。

ジャケットをひき寄せ、マヤに合図をして腰をあげる。

「あら、もう?」

「さすがに今日は疲れてな、早く帰って柚子湯に入る」

「そういえば冬至ね。母も冬至には湯舟に柚子を浮かべたわ」

俺はジャケットのポケットから柚子をひとつとり出し、猫板の上におく。

外のどこかでまた鳥のような声が聞こえ、もしかしたら例の番猫かと、耳を澄ます。

マヤも腰をあげ、猫板の柚子と障子戸の外を見くらべる。

「五位鷺よ。夜行性の鳥だから夜鴉《よがらす》とも呼ばれる。お天気か風の向きかは知らないけれど、たまに近くで鳴くことがあるの」

ゴイサギならどこかで見たことがあって、たしか灰色っぽいカラスぐらいの鳥だろう。

「ふーん、夜鴉か。あとで娘に教えてやろう」

そのまま玄関へ歩き、スカーフを巻き直してジャケットを羽織る。マヤもついてきて下駄に足を入れ、ガラス格子をあけてくれる。

「極楽寺の駅まで送っていくわ」

「どうして」

「歩きながら草平さんをどう料理するか、考えたいの」

「顔と頭がよくても、料理のヘタな女は男に嫌われるぞ」

一瞬考えるような顔をしてから、くすっと笑い、マヤが先に出て木戸へ向かう。玄関に鍵をかけないのは不用心だが、こういう行き止まりの地形では空き巣も狙わないのか。

玄関から木戸へ歩いて、マヤと肩を並べる。

「大きなお世話だとは思うが、セキュリティーをもう少し考えたらどうだろう」

「こんな家、入ろうと思えばどこからでも入れるわ」

「それはそうだが」

「重要な書類や貴重品は銀行の貸金庫に預けてある。父が生きていたころからの習慣なの」

「君自身のセキュリティーもある」

「草平さん以外に誰がわたしを襲うわけ？　その草平さんだって手も握らない」

「そういうこととは、問題がちがうが」

雑木林の方向でまた鳥が鳴き、思わず足をとめる。何度かマヤの家に泊まったときは聞かなかった鳴き声だから、夜鴉業界にも今夜はなにかのイベントがあるのだろう。

「忘れていたけど、千絵さんに、お正月のハワイは無理になったと伝えてくれる？　仕事が入ったの」

それぐらい自分で伝えればいいだろうに、美女軍団業界にもなにかの都合があるのだろう。

さすがに冬至で寒さもこれから、ジャケットの襟を立てて崖へ向かう。付近に街灯がないからこぼれてくるのは民家の明かりがちらほら、崖下の切り通しにクルマの通る気配もない。

石段をおりかけたとき、逆に石段をのぼってくる人影を感じる。マヤの家以外にも人家はあるから利用する人間がいるのは当然で、しばらくその人影を待つ。

二人の人間がつづけて顔を出し、俺たちに黙礼しながら通り過ぎようとする。しかし二人はマヤの前で足をとめ、なにか言いかけながら俺のほうへ顔を向ける。男女は二人とも三十歳前ぐらい、男は両手に大きめの旅行鞄をさげ、女のほうも肩に大きいバッグを掛けている。

女の顔は横浜の岸本南緒に瓜二つ、南緒より少し頬骨が高い気もするが、この夜目で見分けるのは無理だろう。

「草平さんね、彼は粕川祐真さん、彼女は小川明子さん。二人とも高校時代からの友人よ」

粕川祐真が口元をひきしめ、鞄を両手にさげたまま礼儀正しく頭をさげる。小川明子のほうも特別にためらう様子はなく、俺の顔をまっ直ぐに見つめて黙礼する。マヤが二人に俺を紹介しないから、すでに俺の素姓や状況は告げてあるのだろう。

「玄関はあいているわ。先に入っていて」

二人がうなずき、肩を並べて俺に礼をしてから、やはり肩を並べたままマヤの家へ向かう。知っていたわけでもないだろうに、夜鴉が二人を迎えるように鳴き騒ぐ。

俺は二人が歩いていく後ろ姿を何秒か見送り、スカーフを巻き直してズボンのポケットに両手を入れる。

「見送りはここまででいい。あの二人を柚子湯で温めてやれ」

マヤが俺の顔と二人の後ろ姿を見くらべ、ちょっと首をかしげてから、軽くうなずく。

「草平さんに指摘されたとおり、みんな気が弛んでいたのかも知れない。今回の騒動で勉強になったわ。明里たちの人生はこれからなんですものね」

今夜はばかに素直で、これがマヤの本性なのかとも思うが、たぶん違うだろう。

マヤが自分の首からスカーフを外し、俺の立てた襟の上にぐるぐると巻きつける。

「スカーフも洗い替えが必要よ。洗濯機は使わないでね、洗剤もいらない。ぬるま湯でていねいに揉み洗いをすれば色落ちもふせげるわ」

どうせドクダミ染めだろうが、俺はうなずいて石段をおりはじめ、ふり返らずに石段をおりきる。切り通しには申し訳程度の街灯がともり、歩く人も走るクルマもなく、海の方向から強い風が吹き抜ける。

崖の上を見あげてみたい衝動もあったが、我慢して極楽寺の駅へ向かう。料理下手なマヤに俺の人生なんか料理できるはずはなく、俺に処女を襲う覚悟なんかできるはずはなく、いくら惚れた女が待っているからといって毎日毎日まじめに家へ帰る生活ができるはずはなく、要するに、どうにもならないものは、どうにもならないのだ。

俺の人生なんかいつだってどうにもならないけれど、それにしても原稿はどうする。小高直海がせっかく正式なオファーにしてくれたのに、〈鎌倉散歩〉編集長殺害犯はやはり彫古堂の社長で、二人は無理心中でした、などという記事が書けるか。そんな記事は明後日の金曜日に週刊講文がスクープを飛ばすだろうし、来月の月刊ＥＹＥＳは採用してくれない。採用されなければ原稿料も取材費も入らず、〈ほのぼのローン〉も返せない。だいいち直海に「俺が間違っていた」と言い訳をしなくてはならず、そうなればあの黒縁メガネから殺人光線が発射される。芹亜には睨み倒しをかけられて直海には殺人光線を発射されて、いくら俺が女のヒステリーに慣れているとはいえ、そろそろ寿命も尽きるか。

そうはいっても生きている間は生きていかなくてはならず、不本意ではあるが、知子先生に頭をさげて週刊誌の仕事を何本かまわしてもらうか。知子だって加奈子の父親である俺を飢え死にさせたら、夢見が悪いだろう。

極楽寺駅へ向かう丁字路の近くまでくると、いくらか人家があって街灯も多くなり、トンネルから江ノ電の走行音も聞こえてくる。

うしろになにかの気配がして、ふり返ってみると例の黒猫。

うん？

黒猫が一度姿勢を低くし、それから背中を丸めて、警戒する様子もなく距離を詰めてくる。

「なーんだ、おまえか。マヤさんのかわりに見送りに来たのか」

黒猫がフニャンというような声を出し、俺の足元に座って尾を尻の下に巻き込む。野良猫か飼い猫かは知らないが体格や毛艶《けづや》からして、食事に不自由はないらしい。マヤが名前を呼んだことはないから、俺も名前は知らない。

その黒猫が小首をかしげるように俺の顔を見つめ、耳をぴくっと震わせて大きく口をあける。

「おまえに言われなくても自分が優柔不断であることは分かっている」

「フニャン」

「だけどなあ、人生には泣いても喚いても、どうにもならないことがある。そのどうにもならなさに耐えて生きるのが、人生なんだからさ」

柚木草平よ、猫を相手に、なにをバカなことを言っているのだ。

俺は黒猫に、「もう帰れ」と手をふり、交差点を駅の方向へ歩く。黒猫は前足をそろえて座ったまま動かず、それでも鼻面を上向けて俺を見送っている。もしかしたらあの猫は人間の言葉を理解できるのか。

まさか。

鎌倉駅に戻るか藤沢駅へ出るか。どちらも似たようなもので、どうせ今夜は柚子湯に入るぐらいしかすることはなく、上りでも下りでも来たほうの江ノ電に乗ればいい。

ジャケットの内ポケットでケータイが振動し、歩きながらとり出す。

「パパ、加奈子だよ。元気にしてる?」

「うん、うん、ものすごく元気だ」

「今お話しして大丈夫?」

「もちろん、もちろん、俺もちょうど、おまえの声を聞きたいと思っていたところだ」

「いつも言うけどさあ、パパ、自分の娘まで口説《くど》かなくていいよ」

「つい習慣で」

「どうしたの、声に元気がないね」

「そんなことはない、今外にいて、風が強いせいだろう」

「あのね、パパにお話があるの」

「うん、うん、なんでも話してみろ」

「今度のクリスマスイブね、パパ、加奈子のためにお時間をつくってくれる？」

「なーんだ、最初からそのつもりだ」

「それならいいの、大事なご用があって、念を押してみたの」

「行きたいレストランでもあったら予約しておくぞ」

「お店はいいの、加奈子のほうに予定があるから。でもね、時間は五時ぐらいからお願い」

「五時でもなんでも……加奈子、その予定というのは？」

「いいの、またあとでお電話するから」

「おい、もしかして」

「サプライズがあるから楽しみにしてね」

「加奈子、もしかして、美早くんと？」

「あのね、クリスマスプレゼントなんて、考えなくていいよ。加奈子がほしいのはパパのお時間だけだから」

この話題の変え方は俺からの遺伝子で、相手の魂胆《こんたん》は見抜ける。美早から連絡がこないことを逆に怪しむべきだったのに、有耶無耶になったと喜んでいた俺は迂闊《うかつ》すぎる。「五時だよ、イブの日にお電話するから待っていてね。加奈子はね、ものすごーく楽しみにしているよ。パパも楽しみにしていてね。じゃあね、おやすみなさい」

勝手に電話が切られ、俺は言葉もないまま、しばらく消えたケータイの画面を見つめる。五時からということは俺に五時からクリスマスの料理をつくれ、という意味で、当然千絵も加担している。どうしたものか、「急に仕事ができた」というのも姑息《こそく》すぎるし、敵前逃亡は加奈子の面子《メンツ》がつぶれる。

柚木草平よ、なにか名案はないのか。マヤや大橋には「気を弛めるな」とか偉そうなことを言ったくせに、本人の気はすっかり弛んでいた。いくら小学生と高校生でも相手は加奈子と美早、どちらか一人でも手強いのに、二人がセットになったらもう逃げられない。

うしろから誰かが歩いてくる気がして、思わずふり返る。加奈子と美早が手をつなぎ、俺に迫りながら唇に意味不明な微笑みを浮かべている。

今日はやっぱり、疲れているな。

二人の姿が幻覚だとは分かっていても、背中にぞくぞくと寒けを感じる。風邪でもひいたのか、早く帰ってゆっくり柚子湯につかって、寝酒を飲みながら映画を観《み》て寝てしまおう。そんなことで人生はなにも解決しないけれど、人生なんか放っておいても、なんとかなるときはなんとかなる。

愚痴《ぐち》を言っても仕方ないが、直海には見合いの首尾も問わねばならず、まったく、金はないのに難題は多い。それとも金がないから難題が多くなるのか。
どっちだか知らないが、今夜はもう、なにも考えないことにしよう。

解説

杉江松恋

おい、美女軍団、正気なのか。
と柚木草平が心の中で悲鳴を上げる。本作『うしろから歩いてくる微笑』でいちばんの読みどころだと感じたのは、個人的にはこの箇所だった。どういう状況なんだ、これは読まずにおけるものか、と思われた方は解説よりも前にまず本文へどうぞ。

本作の初出は『ミステリーズ』Vol.88〜94の連載である。奥付の記載によれば、単行本の刊行は二〇一九年七月十九日だ。一九九〇年に第一作『彼女はたぶん魔法を使う』（以下、すべて現在は創元推理文庫）が刊行されて以来、三十年近く続いてきた柚木草平シリーズの最新刊であり、最終作に当たる。最終作となった事情は後ほど。

主人公の柚木草平は元警視庁捜査一課の刑事だったが、事情があって退職し、現在はフリーライターとして糊口《ここう》を凌《しの》いでいるという人物である。刑事事件に取材したルポルタージュの書き手として頭角を現し、主戦場としている『月刊ＥＹＥＳ』の記事を通じて、少しは世間に知られた存在だ。ただし懐具合はいつも淋しく、担当編集者の小高直海が個人的に無利息で融資してくれる〈ほのぼのローン〉頼みになることもある。家族は別居中の妻・知子と現在小学六年生の加奈子の二人で、草平自身は新宿区四谷《よつや》にあるぼろマンションに一人住まい中だ。知子はマスメディアでも名の通った社会評論家であり、その舌鋒《ぜっぽう》の鋭さに草平はとても敵わない。月に一度だけ会う加奈子は父親思いのいい子だが、本質を鋭く見抜く大人顔負けの能力があり、知子以上に疲れる相手でもある。この妻子に対して腰が引けている三十男がなぜかモテまくるのである。しかも美女にばかり。

　シリーズの基本設定は右のようなもので、あちこちから持ち込まれた未解決の刑事事件調査を草平が手がけることが発端となるのがお約束だ。事件に首を突っ込む動機を職業上のものにしている点、単に調査するだけではなく記事を執筆して金を稼ぐという行動の目的が作中で明示される点など、いわゆる〈ハードボイルド〉小説の基本型に則《のっと》っている。ここで言う〈ハードボイルド〉の定義は最も狭義のそれで、事件とそれによって引き起こされた事態とを、私立探偵か、新聞記者などそれに準じた立場の人物の一人称で叙述する小説形式のことである。個人と社会の本質的な対立関係が最も端的な形で現れる場面を描くのが犯罪小説だ。〈ハードボイルド〉はその様式を突き詰めた小説形態で、一人称という視点を採用することによって個人がいかに孤絶した存在であるかも強調される。いかに無力であろうとも、眼前で起きていることに対して行動を起こさずにはいられない。そうした倫理観の持ち主が〈ハードボイルド〉の主人公なのである。

美女に囲まれて気楽な立場に見える柚木草平だが、関わってきた事件の重さを考えると、彼がどんな思いを隠しているかは察せられる。それを直接書かず、ちょっとした表情の変化や行動などで作者は読者に伝えようとしてくる。最も重い結末が待っていたのは二〇〇九年の『捨て猫という名前の猫』だ。取り返しのつかない事態、失われた命の尊さを思いながらも草平は感情を露わにしない。ただ「俺の奥歯が、思わず、ぎしっと音をたてる」と書かれるだけなのだ。

本音を隠すことばかり上手になった主人公の、鏡の役割を果たすのが実は各作のヒロインなのである。彼女たちは草平が征服する対象ではない。彼の意見を追認し、正しさを讃えるためにいるのでもない。善人ではあるが無力な草平に居直りをさせないため、彼に自己認識を新たにすることを要求し、叱咤《しった》激励《げきれい》するために登場するのだ。多くの登場人物に女たらしと言われる草平が主人公であるにもかかわらず本シリーズが極めて健全な空気の小説として読めるのは、この点に秘密がある。

本作には草平がこのような指摘を受ける場面がある。言ったのはそれぞれ別の女性だ。
「本質的に柚木さんは潔癖症で、倫理や道徳にこだわる性格です。チャラチャラしているのは自分の正義感が恥ずかしいからです」
「嘘がへたねえ。草平さんは一見チャラチャラしているけれど、本質は自制心で身動きがとれない人なの」

こんなに「チャラチャラ」呼ばわりされ、「本質」を見抜かれる主人公というのも他にはあまりいないだろう。一人称叙述の主人公に自分語りをさせず周囲の声によって内面を浮かび上がらせる。その技法を〈ハードボイルド〉小説に持ち込み、成功させた点が本シリーズ最大の功績なのである。前作『少女の時間』の「創元推理文庫版あとがき」で「どんなに重くて辛いテーマでも作家は読者を笑わせなくてはいけない」という信念を作者の樋口は語っているが、軽い筆致で描かれる物語の中に人としての真っ当さ、信念の正しさを混ぜて描き、決してそこだけが浮き上がらないように見せる技法を樋口有介という作家は確立したのだ。

シリーズは途中で少しずつ変化している。初期では元上司で愛人の吉島冴子から仕事をまわしてもらうことが多かったのが、第三長篇の『誰もわたしを愛さない』で担当編集者となった小高直海とのコンビが確立し、以降そちら経由の依頼が多くなったのもその一つだ。最も大きな変化は東京創元社に版元が移り、安定した形で書き続けられるようになったことで、『捨て猫という名前の猫』以降の円熟味は申し分ない。平成期以降に書き続けられた同一主人公の一人称犯罪小説としては原尞《はらりよう》の探偵沢崎《さわざき》シリーズとこの柚木草平連作が双璧である。あくまで軽く、しかし筋を通して真っ当に柚木草平という主人公を樋口は書き続けた。

前述したような個人の耐え難い卑小さを描いた力作『捨て猫という名前の猫』の後、加奈子を主人公とした番外編の『片思いレシピ』を挟み、『少女の時間』で樋口は原点回帰というべき軽さの極みに挑戦した。この作品で描かれる事件の真相も深刻なものなのだが、語りの軽妙さが重力を相殺し、物語を浮揚《ふよう》させている。これは草平を美女軍団が奪い合う物語なのだ。そこに登場した絶世の美女二人、山代千絵と美早の母娘《おやこ》が『うしろから歩いてくる微笑』への案内役を務める。

草平は千絵から俳句結社の友人である藤野真彩を紹介される。真彩は草平に、十年前、高校二年生の時に行方不明になって以来まったく消息が伝わってこなかった同級生・大橋明里の目撃情報が最近になって相次いでいる件について調査してほしいという。実は千絵と真彩は、草平がこの事件を解決できるかどうか、賭けをしているというのだ。二人の美女にせがまれ、草平は明里が失踪した場所であり、真彩の地元でもある鎌倉に向かう。

本シリーズの特徴として、東京近郊、特に私鉄沿線の風景が克明に描かれることが挙げられる。今回は初めて東京を脱して鎌倉《かまくら》の地が主舞台となるのだ。しかも真彩という女性に搦《から》めとられたか、草平はなかなか四谷の自宅に戻れなくなる。過去の作品において、ここまで草平に対する磁力を発揮したヒロインはいなかったように思う。

前作で草平周囲の人間関係に変化があった。最も関係の深かった愛人・冴子が栄転して東京を離れることが決まったのである。本作の中でも、ある女性が心機一転となるような行動に出て、草平を狼狽《ろうばい》させる場面がある。二作連続で山代母娘という美女たちを登場させたことにも、主人公を巡るサーガに一つの節目をつけようとしていた可能性が感じられる。別居中の知子・加奈子との関係はどうなっていく予定だったのか。知りたいと思うが、それを確かめるすべはない。二〇二一年十月二十三日に作者である樋口有介が急逝したからだ。享年七十一。作者による恒例の文庫版あとがきが今回付されていないのはそういう理由である。柚木草平という、おそらくはもっとも愛したであろう主人公を枷《かせ》から解き放って自由にし、樋口は一足先に旅立ってしまった。小説の末尾に記された草平の呟きがいつまでも心に残る。ぶらぶらと軽やかな足取りで、彼はきっと今も歩き続けているのだろう。

本作からシリーズを読まれる方には、ぜひ順番を気にせずに過去作を手に取っていただきたい。柚木草平は基本的に歳を取らない主人公である。娘の加奈子が主役を務めた『片思いレシピ』、現在よりも三年前の出来事を描いた『夢の終わりとそのつづき』、草平以外の人物を主役として立てた連作集『プラスチック・ラブ』が番外編で、あとはどこから読んでもかまわない構成になっているし、どれを取っても満足できると太鼓判を押す。本シリーズが長く読み継がれていくことを心から祈りたい。

さて、ここからは解説にお付き合いいただいた方のための特典である。柚木草平という主人公を語る際には、彼がどのような女性と出会ったかが欠かせない材料となる。シリーズ全体を通じて登場する女性の一覧を以下に掲載した。女性の名前はほぼ網羅されているはずだ。その中でも草平が関心を示したり、重要な役割を果たした登場人物については、容姿の描写や印象的な一言などを抜き書きしてある。読書の一助にし、お楽しみいただければ幸いである。配置は登場作品の発表順、【 】内の文字は登場作の最初の一文字である。

■『彼女はたぶん魔法を使う』（第一長篇／一九九〇年単行本刊行）

柚木知子《ゆずきともこ》【彼】【初】【誰】【夢】【捨】【片】【少】【う】草平の別居中の妻。電話をかけてきて草平に文句を言うだけの存在であるのは、「刑事コロンボ」の画面に姿を見せない「うちのカミさん」からいただいた設定であるらしい。草平の刑事時代に警察回りの新聞記者をしていて出逢い、結婚をきっかけに一時は家に入ったが、エッセイストとして仕事を再開、社会評論家の肩書きでテレビに顔を出すまでに出世した。本作を読むと、どうやら衆議院選挙出馬の声もかかり始めたらしい。〔印象的な一言〕「ただわたしは、あなたが神様になってくれなくてもいいから、加奈子《かなこ》の父親であることを忘れないでほしいって、そう言ってるだけ。約束したことだけは守ってほしいって、そう言ってるだけよ」【彼】

柚木加奈子【彼】【初】【誰】【夢】【薔】【不】【捨】【片】【少】【う】草平の娘で、知子と暮らしている。初登場時は九歳だったが、【捨】では小学六年生になっている。動物に関心があり、カモノハシの知識を開陳して草平を変に感心させることも。『片思いレシピ』では初恋模様も描かれた。相手の中学生とは動物好きという共通項がある。〔印象的な一言〕「大丈夫だよ。安心していいよ。パパが水族館で女の人と待ち合わせしたこと、ママには言わないよ。女の人の顔をじっと見つめて、チョコレートをもらって、それでパパが赤くなったなんて、わたし、ぜったいママには言いつけないから」【初】

吉島冴子《よしじまさえこ》【彼】【風】【雨】【誰】【夢】【秋】【薔】【不】【捨】【少】草平の愛人。三十三歳。三十歳で警視になったキャリアで、『少女の時間』現在の肩書きは本庁広報課『都民相談室』室長である。夫は法務省の役人で、大阪の地方検察庁に出向中。草平が警視庁の特捜にいたときの上司だったが、現在は草平のために極秘で依頼人をまわしている。『少女の時間』で栄転の機会が巡ってきた。〔容貌〕「冴子はメタリック調のバッグを肩にかけ、靴はスーツの色よりも濃い色のローヒール、セミロングの髪を左側だけゆるく耳のうしろに流している」【誰】〔印象的な一言〕「かんたんではないわよ。でもわたしと草平さんのことも、わたしたちがやっていることも、このままつづくとは思わない。それぐらいは覚悟しているわ」【彼】「わたしね、草平さんみたいに不器用な人がなぜ口だけうまいのか、いつも不思議に思うのよね」【誰】

島村香絵《しまむらかえ》【彼】吉島冴子に草平を紹介され、妹・由実《ゆみ》の事故について調査を依頼した。自宅は西武池袋線石神井公園《せいぶいけぶくろしゃくじいこうえん》駅付近。〔容貌〕「歳は二十七、八。水色の地味なワンピースを着ていたが、顔立ちもスタイルも本人さえその気になれば雑誌のモデルぐらいには、じゅうぶん使えそうな女だった」

島村由実【彼】恵明大学四年生在籍時、轢き逃げ事故で死亡。姉・香絵によれば卒業後、商社員の上村英樹《うえむらひでき》と結婚する予定だった。

夏原祐子《なつはらゆうこ》【彼】島村由実の親友。大学では社会心理学を専攻し「テレクラにおける中年サラリーマンの希望と挫折」という卒業論文を書く準備をしている。初対面の草平にラザニアとチーズケーキと苺ジュースをおごらせ、奇妙になついてしまう。自宅は京王《けいおう》線下高井戸《しもたかいど》駅付近。〔容貌〕「石鹸と歯みがき粉の匂いのする女の子」「顔立ちも整っていて、ぼんやりとした目と人なつこい喋り方さえなければ、こっちが恥ずかしくなるほどの美人ではないか」〔印象的な一言〕「わたしが目をつぶったらキスするつもりでしょう」〔草平「俺はどじょうを食いながら、女の子にキスはしない」〕

木戸千枝《きどちえ》【彼】島村由実の高校時代の友人。アマチュアバンドでボーカルをつとめている。

〔容貌〕「丸顔ではあったがそれなりの個性と人目を惹く光のようなものをもっていた」
友田美紗《ともだみさ》【彼】島村由実の婚約者上村英樹が、由実の死亡当夜に会っていた相手。
丸山菊枝《まるやまきくえ》【彼】島村由実が出入りしていた「石神井の自然を守る会」事務局の運営者。その母体である東都開発の取締役でもあった。
広地美代子《こうじみよこ》【彼】丸山菊枝が運営する英進舎という学習塾の事務員。草平にアイスコーヒーとケーキをおごられて情報提供する。二十歳で福島県出身、練馬《ねりま》区大泉《おおいずみ》在住。
■「風の憂鬱」（第一短篇／一九九〇年雑誌発表・一九九二年『探偵は今夜も憂鬱』に収録）
星野葉子《ほしのようこ》【風】【雨】【不】【捨】銀座《ぎんざ》のバー「ナンバー10」のママ。ヤクザとのトラブルで助けてもらった義理から、草平にツケで飲ませている。草平に、芸能事務所の久保田《くぼた》社長を紹介した。二十八歳。〔印象的な一言〕「どうせ一晩中飲み歩いて、女子大生かなんかをなんぱしてるくせに」【風】
沢井英美《さわいえみ》【風】芸能事務所〈スイング・ジャパン〉に所属する女優。失踪したため、草平が捜索依頼を受けた。公称は三十歳。聖心女子大学近くのマンションに住んでいる。
若宮由布子《わかみやゆふこ》【風】沢井英美のマネージャー。二十八歳。無愛想で「邪魔な野良猫を外につまみ出すような」喋り方をする。無礼な物言いをした草平に、無言でコーヒーをかけた。世田谷《せたがや》区三軒茶屋《さんげんぢゃや》在住。〔容貌〕「眼鏡が似合っているかいないかは別にして、そんなものでは誤魔化せないほど、とんでもなく整った顔立ちをしている」〔印象的な一言〕「夕方女の子と待ち合わせをしたら、相手は食事までつき合うつもりで来るものです。都合が悪ければ最初からそう言います。夕方の待ち合わせとはそういうものです」

橋谷藤子《はしたにふじこ》【風】沢井英美の叔母。「たぬき」という飲み屋を経営。葛飾区《かつしか》金町《かなまち》在住。

久保田葵《あおい》【風】芸能事務所社長久保田輝彦《てるひこ》の娘。
■「雨の憂鬱」（第二短篇／一九九一年雑誌発表・一九九二年『探偵は今夜も憂鬱』に収録）
園岡《そのおか》えり【雨】吉島冴子の高校の一年先輩。高校では演劇部のスターだった。義理の妹につきまとう男の調査を草平に依頼してきた。原宿《はらじゅく》でエステ・クラブ「コスモス・ハウス」を経営。〔容貌〕「白いテーラードスーツをさりげなく着こなし、首筋の皮膚も二十代にしか見えないほど繊細」「二重の上品な目には相手の気を逸らさない大人の落ち着きがある」

北村《きたむら》【雨】園岡えりのオフィスで働く女性。

園岡菜保子《なほこ》【雨】園岡えりの亡夫の妹。高校時代に、野田浩司《のだこうじ》という少年が彼女を巡って喧嘩をし、相手を死に至らしめた。刑務所から出所した野田につけまわされているという。

西条《さいじょう》とよ子【雨】園岡えりの実母。

梅村美希《うめむらみき》【雨】契約社員として「コスモス・ハウス」で働いているが、本業は劇団員。〔容貌〕「女の子の顔はバランスのとれた卵形で、短くカットされた髪が一層その顔の小ささを際立たせていた」〔印象的な一言〕「わたし、今朝起きたときから、今日はいいことがあるような気がしていました。こういうふうに雨がふる日って、きっといいことがあるんです」

園岡夫人【雨】秩父にある園岡家で暮らす。えりの亡夫・徳雄《とくお》の義理の母親で、えりを泥棒猫呼ばわりする。

■「光の憂鬱」（第三短篇／一九九二年発表・一九九二年『探偵は今夜も憂鬱』に収録）

武藤健太郎《むとうけんたろう》【光】【誰】【ス】【捨】【少】新宿《しんじゆく》二丁目のバー「クロコダイル」のマスター。女性ではないが、草平に「夜明けのコーヒーを一緒に飲もう」と毎回迫るほどご執心である。ちなみに草平はそちらの趣味はない（自己申告による）。〔容貌〕「歳は俺より二つ上、いつも頭をアイロンでセットし、笑うときには小指を立てた手の甲で口を隠してみせる」【誰】

豊岡和実《とよおかかずみ》【光】化粧品会社勤務。クロコダイルで草平と知り合い外村世伊子《とむらせいこ》を紹介した。

外村世伊子【光】東急東横線《とうきゆうとうよこ》の自《じ》由《ゆう》が丘《おか》駅近辺で「鯨ハウス」というハンドメイド・グッズの店を経営。三年前に失踪した夫から手紙が来た件の調査を草平に依頼した。三十五歳。〔容貌〕「歳も三十を過ぎているのだろうがミニスカートの脚に崩れはなく、鼻の形や顎の線も上品」「ローヒールの割に背が高く、並んで歩くと肩の線は俺と同じぐらいだった」〔印象的な一言〕「今のお言葉、悪気のない冗談として受け取っておきますわ。質問の答えはノーですけど、それにしてもあなた、まじめな顔をして悪い冗談をおっしゃいますのね」

山口麻希《やまぐちまき》【光】外村世伊子の夫・峰夫《みねお》の妹。西部池袋線桜台《さくらだい》駅付近に在住。美大出身。近眼で、コンタクトなしだと睨むような目つきになる。〔容貌〕「化粧をしていないくせに皺もくすみもなく、唇もきれいなピンク色で、丸い目が俺の顔を睨んでさえいなければ思わず拍手したくなるほどの美人だった。ジーンズの上は黒いコットンセーター、Vネックの下の胸にはどうやら、ブラジャーはつけていないようだった」〔印象的な一言〕「わたし、受け付けてやってもいいよ。ハードボイルドをやってるおじさんって、意外に好みなの」

■『初恋よ、さよならのキスをしよう』（第二長篇／一九九二年単行本刊行）

永井《ながい》（卯月《うづき》）実可子《みかこ》【初】草平の高校時代の同級生で、憧れの対象だった。草平は二十年後に偶然再会するが、経営する店「梨早《りさ》フランセ」で不審者に襲われ死亡。生前に何かのときには彼を頼るように娘・梨早に言い残していた。〔容貌〕「実可子の切れ長の目は昔のままで、笑ったとき左に傾く口の端も二十年前と変わっていなかった」〔印象的な一言〕「だって柚木くん、校門の前で突然、『ラスト・ショー』へ行こうって言ったのよ」

早川佳衣《はやかわけい》【初】永井実可子の姪。目黒《めぐろ》区下目黒《しもめぐろ》在住。二十六歳だが、草平によれば「時間の手垢には汚れない、なにか特殊な才能をもっている」。大学の水産研究室助手。バイク乗りで、愛車はドゥカティ851である。〔容貌〕「襟のファスナーも開いて、つなぎの胸からはピンク色のやわらかそうなセーターをのぞかせていた。顔は実可子や娘の梨早よりも卵形で、化粧をしているとも思えないのに、文句をつける箇所は一つもないほど整っていた」〔印象的な一言〕「中年男のパジャマ姿って、それなりに可愛いですね」

永井梨早【初】永井実可子の娘。中学生。二十年前の実可子に生き写しである。

渡辺裕子《わたなべゆうこ》【初】「梨早フランセ」店員。草平に事件の模様を説明する。

春山順子《はるやまじゅんこ》【初】草平の高校時代の同級生。現在は西池袋でスナック「小町」を経営。同級生の北本英夫《きたもとひでお》と結婚していたが、彼は自殺した。

津久見《つくみ》（菊田《きくた》）芳枝《よしえ》【初】草平の高校時代の同級生。東急大井町《おおいまち》線沿線にある戸越公園《とごしこうえん》付近に在住。夫と二人暮らしで子供はいない。高校時代は優等生タイプだった。口外はしなかったが草平の両親が死んだ事情も担任教師から聞かされて知っていた。

遠藤秋美《えんどうあきみ》【初】渡辺裕子の前任者。東急線下丸子《しもまるこ》駅付近に在住。

杉屋《すぎや》とよ子《こ》【初】西銀座の「ギャラリー杉」社長。画家・柿沢洋治《かきさわようじ》の個展を開いた。

■「秋の手紙」（第四短篇／一九九五年雑誌発表・二〇〇七年『不良少女』に収録）

沢井《さわい》菜穂美《なほみ》【秋】私立精花女子学園二年生。十七歳。吉島冴子の従姉妹の子供で、菅谷《すがや》博幸《ひろゆき》から迷惑行為を受けたため、草平に相談した。中央《ちゅうおう》線吉祥寺《きちじょうじ》駅付近に在住。

久保田《くぼた》利枝《としえ》【秋】沢井菜穂美と同じ高校の友人。小田急《おだきゅう》線経堂《きょうどう》駅付近に在住。

山田《やまだ》育子《いくこ》【秋】菅谷博幸の経営する歯科医院で働く歯科衛生士。

■「プラスチック・ラブ」（第五短篇／一九九五年雑誌発表・一九九七年同題短篇集に収録）

竹田《たけだ》寛子《ひろこ》【プ】桃華女学院の二年生。渋谷《しぶや》区のラブホテルで絞殺体として発見される。

石井《いしい》友絵《ともえ》【プ】桃華女学院の二年生。殺された竹田寛子とは同じ中学校だった。仲のいいグループには他に、和美《かずみ》、横川《よこかわ》という名の二人がいる。

美波《みなみ》【プ】高校二年生。ソフトボール部キャプテンで、ぼく（木村《きむら》）の彼女。

■『誰もわたしを愛さない』（第三長篇／一九九六年雑誌発表・一九九七年単行本刊行）

小高直海《おだかなおみ》【誰】【薔】【不】【捨】【少】【う】月刊ＥＹＥＳの草平担当を、昇進した前担当・石《いし》田《だ》貢一《こういち》から引き継いだ編集者。新入社員だが年齢は二十五歳。大学院で狸の社会生活を研究していた。新潟県出身で酒が強いが、酒乱の傾向がある。世田谷区三軒茶屋にあるマンションの部屋には、専門書と鉢植えが大量にある。本書ではお見合いの話がきて、草平に複雑な思いを抱かせた。〔容貌〕「紺色のスーツに前髪をたらしたショートカット。顔が小さいせいか、四角い黒縁のメガネだけがやけに目立っている」【誰】〔印象的な一言〕「柚木さんは有名です（中略）仕事はできるけど女の人にだらしないって」【誰】

宮内里砂《みやうちりさ》【誰】都立多摩川台《たまがわだい》高校在籍。ラブホテルで殺害された。大田区《おおた》下丸子在住。母親によれば、姉・江利子《えりこ》も数年前に死亡している。兄弟は他に小学六年生の清隆《きよたか》。

安達昇子《あだちしょうこ》【誰】宮内里砂が殺された渋谷区のホテルのゼネラルマネージャー。

秋山智江《あきやまともえ》【誰】宮内里砂の中学時代からの親友。援助交際をしている高校生。「無料《ただ》でも寝てやる」と持ちかけられ、草平は言葉に詰まった。大田区鵜《う》の木《き》在住。

麻生美保子《あそうみほこ》【誰】宮内里砂が交際していた高志《たかし》の姉。頻繁にテレビ出演をするエッセイストでもある。目黒区自由が丘在住。〔容貌〕「髪はシャギーの入ったベリーショート、生成りのコットンセーターをルーズに着て足には革のルームシューズをはいている」「陰影のある顔は驚くほどのととのい方で、視線が合った瞬間、俺は背中に寒気を感じるほどだった」〔印象的な一言〕「奥様でなくても柚木さんとは、別居したくなるかも知れませんわね」

田原今日子《たばらきょうこ》【誰】【捨】【少】大学の法医学教室教授。宮内里砂の司法解剖を担当した。年齢は五十歳すぎ。競馬狂で、弱点をつかれて草平に協力することになる。

長田三名子《おさだみなこ》【誰】宮内里砂の姉・江利子の高校時代の親友。卒業後目黒の信用金庫に就職し、世田谷区三軒茶屋で一人暮らしをしている。江利子と同じ文芸部に属していた。

■「薔薇虫」（第六短篇／一九九八年雑誌発表・二〇〇七年『不良少女』に収録）

常田八重子《つねたやえこ》【薔】元代議士・常田丈吉《じょうきち》の二度目の妻。五十六歳。邸宅は三鷹《みたか》市下連雀《しもれんじゃく》。

常田実歩《みほ》【薔】常田丈吉と八重子の娘。女子大の三年生。泥酔し、深夜、草平の部屋に訪ねてくる。〔容貌〕「実歩が切れ長の目を見開いて鼻の先を笑わせ、きれいにカットした細い眉を、片方だけ皮肉っぽくもちあげた」「それにしては目の表情が妖艶で、ジーンズの腰も細いわりに、へんに肉感的だった」〔印象的な一言〕「いいわよ。あそこに入れたり出したりするだけのこと。あんたのペニスなんかタンポンみたいなもんだわ」

大野貴美子《おおのきみこ》【薔】常田家の家政婦。元は東中野でスナックを経営していた。

植木芳子《うえきよしこ》【薔】丈吉の先妻。七十三歳。丈吉が代議士の秘書だったころに結婚し、離婚。

中原静子《なかはらしずこ》【薔】大野貴美子の前任者。現在は群馬県伊香保《いかほ》温泉で小料理屋「しず子」を経営。

■『刺青《タトウー》白書』（第四長篇／二〇〇〇年単行本刊行）

神崎《かんざき》あや【刺】本名小筆真弓《こふでまゆみ》。アイドルとして売り出し中に、隅田川《すみだがわ》沿いのマンションの一室で殺害される。三浦鈴女《みうらすずめ》の中学時代の同級生だった。

持田奈々世《もちだななよ》【刺】サンライズプロで神崎あやを担当するマネージャー。自身も若いころはタレントの卵だった。はっきりとは描かれないが草平に口説かれて陥落した形跡がある。

三浦鈴女【刺】冷泉女子大学歴史学科在籍。「江戸時代における春本の社会学的効用」というテーマで卒論を準備している。考えに夢中になると意識が別の世界にいってしまう傾向があり、顔からメガネが落ちても気づかないほど。父の年男《としお》は総合出版社の講文社で週刊同時代の編集長の職にあり、草平とも仕事上のつながりがある。その父は女を作って家を出ているため、鈴女は母・清江《きよえ》と墨田《すみだ》区向島《むこうじま》の邸に二人暮らしである。

伊東牧歩《いとうまきほ》【刺】三浦鈴女の中学時代の同級生。明政大学在籍。東京テレビから就職の内定をもらったが、祝賀会の晩に隅田川に落ちて溺死した。

内山夏子《うちやまなつこ》【刺】三浦鈴女の母校・小梅中学の図書室司書。

塚越昭代《つかごしあきよ》【刺】小梅中学で三浦鈴女らの担任をしていた。生徒の自殺事件を機に教職に嫌気がさして辞職。足立《あだち》区北千住《きたせんじゅ》で「つた屋」という縄のれんの店を出す。

吉永理絵《よしながりえ》【刺】三浦鈴女の中学時代の同級生。「いじめられた」旨の遺書を書き自殺した。

北沢光子《きたざわみつこ》【刺】三浦鈴女の中学時代の同級生。吉永理絵を自殺に至らしめた張本人という風評が立ち、一家は悲惨な目に遭った。現在は西東京市田無《たなし》で、夫と子供とともに暮らす。

徳田孝子《とくだたかこ》【刺】吉永理絵の母。夫和夫《かずお》とは離婚。京成《けいせい》線押上《おしあげ》駅近くでスナックを経営。

麗羅《れいら》【刺】ソープランド「青いリンゴ」勤務。吉永和夫が足しげく通っている。

岸川珠美《きしかわたまみ》【刺】総武《そうぶ》線小岩《こいわ》駅付近のピンクサロン勤務。三浦鈴女の中学時代の同級生。

■「不良少女」（第七短篇／二〇〇一年雑誌発表・二〇〇七年同題短篇集に収録）

小鳥遊《たかなし》ユカ【不】コンビニエンスストアで万引きをしているところを草平に見咎められ、そのまま部屋に転がりこんでくる。〔容貌〕「パジャマがだぶだぶに見えるのは骨格が華奢なせいで、短めの金髪は頭にはりつき、化粧を落とした顔がピンク色に上気する。和風な童顔に金髪の組み合わせも、慣れれば違和感はないのだろう」〔印象的な一言〕「わたし、おじさんが思うほど、バカじゃないよ」

小鳥遊希美江《きみえ》【不】ユカの義理の母。元はユカの父の秘書だった。二十八歳。

小峰志津子《こみねしづこ》【不】ユカの実の母。三十歳で小鳥遊貴一郎《きいちろう》と離婚した後は、所沢市《ところざわ》で「武蔵野」というスナックを経営している。

富子《とみこ》【不】小鳥遊家の家政婦。

■「スペインの海」（第八短篇／二〇〇一年雑誌発表・二〇〇七年『不良少女』に収録）

遠野多佳子《とおのたかこ》【ス】「クロコダイル」で草平と知り合う。個人的な「エスコート業」のトラブル解決を、草平に依頼した。バルセロナ移住を夢見る。〔容貌〕「少しつりあがった感じの目に顎の細い顔、ショートカットの前髪を横に流し、襟の開いたブラウスに地味な色のテイラードジャケット。証券会社あたりの総合職といった感じで、歳は三十前だろう」〔印象的な一言〕「わたしが結婚してなにをするの？　子供を産むのが得意な女なんて、いくらでもいるでしょう」

ヨシ子【ス】池袋のレズバー「魔女っ子」を経営。

塚本美春《つかもとみはる》【ス】歯科衛生士。遠野多佳子とは親しかった。推定年齢二十七、八歳。

■『夢の終わりとそのつづき』（第五長篇／一九九七年刊行『ろくでなし』を改稿、改題）

謎の女【夢】警察を辞め、「ソーシャル・エコー」という事務所を開いた草平を訪れた。自分についての情報を一切明かさず、ある男の尾行を依頼した。〔容貌〕「髪は自然な栗色でやわらかいウェーブがかかり、それが肩の上で絶妙な乱れ方をしている。ぴったりした青グレーのタイトスカートに対のテイラードジャケット、黒いハイヒールには皺も埃もなく、歳は二十七、八といったところか」〔印象的な一言〕（草平「なぜ指輪をしていないのか」）「あなたを叩いたとき頬に傷をつけないように」

夢子《ゆめこ》【夢】「ソーシャル・エコー」の向かいのビルにあるスナック「火星の人の罪」の経営者。探偵小説マニアで店名はフレドリック・ブラウン『死にいたる火星人の扉』（創元推理文庫）からとったもの。中性的ないでたちのせいで草平は彼女を軽視していたが、実は……。〔容貌〕「メガネのせいで顔の輪郭は幼くなるが、夢子の目は不思議なほどまつ毛の長い、清潔な二重だった。白目の部分は子供のように青く、その夢子のこういう目つきに、俺はいつも閉口させられる」〔印象的な一言〕「陰気な部屋に住むと性格まで暗くなるの。手遅れになる前に、草平さんには人格の改造が必要なの」

ナターシャ・ノグチ【夢】日系ロシア人。日本に留学し「源氏物語におけるテの問題」について研究している。

■『捨て猫という名前の猫』（第六長篇／二〇〇七年～二〇〇八年雑誌連載。二〇〇九年単行本刊行）

貴子《たかこ》【捨】新宿区荒木町《あらきちょう》のバーのママ。『誰もわたしを愛さない』に出てくる、草平と文学談義を戦わせた名無しのママと同一人物か。

秋川瑠璃《あきかわるり》【捨】世田谷区三軒茶屋のビルから飛び降り自殺をした。区立世田谷東中学一年生。世田谷区若林《わかばやし》在住。

秋川妃沙絵《ひさえ》【捨】瑠璃の母。有限会社秋川企画を経営する。〔容貌〕「妃沙絵の衣装はうすいグレーのパンツスーツ、背は高くないがスタイルはよく、新人ＯＬふうに短くカットした髪の向こうから、凛《りん》とした視線を送ってくる」〔印象的な一言〕「河合も、あなたも、男ってみんな、意気地なしなんだから」

青井麦《あおいむぎ》【捨】瑠璃の友人。まだ十六歳だが年齢を偽ってキャバクラで働いている。一晩草平の部屋に泊まり、赤いパンティを残して姿を消した。〔容貌〕「化粧を落とした顔は意外にととのっていたが、雰囲気はまるで子供。背丈も加奈子と同じほどしかなく、それでも生意気そうな目と鼻の先で、じっと俺の顔をにらみつけてくる」〔印象的な一言〕「向こうはいいとこの子で、あたしなんかただの、捨て猫だよ」

南橘香乃《みなみたちばなかの》【捨】原宿でアクセサリーショップ「かののみせ」を経営。草平曰く、性欲を催させる不思議な体臭の持ち主。〔容貌〕「美人か美人でないかの判断は、微妙なところか。それでも予感していたとおり、仕種《しぐさ》や表情にひょいと俺の心臓を摑むような、奇妙な魅力がある」〔印象的な一言〕「冗談よ。あなたは理屈でしかものを考えないタイプらしいから、その理屈を追っただけ」

三隅帆乃緒《みすみほのお》【捨】「かののみせ」でアルバイトをしている。三隅帆乃緒は芸名である。〔容貌〕「セミロングの髪を頭頂にシニョンリングでまとめて、唇をリップグロスで光らせて目には紫色のアイラインを入れている」〔印象的な一言〕「ちがいますね。女は誰でも、自分の躰に何円《いくら》の値段がつくのか、自分が何円で売れるのか、そのことに関心があるんです」

花尻《はなじり》【捨】秋川の元夫の共同経営者だった男の事務所で働いていた女性。

山内夏美《やまうちなつみ》【捨】麦に携帯電話契約のため名義を貸していた。傷害罪で服役中の恋人がいる。

■『片思いレシピ』（第七長篇／二〇一〇年～二〇一一年雑誌連載。二〇一一年単行本刊行）
妻沼柚子《めぬまゆずこ》【片】代々木上原《よよぎうえはら》に越してきた加奈子の同級生でお人形さんのように可愛い。料理に関してはプロ顔負けの該博《がいはく》さで、カートをひいて食材を買いに行くのが趣味。〔容貌〕「柚子ちゃん自身はちっちゃくて可愛くて色が白くて目がぱっちり、ただ衣装がピンクのセーラー服に白いふわふわのミニスカート、髪は両サイドをくるくるっと縦ロールにしたお姫様スタイルで、頭頂にはまっ赤なリボンをのせていたのだ」〔印象的な一言〕「だいじょうぶでーす。加奈子ちゃんと一緒だと、柚子は元気です」

柚子のお祖母ちゃん【片】暴走気味の夫（柚子の祖父）をおっとりと見守る。

槇美音子《まきみねこ》【片】加奈子と柚子が通う槇塾の塾長。

槇亜佐美《あさみ》【片】槇美音子の娘で副塾長。

青山由里菜《あおやまゆりな》【片】槇塾のアルバイト講師。大学生。

西村愛江《にしむらまなえ》【片】槇美音子のビルのテナントとしてヨヨギ屋という文具店を経営している。

希《のぞみ》ちゃん【片】柚子にいつも昆布茶とチーズケーキをご馳走してくれる花屋グリーンテラスの女の子。

村崎《むらさき》さん【片】加奈子が密かに思いを寄せる妻沼翔児《しょうじ》の同級生。二人は付き合っているのではないかと加奈子は疑惑を抱く。
■『少女の時間』（第八長篇／二〇一四年～二〇一五年雑誌連載。二〇一六年単行本刊行）
野川亜彩子《のがわあやこ》【少】二年前に起きた殺人事件の犠牲者。大森《おおもり》・天祖《てんそ》神社境内で遺体は発見された。

死亡時は十六歳で都立大森東高校の一年生だった。

篠原益美《しのはらますみ》【少】NPO法人ピースフル・サウス・イースト（PSE）事務局長で、雑貨店〈サウス・イースト〉の経営者でもある。年齢は三十五、六歳で生真面目な性格と服装。

枝沢柑奈《えだざわかんな》【少】環太平洋古代文明なる仮説を証明するために世界を飛び回っている社会学者。PSE理事でもある。小高直海とは大学院の同期で大学のゼミが一緒だった。樋口作品の初登場は『風景を見る犬』（二〇一三年初刊。現在は中公文庫）。〔容貌〕「さがり気味の目尻に薄情そうなうすい唇、鼻は生意気な感じにすっきりととのい、眉は直線的。首から上は日に灼けているが額の生え際は白いから、もともとは色白なのだろう」〔印象的な一言〕「それほど女たらしにも見えないわね」「なんだと?」「直海が言ってたわ。柚木さんの女癖はビョーキだって」

山代《やましろ》千《ち》絵《え》【少】【う】PSEの入っているビルのオーナーで、益美の姉。浮世離れした鷹揚《おうよう》な性格で、さまざまな無茶な賭けを持ちかけて草平を閉口させる。〔容貌〕「まったくの素面《すっぴん》で頬骨にそばかすが散り、マンガの少女のように目が輝いている。顔立ちは美早《みさき》同様に息を呑むほど美しいが、椅子に片膝を立てて両腕を巻きつけたポーズはコンビニの前あたりにしゃがんでいるヤンキーの姉ちゃんを思わせる」【少】〔印象的な一言〕「古女房　たれた乳房《ちち》振る　除夜の鐘」「はあ?」「句会で首席をとった句ですのよ。べつに意味はないの、ふと頭に浮かんだだけ」【少】

山代美早【少】【う】山代千絵の一人娘で高校生。草平に「ここまで完璧な造形は珍しい」【少】

と言わしめた美貌の持ち主である。草平と千絵を結婚させようと画策《かくさく》し、加奈子に連絡を取りたがっている。〔容貌〕「広めの額に癖のないショートヘア、目尻が少しあがった二重の目に、鼻梁のうすいまっすぐな鼻。唇の端もきれいに切れ込んで、頬骨から顎のラインに硬質な清潔感がある」【少】〔印象的な一言〕「先生、わたし、十八歳を過ぎています」「よかったな」「淫行条例は適用されません」【少】

芦田香保梨《あしだかほり》【少】〈サウス・イースト〉で働いている。一見東南アジア人のような風貌。

菅井《すがい》【少】〈サウス・イースト〉の店長。

吹石夕子《ふきいしゆうこ》【少】多摩川署刑事課に所属する巡査部長。亜彩子の事件を追い続けていて、天祖神社で会った草平と共同戦線を張る。樋口作品の初登場は『枯葉色グッドバイ』(二〇〇三年初刊。現在は文春文庫)。〔容貌〕「髪もぼさぼさで化粧も雑だが、目はきっぱりとした感じの奥二重で口元にも意志の強そうな力があり、よく見れば美人だ」〔印象的な一言〕「卑怯者」

野川真美子《まみこ》【少】殺された亜彩子の母親。娘の死後は実家のある佐野《さの》市に戻り、〈野がわ〉というスナックを経営している。

里山明依《さとやまめい》【少】亜彩子の親友。小学校から中学の途中まで同級だった。JKカフェでアルバイト中に、中学時代の元担任が来店したという。

風町サエ《かぜまち》【少】クロコダイルの客として登場する。樋口作品では『猿の悲しみ』(二〇一二年初刊。現在は中公文庫)、『笑う少年』(二〇一五年初刊。『遠い国からきた少年』に改題。現在は中公文庫)の主人公で、法律事務所で働く調査員。このシリーズでは山川《やまかわ》刑事や武藤が主要登場人物となり、草平もカメオ出演している。

■『うしろから歩いてくる微笑』（第九長篇／二〇一八年～二〇一九年雑誌連載。二〇一九年単行本刊行）

藤野《ふじの》真彩《まや》【う】山代千絵の俳句結社のメンバーで、フリーランスの医師にして薬膳研究家の肩書を持つ。資産家の婚外子で、鎌倉《かまくら》の極楽寺《ごくらくじ》付近に一人暮らしをしている。料理だけはちょっと苦手。煙管《キセル》を愛用し、モンペが普段着。〈容貌〉「鼻梁《びりょう》が薄くて顎が細く、広い額は左側だけ前髪に被われ、眉は自然な弓形。千絵と美早は西洋的な美貌だがマヤのほうはどちらかといえば和風美人」〈印象的な一言〉「わたしの処女を奪ったら草平さんは一生、わたしの人生に責任をとることになる。あなたにそんな度胸はないものね」

大橋《おおはし》明里《あかり》【う】十年前に突如行方不明になった。当時は鎌倉女子学園の二年生で、真彩とも同じ学年だった。

大橋沙都美《さとみ》【う】明里とはだいぶ歳が離れた妹。今年中学生になった。

小野《おの》珠代《たまよ》【う】真彩とは高校の同級生。鎌倉・小《こ》町《まち》通りで〈笹りんどう〉を経営している。草平の調査に関心を持って自分でも聞き込みを始める。小柄で敏捷。

友部《ともべ》実菜子《みなこ》【う】明里の友人。行方不明になった日は途中まで一緒に帰っていた。

金井《かない》円花《まどか》【う】旧姓は菅谷《すがや》。珠代の高校時代の友人。元テニス部。

根岸《ねぎし》町子《まちこ》【う】珠代の高校時代の友人。合唱部だった。

長峰《ながみね》今朝美《けさみ》【う】タウン誌〈鎌倉散歩〉編集長。〈明里さんを探す会〉の事務局も運営している。

宮内和枝《みやうちかずえ》【う】〈鎌倉散歩〉で働く女性。アルバイトだが編集主任の肩書。

瀬《せ》沼《ぬま》喜《き》美《み》香《か》【う】〈鎌倉散歩〉で働く女性。殺人事件の死体発見者になってしまう。

牧村洋子《まきむらようこ》【う】〈鎌倉散歩〉で働く女性。

立尾《たてお》芹亜《せりあ》【う】鎌倉中央署生活安全課の新米警官。殺人事件の捜査に加わることになり、草平と秘密協定を結ぶ。胸の大きさと、それを種《たね》に男性同僚からセクハラをされるのを気にしているらしい。いつも目を吊り上げた表情をしているが、草平によれば「鼻と口のバランスが完璧」。〔容貌〕「ただ睨んだように見えたのはもともとの目つきらしく、くわえて髪をひっつめているから目尻が余計に吊りあがってしまう」〔印象的な一言〕「白状しますけど、本当はわたし、Bカップなんです」

岸本南《きしもとな》緒《お》【う】二十八歳。横浜の山手商事という小さな貿易会社に勤めている。あることから事件に巻き込まれる。

内海《うつみ》景子《けいこ》【う】五年前に明里を目撃したと通報してきた女性。

本書は二〇一九年、小社より刊行された作品の文庫化です。

検印
廃止

著者紹介　1950年群馬県生まれ。國學院大學文学部中退後、劇団員、業界紙記者などの職業を経て、1988年『ぼくと、ぼくらの夏』でサントリーミステリー大賞読者賞を受賞しデビュー。1990年『風少女』が第103回直木賞候補となる。著作は他に『彼女はたぶん魔法を使う』『ピース』など多数。2021年没。

うしろから歩いてくる微笑

2022年3月18日　初版

著者　樋《ひ》口《ぐち》有《ゆう》介《すけ》

発行所　(株)東京創元社
代表者　渋谷健太郎

162-0814/東京都新宿区新小川町1-5
電話　03・3268・8231-営業部
03・3268・8204-編集部
URL　http://www.tsogen.co.jp
晩印刷・本間製本

乱丁・落丁本は、ご面倒ですが小社までご送付ください。送料小社負担にてお取替えいたします。

ISBN978-4-488-45918-5　C0193